EMILY
DE LUA NOVA

CB019313

Lucy Maud Montgomery

EMILY
DE LUA NOVA

Trilogia da mesma autora de
Anne de Green Gables

Tradução: Bruno Amorim

Principis

Esta é uma publicação Principis, selo exclusivo da Ciranda Cultural
© 2022 Ciranda Cultural Editora e Distribuidora Ltda.

Traduzido do original em inglês
Emily of New Moon

Texto
Lucy Maud Montgomery

Editora
Michele de Souza Barbosa

Tradução
Bruno Amorim

Preparação
Maria Lúcia A. Maier

Revisão
Adriane Gozzo

Produção editorial
Ciranda Cultural

Diagramação
Linea Editora

Design de capa
Ana Dobón

Imagens
Liliana Danila/shutterstock.com

Dados Internacionais de Catalogação na Publicação (CIP) de acordo com ISBD

M787e   Montgomery, Lucy Maud
         Emily de Lua Nova/ Lucy Maud Montgomery ; traduzido por Bruno
Amorim. - Jandira, SP : Principis, 2022.
         368 p. ; 15,5cm x 22,6cm. – (Clássicos da literatura mundial ; v.1)

         Tradução de: Emily of the New Moon
         ISBN: 978-65-5552-257-0

         1. Literatura infantojuvenil. 2. Literatura canadense. 3. Família. 4.
Órfão. 5. Adoção. I. Amorim, Bruno. II. Título. III. Série.

                                         CDD 028.5
2022-0554   CDU 82-93

Elaborado por Lucio Feitosa - CRB-8/8803

Índice para catálogo sistemático:
1. Literatura infantojuvenil 028.5
2. Literatura infantojuvenil 82-93

1ª edição em 2022
www.cirandacultural.com.br

Todos os direitos reservados.
Nenhuma parte desta publicação pode ser reproduzida, arquivada em sistema de busca ou
transmitida por qualquer meio, seja ele eletrônico, fotocópia, gravação ou outros, sem prévia
autorização do detentor dos direitos, e não pode circular encadernada ou encapada de maneira distinta daquela em que foi publicada, ou sem que as mesmas condições sejam impos-
tas aos compradores subsequentes.

Esta obra reproduz costumes e comportamentos da época em que foi escrita.

Sumário

Ao
senhor George Boyd Macmillan,
Alloa, Escócia,
em reconhecimento a sua longa
e estimulante amizade.

A casa do vale

A casa do vale ficava a "um quilômetro e meio de qualquer lugar", assim diziam os moradores de Maywood. Situava-se em uma pequena baixada coberta de grama, passando a sensação de não ter sido construída como as demais casas, mas de ter nascido ali, feito um enorme cogumelo marrom. O acesso a ela se dava por uma longa estrada de terra, a casa quedando-se quase completamente escondida pelas jovens bétulas que lhe cresciam no entorno. Dali, não era possível ver nenhuma outra casa, muito embora o vilarejo se avizinhasse no alto da colina. Ellen Greene dizia que aquele era o lugar mais solitário da Terra e que não passaria lá um dia sequer, não fosse pela pena que tinha da criança.

Emily não sabia que sentiam pena dela e tampouco sabia o que era solidão. Tinha companhia suficiente do pai, Mike e Sal Sapeca. A Mulher de Vento estava sempre por perto; assim como as árvores Adão e Eva, o Pinheiro Galo e todas aquelas amigáveis bétulas.

E havia também "o lampejo de inspiração". Ela nunca sabia quando ele surgiria, e a expectativa a deixava animada e ansiosa.

Emily escapara no gélido crepúsculo para dar um passeio. Ela se lembraria daquele passeio muito vividamente pelo resto da vida; talvez por causa da estranha beleza que lhe suscitara; talvez porque "o lampejo" se fez presente pela primeira vez em semanas; mas muito mais provavelmente por conta do que aconteceu quando ela regressou.

Aquele fora um dia frio e monótono de início de março e uma longa chuva ameaçava cair, o que acabou não acontecendo. O pai passara o dia recostado no divã da sala de estar. Tossira bastante e não trocara muitas palavras com Emily, o que não era nada comum. Passara a maior parte do tempo deitado, com as mãos sob a cabeça e os grandes e profundos olhos azul-escuros fixos, de modo distraído e sonhador, no céu nublado que se entrevia entre os ramos dos dois grandes abetos que adornavam o jardim de entrada – Adão e Eva, como eram comumente chamados, em razão da insólita semelhança que Emily notara entre a pequena macieira que os ladeava e as figuras de Adão, Eva e a Árvore do Conhecimento, vistas em um desenho antigo, em um dos livros de Ellen Greene. A Árvore do Conhecimento tinha a exata aparência daquela pequena macieira atarracada, enquanto Adão e Eva permaneciam tão eretos e rígidos quanto os abetos.

Emily se perguntava em que pensava o pai, mas nunca o incomodava com perguntas quando sua tosse piorava. Apenas desejava ter alguém com quem conversar. Ellen Greene também não estava para conversa naquele dia. Limitava-se a resmungar, em sinal de que estava incomodada com algo. Estivera assim desde a noite anterior, após o médico cochichar com ela na cozinha, e quando foi dar a Emily seu lanche noturno, composto de pão e melaço. Emily não gostava de pão e melaço, mas comeu mesmo assim, para não ferir os sentimentos de Ellen. Ellen não costumava permitir que Emily lanchasse antes de ir se deitar e, quando o fazia, era porque, por algum motivo, queria lhe agradar.

Emily esperava que os resmungos cessassem no decorrer da noite, como era costume, mas, como isso não aconteceu, Ellen não lhe serviria de companhia. Não que isso fosse muito diferente em outros momentos. Certa vez, em um arroubo de cólera, Douglas Starr dissera a Emily que "Ellen Greene era uma gorda velha e preguiçosa sem nenhum valor".

Depois disso, sempre que Emily olhava para Ellen, parecia-lhe que aquela descrição lhe caía como uma luva.

Assim, Emily encolhera-se sobre a velha poltrona surrada e confortável e passara a tarde inteira lendo *O Peregrino*[1], obra pela qual tinha verdadeira adoração. Percorrera muitas vezes, o caminho estreito e apertado[2] em companhia de Cristão e Cristiana[3] – muito embora as aventuras de Cristiana lhe agradassem bem menos que as de Cristão. Para começar, havia sempre uma multidão acompanhando Cristiana. Ela não dispunha nem da metade do fascínio daquela figura intrépida e solitária que enfrentava sozinha a escuridão do Vale da Sombra e o encontro com Abadom. As trevas e os trasgos não são nada quando se está bem acompanhado. Mas estar só... Ah! Emily se arrepiava diante do delicioso terror da solidão.

Quando Ellen anunciou que o jantar estava pronto, Douglas Starr pediu a Emily que fosse comer.

– Não vou querer nada hoje à noite. Vou apenas me deitar aqui e descansar. Mas, quando você voltar, vamos ter uma boa conversa, minha fadinha.

Ele sorriu aquele velho e belo sorriso amoroso que Emily achava tão meigo. Ela comeu com bastante satisfação, embora a comida não estivesse lá muito boa. O pão estava empapado, e o ovo, meio cru, mas, para sua surpresa, conseguiu permissão para colocar Sal Sapeca e Mike sentados cada um de um lado, e Ellen apenas murmurou quando ela lhes deu pedacinhos de pão com manteiga.

Era tão fofa a forma como Mike se sentava sobre as patas traseiras e agarrava os pedacinhos de pão com as dianteiras, e Sal Sapeca tinha aquele jeito quase humano de tocar o calcanhar de Emily quando sua vez de ganhar comida demorava a chegar. Emily amava os dois, mas Mike era seu favorito. Era um gato bonito de pelo cinza-escuro e enormes

---

[1] Livro escrito pelo inglês John Bunyan e publicado em 1678, no qual se faz uma alegoria à vida cristã. (N.T.)

[2] Referência a Mateus 7:14 (Sermão da Montanha) e também ao livro citado anteriormente. (N.T.)

[3] Personagens do livro citado anteriormente. (N.T.)

olhos de coruja; além disso, era tão macio, fofo e peludo. Sal sempre fora magra; não havia comida que a fizesse engordar. Emily gostava dela, mas nunca a acariciava por conta da magreza. Não obstante, havia uma beleza incomum nela que agradava a Emily. Seu pelo era cinza e branco – muito branco e muito suave; tinha a cara longa e afinada, orelhas muito longas e olhos muito verdes. Era uma lutadora formidável, e, ao enfrentá-la, os gatos de fora se davam por vencidos após um único *round*. A destemida fera atacava até os cães, subjugando-os completamente.

Emily amava seus gatos. Ela os criara sozinha, como fazia questão de dizer orgulhosamente. Ganhara-os da professora da Escola Dominical quando ainda eram filhotes.

– Um presente *vivo* é bom – explicou a Ellen –, porque nunca para de melhorar.

Mas o fato de Sal Sapeca não ter tido filhotes a preocupava.

– Não sei por que ela não tem filhotes – reclamava com Ellen Greene. – A maioria das gatas tem tantos filhotes que nem sabe o que fazer com eles!

Terminado o jantar, Emily entrou e percebeu que o pai caíra no sono. Alegrou-se, pois sabia que ele não dormia bem havia duas noites, mas ficou um pouco desapontada por não terem tido aquela "boa conversa". As "boas" conversas com o pai eram sempre maravilhosas. A melhor coisa a fazer depois disso seria dar uma caminhada; uma deliciosa e solitária caminhada naquela tarde cinzenta de início de primavera. Fazia muito tempo que não ia caminhar.

– Ponha o gorro e trate de voltar correndo se começar a chover – advertiu Ellen. – *Você* não pode brincar com resfriados como as outras crianças.

– E por que não? – inquiriu Emily, indignada. Por que logo *ela* devia se privar de "brincar com resfriados" se todas as outras crianças podiam fazê-lo? Não era justo.

Mas Ellen apenas grunhiu. Só pelo prazer de retrucar, Emily resmungou baixinho "Você é uma velha gorda sem nenhum valor!" e subiu às pressas para buscar o gorro – muito a contragosto, pois adorava correr com os cabelos ao vento. Botou o gorro azul desbotado sobre a trança de fartos e lustrosos cabelos negros, lançando um sorriso amigável ao reflexo no espelho esverdeado. O sorriso começou no canto dos lábios e se espalhou pelo rosto em um movimento vagaroso, sutil e maravilhoso, como por vezes pensara Douglas Starr. Era o sorriso de sua finada mãe; aquilo que o cativara tantos anos antes, quando vira Juliet Murray pela primeira vez. Parecia ser a única semelhança física que Emily herdara da mãe. Em tudo mais, pensava ele, assemelhava-se aos Starr: nos grandes olhos cor de violeta, com cílios muito longos e sobrancelhas castanhas; na testa alva e larga (talvez um pouco larga demais); no delicado desenho do rosto pálido e oval e dos meigos lábios; nas pequenas orelhas, cujas pontas eram levemente salientes, apenas o suficiente para mostrar que ela tinha parentesco com tribos élficas.

– Vou dar um passeio com a Mulher de Vento, minha querida – disse Emily. – Queria poder levá-la também. Será que você alguma vez sai desse quarto? A Mulher de Vento vai estar nos campos hoje à noite. Ela é alta e nebulosa; suas roupas cinzentas e sedosas oscilam em volta dela; suas asas são como as de um morcego, salvo pelo fato de que se pode ver através delas; e seus olhos cintilam como estrelas através de seus cabelos longos e soltos. Ela sabe voar, mas, esta noite, vai caminhar comigo pelos campos. É uma grande amiga minha, a Mulher de Vento. Eu a conheço desde que tinha 6 anos. Somos velhas amigas, mas não tanto como nós duas, pequena Emily-do-espelho. Somos amigas desde sempre, não é?

Após lançar um beijo para a pequena Emily-do-espelho, Emily partiu.

A Mulher de Vento aguardava por ela lá fora, agitando as pequenas lâminas de capim-zebrina que despontavam rígidas no canteiro sob a janela da sala de estar, balançando os grandes ramos de Adão e Eva, sussurrando entre os brumosos galhos verdes das bétulas e atiçando o Pinheiro Galo atrás da casa – ele, de fato, se assemelhava a um galo enorme e ridículo, com uma cauda imensa e farta, e a cabeça jogada para trás, pronta para cantar.

Fazia tanto tempo que Emily não saía para passear que se sentia meio enlouquecida de alegria por poder fazê-lo. O inverno fora tão turbulento, e a neve, tão alta, que ela nunca conseguia permissão para sair; no mês de abril, havia chovido e ventado muito; portanto, agora, em maio, ela se sentia como um prisioneiro liberto. Aonde iria? Desceria o riacho ou atravessaria os prados rumo aos campos áridos de abetos? Emily escolheu a segunda opção.

Adorava os campos áridos de abetos, que se abriam para além depois do longo pasto em declive. Era um lugar onde a mágica acontecia. Não havia nenhum outro lugar onde pudesse gozar mais plenamente de seus direitos hereditários de fada. Ninguém que visse Emily deslizando sobre os campos nus a teria invejado. Era pequena e pálida, as vestes muito simples. Às vezes, tremia sob o fino casaco. Contudo, uma rainha teria dado de bom grado sua coroa em troca das fantasias e dos sonhos maravilhosos de Emily. A grama marrom e congelada sob seus pés era-lhe como um tapete de veludo. O velho e nodoso abeto coberto de lodo e quase morto sob o qual ela parou por um instante para observar o céu era-lhe como uma coluna de mármore em um palácio dos deuses. As colinas longínquas e obscuras eram-lhe como as muralhas de uma cidade maravilhosa. E, como companheiras, ela dispunha de todas as fadas do campo – pois, naquele lugar, conseguia acreditar nelas: as fadas dos trevos-brancos e dos amentilhos, os gnomos das relvas, os elfos dos jovens abetos e os espíritos do vento, das samambaias selvagens e das lanugens de cardo. Qualquer coisa era possível naquele lugar; tudo podia se tornar realidade.

E aqueles campos áridos eram um lugar magnífico para brincar de pique-esconde com a Mulher de Vento. Ela era *tão* real ali. Se fôssemos capazes de saltar rápido o suficiente para o outro lado de um amontoado de abetos (o que não somos), poderíamos vê-la tão bem quanto senti-la e ouvi-la. Lá estava ela: aquela cauda se arrastando era de sua capa! Não... ela já estava rindo no topo das árvores mais altas. E assim a perseguição prosseguia, até que, de repente, pareceu que a Mulher de Vento havia ido embora. A noite então se inundou de um silêncio maravilhoso, até que surgiu uma fissura repentina nas espumosas nuvens a oeste, revelando um lindo céu que mais se assemelhava a um lago rosa-esverdeado, com a lua nova no meio.

Emily ficou de pé, os punhos fechados, o delicado rostinho virado para cima. Precisava voltar para casa e descrever aquele céu em seu caderno amarelo, no qual a última coisa que havia escrito fora a *Biografia de Mike*. Aquela visão a incomodaria com sua beleza até que ela a esmiuçasse em palavras. Depois de fazê-lo, ela a leria para o pai. Não poderia, de forma alguma, se esquecer de como as pontas das árvores sobre as colinas pareciam uma delicada renda contra aquele céu rosa-esverdeado.

E então, por um momento sublime e glorioso, "o lampejo" surgiu.

Emily o chamou, embora sentisse que aquele nome não o descrevesse com exatidão. Ele não podia ser descrito; nem mesmo ao pai, que sempre parecia um tanto intrigado por ele. Emily nunca falou dele para mais ninguém.

Desde que se entendia por gente, Emily tinha a impressão de que estava extremamente próxima de um mundo de incrível beleza. Entre ela e esse mundo, havia uma fina cortina, que ela jamais conseguia abrir. Contudo, às vezes, por um breve momento, o vento agitava essa cortina, então era como se ela apenas vislumbrasse o reino encantado que havia além dela e ouvisse uma única nota de uma música sobrenatural.

Esse momento raramente acontecia e passava bem depressa, deixando-a sem fôlego com seu inexpressível deleite. Ela jamais conseguia se recordar dele, invocá-lo ou simulá-lo, mas passava dias fascinada com sua percepção, que jamais se repetia mais de uma vez pela mesma coisa. Naquela noite, haviam sido os galhos negros contra aquele céu distante. Mas ele também já fora causado por um assobio agudo e violento do vento à noite; por uma sombra ondulante que caía sobre um campo pronto para a colheita; por um pássaro cinzento que pousara em sua janela durante uma tempestade; pelos cânticos de "Santo, santo, santo" na igreja; pelo vislumbre do fogo crepitando na cozinha, quando ela voltava para casa em uma noite escura de outono; pelo azul espectral das formas criadas pelo gelo no vidro da janela, semelhantes a palmeiras à luz do entardecer; por uma palavra oportuna que lhe ocorria enquanto "descrevia" alguma coisa. E, sempre que o lampejo surgia diante dela, Emily tinha a sensação de que a vida era uma coisa linda e misteriosa, de uma beleza perene.

Ela se apressou de volta à casa do vale, em meio ao crepúsculo que caía mais e mais, ansiosa para chegar logo e escrever sua "descrição" antes que a imagem mental do que vira se esvanecesse. Sabia exatamente como a começaria; a frase parecendo tomar forma na mente: "A colina me chamou, e algo em mim a chamou de volta".

Encontrou Ellen Greene esperando por ela na soleira gasta da porta da frente. Emily estava tão plena de alegria que tudo lhe agradava, mesmo as gordas sem nenhum valor. Estendeu os braços em volta dos joelhos de Ellen e os abraçou. Ellen olhou para baixo, taciturna, fitando aquele rostinho extasiado e enrubescido de animação, e soltou, em um suspiro pesaroso:

– Sabia que seu pai tem só mais uma ou duas semanas de vida?

A vigília

Emily ficou imóvel olhando o rosto largo e avermelhado de Ellen – tão imóvel que parecia ter se transformado em pedra. Sentia-se assim, para falar a verdade. Estava atônita, como se Ellen tivesse lhe dado um bofetão. O rostinho empalideceu e as pupilas se dilataram a ponto de consumirem as íris, transformando seus olhos em duas piscinas negras. O efeito foi tão assustador que até Ellen Greene se sentiu desconfortável.

– Estou lhe dizendo isso porque já era hora de alguém dizer – explicou ela. – Faz meses que venho insistindo para seu pai lhe contar, mas ele só adia. Eu falava para ele: "Você sabe como é difícil para ela lidar com as coisas. Se cair duro qualquer dia desses, e ela não estiver preparada, é bem capaz de ela morrer também. É seu dever prepará-la". E ele então respondia: "Ainda tem tempo, Ellen", e nunca lhe dizia nada. Daí, quando o médico me disse ontem à noite que o fim pode chegar a qualquer momento, *tomei* a decisão de fazer a coisa certa e preparar você. Credo, minha filha, pare com essa cara! Vai ter quem cuide de você! Os parentes da sua mãe vão tratar disso, nem que seja por conta do orgulho dos Murray. Eles não vão deixar alguém do sangue deles morrer de fome ou morar com estranhos, mesmo que sempre tenham tido ódio mortal do seu pai. Você vai ter um bom lar; melhor que o que tem aqui. Não precisa se preocupar com nada. Quanto ao seu pai, você deveria se sentir agradecida ao vê-lo descansar. Faz cinco anos que ele vem morrendo aos poucos. Escondeu isso de você, mas tem sofrido muito. Todos dizem que o coração dele ficou em pedaços quando sua mãe morreu. Foi tão repentino... ela só ficou doente por três dias. É por isso que quero que você saiba o que está por vir, para que não fique arrasada quando acontecer. Por Deus, Emily Byrd Starr, não fique parada aí desse jeito! Você está me deixando nervosa. Você não é nem a primeira nem a última criança a ficar órfã. Seja sensata. E não vá perturbar seu pai com o que lhe contei, ouviu? Agora saia desse sereno e entre. Vou lhe dar um biscoito antes de você ir para a cama.

Ellen desceu um degrau como se fosse pegar a mão de Emily, que seria capaz de gritar se alguém a tocasse naquele momento. Com um chorinho repentino, agudo e amargurado, ela se esquivou e disparou porta adentro, subindo as escadas enegrecidas.

Ellen balançou a cabeça e voltou para a cozinha.

– Seja como for, cumpri *meu* dever – murmurou. – Ele continuaria dizendo "tem tempo, tem tempo" e adiando contar até morrer, e daí ninguém daria conta dela. Agora ela vai poder se acostumar com a ideia e, em um ou dois dias, vai estar mais forte. Devo admitir que ela é corajosa, o que é uma sorte, dado o que tenho ouvido acerca dos Murray. Eles não vão conseguir dobrá-la com facilidade. Ela também tem lá sua parcela de orgulho, e isso vai ajudá-la a atravessar as dificuldades. Queria ter coragem de mandar um recado para os Murray avisando que o senhor Starr está nas últimas, mas não ouso ir tão longe. Vai saber como *ele* reagiria. Bom, aguentei as pontas aqui até o último momento e não me arrependo. Poucas mulheres fariam o mesmo, vivendo como se vive aqui. É uma vergonha o jeito como essa menina foi criada, nunca indo à escola. Mas já falei para ele várias vezes o que penso a respeito disso; pelo menos quanto a isso tenho *minha* consciência tranquila. Xô, Sal, suma daqui! Onde está Mike?

Ellen não pôde encontrar Mike, pois ele estava no andar de cima com Emily, que o abraçava com força, sentada no escuro em sua cama de campanha. Em meio a tanta agonia e desolação, a maciez do pelo e o veludo da cabecinha redonda do animal a confortavam.

Recusando-se a chorar, Emily fitava o vazio, tentando enfrentar aquela monstruosidade que Ellen lhe dissera. E não duvidava – algo lhe dizia que aquilo era verdade. Por que ela não podia morrer também? Não poderia seguir vivendo sem o pai.

– Se eu fosse Deus, não deixaria coisas assim acontecerem – disse ela.

Sentiu que aquilo era algo muito ruim de dizer. Certa vez, Ellen lhe dissera que a pior coisa que alguém poderia fazer era procurar defeitos em Deus. Mas ela não se importava. Talvez, se fosse má o suficiente, Deus a faria morrer, então ela e o pai não se separariam.

Mas nada aconteceu; nada além de Mike se cansar do forte aperto de Emily e se desvencilhar dos seus braços. Ela estava completamente só agora, com aquela terrível dor que parecia percorrer todo o seu ser, mas que, ainda assim, não era algo físico, embora não a deixasse por nada. Tampouco adiantaria escrever sobre ela no velho caderno amarelo. Ela já escrevera nele sobre a partida da professora da Escola Dominical, sobre estar com fome ao ir dormir e sobre ser chamada de "biruta" por Ellen ao lhe falar sobre o lampejo e a Mulher de Vento. E, após escrever sobre essas coisas, elas já não a machucavam mais. Mas, sobre isso, ela não podia escrever nem buscar conforto no pai, como fizera quando queimara feio uma das mãos ao tocar acidentalmente o atiçador da lareira ardendo de quente. Naquele dia, o pai a segurou nos braços a noite inteira e lhe contou histórias para ajudá-la a suportar a dor. Mas o pai, como dissera Ellen, ia morrer em uma ou duas semanas. Emily sentia-se como se Ellen tivesse lhe dado aquela notícia havia muitos e muitos anos. Certamente, não fazia mais de uma hora desde que estivera brincando com a Mulher de Vento nos campos áridos e observando a lua nova no céu rosa-esverdeado.

"O lampejo nunca mais vai voltar... ele não pode voltar", pensou ela.

Mas Emily herdara algo de seus belos e antigos ancestrais: o poder de lutar, de sofrer, de se compadecer, de amar profundamente, de se regozijar, de resistir. Essas coisas estavam todas dentro dela e podiam ser vistas em seus olhos violeta-acinzentados. Sua capacidade de resistir surgia agora para ajudá-la e lhe dar suporte. Ela não podia deixar que o pai soubesse o que Ellen lhe contara; isso poderia magoá-lo. Era preciso que ela guardasse total segredo e também que *amasse* o pai; ah, que o amasse tanto no pouco tempo que ainda pudesse ter com ele.

Ouviu-o tossir no cômodo abaixo; ela deveria estar na cama quando ele subisse. Despiu-se tão rápido quanto lhe permitiram os dedos congelados e meteu-se silenciosamente na cama de campanha, em frente à janela aberta. As vozes daquela agradável noite de primavera a chamavam, não recebendo nenhuma atenção; a Mulher de Vento assobiava pelos beirais, sem, contudo, ser escutada, pois as fadas habitam somente o reino da alegria; não tendo alma, não podem adentrar o reino da tristeza.

Ela se encontrava ali deitada, imóvel, impassível e suprimindo o choro, quando o pai entrou no quarto. Como ele caminhava devagar! Como tirava a roupa devagar! Como era possível que ela não tivesse notado essas coisas antes? Mas ele não estava tossindo. Ah, e se Ellen tivesse se enganado? E se... Um fio de esperança atravessou-lhe o coração. Soltou um suspiro.

Douglas Starr se aproximou da cama. Ela sentiu sua doce presença quando ele se sentou na poltrona ao lado dela, trajando seu velho robe vermelho. Como ela o amava! Não havia ninguém como ele em todo o mundo. Não poderia haver! Tão carinhoso, tão compreensivo, tão maravilhoso! Sempre haviam sido tão companheiros, haviam se amado tanto, não era possível que não continuassem juntos.

– Ei, menina dos olhos grandes, já dormiu?

– Não – suspirou Emily.

– Não está com sono, querida?

– Não... estou sem sono.

Douglas Starr tomou a mão da filha e a segurou firme.

– Então vamos ter nossa conversa, meu amor. Também não consigo dormir. Quero lhe contar algo.

– Oh, eu já sei! Eu já sei! – exclamou Emily. – Oh, papai, eu já sei! A Ellen me contou!

Douglas Starr ficou em silêncio por um momento. Em seguida, disse entredentes: "Aquela velha idiota! Velha gorda e idiota!", como se o sobrepeso de Ellen fosse um agravante de sua estupidez. De novo, pela última vez, Emily teve esperança. Talvez fosse tudo um terrível equívoco; só mais um produto da estupidez adiposa de Ellen.

– Não... não é verdade, é, papai? – sussurrou ela.

– Emily, minha filha – disse o pai –, não consigo levantá-la; já não tenho forças para isso. Mas sente-se aqui no meu colo, como sempre fazemos.

Emily escorregou para fora da cama e subiu no colo do pai. Ele a envolveu com o velho robe e aproximou o rosto do dela.

– Minha filha querida, minha amada Emilyzinha, é verdade, sim – disse ele. – Eu mesmo ia lhe contar hoje à noite, mas aquela besta velha da Ellen lhe contou antes... de um jeito bem bruto, imagino... e a magoou profundamente. Ela tem o cérebro de uma galinha e a sensibilidade de uma vaca. Tomara que os chacais se assentem sobre o túmulo da avó dela! Eu não a teria magoado, meu amor.

Emily lutou contra algo que tentava sufocá-la.

– Pai, não consigo... não consigo suportar isso.

– Consegue, sim, e vai! Você vai viver porque acredito que há algo que precisa fazer. Você tem o meu dom, além de algo que nunca tive. Vai ser bem-sucedida onde falhei, Emily. Não pude fazer muito por você, meu anjo, mas fiz o que pude. Acho que consegui lhe ensinar algo, apesar de Ellen Greene. Emily, você se lembra da sua mãe?

– Só um pouco... uma coisa ou outra, como se fossem pedacinhos de um sonho bom.

– Você só tinha 4 anos quando ela morreu. Nunca conversei muito com você a respeito dela. Eu não conseguia. Mas, esta noite, vou lhe contar tudo sobre ela. Isso já não me magoa. Vou vê-la de novo em breve. Você não se parece com ela, Emily, a não ser quando sorri. De resto, é idêntica à pessoa de quem herdou o nome: minha mãe. Quando nasceu, eu quis que você também se chamasse Juliet. Sua mãe disse que, se seu nome fosse Juliet, eu logo criaria o hábito de chamá-la de "mãe", para distinguir entre vocês duas, e *isso* era algo que ela não suportaria. Ela explicou que sua tia Nancy, certa vez, lhe dissera que, "uma vez que seu marido a chama de 'mãe', o romantismo acaba". Por isso, nós lhe demos o nome da minha mãe. O nome de solteira dela era Emily Byrd. Sua mãe achava Emily o nome mais lindo do mundo; dizia que era exótico, divertido e agradável. Emily, sua mãe era a mulher mais doce que jamais existiu.

Sua voz falhou, e Emily se achegou nele.

– Eu a conheci doze anos atrás, quando era subeditor do *Enterprise*, em Charlottetown. Ela cursava o último ano na Queen's. Era alta, tinha a pele clara e os olhos azuis. Parecia-se com sua tia Laura, mas a Laura nunca foi tão bonita quanto ela. Seus olhos eram diferentes, e a voz também. Ela era da família Murray, de Blair Water. Nunca lhe contei muito sobre a família de sua mãe, Emily. Eles vivem lá na costa norte, em Blair Water, na Fazenda Lua Nova. Sempre viveram lá, desde que o primeiro Murray chegou, em 1790, vindo da Europa. O navio em que ele veio se chamava *Lua Nova*, e ele deu esse mesmo nome à fazenda dele.

– É um belo nome. A lua nova é tão bonita – disse Emily, momentaneamente interessada.

– Desde então, sempre houve algum Murray na Fazenda Lua Nova. Trata-se de uma família orgulhosa. O orgulho dos Murray é conhecido na costa norte, Emily. Bom, eles até têm do que se orgulhar, isso não se pode negar, mas exageram. Naquela região, são chamados de "os escolhidos". Cresceram, se multiplicaram e se espalharam por tudo que é canto, mas do grupo original que vivia na Fazenda Lua Nova restam bem poucos. Só suas tias Elizabeth e Laura moram lá hoje, e o primo delas, Jimmy Murray. Elas nunca se casaram… não conseguiram encontrar ninguém que fosse bom o bastante para um Murray, é o que se costumava dizer. Seu tio Oliver e seu tio Wallace vivem em Summerside; sua tia Ruth, em Shrewsbury; e sua tia-avó Nancy, em Priest Pond.

– Priest Pond? Que nome interessante… Não tão bonito como Lua Nova e Blair Water, mas interessante – disse Emily, que, ao se sentir abraçada pelo pai, se acalmou momentaneamente, acreditando que a doença dele não passava de um lamentável engano.

Douglas Starr a envolveu mais forte no robe, beijou seus cabelos negros e continuou:

– Elizabeth, Laura, Wallace, Oliver e Ruth são filhos do velho Archibald Murray. Sua primeira esposa era mãe deles. Aos 60 anos, ele se casou novamente com uma jovem moça, que morreu quando sua mãe nasceu. Juliet era vinte anos mais jovem que sua meia-família, como ela costumava chamá-los. Era muito bonita e charmosa, e todos a adoravam e mimavam. Tinham muito orgulho dela. Quando ela se apaixonou por mim, um pobre e jovem jornalista sem nada no mundo além de sua caneta e sua ambição, houve um verdadeiro terremoto na família. O orgulho dos Murray absolutamente não podia tolerar tal coisa. Não vou remoer tudo que aconteceu, mas foram ditas coisas que eu jamais fui capaz de esquecer ou perdoar. Sua mãe se casou comigo, Emily, e o pessoal de Lua Nova não quis mais saber dela. Você acredita que, mesmo assim, ela nunca se arrependeu de ter se casado comigo?

Emily ergueu a mão e acariciou as bochechas flácidas do pai.

– *Claro* que não! *Claro* que ela não se arrependeu. Era óbvio que ela preferia você a todos os Murray de qualquer lua que fosse.

O pai riu-se um pouco, e uma breve nota de triunfo surgiu em seu riso.

– Sim, era assim que ela parecia se sentir. Fomos tão felizes! Ah, Emilyzinha, nunca houve duas pessoas mais felizes no mundo. Você é fruto dessa felicidade. Eu me lembro da noite em que você nasceu, na casinha de Charlottetown. Era maio, e um vento vindo do oeste soprava nuvens prateadas sobre a lua. Havia uma estrela ou outra, aqui e acolá. Nosso pequeno jardim… tudo que tínhamos era escasso, exceto nosso amor e nossa felicidade… estava escuro e florido. Eu subia e descia o caminho entre os canteiros de violeta que sua mãe havia plantado e rezava. O céu pálido a leste estava apenas começando a reluzir feito uma pérola cor-de--rosa quando alguém veio me dizer que eu havia tido uma filha. Entrei, e sua mãe, pálida e fraca, sorriu aquele querido sorriso lindo e vagaroso que eu adorava e disse: "Nós temos... o único... bebê... que importa... no mundo, meu amor. Imagine só!".

– Eu queria que as pessoas pudessem se lembrar de tudo desde o momento em que nasceram – disse Emily. – Seria tão interessante!

– Ouso dizer que teríamos muitas memórias desagradáveis – disse o pai, rindo-se um pouco. – Não deve ser muito gostoso se acostumar a viver, da mesma forma que não deve ser lá muito bom deixar de viver. Mas você não pareceu achar difícil, pois era uma ótima bebezinha, Emily. Tivemos mais quatro anos de felicidade, e aí... Você se lembra de quando sua mãe morreu, Emily?

– Eu me lembro do funeral, pai... Lembro-me *muito* claramente. Você estava de pé no meio da sala, me segurando nos braços, e a mamãe estava lá, deitada, bem na nossa frente, em uma caixa longa e preta. Você chorava, e eu não entendia por que e me perguntava por que a mamãe estava tão pálida e não abria os olhos. Então me inclinei e toquei a bochecha dela... Nossa, como estava fria! Me deu até um arrepio. Daí alguém na sala disse: "Coitadinha!", fiquei com medo e encostei o rosto no seu ombro.

– Sim, eu me lembro disso. Sua mãe morreu muito repentinamente. Melhor não falarmos disso. Os Murray vieram todos para o funeral. Eles têm certas tradições que seguem à risca. Uma delas é que não se deve usar nada além de velas para iluminar a casa de Lua Nova. Outra é que nenhuma desavença deve ser levada para além do túmulo. Eles vieram depois que ela morreu, e teriam vindo enquanto ela estava doente, se tivessem sabido, devo admitir isso a respeito deles. E se comportaram muito bem; nossa, muito bem mesmo. Não pareciam em nada os Murray de Lua Nova. Sua tia Elizabeth usou seu melhor vestido de cetim preto para vir ao funeral; para qualquer funeral que não fosse de um Murray, o segundo melhor bastaria. E não fizeram nenhuma objeção quando eu lhes disse que sua mãe queria ser enterrada no jazigo dos Starr, no cemitério de Charlottetown. Eles teriam ficado felizes em levá-la embora para o antigo cemitério dos Murray em Blair Water... Eles têm o próprio cemitério, sabia? Nada de cemitério comum para *eles*... Mas seu tio Wallace admitiu, de modo muito honrado, que uma mulher deve pertencer à família do marido, tanto na morte quanto na vida. E então eles se ofereceram para levar você com eles e criá-la... para "dar a você o lugar que pertencia a sua mãe". Eu me recusei a deixar que a levassem. Você acha que fiz bem, Emily?

– Sim! Sim! Sim! – sussurrou Emily, com um abraço a cada sim.

– Eu disse a Oliver Murray... foi ele quem veio falar comigo sobre você... que, enquanto vivesse, não me separaria da minha filha. Ele respondeu: "Se algum dia você mudar de ideia, nos avise". Mas nunca mudei de ideia, nem quando um médico me disse, três anos depois, que eu precisaria parar de trabalhar. "Se você não parar, lhe dou um ano", disse ele; "se parar e passar tanto tempo quanto puder ao ar livre, lhe dou três, talvez quatro". Ele profetizou bem. Eu me mudei para cá e nós passamos quatro anos maravilhosos juntos, não é, minha pequena?

– Sim! Nossa, sim!

– Esses anos, e o que lhe ensinei ao longo deles, são o único legado que posso lhe deixar, Emily. Temos vivido da pequena renda que recebo graças à pensão vitalícia que um tio me deixou em herança... um tio que morreu antes de se casar. A herança será passada agora a uma instituição de caridade, e esta casinha é alugada. De um ponto de vista puramente material, certamente fui um fracasso. Mas a família de sua mãe vai cuidar de você, tenho certeza. O orgulho dos Murray vai garantir isso, se nenhuma outra coisa o fizer. E eles não têm como não amar você. Talvez eu devesse ter mandado chamá-los antes... talvez eu deva fazer isso agora. Mas também tenho meu orgulho... os Starr não são inteiramente desprovidos de tradição... e os Murray me disseram coisas muito feias quando me casei com sua mãe. Devo mandar um recado a Lua Nova e pedir que venham, Emily?

– Não! – exclamou Emily, beirando a ferocidade.

Ela não queria que ninguém se metesse entre ela e o pai durante os poucos e preciosos dias que lhes restavam. Era horrível para ela pensar nisso. Já era ruim o suficiente que tivessem que vir mais tarde, mas ela já não se importaria com muita coisa a essa altura.

– Vamos ficar juntos até o final, então, Emilyzinha. Não vamos nos separar nem por um minuto. E quero que seja corajosa. Você não deve ter medo de *nada*, Emily. A morte não é algo ruim. O mundo é cheio de amor, e a primavera chega em todo lugar. Na morte, é como se abríssemos e fechássemos uma porta. Há coisas lindas do outro lado dela. Vou encontrar sua mãe lá. Já duvidei de muita coisa, mas *nunca* disso. Por vezes, tive medo de que ela se adiantasse tanto a mim nos caminhos da eternidade que nunca conseguisse alcançá-la. Mas agora sinto que ela está esperando por mim. E vamos esperar por você; mas não vamos nos apressar. Vamos nos demorar e fazer hora até que você nos alcance.

– Queria que… pudesse me levar com você – sussurrou Emily.

– Depois de um tempo, você não vai mais desejar isso. Ainda precisa aprender como o tempo é gentil. E a vida reserva algo para você, sinto isso. Siga em frente, sem medo, para descobrir o que é, minha querida. Sei que não consegue ver isso agora, mas com certeza vai se lembrar destas minhas palavras.

– O que sinto agora – disse Emily, que não suportava esconder nada do pai – é que já não gosto mais de Deus.

Douglas Starr gargalhou. Emily adorava aquela gargalhada. Era uma gargalhada tão querida! Ela prendeu a respiração ao ouvi-la e sentiu os braços do pai envolvendo-a mais firmemente.

– Gosta, sim, meu amor. Não tem como não gostar de Deus. Ele é o próprio amor, sabia? Mas, claro, você não deve confundi-Lo com o Deus da Ellen Greene.

Emily não sabia exatamente o que o pai queria dizer, mas, de repente, percebeu que não tinha mais medo. A amargura já não fazia parte de seu pesar, e não havia aquela dor insuportável pesando em seu coração. Sentiu como se o amor a rodeasse completamente, envolto por uma espécie de ternura invisível que pairava no ar. Não é possível ter medo ou se sentir amargurado onde há amor, e o amor estava por toda parte. O pai atravessaria a porta – não, ele abriria a cortina; ela gostava mais dessa ideia, porque uma cortina não é tão dura e impenetrável quanto uma porta – e passaria para aquele mundo do qual o lampejo de inspiração lhe dera alguns vislumbres. Ela suportaria qualquer coisa se soubesse que o pai não estava distante dela, mas apenas do outro lado daquela cortina oscilante.

Douglas Starr a abraçou até que ela dormisse; então, apesar da fraqueza, conseguiu deitá-la na pequena cama.

– Ela vai amar profundamente, vai sofrer terrivelmente, vai ter momentos gloriosos para compensar tudo, como eu mesmo tive. Assim como a família de minha esposa cuidará dela, que Deus possa cuidar de todos eles – murmurou ele, com voz embalada.

Parente, mas não parece

Douglas Starr viveu mais duas semanas. Anos depois, quando a dor havia desaparecido das lembranças desses dias, Emily passou a considerá-las as mais preciosas que tinha. Foram semanas maravilhosas – maravilhosas, e não tristes. E então, certa noite, enquanto estava no sofá na sala de estar, com Emily a seu lado, na velha poltrona, ele atravessou a cortina. Fê-lo tão tranquila e silenciosamente que Emily não notou sua partida até perceber a estranha quietude da sala: não havia nenhuma respiração nela senão a dela própria.

– Pai! Pai! – bramiu ela, gritando por Ellen em seguida.

* * *

Quando os Murray chegaram, Ellen Greene disse-lhes que Emily se comportara muito bem, levando em consideração tudo que havia acontecido. Para dizer a verdade, ela chorara a noite inteira e não dormira nem um minuto sequer; nenhuma das pessoas de Maywood que se prontificou gentilmente a vir ajudar pôde confortá-la; mas, ao raiar do dia, ela já não tinha mais lágrima que derramar. Estava pálida, quieta e dócil.

– Isso mesmo! – disse Ellen. – É isso que acontece quando estamos preparados. Seu pai ficou tão bravo comigo quando lhe dei a notícia que não me tratou devidamente desde então... E olha que estava moribundo! Mas não guardo rancor dele. Fiz o meu *dever*. A senhora Hubbard está preparando um vestido preto para você, que vai ficar pronto até o jantar. Os parentes da sua mãe chegam hoje à noite, pelo que disseram no telegrama, e quero que lhe encontrem bem-arrumada. Eles são gente abastada, que vão cuidar bem de você. Seu pai não lhe deixou um centavo, mas também não lhe deixou nenhuma dívida, é preciso reconhecer. Você já foi ver o defunto?

– Não o chame *assim* – chorou Emily, encolhendo-se. Era horrível ouvir o pai sendo chamado dessa forma.

– E por que não? Menina esquisita! O cadáver ficou até mais bem-arranjado do que eu esperava, dado quão estava acabado e tudo mais. Ele sempre foi um homem bonito, ainda que muito magro.

– Ellen Greene – disse Emily de repente –, se disser mais uma dessas... coisas... sobre meu pai, vou lhe rogar uma praga!

Ellen Greene a fitou.

– Não sei que diabos quer dizer, mas isso não é jeito de falar comigo depois de tudo que fiz por você. É melhor não deixar os Murray lhe ouvirem falando assim ou não vão querer saber de você. Praga! Hum, é isso que eu ganho!

Os olhos de Emily ardiam. Era apenas uma pequena e solitária criatura e sentia-se completamente desprovida de amigos. Mas não se arrependia em nada do que dissera a Ellen e não fingiria o contrário.

– Venha aqui me ajudar com a louça – ordenou Ellen. – Vai lhe fazer bem ter algo para ocupar a mente; assim não vai sair por aí querendo rogar praga em quem trabalhou feito uma condenada por você.

Emily lhe lançou um olhar cheio de significado e foi pegar o pano de prato.

– Gorda desse jeito – disse ela –, você não se parece em nada com uma condenada.

– Não seja atrevida! Que coisa feia, ainda mais com seu pai morto logo ali! Mas sua tia Ruth vai dar um jeito de lhe consertar logo, logo.

– Tia Ruth vem me buscar?

– Não sei, mas pode ser. Ela é viúva, rica e não tem filhos.

– Não sei se quero que tia Ruth me leve – disse Emily deliberadamente, após um momento de reflexão.

– Acho que *você* não tem escolha. Devia ficar agradecida por ter um lar em qualquer lugar que seja. Lembre-se de que você não é muito importante.

– Sou importante para mim mesma – exclamou Emily com orgulho.

– Vai dar trabalho criar você – resmungou Ellen. – Sua tia Ruth é a pessoa certa para isso, na minha opinião. *Ela* não vai tolerar idiotices. É uma boa mulher e a melhor dona de casa de toda a Ilha do Príncipe Edward. O chão da casa dela é tão limpo que dá para comer nele.

– Não quero comer no chão. Não me importa que o chão dela esteja sujo, contanto que a toalha de mesa esteja limpa.

– Bem, as toalhas de mesa dela também são muito limpas, reconheço. Ela tem uma casa elegante em Shrewsbury, com janelas arredondadas nas sacadas e um beiral de madeira trabalhado em volta de todo o telhado. É cheia de estilo. Vai ser um ótimo lar para você. Ela vai lhe ensinar a ser mais sensata e vai lhe fazer muito bem.

– Não quero aprender a ser mais sensata nem que me façam muito bem – choramingou Emily, com o lábio tremendo. – Eu quero… quero que alguém me ame.

– Bem, precisa se comportar se quiser que as pessoas gostem de você. Mas a culpa não é sua; seu pai a mimou. Falei isso várias vezes para ele, mas ele só ria. Espero que ele não se arrependa disso agora. O fato, Emily Starr, é que você é esquisita, e ninguém gosta de criança esquisita.

– Sou esquisita como? – inquiriu Emily.

– Você fala esquisito, age esquisito, tem vezes que até sua aparência é esquisita. E é velha demais para sua idade, embora isso não seja culpa sua. Isso é porque você nunca pôde interagir com outras crianças. Sempre briguei com seu pai para ele mandá-la para a escola... Sim, porque estudar em casa não é a mesma coisa... Mas ele nunca me ouviu, é claro. Não estou querendo dizer que você não sabe o que é preciso saber acerca dos livros, mas não sabe agir como as outras crianças. De certo modo, seria uma boa se seu tio Oliver pudesse levá-la, pois ele tem uma família grande. Mas ele não tem uma condição tão boa quanto os outros, então é difícil ele fazer isso. Seu tio Wallace, talvez, visto que se acha o chefe da família. Ele tem só uma filha adulta, mas sua esposa tem a saúde frágil... ou acredita que tem.

– Queria que tia Laura me levasse – disse Emily. Ela se lembrava, que o pai dissera que tia Laura era um pouco parecida com sua mãe.

– Tia Laura?! Ela não manda nada lá. Quem manda em Lua Nova é Elizabeth. Jimmy Murray cuida da fazenda, mas me disseram que tem um parafuso a menos.

– Que parafuso? – perguntou Emily, curiosa.

– Valha, menina! É alguma coisa com a cabeça dele. Ele é meio tantã... por conta de um acidente lá que teve quando era moço, pelo que fiquei sabendo. Confundiu a cabeça dele, parece. Elizabeth também estava envolvida de algum jeito, mas eu nunca soube exatamente de que forma. Não acho que o pessoal de Lua Nova vá querer perder tempo com você. Eles são muito sistemáticos. Escute meu conselho e trate de agradar sua tia Ruth. Seja educada e bem-comportada... Talvez assim ela goste de você. Pronto, acabaram as louças. É melhor você subir e ficar quieta.

– Posso levar Mike e Sal Sapeca comigo? – perguntou Emily.

– Não.

– Mas eles vão me fazer companhia – insistiu Emily.

– Não importa, não pode. Eles estão lá fora e lá fora vão ficar. Não quero marcas de pata pela casa inteira. Já esfreguei o chão.

– Por que não esfregou o chão quando papai estava vivo? – perguntou Emily. – Ele gostava das coisas limpas. Você quase nunca esfregava o chão antes. Por que esfregar agora?

– Ah, pronto! E eu por acaso podia ficar esfregando o chão todo dia com o meu reumatismo? Suba logo de uma vez e vá se deitar um pouco.

– Vou subir, mas não vou me deitar – disse Emily. – Tenho muito em que pensar.

– Se tem uma coisa que eu a aconselho a fazer – disse Ellen, determinada a não perder nenhuma chance de cumprir seu dever – é botar o joelho no chão e rezar para Deus fazer de você uma criança boa e respeitosa.

Emily parou no primeiro degrau da escada e olhou para trás.

– Papai disse que não tenho nada que ver com o seu Deus – disse ela, séria.

Surpresa, Ellen arquejou, sem conseguir pensar em nenhuma resposta àquela herética declaração. Só lhe restou apelar para o universo.

– Mas onde já se viu?!

– Sei como é o seu Deus – disse Emily. – Já vi um desenho dele naquele seu livro de Adão e Eva. Ele tem suíças e usa camisola. Não gosto Dele. Mas gosto do Deus do papai.

– E posso saber como é o Deus do seu pai? – inquiriu Ellen, sarcástica.

Emily não fazia ideia de como era o Deus do pai, mas estava determinada a não se deixar rebaixar.

– Ele é claro como a lua, belo como o sol e terrível como um exército com bandeiras hasteadas – disse ela, triunfante.

– Bom, você vai ficar com a última palavra, mas os Murray vão lhe ensinar o que é bom – finalizou Ellen, desistindo da discussão. – Eles são presbiterianos muito rígidos e não vão admitir as ideias horríveis do seu pai. Agora vá, suba!

Inconsolável, Emily foi para o quarto que dava para o sul.

– Não existe ninguém neste mundo que me ame agora – murmurou ela, encolhendo-se na cama junto à janela, mas determinada a não chorar. Os Murray, que haviam detestado seu pai, não deviam vê-la chorando. Ela sentiu que detestava todos eles – todos, exceto tia Laura. O mundo parecia ter se tornado tão enorme e vazio. Nada mais lhe interessava. Não importava que a macieira atarracada no meio de Adão e Eva tivesse se convertido em uma beleza rósea e nívea; que as colinas além do vale estivessem cobertas de uma seda verde salpicada de roxo; que os narcisos tivessem desabrochado no jardim; que as bétulas estivessem todas ornadas com borlas douradas; que a Mulher de Vento assoprasse viçosas nuvens brancas pelo céu. Ela não via encanto ou consolo em nenhuma dessas coisas agora. E, por inexperiência, acreditava que jamais tornaria a ver.

– Mas prometi ao papai que seria corajosa – sussurrou, apertando os punhos – e vou ser. *Não* vou deixar que os Murray vejam que tenho medo deles. *Não* vou ter medo deles.

Quando o assobio longínquo do trem vespertino apitou além das montanhas, o coração de Emily começou a bater mais forte. Ela apertou as mãos fechadas e ergueu o rosto.

– Por favor, me ajude, Deus do papai... Não o Deus da Ellen – frisou. – Me ajude a ser corajosa e a não chorar na frente dos Murray.

Pouco tempo depois, ouviu-se o ruído de rodas e o som de vozes – vozes altas e decididas. Ellen subiu as escadas, ofegante, com o vestido preto nos braços, uma coisa sórdida de merino barato.

– A senhora Hubbard terminou bem a tempo, ainda bem. Não deixaria que você aparecesse na frente dos Murray sem usar preto por nada neste mundo. Não daria motivo para comentarem que não cumpri meu dever. Estão todos aqui... O pessoal de Lua Nova; Oliver com a esposa, sua tia Addie; Wallace com a esposa dele, sua tia Eva; e tia Ruth, isto é, a senhora Dutton. Já está pronta. Venha.

– Posso colocar meu colar de contas venezianas? – perguntou Emily.

– Onde já se viu?! Colar de contas venezianas com um vestido de luto?! Que vergonha! Isso é hora de pensar em vaidades?

– Não é vaidade! – exclamou Emily. – Foi o papai quem me deu esse colar no Natal passado, e quero mostrar aos Murray que tenho *algo*!

– Pare com essa besteira! Venha logo, rápido! E se comporte; muita coisa depende da impressão que você vai causar neles.

Emily desceu as escadas rigidamente, seguida por Ellen, e entrou na sala de visitas. Oito pessoas estavam assentadas pela sala, e ela sentiu imediatamente o olhar crítico de oito pares de olhos desconhecidos. Parecia demasiado pálida e insossa naquele vestido preto; as olheiras arroxeadas deixadas pelo choro faziam com que seus olhos parecessem exageradamente grandes e ocos. Estava apavorada, e tinha noção disso, mas não deixaria que os Murray percebessem. Ergueu a cabeça e enfrentou com dignidade o suplício que a aguardava.

– Este – disse Ellen, virando-a pelos ombros – é seu tio Wallace.

Emily estremeceu e estendeu a mão fria. Não gostou dele – soube disso imediatamente. Era escuro, soturno e feio, com sobrancelhas eriçadas e franzidas, e uma boca austera e impiedosa. Tinha grandes bolsas sob os olhos e suíças negras cuidadosamente aparadas.

– Como vai, Emily? – disse ele friamente, inclinando-se com a mesma frieza e beijando-lhe a bochecha.

Uma imediata onda de indignação atravessou a alma de Emily. Como ele ousava beijá-la? Ele odiara seu pai e deserdara sua mãe! Ela não admitiria nenhum de seus beijos! Em um piscar de olhos, ela sacou o lenço do bolso e limpou a bochecha ultrajada.

– Ora essa! – exclamou uma voz desagradável do outro lado da sala.

Tio Wallace parecia querer dizer muitas coisas, mas não conseguia pensar em nenhuma. Com um grunhido de desespero, Ellen empurrou a menina em direção à próxima visita.

– Sua tia Eva – disse ela.

Tia Eva estava sentada, envolta em um xale. Tinha a típica cara mal--humorada dos inválidos imaginários. Apertou a mão de Emily e não disse nada. Nem Emily.

– Seu tio Oliver – anunciou Ellen.

Emily gostou bastante da aparência do tio Oliver. Ele era robusto, gordo, rosado e risonho. Ela pensou que não se importaria tanto se *ele* a beijasse, apesar do bigode branco e eriçado. Mas tio Oliver aprendera a lição do tio Wallace.

– Dou-lhe uma moeda por um beijo – sussurrou ele, espertinho. Tio Oliver achava que, para ser gentil e simpático, era preciso fazer piadas. Emily, contudo, não sabia disso e não gostou do que ouviu.

– Não vendo meus beijos – disse ela, erguendo a cabeça tão altivamente quanto qualquer um daqueles Murray.

Tio Oliver soltou uma gargalhada e pareceu infinitamente divertido e de modo nenhum ofendido. Contudo, Emily ouviu uma fungada do outro lado da sala.

Tia Addie foi a próxima. Era tão gorda, rosada e risonha quanto o marido e apertou a mão de Emily com um aperto gelado e gentil.

– Como vai, querida? – disse.

Aquele "querida" comoveu Emily e abalou levemente sua frieza. Mas a próxima da fila fê-la recompor a postura gélida imediatamente. Era tia Ruth – Emily soube que era tia Ruth antes mesmo que Ellen o dissesse, e sabia também que fora tia Ruth quem dissera "ora essa" e fungara anteriormente. Ela conhecia aqueles olhos frios e acinzentados, aqueles cabelos opacos e empertigados, aquela figura baixa e corpulenta, aqueles lábios finos, apertados e implacáveis.

Tia Ruth estendeu a ponta dos dedos, mas Emily não os tomou.

– Aperte a mão da sua tia – disse Ellen, em um murmúrio irritado.

– Ela não quer apertar minha mão – rebateu Emily em voz alta –, por isso não vou apertar a dela.

Tia Ruth recolheu a mão desprezada, entrelaçando os dedos sobre o colo coberto de seda negra.

– Você é bastante malcriada, menina – disse –, mas, obviamente, não se poderia esperar outra coisa.

Emily sentiu um remorso imediato. Será que maculara a imagem do pai com seu comportamento? Talvez, no fim das contas, devesse ter apertado a mão de tia Ruth, mas era tarde demais, pois Ellen já a empurrava para a frente.

– Este é seu primo, o senhor James Murray – disse Ellen, com o tom de desgosto de alguém que precisa realizar uma tarefa de que não gosta e está ansioso por terminá-la.

– Primo Jimmy, primo Jimmy – disse ele. Emily o fitou e no mesmo instante percebeu que gostava dele, sem nenhuma ressalva.

Ele tinha um rosto pequeno e rosado, como de um elfo, e uma barba grisalha bifurcada. Os cachos castanhos e sedosos caíam-lhe pela cabeça, dando-lhe o aspecto de um esfregão, o que não era nada típico dos Murray, e os olhos, grandes e castanhos, eram tão francos e gentis quanto os de uma criança. Apertou a mão de Emily com cordialidade, embora, enquanto o fazia, olhasse de soslaio para a dama à sua frente.

– Olá, gatinha[4] – disse.

Emily lhe sorriu, mas, como de costume, seu sorriso demorou tanto para se formar que Ellen a empurrou adiante antes que ele desabrochasse por completo, e foi tia Laura quem se beneficiou dele. Tia Laura se sobressaltou e empalideceu.

– Mas é o sorriso de Juliet! – exclamou, quase sem ar. Novamente, tia Ruth fungou.

Tia Laura não se parecia com mais ninguém na sala. Era quase bela, com traços delicados e belos, fartos e lustrosos cabelos claros, levemente grisalhos, presos firmemente em várias voltas ao redor da cabeça. Mas foram seus olhos que conquistaram Emily. Eram tão, mas tão azuis. Ninguém superava completamente o choque causado por aquele azul. E sua voz era bela e suave.

– Minha querida, pobrezinha! – disse, pondo os braços em volta de Emily e dando-lhe um abraço carinhoso.

Emily correspondeu ao abraço e por pouco escapou de deixar os Murray verem-na chorar. A única coisa que a salvou foi o fato de Ellen tê-la empurrado repentinamente em direção ao canto da sala, junto à janela.

– E esta é sua tia Elizabeth.

Sim, aquela era tia Elizabeth. Não havia dúvida. Ela trajava um sóbrio vestido de cetim preto; tão sóbrio e fino que Emily teve certeza de ser o melhor que ela tinha. Isso a alegrou. Independentemente do que tia Elizabeth pensasse sobre seu pai, pelo menos ela lhe demonstrara respeito com seu melhor vestido. E tia Elizabeth era muito elegante: alta, magra,

---

[4] No original, o termo usado (*little pussy*) não tem conotação sexual nem de elogio à beleza. Trata-se apenas de um apelido carinhoso. (N.T.)

austera, com feições bem definidas e um enorme diadema de cabelos pra-
teados sob a touca de amarrar. Mas seus olhos, apesar de serem de um azul
como o do aço, eram tão frios como os de tia Ruth, e seus lábios longos
e finos se apertavam com severidade. Sob seu olhar frio e perscrutador,
Emily se fechou e trancou as portas da alma. Teria gostado de agradar tia
Elizabeth, que era a "chefe" de Lua Nova, mas sentiu que não era capaz
de fazê-lo.

Tia Elizabeth apertou a mão de Emily sem dizer nada. A verdade era
que não sabia exatamente o que dizer. Elizabeth Murray jamais se sentiria
"intimidada" diante de um rei ou governador-geral[5]; o orgulho dos Murray
a teria assistido nisso. Mas ela não podia deixar de se sentir incomodada na
presença daquela criança estranha que sustentava o olhar e demonstrara
ser tudo, exceto mansa e humilde.

– Vá se sentar no sofá – ordenou Ellen.

Emily se sentou no sofá com os olhos voltados para baixo; uma pequena figura frágil e indomável. Entrelaçou os dedos no colo e cruzou os
tornozelos. Era preciso que vissem que tinha bons modos.

Ellen se recolhera na cozinha, agradecendo a Deus por aquilo ter
acabado. Emily não gostava de Ellen, mas se sentiu abandonada quando
se afastou. Agora ela se via sozinha diante do julgamento dos Murray.
Ainda assim, no fundo da mente, formava-se um desejo de escrever tudo
sobre aquilo no velho caderno. Seria interessante. Ela poderia descrevê-los
todos – sabia que era capaz. Já tinha a descrição perfeita para os olhos de
tia Ruth: "olhos cinza cor de pedra", tão duros, frios e implacáveis quanto
estas. Então, uma pontada atravessou-lhe o peito: seu pai jamais tornaria
a ler o que ela escreveria em seu caderno.

Ainda assim, sentiu que gostaria muito de escrever sobre tudo aquilo. Qual seria a melhor forma de descrever os olhos de tia Laura? Eram
tão bonitos; dizer apenas "azuis" não significava nada: centenas de

---

[5] Mesmo após a independência, o Canadá seguiu sendo monarquia. Como o rei ou a rainha do
Canadá também são chefe de Estado do Reino Unido, passando a maior parte do tempo nesse país,
a Coroa é representada, em terras canadenses, por um governador-geral. (N.T.)

pessoas tinham olhos azuis. Até ela tinha! Já sabia: "poços azuis"; sim, era isso mesmo.

E então o lampejo surgiu!

Era a primeira vez que surgia desde aquela trágica noite em que Ellen a encontrara na soleira da porta. Ela achava que ele jamais voltaria a se manifestar, mas então, naquele momento e lugar tão improváveis, ele se manifestara. Com olhos que não eram os do sentido da visão, ela viu o maravilhoso mundo atrás do véu. A coragem e a esperança inundaram sua pequena alma fria como uma onda de luz rosada. Ergueu a cabeça e olhou em volta destemidamente – "indecentemente", como diria tia Ruth mais tarde.

Sim, ela escreveria sobre todos eles em seu caderno – descreveria cada um deles: a doce tia Laura; o gentil primo Jimmy; o sombrio e velho tio Wallace; o tio Oliver da cara de lua; a imponente tia Elizabeth; e a detestável tia Ruth.

– Ela tem aparência muito frágil, essa menina – disse tia Eva de repente, com a voz mal-humorada e sem vida.

– E o que mais você esperava? – indagou tia Addie, com um suspiro que, para Emily, pareceu ter algum significado catastrófico. – Ela é pálida demais; se tivesse alguma cor, não teria má aparência.

– Não sei com quem ela se parece – observou tio Oliver, encarando Emily.

– Visivelmente, não é uma Murray – redarguiu tia Elizabeth, em tom decidido e desaprovador.

"Falam de mim como se eu nem estivesse aqui", pensou Emily, com o coração repleto de indignação diante da indecência de tudo aquilo.

– Também não diria que é uma Starr – continuou tio Oliver. – Para mim, ela se parece mais com os Byrd; tem o cabelo e os olhos da avó.

– Tem o nariz do velho George Byrd – observou tia Ruth, em tom que não deixava dúvida quanto sua opinião acerca do nariz de George.

– Tem a testa do pai – comentou tia Eva, também em tom de desaprovação.

– E o sorriso da mãe – ponderou tia Laura, mas em tom de voz tão baixo que ninguém a escutou.

– E os cílios longos de Juliet... Juliet não tinha cílios extremamente longos? – questionou tia Addie.

A paciência de Emily chegara ao limite.

– Vocês estão fazendo eu me sentir como uma colcha de retalhos! – exclamou, indignada.

Os Murray a encararam. Talvez tenham se sentido um pouco mal, pois, no fim das contas, nenhum deles era ogro e todos eram humanos – mais ou menos. Aparentemente, ninguém conseguia pensar em nada para dizer, mas o silêncio constrangedor foi interrompido por uma risada do primo Jimmy; uma risada baixinha, divertida e completamente isenta de malícia.

– Isso mesmo, gatinha – disse ele. – Faça frente a eles... Se defenda!

– Jimmy! – repreendeu tia Ruth.

Jimmy se calou.

Tia Ruth olhou para Emily.

– Quando eu era menina – disse ela –, nunca dizia nada antes de me dirigirem a palavra.

– Mas, se ninguém falasse antes de lhe dirigirem a palavra, não haveria conversa – argumentou Emily.

– E eu nunca respondia – continuou tia Ruth, com severidade. – Naquela época, as meninas eram bem-educadas. Éramos polidas e respeitosas com os mais velhos. Aprendíamos qual era o nosso lugar e não nos esquecíamos.

– Acho que você não se divertia muito – disse Emily, engolindo o fôlego de pavor em seguida. Não pretendia dizer isso em voz alta; pretendia que ficasse só em *pensamento*. Mas desenvolvera o velho hábito de pensar em voz alta para o pai.

– Me divertir?! – repetiu tia Ruth, em tom abismado. – Eu não pensava em diversão quando era menina.

– Sim, imagino – disse Emily, séria, com a voz e a postura perfeitamente respeitosas, ávida por reparar o lapso involuntário. Ainda assim, tia Ruth a olhou como se quisesse lhe dar um safanão na orelha. Aquela criança estava sentindo *pena* dela; insultando-a ao se compadecer *dela* por causa da infância decorosa e impecável.

Felizmente, Ellen Greene surgiu nesse momento, anunciando o jantar.

– Você precisa esperar – sussurrou ela para Emily. – Não tem lugar para você na mesa.

Emily ficou feliz. Sabia que não conseguiria comer um grão com os Murray a observando. Empertigados, as tias e os tios se afastaram, sem prestar atenção nela – salvo tia Laura, que se voltou para trás e lhe lançou um beijinho furtivo. Antes que Emily pudesse responder, Ellen Greene fechou a porta.

Emily ficou sozinha na sala, envolta pelas sombras do crepúsculo. O orgulho que a sustentava na presença dos Murray subitamente a abandonou, e ela sentiu as lágrimas se aproximarem. Caminhou até a porta fechada na outra extremidade do salão, abriu-a e entrou. O caixão do pai estava no centro do pequeno cômodo, que fora um quarto. Estava coberto de flores – os Murray haviam agido da forma correta quanto a isso, bem como quanto a todo o resto. A grande coroa de rosas brancas trazida por tio Wallace se impunha agressivamente sobre a mesinha de cabeceira. Emily não conseguiu ver o rosto do pai, pois sobre o vidro havia um travesseiro de jacintos brancos de fragrância muito forte, trazido por tia Ruth, e ela não ousou movê-lo. Encolhida no chão, encostou a face na lateral lustrosa do caixão. Encontraram-na ali, dormindo, quando retornaram do jantar. Tia Laura a pegou no colo e disse:

– Vou levar a coitadinha para a cama; ela está exausta.

Emily entreabriu os olhos e olhou em volta, um tanto sonolenta.

– O Mike pode vir comigo? – perguntou.

– Quem é Mike?

– Meu gato... Meu gato cinza.

– Um gato! – exclamou tia Elizabeth, abismada. – Você não deve levar um gato para o quarto!

– E por que não? Só uma vez... – rogou Laura.

– Absolutamente não! – contestou tia Elizabeth. – O gato é o animal mais imundo de se ter em um quarto. Muito me surpreende você, Laura! Leve essa menina para a cama e certifique-se de que esteja bem coberta. A noite está fria... E não quero mais ouvir falar nesse assunto de dormir com gatos.

– Mike é um gato limpinho – disse Emily. – Ele se limpa... todos os dias.

– Leve-a para a cama, Laura! – ordenou tia Elizabeth, ignorando os apelos de Emily.

Tia Laura aquiesceu docilmente. Levou Emily para cima, ajudou-a a tirar a roupa e a colocou na cama, debaixo de grossos cobertores. Emily estava bastante sonolenta, mas, antes de se entregar completamente ao sono, sentiu algo macio, quente, ronronante e amigável se aconchegando em seu ombro. Tia Laura descera furtivamente, encontrara Mike e o trouxera para ficar com ela. Tia Elizabeth não chegou a perceber, e Ellen Greene não ousou dizer uma palavra em contrário – afinal, aquela não era Laura Murray de Lua Nova?

Um conclave familiar

Emily acordou com o raiar do dia seguinte. Através da janela baixa e sem cortinas, viu o esplendor do nascer do sol que entrava no quarto, bem como uma débil estrela branca que se demorava no céu verde cristalino sobre o Pinheiro Galo. Um doce e fresco vento matinal soprava em torno dos beirais. Ellen Greene dormia na cama maior e roncava alto. Exceto por aquele ruído, a pequena casa estava muito silenciosa. Era a oportunidade pela qual Emily esperava.

Muito cuidadosamente, desceu da cama, atravessou o quarto na ponta dos pés e abriu a porta. Mike se desenroscou do tapete no meio do assoalho e a seguiu, esfregando o corpinho quente contra os pequenos e gélidos tornozelos da dona. Sentindo-se quase culpada, Emily desceu as escadas vazias e escuras. Como rangiam aqueles degraus! Com certeza acordariam todo mundo! Mas ninguém apareceu, e ela enfim entrou no salão, suspirando fundo ao fechar a porta. Atravessou o cômodo praticamente correndo rumo à outra porta.

O travesseiro de flores de tia Ruth ainda cobria o vidro do caixão. Apertando os lábios em um gesto que a deixou estranhamente parecida com tia Elizabeth, Emily levantou o travesseiro e o pousou no chão.

– Oh, papai! Papai! – sussurrou ela, levando a mão à boca como se para impedir que algo saísse. Ficou lá, plantada, uma pequena e trêmula figura vestida de branco, observando o pai. Esse seria seu adeus. Devia despedir-se agora que estavam juntos, a sós; não queria dizer adeus na frente dos Murray.

Ele estava tão bonito. Todas as rugas de dor haviam sumido; o rosto parecia até o de um menino, exceto pelo cabelo grisalho. E ele sorria; um sorrisinho tão sábio e brejeiro, como se tivesse acabado de descobrir algo lindo, inesperado e surpreendente. Emily vira muitos sorrisos no rosto do pai em vida, mas nenhum como aquele.

– Pai, não chorei na frente deles – sussurrou ela. – Tenho certeza de que não envergonhei os Starr. Não ter apertado a mão da tia Ruth não foi uma vergonha para os Starr, foi? Porque ela realmente não fazia a menor questão de que eu a apertasse... Ah, pai, acho que nenhum deles gosta de mim; talvez só tia Laura goste um pouco. Vou chorar um pouquinho agora, pai, porque não consigo segurar o tempo *todo*.

Ela recostou o rosto no vidro frio e soluçou amarga, mas brevemente. Era preciso que dissesse seu adeus antes que alguém a visse. Erguendo o rosto, observou longa e intensamente o amado rosto do pai.

– Adeus, meu querido – sussurrou ela, engasgando-se com o choro.

Secando as lágrimas que a cegavam, devolveu no lugar o travesseiro de flores, ocultando de si o rosto do pai para sempre. Em seguida, saiu apressada, com a intenção de retornar rapidamente ao quarto. Quando chegou à porta, quase caiu em cima do primo Jimmy, que estava sentado em uma cadeira em frente à porta, envolto em um enorme robe xadrez, acariciando Mike.

– Psiu! – sussurrou ele, dando-lhe um tapinha no ombro. – Ouvi você descendo e a segui. *Sabia* o que você queria. Fiquei aqui sentado para mantê-los longe se algum deles viesse atrás de você. Tome, fique com isto e volte logo para a cama, gatinha.

"Isto" era um pacote de balas de menta. Emily o pegou e escapuliu, tomada de vergonha por ter sido vista de camisola pelo primo Jimmy. Ela odiava balas de menta e nunca as comia, mas a gentileza do primo

Jimmy Murray ao presenteá-la com o doce fez seu coração estremecer de prazer. E ele a chamara de "gatinha", isso lhe agradava. O pai lhe dera tantos "querida", "amada", "Emilyzinha", "menininha linda", "meu amor" e "fadinha". Ele tinha um apelido para cada humor, e ela adorava todos eles. Quanto ao primo Jimmy, ele era agradável. Qualquer que fosse a parte dele em que faltava um parafuso, certamente não era o coração. Sentiu-se tão grata quando já estava sã e salva na cama que se forçou a comer uma das balas, embora tenha precisado valer-se de toda a coragem para engolir.

O funeral foi realizado naquela manhã. Pelo menos uma vez aquela casinha solitária no vale ficou cheia de gente. O caixão foi levado para o vestíbulo, e os Murray, enlutados, sentaram-se rígida e decorosamente em torno dele, com Emily ao centro, pálida e empertigada em seu vestido preto. Ela se sentou entre tia Elizabeth e tio Wallace e não ousou mover um músculo sequer. Nenhum outro Starr esteve presente. O pai não tinha parentes que morassem perto. Os moradores de Maywood vieram espiar o corpo com um atrevimento e uma curiosidade insolente que jamais ousaram demonstrar quando ele estava vivo. Emily odiava vê-los espiando o pai daquela forma. Não tinham o direito; nunca haviam sido amigáveis com ele em vida; haviam dito coisas duras sobre ele; Ellen Greene por vezes as repetia. Cada olhar lançado sobre ele feria Emily, mas ela se sentava rígida, sem demonstrar nenhum sinal disso. Mais tarde tia Ruth diria que jamais vira uma criança tão absolutamente desprovida de qualquer sentimento natural.

Quando a cerimônia acabou, os Murray se levantaram e marcharam em torno do caixão para um zeloso olhar de despedida. Tia Elizabeth tomou a mão de Emily e tentou arrastá-la consigo, mas Emily a puxou de volta e balançou a cabeça. Já dissera seu adeus. Por um momento, tia Elizabeth pareceu querer insistir, mas logo seguiu adiante soturnamente, feito a Murray que era. Não se fazem cenas em funerais.

Douglas Starr seria levado a Charlottetown, para ser enterrado ao lado da esposa. Todos os Murray iriam, exceto Emily. Ela observou a procissão fúnebre subir a longa colina coberta de grama, sob a chuva fina e cinzenta que começava a cair. Alegrava-a que estivesse chovendo; ouvira Ellen Greene dizer diversas vezes que bem-aventurado era o corpo sobre o qual caía a chuva; e era mais fácil ver o pai partir sob aquele chuvisco suave e gentil que sob um sol resplandecente e risonho.

– Bom, devo dizer que o funeral transcorreu bem – disse Ellen Greene ao seu ombro. – Tudo foi feito como se deve. Se seu pai assistiu do céu, Emily, tenho certeza de que gostou.

– Ele não está no céu – observou Emily.

– Cruz-credo! Essa menina! – Ellen não conseguiu dizer mais nada.

– Ele *ainda* não está lá. Está a caminho. Ele disse que esperaria e iria devagar até eu morrer também, para eu poder alcançá-lo. Tomara que eu morra logo.

– Mas que coisa feia de desejar – retrucou Ellen.

Quando o último coche desapareceu, Emily voltou para a sala de estar, pegou um livro na prateleira, sentou-se na poltrona e enterrou-se nele. As mulheres que haviam ficado para arrumar a casa sentiram-se satisfeitas com o fato de ela estar quieta e não atrapalhar.

– Que bom que ela sabe ler – disse a senhora Hubbard, abatida. – Outras meninas não saberiam se comportar tão bem. Jennie Hood era só gritos quando levaram a mãe dela embora. Os Hood são todos *tão* sentimentais.

Emily não estava lendo. Estava pensando. Sabia que os Murray voltariam à tarde e que seu destino provavelmente seria traçado quando isso acontecesse. "Trataremos desse assunto quando voltarmos", ouvira tio Wallace dizer de manhã, após o café. Algum instinto lhe dizia exatamente qual era o "assunto", e ela teria dado uma de suas orelhas pontudas para poder ouvir a conversa com a outra. Mas sabia muito bem que não a iriam querer por perto, de modo que não se surpreendeu quando Ellen veio até ela à tarde e disse:

– É melhor você subir, Emily. Seus tios estão chegando para tratar do assunto.

– Não posso ajudá-la com o jantar? – perguntou Emily, pensando que, se estivesse indo e vindo da cozinha, talvez conseguisse ouvir uma coisa ou outra.

– Não. Você vai mais atrapalhar que ajudar. Subindo, agora.

Ellen meneou-se rapidamente para a cozinha, sem esperar para ver se Emily acatara sua ordem. Emily levantou-se, relutante. Como poderia dormir sem saber o que aconteceria com ela? E tinha certeza de que só lhe contariam sobre sua decisão de manhã, e olhe lá.

Seus olhos pousaram sobre a mesa de formato oblongo, no meio da sala. A toalha era de proporções generosas, caindo em grandes dobras sobre o chão. Houve um vislumbre de um par de meias sobre o tapete, um fugaz movimento da toalha e, por fim... o silêncio. No chão sob a mesa, Emily ajeitou as pernas de um jeito mais confortável, sentando-se triunfantemente. Ouviria tudo que fosse decidido e ninguém a notaria.

Nunca lhe disseram que não é exatamente educado ouvir uma conversa; nunca surgira uma oportunidade para esse ensinamento em sua vida com o pai; e ela achava que fora por pura sorte que lhe ocorrera de se esconder sob a mesa. Ela conseguia até ver um pouco através da toalha. Seu coração batia tão forte de empolgação que teve medo de alguém o escutar; não havia nenhum outro som além do coaxar suave e distante dos sapos na chuva, que entrava pela janela aberta.

Eles entraram e se assentaram pelo cômodo. Emily prendeu a respiração; por alguns poucos minutos, ninguém disse nada, embora tia Eva tenha suspirado longa e profundamente. Tio Wallace pigarreou e disse:

– Bom, o que faremos com a criança?

Ninguém se apressou para responder. Emily chegou a achar que ninguém *nunca* mais diria nada. Por fim, tia Eva disse, chorosa:

– Ela é uma menina tão difícil, tão estranha... *Não* consigo entendê-la, absolutamente.

– O que eu acho – disse tia Laura, tímida – é que ela tem o que poderia se chamar de temperamento artístico.

– Ela é mimada – disse tia Ruth, decididamente. – Vai dar *trabalho* consertar o comportamento dela, se quiserem saber.

(A pequena ouvinte sob a mesa virou o rosto e lançou um olhar de desdém para tia Ruth através da toalha. "Já eu acho que o *seu* comportamento é que não funciona muito bem." Emily não ousava nem sussurrar essas palavras, mas as gesticulou com os lábios, e isso lhe causou bastante alívio e satisfação.)

– Concordo com você – disse tia Eva –, e, de minha parte, não me sinto à altura da tarefa.

(Emily entendeu que aquilo significava que tio Wallace não tinha intenção de levá-la, o que a alegrou muito.)

– Na verdade – disse tio Wallace –, tia Nancy é que deveria ficar com ela. Ela tem uma situação melhor que a de qualquer um de nós.

– Nem em sonho tia Nancy ficaria com ela, e você sabe muito bem disso! – observou tio Oliver. – Além do mais, ela já está muito velha para cuidar de uma criança... Tanto ela quanto aquela bruxa velha da Caroline. Juro pela minha alma que não acho que nenhuma das duas seja humana. Eu queria poder ficar com Emily, mas não acredito que possa. Já tenho muitas bocas para alimentar.

– Ela não vai viver o bastante para incomodar ninguém – argumentou tia Elizabeth, com firmeza. – Provavelmente vai morrer tísica feito o pai.

("Não vou! Não vou!", exclamou Emily. Ou pelo menos *pensou* com tanta força que pareceu ter exclamado. Esqueceu-se de que desejara morrer logo, para poder alcançar o pai. Agora, queria viver, só para contrariar os Murray. "Não tenho *nenhuma* intenção de morrer. Vou viver... muitos anos... e vou ser uma escritora famosa... Você vai ver se não, tia Elizabeth Murray!")

– Ela é uma criança de aparência frágil – admitiu tio Wallace.

(Emily deu vazão a seu ultraje fazendo caretas para tio Wallace pela toalha de mesa. "Se algum dia eu tiver um porco, vou dar a·ele o *seu* nome", pensou ela, deleitando-se com sua vingança.)

– Mas vocês sabem que alguém precisa cuidar dela enquanto ela estiver viva – continuou tio Oliver.

("Seria bem merecido se eu morresse *mesmo* e vocês sofressem com um remorso terrível pelo resto da vida", pensou Emily. Então, durante a pausa que se sucedeu, começou a imaginar dramaticamente seu funeral, a selecionar quem carregaria seu caixão e a escolher qual verso de hino gostaria que fosse esculpido em sua lápide. Mas, antes que pudesse terminar, tio Wallace recomeçou a falar.)

– Bem, não estamos chegando a lugar nenhum. Precisamos cuidar da criança…

("Queria que parassem de me chamar de 'criança'", pensou Emily, irritada.)

– … e um de nós precisa dar um lar a ela. A filha de Juliet não pode ser deixada à mercê de estranhos. De minha parte, acho que a saúde de Eva não suportaria a tarefa de cuidar de uma criança e educá-la…

– Ainda mais se tratando *dessa* criança! – observou tia Eva.

(Emily mostrou a língua para tia Eva.)

– Coitadinha! – exclamou tia Laura com gentileza.

(O gelo no coração de Emily se derreteu naquele momento. Sentiu-se feliz em ser chamada de "coitadinha" com tanto carinho.)

– Não me parece que você precise sentir tanta pena dela, Laura – comentou tio Wallace, decidido. – É evidente que ela não tem muitos sentimentos. Não a vi derramar uma lágrima sequer desde que chegamos.

– Notaram que ela nem quis dar uma última olhada no pai? – disse tia Elizabeth.

Subitamente, primo Jimmy assobiou para o alto.

– Ela acredita mesmo que precisa esconder seus sentimentos – respondeu tia Laura.

Tio Wallace grunhiu.

– Não acha que poderíamos levá-la, Elizabeth? – continuou tia Laura, timidamente.

– Não acho que ela ficaria satisfeita em Lua Nova, com três velhos como nós.

("Ficaria! Ficaria!", pensou Emily.)

– Ruth, e você? – perguntou tio Wallace. – Você está completamente só naquela casa enorme. Seria bom para você ter companhia.

– Não gosto dela – disse tia Ruth bruscamente. – É astuta feito uma cobra.

("Não sou!", pensou Emily.)

– Com uma educação sábia e cuidadosa, muitos dos defeitos dela podem ser remediados – disse tio Wallace, pomposamente.

("Não quero que sejam remediados!" Emily se irritava cada vez mais sob a mesa. "Gosto dos meus defeitos mais do que das suas... das suas..." Vasculhou a mente em busca de uma palavra, até que, triunfantemente, recordou-se de uma frase do pai: "das suas virtudes *abomináveis!*")

– Duvido – replicou tia Ruth, em tom ácido. – Pau que nasce torto nunca se endireita. Quanto a Douglas Starr, é uma vergonha ele ter morrido e deixado essa menina sem um centavo.

– Mas foi de propósito? – perguntou primo Jimmy, com delicadeza. Era a primeira vez que dizia algo.

– Ele era um fracassado miserável – soltou tia Ruth.

– Não era! Não era! – gritou Emily, enfiando a cabeça pela toalha entre as pernas da mesa.

Por um momento, os Murray ficaram sentados, imóveis e em silêncio, como se aquele acesso os tivesse transformado em pedra. Então tia Ruth se levantou, marchou até a mesa e, em choque, levantou a toalha atrás da qual Emily se recolhera.

– Levante-se e saia daí, Emily Starr! – ordenou tia Ruth.

Emily Starr levantou-se e saiu. Não estava exatamente com medo; estava furiosa demais para isso. Seus olhos haviam se tornado negros, e suas bochechas enrubesceram.

– Que linda! Que menina mais linda! – disse o primo Jimmy, mas ninguém o ouviu. Tia Ruth detinha a palavra.

– Sua abelhuda sem-vergonha! – bradou. – Aí está o sangue Starr se revelando; um Murray jamais faria uma coisa dessas! Você devia apanhar!

– Meu pai não era um fracassado! – exclamou Emily, engasgando-se de ódio. – Você não tem o direito de chamá-lo de fracassado. Ninguém que fosse tão amado quanto ele poderia ser um fracassado. O que eu acho é que ninguém nunca amou *você*. Então *você* é que é uma fracassada. E não vou morrer tísica.

– Você não percebe como é vergonhoso isso que acabou de fazer? – inquiriu tia Ruth, gélida de raiva.

– Queria ouvir o que vocês fariam comigo! – exclamou Emily. – Não sabia que isso era uma coisa tão terrível de fazer... Não sabia que vocês diriam coisas tão horríveis sobre mim.

– Bisbilhoteiros nunca escutam coisas boas sobre si – disse tia Elizabeth, imponente. – Sua mãe *jamais* faria isso, Emily.

A coragem abandonou a pobre Emily. Ela se sentiu culpada e desolada... Ah, tão desolada. Não sabia, mas, aparentemente, cometera um pecado abominável.

– Suba – exigiu tia Ruth.

Emily subiu sem protestar. Mas, antes de ir, olhou em volta da sala.

– Enquanto estava embaixo da mesa – disse –, fiz uma careta para tio Wallace e mostrei a língua para tia Eva.

Ela o disse arrependida, desejando confessar suas transgressões, mas é tão fácil entendermos mal os outros que os Murray, na realidade, acharam que ela estivesse se deleitando em uma demonstração gratuita de impertinência. Quando a porta se fechou atrás dela, todos, salvo tia Laura e primo Jimmy, balançaram a cabeça e resmungaram.

Emily subiu as escadas em estado de amarga humilhação. Sentia que cometera um erro muito sério, dando aos Murray o direito de desprezá-la. Além do mais, eles haviam achado que era o sangue Starr que se manifestava nela, e ela ficou sem saber o que seria dela.

Desconsolada, fitou a Emily-do-espelho.

– Eu não sabia... Não sabia... – sussurrou. – Mas, depois dessa, já sei – acrescentou, com energia repentina –, e nunca, *nunca* mais vou fazer isso de novo.

Por um momento, quis jogar-se na cama e chorar. Não era *capaz* de suportar toda a dor e a vergonha que ardiam em seu coração. Mas então seus olhos pousaram sobre o velho caderno amarelo sobre a pequena mesa. Um minuto depois, Emily estava encolhida sobre a cama, em posição de índio, escrevendo intensamente no velho caderno com seu toquinho de lápis. Enquanto os dedos voavam sobre as linhas apagadas, suas bochechas enrubesciam e os olhos brilhavam. Esqueceu-se dos Murray, embora estivesse escrevendo sobre eles; esqueceu-se da humilhação, embora estivesse escrevendo sobre o que acontecera. Durante uma hora, escreveu persistentemente, sob a parca luz da pequena lamparina enfumaçada. Não parou, exceto umas poucas vezes, para olhar pela janela e observar a beleza obscura daquela noite brumosa enquanto vasculhava a consciência à procura de alguma palavra que desejava. Quando a encontrava, soltava um suspiro alegre e entregava-se novamente à escrita.

Quando ouviu os Murray subirem as escadas, guardou o caderno. Havia terminado; escrevera tudo o que acontecera, todo aquele conclave dos Murray, concluindo seu relato com uma patética descrição do próprio leito de morte, com os Murray em pé à sua volta implorando seu perdão. De início, descreveu tia Ruth implorando de joelhos, agonizando em meio a soluços cheios de remorso. Mas então suspendeu o lápis… "Tia Ruth *jamais* se sentiria *tão* mal em relação ao que quer que fosse", pensou, riscando a linha em seguida.

Na escrita, a dor e a humilhação haviam passado. Ela só se sentia cansada e bastante feliz. Foi divertido encontrar palavras que se adequassem ao tio Wallace; e que satisfação extraordinária fora descrever tia Ruth como "uma mulher pequena e atarracada".

"Queria saber o que meus tios e minhas tias diriam se soubessem o que *realmente* penso deles", murmurou ao se deitar.

Diamante corta diamante

Visivelmente ignorada pelos Murray no café da manhã, Emily foi chamada ao salão quando a refeição terminou.

Estavam todos lá – a falange inteira –, e ocorreu a Emily, ao observar tio Wallace sentado sob a luz do raiar do sol primaveril, que, no fim das contas, ela ainda não encontrara a palavra exata para expressar aquela severidade tão particular dele.

Apoiada na mesa, tia Elizabeth se levantou. Segurava alguns pedaços de papel.

– Emily – disse –, ontem à noite não conseguimos decidir quem ficaria com você. Posso dizer que nenhum de nós se sente muito inclinado a isso, visto que você se comportou muito mal em diversas ocasiões…

– Ora, Elizabeth… – protestou Laura. – Ela… ela é filha da nossa irmã.

Elizabeth ergueu a mão com ar autoritário.

– Sou *eu* que estou falando, Laura. Tenha a bondade de não me interromper. Como dizia, Emily, não conseguimos decidir quem deveria cuidar de você. Portanto, concordamos com a sugestão do primo Jimmy de que resolvêssemos a questão com um sorteio. Tenho aqui nossos nomes, escritos nestes pedaços de papel. Você vai retirar um, e a pessoa cujo nome estiver no papel vai levá-la consigo para casa.

Tia Elizabeth estendeu os papéis dobrados. A princípio, Emily tremeu tão violentamente que não foi capaz de tirar nenhum. Aquilo era horrível; era como se ela tivesse que decidir o próprio destino às cegas.

– Tire um – disse tia Elizabeth.

Emily cerrou os dentes, ergueu a cabeça com ar de quem enfrenta o destino e tirou um papel. Tia Elizabeth o tomou da mãozinha trêmula e o ergueu. Nele, estava seu nome: "Elizabeth Murray". Imediatamente, Laura Murray levou o lenço aos olhos.

– Bom, está decidido – disse tio Wallace, levantando-se com ar de alívio. – E, se eu quiser pegar o trem, é melhor me apressar. Claro que, no que diz respeito aos gastos, vou contribuir com minha parte, Elizabeth.

– Não estamos na miséria em Lua Nova – respondeu tia Elizabeth, de forma bastante fria. – Como coube a mim levá-la, vou fazer tudo que for necessário, Wallace. Não sou de fugir das minhas obrigações.

"Sou uma obrigação para ela", pensou Emily. "O papai dizia que ninguém gosta de obrigações. Então, tia Elizabeth nunca vai gostar de mim."

– Você é mais orgulhosa que todos os Murray juntos, Elizabeth – disse tio Wallace, rindo.

Todos saíram depois dele, exceto tia Laura. Ela foi até Emily, que estava de pé, sozinha, no meio do cômodo, e tomou-a nos braços.

– Estou tão feliz, Emily… Tão feliz! – sussurrou ela. – Não tenha medo, criança. Eu já a amo… E Lua Nova é um lugar muito bom, Emily.

– O nome é… bonito – respondeu Emily, lutando para manter o autocontrole. – O tempo todo, desejei… poder ir com você, tia Laura. Acho que vou chorar… Mas não é porque estou triste de ter que ir para lá. Minha educação não é *tão* ruim quanto você deve imaginar, tia Laura… E eu não teria escutado a conversa de vocês ontem à noite se soubesse que é errado.

– Eu sei que não – respondeu tia Laura.

– Mas não sou uma Murray, não é?

Nesse momento, tia Laura disse uma coisa engraçada; pelo menos para uma Murray.

– Graças a Deus que não! – disse ela.

Primo Jimmy seguiu Emily quando ela saiu e a alcançou no pequeno vestíbulo. Olhou em volta para garantir que estavam sozinhos e sussurrou:

– Sua tia Laura tem uma mão ótima para fazer pastéis de maçã[6], gatinha.

Emily gostou da sensação que o doce lhe proporcionou, apesar de não saber exatamente como era. Sussurrando, respondeu com uma pergunta que jamais ousaria fazer a tia Elizabeth ou a tia Laura.

– Primo Jimmy, quando elas fizerem bolo em Lua Nova, será que vão me deixar raspar a tigela e lamber a colher?

– Laura, sim; Elizabeth, não – sussurrou primo Jimmy, cerimonioso.

– E encostar meus pés no forno quando eles estiverem gelados? E comer um biscoito antes de dormir?

– A resposta é a mesma que dei antes – disse primo Jimmy. – *Vou* recitar minhas poesias para você. São poucas as pessoas para as quais faço isso. Já compus uns mil poemas. Não estão escritos; guardo todos aqui – afirmou, tocando a testa com o dedo.

– É muito difícil escrever poesias? – perguntou Emily, olhando com respeito para o primo Jimmy.

– Se você conseguir achar rimas suficientes, é simples como respirar – respondeu ele.

Todos foram embora naquela manhã, exceto os moradores de Lua Nova. Tia Elizabeth anunciou que ficaria até o dia seguinte para fazer as malas e levar Emily consigo.

– A maior parte dos móveis pertence à casa – disse –, então não vamos demorar muito para nos aprontar. Precisamos embalar apenas os livros de Douglas Starr e seus poucos pertences.

– Como vou levar meus gatos? – perguntou Emily, ansiosa.

Tia Elizabeth a encarou.

---

[6] No original, *apple turnover*, que é basicamente um pastel assado de massa folhada recheado com maçã. (N.T.)

– Gatos?! Você não vai levar nenhum gato, mocinha!

– Mas preciso levar Mike e Sal Sapeca! – exclamou Emily, desesperada. – Não posso deixá-los. Não consigo viver sem gatos.

– Que bobagem! Tem gatos no celeiro de Lua Nova; mas eles não podem entrar em casa.

– Você não gosta de gatos? – perguntou Emily, pensativa.

– Não.

– Não gosta de sentir o pelo macio e gostoso de um gato bem fofinho? – insistiu Emily.

– Não; prefiro acariciar uma cobra.

– Lá tem uma boneca de cera linda, que era da sua mãe – disse tia Laura. – Vou vesti-la para você.

– Não gosto de bonecas... Elas não falam! – exclamou Emily.

– Gatos também não.

– Como não? O Mike e a Sal Sapeca falam. Ah, *preciso* levá-los. *Por favor*, tia Elizabeth. *Amo* esses gatos. E eles são os únicos seres no mundo que ainda me amam. Por favor!

– Que diferença faz um gato a mais ou a menos em uma propriedade de oitenta hectares? – questionou primo Jimmy, puxando a barba bifurcada. – Deixe Emily levá-los, Elizabeth.

Tia Elizabeth considerou por um momento. Não conseguia entender como alguém poderia querer um gato. Era uma dessas pessoas que não conseguem entender nada a não ser que alguém lhes explique tudo de forma muito clara e lhes enfie a coisa na cabeça. E, mesmo assim, são capazes de entender apenas com a cabeça, mas não com o coração.

– Pode levar *um* – disse, por fim, com ar de quem faz uma enorme concessão. – Um gato e nada mais. Não, sem discussão. É melhor você aprender de uma vez, Emily, que, quando *eu* digo algo, é para valer. Já basta, Jimmy.

Primo Jimmy engoliu algo que estava por dizer, meteu as mãos nos bolsos e se pôs a assobiar para o teto.

– Quando ela não quer, não adianta... É bem uma Murray. Todos nascemos com essa característica, gatinha, e você vai ter que aprender a lidar... Até porque você mesma tem muito disso, sabia? E tem gente que diz que você não é uma Murray! Você só é uma Starr por fora.

– Não é verdade... Sou uma Starr *por inteiro*... É o que *quero* ser! – exclamou Emily. – Oh, como vou ser capaz de escolher entre o Mike e a Sal Sapeca?

Esse era, de fato, um problema. Emily pelejou com ele o dia todo, com o coração pesado. Gostava mais de Mike, não havia dúvida disso; mas *não poderia* deixar Sal Sapeca à mercê de Ellen. Ellen sempre odiara Sal, mas gostava bastante de Mike, e seria boa com ele. Ellen ia voltar para sua casinha no vilarejo de Maywood e queria um gato. Enfim, à noite, Emily tomou a amarga decisão. Levaria Sal Sapeca.

– Melhor levar o macho – disse primo Jimmy. – Não dá trabalho com filhotes, sabe, Emily?

– Jimmy! – chamou tia Elizabeth com rudeza.

A severidade chamou a atenção de Emily. Por que não se podia falar nos filhotes? Mas não gostou de ouvir Mike sendo chamado de "o macho". De alguma forma, aquilo soava ofensivo.

Também não gostou da pressa e da comoção ao empacotar as coisas. Ansiava pela velha quietude e pelas doces e saudosas conversas com o pai. Sentia como se ele tivesse sido violentamente apartado dela por aquela enxurrada de Murray.

– O que é isto? – perguntou tia Elizabeth de repente, parando de encaixotar por um momento. Emily ergueu o olhar e viu, abismada, que tia Elizabeth tinha nas mãos seu velho caderno de relatos. Que o estava abrindo, que o estava *lendo*! Emily atravessou o cômodo em um disparo e tomou o caderno de suas mãos.

– Você não pode ler isso, tia Elizabeth! – exclamou, indignada. – É meu... é propriedade particular *minha*.

– Quanta arrogância, senhorita Emily! – disse tia Elizabeth, encarando-a. – Deixe-me lhe dizer uma coisa: tenho o direito de ler seus cadernos. Sou responsável por você agora. Não vou permitir que nada seja escondido ou dissimulado, entendeu? Está claro que você tem algo aí que tem vergonha de mostrar, e eu exijo saber. Me dê o caderno.

– Não tenho vergonha dele – disse Emily, recuando e apertando o precioso caderno contra o peito. – Mas não vou deixar que você o veja; nem você nem *ninguém*.

Tia Elizabeth avançou em direção à sobrinha.

– Emily Starr, você ouviu o que eu disse? Me dê esse caderno *agora*!

– Não! Não!

Emily virou-se e fugiu. *Jamais* permitiria que tia Elizabeth visse aquele caderno. Correu para o fogão. Levantou a tampa de uma das bocas e lançou o caderno no fogo ardente. O caderno queimou-se rapidamente. Emily observou em agonia. Era como se uma parte dela ardesse em chamas. Mas tia Elizabeth jamais o veria... Jamais veria todas as lindas coisas que escrevera e lera para o pai... Todas as fantasias sobre a Mulher de Vento, sobre a Emily-no-espelho, todos os diálogos felinos, todas as coisas que havia escrito nele sobre os Murray na noite anterior. Observou as folhas se contorcerem e murcharem, como se fossem seres vivos, tornando-se negras em seguida. Em uma das folhas, um trecho escrito apareceu nitidamente: "Tia Elizabeth é muito fria e *aroganti*"[7]. E se tia Elizabeth tivesse lido *isso*? E se estivesse lendo isso agora?! Emily olhou apreensivamente para trás. Não, tia Elizabeth voltara para o quarto e fechara a porta de maneira que seria considerada um golpe em qualquer outra pessoa que não fosse uma Murray. O caderno converteu-se em um amontoado de fios brancos sobre as brasas reluzentes. Emily sentou-se ao lado do fogão e começou a chorar. Sentia como se tivesse perdido algo incalculavelmente precioso. Era terrível pensar que todas aquelas coisas lindas haviam se perdido. Jamais seria capaz de escrevê-las de novo – não exatamente da mesma forma; e, mesmo se pudesse, não ousaria... Não ousaria escrever mais *nada*, já que tia Elizabeth precisava ver tudo. O pai jamais insistia em ver nada. *Ela* é que gostava de ler o que escrevia para ele – mas, se ela não quisesse fazê-lo, ele jamais a obrigaria. Com lágrimas correndo pelas faces, Emily

---

[7] No original, grafou-se a palavra *haughty* ("arrogante") como *hawty* – uma incorreção que simula a ortografia infantil. Muitas serão as vezes em que a autora se utilizará desse artifício para reproduzir a escrita incorreta de Emily. Buscou-se adaptar isso à tradução, grafando-se em *itálico* as palavras que, no original em inglês, contêm erros ortográficos deliberados. (N.T.)

escreveu uma frase em um caderno imaginário: "Tia Elizabeth é fria e *aroganti*; e é injusta".

Na manhã seguinte, enquanto primo Jimmy amarrava as caixas na traseira da carruagem de dois lugares e tia Elizabeth dava a Ellen as últimas instruções, Emily despediu-se de tudo: do Pinheiro Galo e de Adão e Eva ("Vão sentir minha falta quando eu me for; não vai ter ninguém para amá-los", disse ela, melancólica); da teia de aranha junto à janela da cozinha; da velha poltrona; do canteiro de capim-zebrina; das bétulas prateadas. Depois, subiu para o antigo quarto. Aquela pequena janela sempre pareceu a Emily estar aberta para um mundo de maravilhas. No caderno queimado, havia um trecho do qual ela particularmente sentia bastante orgulho. "Uma *discrissão* da *vizta* da minha Janela". Ela se sentava ali e sonhava; à noite, ajoelhava-se junto a ela e rezava. Muitas foram as vezes em que as estrelas brilharam através dela; a chuva bateu contra ela; pequenos pardais e andorinhas a visitaram; fragrâncias flutuaram por ela, vindas da macieira e do lilás em flor; a Mulher de Vento suspirou, cantou e assobiou junto ao seu beiral – Emily já a ouvia por ali nas noites escuras e durante as violentas tempestades brancas de inverno. Não disse adeus à Mulher de Vento, pois sabia que ela também estaria em Lua Nova; mas disse adeus à pequena janela, à adorável colina verdejante, aos campos povoados de fadas e à pequena Emily-no-espelho. Talvez houvesse outra Emily-no-espelho em Lua Nova, mas não seria a mesma. Então desprendeu da parede e guardou no bolso a foto de um vestido de baile que recortara de uma revista de moda. Era um vestido tão lindo – todo de renda branca e ramos de botões de rosa, com cauda longuíssima de folho rendado que se estenderia facilmente através de um cômodo. Emily imaginara-se milhares de vezes usando aquele vestido, desfilando por um salão de baile feito uma rainha da beleza. Lá embaixo, aguardavam por ela. Emily disse um adeus indiferente a Ellen Greene; jamais gostara dela e, desde a noite em que ela lhe contara que o pai estava moribundo, a odiava e temia.

Ellen surpreendeu Emily ao irromper em lágrimas e abraçá-la, implorando que não se esquecesse dela, pedindo que lhe escrevesse, chamando-a de "minha menina abençoada".

– Não sou sua menina abençoada – disse Emily –, mas vou lhe escrever. Você cuidará bem do Mike?

– Chego a achar que você está mais triste em deixar o gato que a mim – choramingou Ellen.

– Mas é óbvio – disse Emily, surpresa que houvesse qualquer dúvida a respeito disso.

Foi preciso que ela lançasse mão de toda sua determinação para não chorar ao dizer adeus a Mike, que estava todo encolhido, tomando sol no gramado, na parte de trás da casa.

– Talvez eu volte a ver você de novo – sussurrou ela ao abraçá-lo. – Estou certa de que os gatos bons vão para o céu.

E então partiram na carruagem de dois lugares com seu toldo franjado, típico dos Murray de Lua Nova. Emily jamais andara em algo tão esplêndido. Nunca fizera muitos passeios de carruagem. Vez ou outra o pai tomava emprestada a velha charrete e o pônei cinza do senhor Hubbard para ir a Charlottetown. A charrete era barulhenta, e o pônei, lento, mas o pai conversava com ela durante todo o caminho, o que tornava a viagem maravilhosa.

Primo Jimmy e tia Elizabeth foram na frente, esta última muito imponente com o manto e a touca de renda negra. Tia Laura e Emily ocuparam o assento de trás, com Sal Sapeca entre elas, tremendo penosamente.

Emily olhou para trás enquanto atravessavam o caminho coberto de grama e teve a impressão de que a velha casinha marrom do vale parecia estar com o coração partido. Quis voltar correndo para confortá-la. Apesar da determinação, lágrimas vieram-lhe aos olhos. Tia Laura estendeu a mão gentil sobre a cesta de Sal e tomou a de Emily, dando-lhe um aperto íntimo e compreensivo.

– Oh, eu te amo, tia Laura – sussurrou Emily.

E os olhos de tia Laura eram muito, mas muito azuis, profundos e carinhosos.

Lua Nova

Emily adorou viajar de carruagem pelo mundo florido de junho. Ninguém falava muito; até mesmo Sal Sapeca havia se entregado ao silêncio do desespero. Ocasionalmente primo Jimmy tecia uma observação, mais para si, como parecia, que para qualquer outra pessoa. Algumas vezes, tia Elizabeth respondia, outras, não. Ela sempre falava de maneira fria e jamais usava palavras desnecessárias.

Pararam em Charlottetown e jantaram. Emily, que perdera o apetite desde a morte do pai, não conseguiu comer a carne assada que a garçonete da pensão pôs à sua frente. Então, tia Elizabeth sussurrou algo misterioso no ouvido da funcionária, que saiu de cena e retornou com um prato farto e bonito de frango, cortado em fatias finas e brancas e acompanhado por uma alface belamente retalhada.

– Quer comer *isto*? – perguntou tia Elizabeth de maneira áspera, como se falasse com um réu em um tribunal.

– Vou tentar – murmurou Emily, assustada demais nesse momento para dizer qualquer outra coisa. No entanto, ao tentar engolir alguns pedaços de frango, decidiu que determinado assunto precisava ser esclarecido. – Tia Elizabeth – disse.

– O que foi? – respondeu tia Elizabeth, direcionando os olhos azul-
-escuros para o olhar apreensivo da garota.

– Gostaria que entendesse – Emily começou a falar de maneira afetada,
mas precisa, na tentativa de transmitir suas ideias corretamente – que
não deixei de comer a carne assada porque não gostei dela. Eu não estava
com fome e só comi um pouco do frango para lhe obedecer, não porque
o preferi à carne.

– As crianças têm de comer o que quer que seja colocado em seus pratos
e nunca devem torcer o nariz diante de alimentos bons e saudáveis – disse
tia Elizabeth com ar de severidade. Então Emily percebeu que tia Elizabeth
não entendera nada e ficou desapontada.

Após o jantar, tia Elizabeth anunciou a tia Laura que elas iriam às
compras.

– Precisamos comprar algumas coisas para a criança – disse ela.

– Por favor, não me chame de "criança" – exclamou Emily. – Isso me
faz sentir como se não pertencesse a lugar algum. Você não gosta do meu
nome, tia Elizabeth? Mamãe gostava tanto; além disso, não preciso de
nada. Tenho dois conjuntos completos de roupas de baixo, apenas um
está remendado.

– Shhhhh! – exclamou primo Jimmy enquanto lhe auferia um gentil
chute na canela debaixo da mesa.

Ele só queria que ela entendesse que era melhor deixar que tia Elizabeth
lhe comprasse algumas coisas, pois estava animada para isso, mas Emily
pensou que ele a censurava por ter mencionado assuntos como suas roupas
íntimas e se reprimiu, tomada por uma convicção seguida de um rubor.
No entanto, tia Elizabeth continuou a conversa com Laura, como se não
tivesse ouvido a garota.

– Ela não deve usar aquele vestido preto e barato em Blair Water. Dá
para peneirar farinha nele. É um absurdo esperar que uma criança de 10
anos vista preto. Vou lhe comprar um belo vestido branco com uma faixa
preta costurada e outro branco com estampa xadrez para usar no colégio.
Jimmy, deixaremos a criança com você. Você toma conta dela.

O método do primo Jimmy quando a garota estava sob seus cuidados era levá-la a um restaurante no final da rua e empanturrá-la de sorvete. Emily não experimentara sorvete muitas vezes, portanto o primo não precisou insistir, mesmo que ela estivesse sem apetite ou tendo se alimentado de apenas dois punhados de comida. Primo Jimmy a observava com satisfação.

– Não adianta eu tentar lhe dar algo na frente de Elizabeth – disse ele. – Mas, já que ela não consegue ver o que está dentro de você, aproveite essa chance, pois só Deus sabe quando você poderá comer isso de novo.

– Você nunca toma sorvete em Lua Nova?

Primo Jimmy balançou a cabeça.

– Sua tia Elizabeth não gosta de coisas novas. Na casa, vivemos como há cinquenta anos, mas na fazenda ela cede um pouco mais. Na casa, acendemos velas; na fazenda, as panelas grandes de sua avó são usadas para armazenar o leite. Mas, gatinha, Lua Nova é um lugar ótimo. Um dia você vai gostar de lá.

– Existem fadas por lá? – perguntou Emily, com pesar.

– A floresta está cheia delas – disse primo Jimmy. – E também há aquilégias nos velhos pomares. Plantamos aquilégias de propósito para as fadas.

Emily suspirou. Com 8 anos, ela sabia que não existiam fadas em lugar nenhum, mas, mesmo assim, não perdera a esperança de que uma ou duas fadinhas tivessem sobrevivido em algum canto remoto e ultrapassado. E onde mais isso seria mais provável quanto em Lua Nova?

– Fadas *de verdade*? – ela perguntou.

– Bem, você sabe, se uma fada fosse *de verdade*, não seria uma fada – respondeu primo Jimmy com ar de seriedade. – Não é mesmo?

Antes que Emily pudesse resolver o enigma, as tias retornaram, e logo estavam todos de volta à estrada. Chegaram em Blair Water em meio ao rosado pôr do sol, que banhava a extensa orla arenosa com um lindo colorido, enquanto manchava a estrada de vermelho e produzia uma sombra nos pinheirais através de uma oscilante réstia de luz. Emily olhou o entorno e apreciou a paisagem. Espreitou uma grande casa branca ao longe, através de um véu de altíssimas árvores centenárias. Não havia nenhum sinal de bétulas, mas, em seu lugar, árvores que amavam e eram amadas havia três gerações. Observou a água prateada cintilando pelos abetos escuros; aquela era a própria Blair Water, ela sabia. Então, fitou o pináculo branco e dourado da igreja, o qual se erguia acima das florestas de bordo no vale. Mas nada disso lhe chamou a atenção tanto quanto a vista da pequena janela do sótão, querida e amigável, que parecia espiar através do telhado, e, bem acima dela, no céu opalescente, uma verdadeira lua nova, dourada e esbelta. Emily estava ainda agitada com aquela visão quando primo Jimmy a retirou da carroça e lhe conduziu à cozinha.

Ela se sentou em um comprido banco de madeira de textura acetinada pelo tempo e pelo uso e observou tia Elizabeth acender as velas espalhadas aqui e ali, repousadas em castiçais de latão, grandes e brilhosos, sobre a prateleira entre as janelas, bem como sobre a alta cômoda, onde uma fileira de pratos azuis e brancos parecia dar-lhe as boas-vindas, e sobre a extensa mesa que ficava ao canto. Assim que as acendeu, vaga-lumes travessos reluziram em meio às árvores lá fora, através das janelas.

Emily nunca havia visto uma cozinha daquelas. As paredes eram de madeira escura, e o teto era baixo com vigas aparentes que se cruzavam de um lado a outro, onde peças de presunto e bacon estavam penduradas, bem como punhados de ervas, meias e luvas, e muitas outras coisas cujos nomes e usos Emily não podia imaginar. O chão polido era impecavelmente branco, mas as tábuas pareciam gastas pelo tempo, de maneira que seus veios pareciam pequenas protuberâncias curiosas, e, em frente ao forno, as tábuas eram encurvadas, formando uma cavidade pequena, estranha e superficial. Em um dos cantos do teto havia um buraco quadrado que parecia escuro e assustador quando iluminado pela luz do castiçal, o que fez Emily sentir medo. Algo certamente cairia por aquele buraco caso não se comportasse bem. As velas iluminavam aquelas sombras trêmulas e disformes. Emily ainda não sabia se gostava ou não da cozinha de Lua Nova. Era um lugar interessante, e ela teria gostado de descrevê-lo em seu velho caderno se ele não tivesse sido queimado. Repentinamente, a garota começou a tremer, quase a ponto de chorar.

– Está com frio? – perguntou tia Laura gentilmente. – As tardes de junho ainda estão frescas por aqui. Venha até a sala de estar. Jimmy acendeu a lareira.

Emily lutava desesperadamente para se controlar e dirigiu-se à sala de estar. O ambiente era muito mais amistoso que a cozinha. O chão estava coberto com um tecido rústico e listrado, a mesa abrigava uma toalha carmim radiante, as paredes eram revestidas por um papel de parede bonito com estampa de diamantes, as lindas cortinas adamascadas eram de um vermelho-claro e continham desenhos de samambaias brancas em toda a extensão. Pareciam muito ricas e imponentes, bem ao estilo dos Murray. Emily nunca havia visto aquele tipo de cortina. Mas o melhor mesmo eram as centelhas e o brilho da alegre lareira de madeira maciça em meio à fornalha aberta, a qual parecia amansar as luzes fantasmagóricas dos castiçais enquanto espalhava calor e um tom rosa-dourado pelo ambiente. Emily aqueceu os pés e sentiu-se interessada novamente pelos arredores. As pequenas portas de vidro eram adoráveis e protegiam o armário de louças dos dois lados da cornija polida, negra e alta! E que sombra curiosa e encantadora o ornamento entalhado sobre o aparador produzia na parede de trás; parecia o perfil de um homem negro, pensou Emily. Que mistérios poderiam estar à sua espreita por trás das portas de vidro na estante de livros forrada de tecido? Os livros eram amigos de Emily onde quer que ela os encontrasse. Então, correu até a estante e abriu a porta. Mas, antes que pudesse enxergar além das lombadas daqueles volumes robustos, tia Elizabeth surgiu com uma caneca de leite e um prato, sobre o qual repousavam dois bolinhos de aveia.

– Emily – chamou tia Elizabeth asperamente –, feche aquela porta. Lembre-se de que depois disto aqui você não deve mexer no que não lhe pertence.

– Pensei que livros pertenciam a todos – respondeu a garota.

– Os nossos, não – retrucou tia Elizabeth, tentando passar a impressão de que os livros de Lua Nova faziam parte de uma classe diferente de livros. – Aqui está seu jantar, Emily. Estamos tão cansados que após comer vamos nos deitar.

Emily tomou o leite e engoliu os bolinhos de aveia enquanto olhava em volta. O papel de parede era tão bonito, com guirlandas de rosas dentro dos diamantes dourados! Emily se perguntava se conseguiria "vê-los no ar". Tentou. Sim, ela conseguia! Lá estavam eles, a quase um metro de distância de seus olhos, uma pequena estampa encantada, suspensa no ar, como uma tela. Emily percebera essa estranha habilidade aos 6 anos. Com certo movimento dos músculos oculares, que nunca conseguira descrever muito bem, ela produzia diante dela uma minúscula réplica do papel de parede no ar, mantendo a imagem fixa para olhar quanto quisesse. Movendo-a para lá e para cá, a qualquer distância que escolhesse, conseguia aumentá-la ou diminuí-la à medida que se distanciava ou se aproximava. Era uma de suas alegrias reprimidas quando chegava a um novo cômodo e conseguia "ver o papel de parede no ar". E aquele papel de parede de Lua Nova era o papel de parede mais encantador de sua vida!

– Por que está encarando o nada desse jeito tão estranho? – indagou tia Elizabeth, ao voltar, de repente.

Emily se encolheu dentro de si novamente, sem conseguir explicar, e tia Elizabeth encarou a garota como Ellen Greene fazia, dizendo que ela estava "biruta".

– Eu... eu não estava encarando nada.

– Não me contradiga. Eu disse que estava – respondeu tia Elizabeth. – Não faça isso de novo. Sua expressão fica terrível. Agora venha. Você vai dormir comigo.

Emily soltou um suspirou de desespero. Tinha esperanças de dormir com tia Laura. Dormir com tia Elizabeth parecia algo desafiador, mas não ousou protestar. Elas se dirigiram ao quarto grande e sombrio de tia Elizabeth, onde o papel de parede era escuro e lúgubre, de forma que nunca poderia parecer uma cortina de fadas. Havia uma cômoda negra e alta, com um pequeno espelho reclinável no topo, tão alto que ela mal conseguiria brincar com a Emily-no-espelho, e as janelas estavam bem fechadas, guarnecidas por cortinas verde-escuras. A cabeceira da cama era coberta por um tecido igualmente verde-escuro, diante da qual se estendia um acolchoado de penas, espesso e gigante, com travesseiros grandes e altos.

Emily ficou parada observando o ambiente.

– Por que não se troca? – perguntou tia Elizabeth.

– Eu... eu não quero me trocar na sua frente – respondeu a garota.

Tia Elizabeth olhou para Emily com seu olhar frio através das lentes dos óculos.

– Tire a roupa de uma vez – vociferou.

Emily obedeceu, tomada de nervosismo e vergonha. Era abominável se despir enquanto tia Elizabeth permanecia imóvel, observando-a. A revolta era inominável. Foi ainda mais difícil rezar na frente dela. Emily sentia que não era bom rezar sob aquelas circunstâncias. O Deus de seu pai parecia estar muito longe, e ela suspeitava de que tia Elizabeth se parecia muito com Ellen Greene.

– Deite-se – ordenou tia Elizabeth enquanto desenrolava os lençóis.

Emily olhou para a janela acortinada.

– Você não vai abrir a janela, tia Elizabeth?

Tia Elizabeth fitou Emily como se ela lhe tivesse pedido para abrir o teto.

– Ora, abrir a janela e deixar o sereno entrar?! – exclamou. – É óbvio que não!

– Eu e o papai sempre deixávamos a janela aberta – respondeu Emily.

– Pois não me admira que ele tenha morrido de tuberculose – retrucou tia Elizabeth. – O sereno é tóxico.

– Que outro tipo de sereno existe à noite além do sereno? – perguntou Emily.

– Emily, deite-se na cama.

Emily se deitou.

Mas era impossível dormir mergulhada naquela cama que parecia a engolir, com aquela nuvem preta acima dela, em meio à ausência total de brilho, e com tia Elizabeth deitada ao seu lado, comprida, rígida e esquelética.

"Parece que estou deitada ao lado de um grifo", pensou Emily. "Oh... oh... oh... Acho que vou chorar, sei que vou."

Em meio a um sentimento de orgulho e desespero, ela se esforçou para não chorar, mas não conseguiu. Sentia-se completamente sozinha e solitária naquela escuridão, em um mundo completamente alheio e hostil. E, ao longe, havia um som pesaroso, suspeito e estranho no ar, porém muito nítido. Era o murmúrio do mar, mas Emily não o conhecia e ficou assustada. Sentia falta da pequena cama em casa, da respiração suave do pai, da amabilidade dançante das familiares estrelas que iluminavam a janela aberta durante a noite. Ela precisava voltar, não podia ficar lá, nunca seria feliz! Mas a palavra "voltar" já não existia mais para ela; não havia casa nem pai. Um choro profundo tomou conta de Emily. Não adiantaria firmar o punho, cerrar os dentes, nem beliscar o interior das bochechas. A natureza tornara-se orgulhosa e determinada, arrastando a garota consigo.

– Por que está chorando? – perguntou tia Elizabeth.

Para dizer a verdade, tia Elizabeth também se sentia desconfortável e deslocada, assim como Emily. Não estava acostumada a ter uma companheira de quarto, não queria dormir com Emily tanto quanto Emily não queria dormir com ela. Mas achava impossível empurrar a garota para qualquer quarto gigante em Lua Nova. Além disso, Laura não dormia bem, tinha sono leve, e "as crianças sempre se mexem muito enquanto dormem", Elizabeth Murray ouvira dizer. Portanto, não havia muito o que fazer além de levar Emily consigo, e, mesmo tendo sacrificado o próprio conforto para cumprir aquele dever inoportuno, a criança mal-agradecida e insatisfeita não parecia feliz.

– Perguntei por que está chorando, Emily – repetiu a tia.

– Acho que estou com saudade de casa – a garota respondeu, soluçando.

Tia Elizabeth se incomodou.

– Uma casa boa da qual você naturalmente sentiria saudade – respondeu de pronto.

– Não era tão elegante quanto aqui – completou Emily –, mas papai estava lá. Acho que é dele que sinto falta, tia Elizabeth. Você não se sentiu terrivelmente solitária quando seu pai faleceu?

Elizabeth Murray lembrou-se do sentimento de vergonha e alívio que sentira quando o velho Archibald Murray falecera. Ele era bonito, mas intolerante e autoritário, e doutrinara a família com extrema rigidez durante toda a vida, tornando sua existência em Lua Nova terrível, com uma tirania petulante em razão dos cinco anos de invalidez que haviam destruído sua carreira. Os membros da família Murray que haviam sobrevivido comportavam-se de maneira impecável, choravam com decoro e imprimiram um obituário longo e elogioso. Mas Archibald Murray teria levado algum arrependimento genuíno para o túmulo? Elizabeth não gostava daquelas memórias e estava brava por terem sido evocadas por Emily.

– Eu me conformei com a vontade de Deus – falou com tom austero. – Emily, você precisa entender que deve se sentir grata, ser obediente e demonstrar apreço pelo que estamos fazendo por você. Não vou chorar ou me comover. O que teria feito se não tivesse amigos que a acolhessem? Responda.

– Suponho que teria morrido de fome – admitiu Emily enquanto contemplava uma visão dramática de si mesma morta, estirada exatamente como as fotos que vira em uma das revistas missionárias de Ellen Greene que retratavam as vítimas da fome na Índia.

– Não exatamente, mas teria sido enviada a algum orfanato, onde provavelmente receberia escassa alimentação. Você mal sabe do que escapou. Veio para uma casa boa, onde receberá cuidados e educação adequados.

Emily não gostava muito de como soava a expressão "educação adequada", mas reconheceu humildemente:

– Sei que foi muita bondade ter me trazido a Lua Nova, tia Elizabeth. Não vou incomodá-la por muito tempo. Logo serei adulta e poderei pagar pelas minhas despesas. A partir de que idade uma pessoa pode ser considerada adulta, tia Elizabeth?

– Você não precisa pensar nisso agora – respondeu tia Elizabeth brevemente. – As mulheres da família Murray nunca passaram nenhuma necessidade para pagar por suas despesas. Tudo o que pedimos é que seja uma garota boa e grata e se comporte com sensatez e decência.

Foi uma frase dura de Emily ouvir.

– Eu serei! – respondeu Emily com determinação heroica, como a garota das histórias que lera. – Talvez não seja assim tão difícil, tia Elizabeth

– então se lembrou de uma frase que ouvira do próprio pai, certa vez, e pensou que aquela era uma boa oportunidade para citá-la –, "pois Deus é bom, mas o diabo deve ser pior!".

Pobre tia Elizabeth! Vinda da boca daquela pequena intrusa indesejada, a frase soou como um tiro em meio à escuridão da noite e alvejou a ordem de sua vida e sua pacífica cama! Não era de admirar que por alguns instantes ela ficou paralisada, a ponto de não conseguir dizer nada. Passado algum tempo, exclamou, horrorizada:

– Emily, jamais diga isso de novo!

– Tudo bem, tia – Emily respondeu timidamente e, depois, completou com ar de insolência –, mas vou continuar pensando assim!

– Agora – disse tia Elizabeth –, quero que saiba que não tenho o costume de conversar durante a noite. Peço que durma e espero que me obedeça. Boa noite.

O tom do "boa-noite" de tia Elizabeth teria estragado a melhor noite do mundo. Mas Emily aquietou-se e parou de chorar, apesar de algumas lágrimas silenciosas escorrerem por suas bochechas por algum tempo. Ela se deitou em posição tão rígida que tia Elizabeth chegou a pensar que a garota adormecera e então dormiu.

"Eu me pergunto se alguém neste mundo está acordado além de mim", pensou Emily, sentindo uma solidão repugnante. "Se pelo menos a Sal Sapeca estivesse aqui... Ela não é tão carinhosa quanto o Mike, mas seria melhor que nada. Onde ela deve estar? Será que lhe deram algo para comer?"

Tia Elizabeth havia entregado a cesta com Sal para o primo Jimmy com um impaciente "Cuide desta gata aqui", e Jimmy a levara. Onde a havia deixado? Talvez Sal Sapeca tivesse fugido e voltado para casa. Emily ouvira que gatos sempre voltam para casa. Desejava que Sal Sapeca tivesse de fato fugido e voltado, imaginando-se a si mesma com a gata, correndo avidamente pela escuridão, pelas estradas iluminadas pelas estrelas até chegarem à pequena casa no vale, de volta às bétulas e a Adão, Eva e Mike, à velha poltrona, à cama de campanha, à janela aberta onde a Mulher de

Vento cantava para ela e quando, ao raiar do dia, era possível ver o azul da névoa nos montes de sua terra natal.

"Será que nunca vai amanhecer?", pensou Emily. "Talvez as coisas não sejam tão ruins durante o dia."

Então ouviu a Mulher de Vento soprar na janela, o murmúrio fino e baixo da brisa das noites juninas, aquele cicio doce e familiar.

– Ah, você está aí, querida? – sussurrou, espreguiçando os braços. – Estou tão feliz em ouvi-la. Você é uma grande companheira, Mulher de Vento. Já não me sinto sozinha. E a luz veio também! Tive tanto medo que não viessem até Lua Nova!

Subitamente, sua alma escapou do vínculo asfixiante com a cama de penas de tia Elizabeth, bem como da cobertura brilhosa e das janelas trancafiadas. Em um instante, estava ao ar livre com a Mulher de Vento e com os outros ciganos da noite: as libélulas e mariposas, pelos riachos e por entre as nuvens.

De longe, vagou em devaneios encantados até se aproximar da orla dos sonhos, adormecendo profundamente, mergulhada naquele travesseiro duro e espesso, enquanto a Mulher de Vento lhe cantava suave e encantadoramente em meio às videiras aglomeradas de Lua Nova.

O livro de ontem

Aqueles primeiros sábado e domingo em Lua Nova permaneceram para sempre na memória de Emily como dois dias maravilhosos, repletos de impressões novas e, de forma geral, agradáveis. Se for verdade que "o tempo se mede pelas batidas do coração", Emily viveu dois anos em vez de dois dias. Tudo era fascinante desde o momento em que ela desceu pela longa escadaria polida e entrou no salão quadrado, inundado de uma suave luz rosada que entrava pelos painéis de vidro vermelho da porta da frente. Emily olhou encantada através dos painéis. Que estranho e fascinante mundo ela contemplava, com um céu vermelho que lhe parecia vindo do Dia do Juízo Final.

Havia certo charme na antiga casa, que Emily sentiu intensamente e ao qual correspondeu, embora fosse jovem demais para compreender. Era uma casa que outrora abrigara noivas, mães e esposas vivazes, e a atmosfera de seus amores e de suas vidas ainda a perpassava, não tendo ainda sido banida pelo regime de solteirice de Elizabeth e Laura.

"Ah! Mas vou *amar* Lua Nova", pensou Emily, bastante maravilhada pela ideia.

Tia Laura estava pondo a mesa do café na cozinha, a qual se via muito clara e alegre à luz da manhã. Mesmo o buraco negro no teto deixara de ser assustador e tornara-se apenas uma entrada comum para o sótão da cozinha. E, sentada na soleira de arenito vermelho, Sal Sapeca lambia o próprio pelo, feliz da vida, como se sempre tivesse vivido em Lua Nova. Emily não sabia, mas Sal já provara com deleite o sabor da batalha naquela manhã e ensinara aos gatos do celeiro seu devido lugar. O grande gato amarelo do primo Jimmy recebera uma boa surra e ficara um tanto quanto machucado, ao passo que uma presunçosa gata preta, que se achava a maioral, decidira que, se aquela intrusa cinzenta e branca de cara delgada vinda de sabe-se Deus lá onde ficaria em Lua Nova, *ela* decididamente daria o fora dali.

Emily tomou Sal nos braços e beijou-a com alegria, para o horror de tia Elizabeth, que atravessava o eirado, vinda da cozinha externa[8], com um prato de toucinho crepitante nas mãos.

– Não quero vê-la beijando esse gato de novo – ordenou.

– Ah, está bem – concordou Emily, de bom humor. – Então vou beijá-la apenas quando você não estiver vendo.

– Não me venha com esse seu atrevimento, senhorita Emily. Não é para beijar gatos de jeito nenhum.

– Mas, tia Elizabeth, eu não a beijei na boca, *obviamente*. Só beijei entre as orelhas dela. É gostoso… Por que você não tenta só uma vez para ver?

– Basta, Emily. Você já falou o suficiente – disse tia Elizabeth, zarpando cozinha adentro majestosamente e deixando Emily desconsolada por um momento. Emily sentia que a ofendera, mas não fazia a mínima ideia do motivo.

No entanto, a cena diante dela era demasiado interessante para se preocupar por muito tempo com tia Elizabeth. Aromas deliciosos vinham da cozinha externa – uma construçãozinha de teto inclinado na qual o grande fogão era colocado no verão. Era coberta por fartos ramos de

---

[8] No original, *cookhouse*, isto é, construção separada da casa e dedicada à preparação de alimentos. (N.T.)

lúpulo, tal como a maior parte das edificações em Lua Nova. À direita, ficava o jardim "novo", que se via lindo agora que florescia, embora, no fim das contas, fosse um lugar bem corriqueiro, visto que o primo Jimmy o cultivava de maneira bastante moderna e plantava grãos nos largos espaços entre as fileiras retas de árvores, todas elas idênticas. Mas, no outro lado do caminho que conduzia ao celeiro, logo atrás do poço, ficava o "jardim velho", onde o primo Jimmy dissera que cresciam as aquilégias e que parecia ser um lugar delicioso, onde as árvores haviam crescido ao bel-prazer, adquirindo formas e tamanhos únicos, e onde heras azuladas esparramavam suas raízes pelos arredores, e rosas silvestres se aglomeravam sobre a cerca branca. Logo em frente, encerrando a paisagem entre os jardins, havia uma pequena elevação coberta de altas bétulas, entre as quais ficavam os grandes celeiros de Lua Nova. E, do outro lado do jardim novo, uma linda estradinha avermelhada serpenteava morro acima, até parecer tocar o intenso azul do céu.

Primo Jimmy veio dos celeiros carregando baldes transbordantes de leite, e Emily o acompanhou até a leiteria que havia atrás da cozinha externa. Era um lugar maravilhoso, que ela jamais vira ou imaginara: uma pequena edificação branca feito neve em meio a um conjunto de altos choupos-bálsamos. O teto cinza era salpicado de almofadas de musgo, semelhantes a ratos de veludo verde. Descia-se por seis degraus de arenito ladeados de samambaias, abria-se uma porta com um painel de vidro e, então, descia-se outros três degraus. Entrava-se, assim, em um lugar limpo, úmido e fresco, com cheiro de terra, piso de chão batido e janelas cobertas pela delicada cor esmeralda dos lúpulos. Ao redor, extensas prateleiras de madeira abrigavam recipientes largos, rasos e brilhantes de cerâmica marrom, cada qual repleto de leite, coberto por uma nata tão gorda que chegava a ser amarela.

Tia Laura os aguardava; ela verteu o leite em recipientes vazios e desnatou alguns dos que estavam cheios. Emily achou lindo o processo de desnatar o leite e teve muita vontade de fazê-lo. Também teve vontade de se sentar ali mesmo e descrever aquela adorável leiteria; mas, ah!, o caderno de relatos já não existia; todavia, ela ainda podia anotar tudo de cabeça. Assentou-se em um tamborete de três pés em um canto escuro e pôs-se a fazê-lo, ficando tão quieta que Jimmy e Laura se esqueceram dela e foram embora, tendo, mais tarde, que passar quinze minutos procurando pela menina. Isso atrasou o café da manhã e irritou bastante tia Elizabeth. Mas Emily encontrara as frases exatas para definir aquela luz esverdeada que preenchia a leiteria, que era clara, mas, ao mesmo tempo, pálida. Isso a deixou tão feliz que não se importou nem um pouco com o ar emburrado de tia Elizabeth.

Após o café da manhã, tia Elizabeth informou a Emily que, dali em diante, um de seus deveres seria levar as vacas ao pasto todas as manhãs.

– Jimmy está sem emprego no momento e isso vai lhe poupar alguns minutos.

– E não precisa ter medo – acrescentou tia Laura. – As vacas conhecem o caminho tão bem que já vão por conta própria. Você só precisa ir atrás delas e fechar as porteiras.

– Não estou com medo – respondeu Emily.

Mas estava. Não sabia nada sobre vacas; ainda assim, estava determinada a não deixar que os Murray desconfiassem de que uma Starr estava com medo. Assim, com o coração batendo feito martinete, saiu corajosamente e descobriu que o que tia Laura dissera era verdade, e as vacas não eram animais tão ferozes, afinal. Saíram a caminhar muito seriamente, e ela se limitou a segui-las, primeiro pelo velho jardim e, em seguida, pela plantação de bordos, por um caminho coberto de musgos, onde a Mulher de Vento ronronava e espiava por trás das árvores.

Emily se deteve junto à porteira do pasto até que seus olhos ávidos absorveram toda a geografia da paisagem. O velho pasto se estendia diante dela em uma sucessão de pequenas colinas verdejantes, terminando justamente na famosa Blair Water, um lago quase perfeitamente redondo, cuja orla inclinada era coberta de grama, sem nenhuma árvore. Além dele, encontrava-se o vale de Blair Water, repleto de casas, e, ainda mais além, a grande extensão do golfo branco. Aos olhos de Emily, aquela parecia uma terra encantada, de sombras verdes e águas azuis. Em um rincão do pasto, circundado por um velho muro de pedra, estava o pequeno cemitério particular onde os Murray falecidos eram enterrados. Emily teve vontade de explorá-lo, mas sentiu medo de se aventurar no pasto.

"Vou quando as vacas se acostumarem comigo", decidiu-se.

À direita, na crista da pequena colina, coberta por jovens bétulas e pinheiros, havia uma casa que intrigou Emily. Era cinzenta e maltratada pelo tempo, mas não parecia velha. Estava inacabada; o teto estava terminado, mas as paredes, não, e as janelas estavam cobertas de tábuas. Por que não fora terminada? Poderia ser uma casinha tão linda, uma casa que se poderia amar, uma casa onde haveria cadeiras confortáveis, lareiras acalentadoras, estantes de livros, gatos gordos e ronronantes e cantos inesperados. Ali mesmo, deu-lhe o nome de Casa Desolada e passou muito tempo terminando a casa, mobiliando-a devidamente e inventando as pessoas e os animais adequados para habitá-la.

À esquerda do pasto, havia outra casa bastante diferente. Era uma casa grande e antiga, coberta por um emaranhado de videiras, com teto plano, mansarda com janelas e ar um pouco negligente e abandonado. Um gramado grande e malcuidado, cheio de arbustos e árvores imensas, estendia-se até o lago, sobre cujas águas pendiam enormes salgueiros. Emily decidiu que, quando tivesse oportunidade, perguntaria ao primo Jimmy sobre essas duas casas.

Pensou que, antes de retornar, devia saltar a cerca do pasto e explorar um caminho que adentrava o bosque de bétulas e bordos. Fez isso e descobriu que ele conduzia diretamente à Terra das Fadas, ao longo das margens de um lindo e largo riacho. Era um caminhozinho agreste e formoso, ladeado por samambaias que acenavam e se balançavam. Sob os pinheiros, achavam-se as mais tímidas das campânulas élficas, e, a cada curva, descobria-se um novo detalhe maravilhoso. Inspirou o perfume penetrante de abeto balsâmico e observou o tremeluzir das teias de aranha que havia bem no alto, entre os galhos. Por todos os lados, via-se o traquinar de luzes e sombras mágicas. Aqui e ali, os galhos dos jovens bordos se entrelaçavam, como se para criar uma moldura para os rostos das dríades[9] – Emily sabia tudo sobre essas criaturas, graças ao pai –, e os grandes lençóis de musgo que havia debaixo das árvores seriam dignos de forrar os sofás de Titânia[10].

– Este é um dos lugares onde crescem os sonhos – disse Emily alegremente.

Desejou que o caminho continuasse eternamente, mas, nesse ponto, ele se afastou do riacho, e, quando saltou apressadamente uma cerca velha e coberta de musgo, Emily viu-se no "jardim da frente" de Lua Nova, onde o primo Jimmy podava alguns arbustos de espireia.

– Oh, primo Jimmy, encontrei uma estradinha tão linda! – exclamou Emily, ofegante.

– A que atravessa o bosque do John Altivo?

– O bosque não é nosso? – questionou Emily, bastante desapontada.

– Não, mas deveria ser. Cinquenta anos atrás, tio Archibald vendeu aquele pedaço de terra para o pai do John Altivo, o velho Mike Sullivan. Ele construiu uma casinha perto do lago e viveu nela até ter uma discussão com tio Archibald, o que não demorou muito para acontecer, óbvio. Então se mudou para o outro lado da estrada, onde hoje mora o John Altivo. Elizabeth tentou comprar a terra de volta. Ofereceu muito mais do que ela vale, mas o John Altivo não quis vender, só de pirraça, visto que tem uma boa fazenda, e esse pedaço de terra não lhe rende muito. A única coisa que faz é levar um gado jovem para pastar lá no verão. E, nas partes do terreno que estavam limpas, já está crescendo um monte de bordos. Isso é uma pedra no sapato de Elizabeth, e vai continuar sendo por tanto tempo quanto durar a pirraça do John Altivo.

– Por que ele se chama John Altivo?

– Porque é um tipo altivo e metido. Mas não dê importância a ele. Quero lhe mostrar meu jardim, Emily. É meu. Elizabeth manda na

---

[9] Palavra usada para descrever tanto uma divindade da floresta (uma espécie de ninfa) quanto uma espécie botânica. (N.T.)

[10] Personagem da obra *Sonho de uma noite de verão*, de William Shakespeare, caracterizada como a rainha das fadas. (N.T.)

fazenda, mas me deixa comandar o jardim, para compensar o fato de ter me empurrado no poço.

– Ela *fez* isso?

– Fez. Mas não foi de propósito, claro. Éramos crianças; eu estava aqui de visita, e alguns empregados estavam limpando e colocando uma tampa nova no poço. Ele estava aberto, e nós estávamos brincando de pega-pega perto dele. Irritei a Elizabeth... Nem me lembro o que disse, mas não é difícil irritá-la, como você sabe... Então ela tentou me dar um cascudo. Percebi e dei um passo para trás para desviar, mas acabei caindo no poço de cabeça. Não me lembro de nada depois disso. Só tinha lama no fundo, mas minha cabeça bateu nas pedras laterais. Todo mundo achava que eu ia morrer: minha cabeça ficou muito machucada. A pobre Elizabeth ficou... – primo Jimmy balançou a cabeça, como para mostrar que era impossível descrever como ficara a coitada da Elizabeth. – Mas me recuperei depois de um tempo; fiquei praticamente novinho em folha. Desde então, todos dizem que não bato muito bem. Mas só dizem isso porque sou poeta e porque nada nunca me deixa preocupado. Os poetas são tão poucos em Blair Water que as pessoas não os entendem, e a maioria delas se preocupa tanto que acha que você não bate bem se não fizer o mesmo.

– Por que não recita um de seus poemas para mim, primo Jimmy? – pediu Emily, desejosa.

– Quando o espírito me estimular a fazê-lo, recitarei. Não adianta me pedir quando o espírito não me estimula.

– Mas como vou saber quando o espírito o estimular, primo Jimmy?

– Vou começar, por iniciativa própria, a recitar minhas composições. Mas posso lhe adiantar uma coisa: o espírito costuma me estimular quando estou cozinhando batatas para os porcos no outono. Lembre-se disso e fique por perto.

– Por que não escreve seus poemas?

– Papel é coisa rara em Lua Nova. Elizabeth tem o hábito de economizar com ninharias, e papel é uma delas.

– Mas você não tem seu próprio dinheiro, primo Jimmy?

– Ah, Elizabeth me paga um bom salário. Mas ela bota todo o meu dinheiro no banco e só me dá alguns dólares de vez em quando. Ela diz que não se pode confiar dinheiro a mim. Quando vim trabalhar para ela, ela pagou meu salário no fim do mês, e fui a Shrewsbury depositá-lo no banco. Encontrei um mendigo na estrada; uma pobre e miserável criatura sem um tostão sequer. Então dei o dinheiro a *ele*. Por que não? *Eu* tinha um bom lar, um trabalho estável e roupas suficientes para me servir durante anos. Suponho que tenha sido a coisa mais besta que já fiz; e a mais bonita. Mas Elizabeth nunca superou. É *ela* quem administra meu dinheiro desde então. Mas agora venha; vou lhe mostrar meu jardim, porque depois preciso plantar nabos.

O jardim era um lugar bonito, muito merecedor do orgulho de primo Jimmy. Parecia um jardim que nenhuma geada seria capaz de fazer murchar e nenhum vento forte seria capaz de soprar; um jardim que remetia a uma centena de verões passados. Em volta dele, havia uma sebe de abetos, espaçada a intervalos por choupos-da-lombardia. O lado norte era delimitado por muitos pinheiros, contra os quais crescia uma longa fileira de peônias, com suas grandes flores vermelhas contrastando esplendidamente com a escuridão. Um grande abeto crescia no meio do jardim e, sob ele, havia um banco de pedras litorâneas achatadas, polidas pelo efeito secular de ventos e ondas. No canto sudeste, erguia-se um enorme arvoredo de lilases, podados de forma a passar a sensação de serem uma única árvore cheia de galhos pendentes, magnificamente coberta de roxo. Um velho gazebo repleto de videiras ocupava o canto sudoeste. E, a noroeste, repousava um relógio de sol de pedras cinza, no exato local onde o largo passeio vermelho ladeado de capim-zebrina e adornado de conchas rosa fugia para dentro do bosque de John Altivo. Emily jamais vira um relógio de sol e ficou extasiada a observar aquele.

– Seu trisavô, Hugo Murray, mandou trazê-lo da Europa – disse primo Jimmy. – Não existe nenhum mais bonito que esse em todas as Províncias

Marítimas[11]. E tio George Murray trouxe essas conchas das Índias. Ele era capitão do mar.

Emily olhou ao redor com deleite. O jardim era adorável, e a casa era esplêndida a seus olhos infantis. Tinha um grande alpendre na frente com colunas gregas, as quais eram consideradas muito elegantes em Blair Water e contribuíam sobremaneira para o orgulho dos Murray. Um professor dissera que elas davam à casa um ar clássico. Na verdade, àquela altura, o efeito clássico estava um tanto sufocado pelas videiras que se amotinavam por todo o alpendre e se dependuravam em pálidas grinaldas verdes sobre os vasos enfileirados de gerânios que flanqueavam os degraus.

O coração de Emily se encheu de orgulho.

– É uma casa nobre – disse ela.

– E o meu jardim? – inquiriu primo Jimmy, ciumento.

– Digno de uma rainha – disse Emily, com seriedade e convicção.

Primo Jimmy assentiu, muito satisfeito, e então um som estranho se apossou de sua voz, e um olhar bizarro, de seus olhos.

– Há um feitiço sobre este jardim. O pulgão deve poupá-lo, e as lagartas dele se apartam. A seca não ousa invadi-lo, e a chuva cai suavemente sobre ele.

Emily deu um passo involuntário para trás; quase teve vontade de fugir. Mas logo primo Jimmy voltou a ser o de sempre.

– Não acha que essa grama em volta do relógio se parece com um veludo verde? Garanto que me deu muito trabalho. Pode se sentir em casa neste jardim. – Primo Jimmy fez um gesto esplêndido. – Concedo-lhe essa licença. Boa sorte e que você consiga encontrar o Diamante Perdido.

– Diamante Perdido? – indagou Emily, inquisitiva. Que coisa fascinante seria aquela?

– Nunca ouviu a história? Vou contá-la a você amanhã. Os domingos são dias de folga em Lua Nova. Preciso tratar dos nabos agora, senão

---

[11] Nome coletivo dado às províncias canadenses de Nova Brunsvique, Nova Escócia e Ilha do Príncipe Edward. (N.T.)

Elizabeth vai ficar me encarando. Não vai dizer nada; só vai me encarar. Já viu como é a encarada de um verdadeiro Murray?

– Acho que vi quando tia Ruth me puxou de debaixo da mesa – respondeu Emily, pesarosa.

– Não, não. Aquela foi a encarada de Ruth Dutton: desdém, malícia e completa falta de caridade. Odeio Ruth Dutton. Ela ri das minhas poesias; não que chegue a ouvir qualquer uma delas. O espírito nunca me motiva quando Ruth está por perto. Não sei de onde a tiraram. Elizabeth é rabugenta, mas é sensata, e Laura é uma santa. Mas Ruth é desprezível. Quanto ao olhar dos Murray, você vai saber quando receber um. É tão conhecido quanto o orgulho deles. Somos uma gente estranha para danar, mas também as melhores pessoas que já existiram. Vou lhe contar tudo sobre nós amanhã.

Primo Jimmy cumpriu a promessa enquanto as tias estavam na igreja. Ficou decidido no conclave familiar que Emily não iria à igreja naquele dia.

– Ela não tem nada digno para vestir – disse tia Elizabeth. – Mas domingo que vem o vestido branco dela já vai estar pronto.

Emily ficou chateada por não poder ir à igreja. A igreja sempre lhe parecera muito interessante nas raras ocasiões em que a frequentara. A de Maywood ficava longe demais para que o pai pudesse ir a pé, mas, às vezes, o irmão de Ellen Greene levava Emily e Ellen até lá.

– Tia Elizabeth – disse ela, melancólica –, você acha que Deus vai ficar muito ofendido se eu usar meu vestido preto para ir à igreja? É barato, é verdade... Acho que a própria Ellen Greene pagou por ele... Mas me cobre inteira.

– Menina que não entende das coisas deve ficar calada – disse tia Elizabeth. – Não quero que os moradores de Blair Water vejam minha sobrinha usando um vestido deplorável feito aquele de merino. E, se Ellen Greene pagou por ele, vamos pagá-la. Você devia ter-nos dito isso antes de partirmos de Maywood. Não, você não vai à igreja hoje. Pode usar o vestido preto para ir à escola amanhã. Podemos cobri-lo com um avental.

Com um suspiro de frustração, Emily resignou-se a ficar em casa; mas, no fim das contas, isso foi bastante agradável. Primo Jimmy a levou para um passeio no lago, mostrou-lhe o cemitério e a fez conhecer o livro dos antepassados.

– Por que todos os Murray são enterrados aqui? – indagou Emily. – É verdade que é porque são bons demais para ser enterrados com a plebe?

– Não, não, gatinha. Não levamos nosso orgulho *tão* longe. Quando o velho Hugo Murray se estabeleceu em Lua Nova, não havia nada além de mato por quilômetros e quilômetros, e o cemitério mais próximo era o de Charlottetown. É por isso que os Murray eram enterrados aqui, e depois o mantivemos porque queríamos ser enterrados com os nossos, aqui, nas margens verdejantes da velha Blair Water.

– Isso parece um verso de poema, primo Jimmy – disse Emily.

– E é; é de um dos meus poemas.

– De certa forma, gosto da ideia de um cemitério particular como esse – disse Emily, decidida, lançando um olhar aprovador à grama aveludada que descia rumo ao lago azul-claro, aos passeios bem cuidados e aos túmulos preservados.

Primo Jimmy soltou uma risadinha.

– E, ainda assim, você diz que não é uma Murray – disse ele. – Murray, Byrd e Starr; e uma pitada de Shipley para finalizar, se seu primo Jimmy Murray não estiver enganado.

– Shipley?

– Sim. Sua trisavó, esposa de Hugo Murray, era uma Shipley; uma inglesa. Já ouviu a história de como os Murray vieram para Lua Nova?

– Não.

– Eles iam para Quebec; não sabiam patavinas sobre a Ilha do Príncipe Edward. Haviam feito uma viagem difícil, e a água estava escassa, por isso o capitão do *Lua Nova* decidiu aportar aqui para buscar mais. Mary Murray quase morrera de enjoo durante a travessia; parecia incapaz de se acostumar ao balanço do navio. Por essa razão, o capitão, sentindo pena dela, disse que ela poderia descer à costa com os homens, para sentir terra firme sob os pés por um tempo. Muito feliz, ela foi e, quando desceu à costa, disse: "Daqui não saio". E assim foi: não houve quem a movesse. O velho Hugo, que, àquela época, ainda era o jovem Hugo, obviamente, argumentou, vociferou, berrou, arrazoou e até chorou, segundo me disseram, mas Mary não arredava o pé. Por fim, ele cedeu; pediu para desembarcarem seus pertences e também ficou. E foi assim que os Murray vieram parar na Ilha do Príncipe Edward.

– Fico feliz que tenha sido assim – disse Emily.

– O velho Hugo também ficou, depois de um tempo. Mas, ainda assim, Emily, a mágoa nunca passou. Ele nunca perdoou a esposa completamente. O túmulo dela fica ali no canto; é aquele com a lápide de pedra vermelha. Vá lá e veja o que ele mandou escrever.

Emily correu até lá, cheia de curiosidade. Na grande lápide, estava escrito um daqueles longos e verborrágicos epitáfios de antigamente. Mas, abaixo dele, não havia nenhum verso escritural ou salmo caridoso. Nítida e distintamente, apesar do tempo e do líquen, lia-se a frase: "Daqui não saio".

– Foi assim que ele ficou quite com ela – disse primo Jimmy. – Ele era um bom marido para ela; e ela era uma boa esposa e gerou uma linda família com ele; e ele jamais foi o mesmo depois da morte dela. Mas essa mágoa permaneceu dentro dele até que precisou sair.

Emily teve um calafrio. De alguma forma, a ideia daquele antigo e sombrio ancestral e de seu rancor imortal contra sua pessoa mais próxima e mais querida a aterrorizou.

– Fico feliz de ser apenas *meio* Murray – murmurou para si mesma. E, em voz alta, comentou: – O papai me disse que era uma tradição dos Murray não carregar rancor além do túmulo.

– Agora é, mas ela começou justamente por causa disso. A família dele ficou completamente horrorizada com esse episódio, sabia? Foi um grande escândalo. Houve quem distorcesse a frase e dissesse que o velho Hugo não acreditava na ressurreição, e um boato de que a corte de justiça ia tratar do assunto, mas, depois de um tempo, o boato não deu em nada.

Emily caminhou até outro túmulo coberto de líquen.

– "Elizabeth Burnley"... Quem era ela, primo Jimmy?

– A esposa do velho William Murray. Ele era irmão de Hugo e veio para cá cinco anos depois deste. Sua esposa era muito bonita e muito admirada pela beleza na Inglaterra. Ela não gostava da natureza hostil da Ilha do Príncipe Edward. Tinha saudade de sua terra, Emily; uma saudade profunda. Quando chegou, passou semanas sem tirar a touca. Não fazia nada senão caminhar para lá e para cá com ela na cabeça, exigindo ser levada de volta.

– Ela não a tirava para dormir? – questionou Emily.

– Não sei nem se ela chegou a dormir. De qualquer forma, William não a levou de volta, então, depois de um tempo, ela tirou a touca e se resignou. Sua filha casou-se com o filho de Hugo, de maneira que Elizabeth foi sua tataravó.

Emily observou o túmulo esverdeado, afundado na terra, e perguntou-se que sonhos nostálgicos assombravam o sono centenário de Elizabeth Burnley.

"É terrível sentir saudade de casa... Eu *sei* bem", pensou ela, solidária.

– O pequeno Stephen Murray está enterrado ali – disse primo Jimmy. – A lápide dele foi a primeira feita de mármore no cemitério. Ele era irmão de seu avô; morreu aos 12 anos. Tornou-se... – disse primo Jimmy com ar solene – ... uma lenda entre os Murray.

– Por quê?

– Era muito bonito, bondoso e inteligente. Não tinha nenhum defeito, então, obviamente, não poderia pertencer a este mundo. Dizem que nunca houve uma criança tão bonita na família. E era tão amável; todos o adoravam. Morreu há noventa anos; nenhum dos Murray vivos hoje chegou a conhecê-lo. E, ainda assim, falamos dele nas reuniões de família. Ele é mais real que muitos dos vivos. Portanto, Emily, perceba que ele deve ter sido uma criança extraordinária, mas terminou nisto... – disse primo Jimmy, estendendo a mão em direção ao túmulo coberto de grama e a lápide branca e muito limpa.

"Será que alguém vai se lembrar de *mim* noventa anos depois que eu morrer?", pensou Emily.

– Este velho cemitério está quase cheio – refletiu primo Jimmy. – Só há espaço naquele canto lá longe para Elizabeth, Laura e eu. Para você, não, Emily.

– Não quero ser enterrada aqui – respondeu Emily, imediatamente. – Acho maravilhoso ter um cemitério assim na família, mas *vou* ser enterrada no cemitério de Charlottetown, com meu pai e minha mãe. Mas tem uma coisa que me preocupa, primo Jimmy: *você* acha que vou morrer de tuberculose?

Primo Jimmy a olhou fundo nos olhos.

– Não – disse ele. – Não, dona Gatinha. Você tem vida dentro de si para levá-la muito longe ainda. Não está destinada à morte.

– Também me sinto assim – assentiu Emily. – Mas, primo Jimmy, por que aquela casa ali está tão desolada?

– Qual? Ah, a do Fred Clifford. Fred Clifford começou a construir essa casa há trinta anos. Ia se casar, e sua noiva escolheu o lugar. Mas, quando a construção da casa chegou nesse exato ponto, a moça o abandonou. Nem mais um prego foi batido nessa casa desde então. Fred se mudou para a Colúmbia Britânica. Ainda vive lá, casado e feliz. Mas não vende esse terreno a ninguém, então acho que isso ainda o machuca.

– Sinto pena daquela casa. *Queria* que ela tivesse sido terminada. Ela *quer* ser terminada; ainda *quer* ser.

– Bom, eu diria que nunca será. Fred também tem um quê de Shipley, sabia? Uma das filhas do velho Hugo era avó dele. E o doutor Burnley, que mora lá naquela casa grande e cinza, tem ainda mais sangue Shipley que Fred.

– Ele é nosso parente também, primo Jimmy?

– Primo de quadragésimo segundo grau. Voltando muito no tempo, uma das primas de Mary Shipley era tatara qualquer coisa dele. Isso ainda na Inglaterra; os antepassados dele vieram para cá depois de nós. É bom médico, mas um sujeito estranho. Mais estranho que eu, Emily, e, mesmo assim, ninguém diz que ele não bate bem. Dá para entender? Ele *não* acredita em Deus; nem *eu* sou tolo a esse ponto.

– Em Deus *nenhum*?

– Nenhunzinho. É ateu, Emily. E está criando a filhinha no mesmo caminho, o que *eu* acho uma vergonha, Emily – disse primo Jimmy, em tom de segredo.

– A mãe dela não ensina nada a ela?

– A mãe dela... já morreu – respondeu primo Jimmy, estranhamente hesitante. – Faz dez anos – acrescentou, em tom mais firme. – Ilse Burnley é uma ótima menina; tem cabelos que parecem narcisos e olhos que parecem diamantes amarelos.

– Ah, primo Jimmy, você prometeu me contar sobre o Diamante Perdido! – exclamou Emily, ansiosa.

– Verdade... Verdade... Bem, ele está por aí... Em algum lugar dentro ou perto do velho gazebo, Emily. Há cinquenta anos, Edward Murray e sua esposa vieram de Kingsport para uma visita. Ela era uma grande dama e usava seda e diamantes feito uma rainha, apesar de não dispor de nenhuma beleza. Usava um anel com uma pedra que custava duzentas libras, Emily. Era muito dinheiro para ficar no dedo de uma mulher, não acha? Ele brilhou na mão branca dela quando ela levantou o vestido para subir os degraus da escada do gazebo; mas, quando desceu os degraus, ele simplesmente havia sumido.

– E *nunca* mais ninguém o achou? – perguntou Emily, sem ar.

– Nunca mais... E não foi por falta de procurar! Edward Murray queria derrubar a casa, mas tio Archibald não quis saber disso de jeito nenhum, pois a havia construído para sua noiva. Os dois irmãos discutiram por conta disso e nunca mais fizeram as pazes. Todos na família já tentaram a sorte procurando o diamante. A maioria acha que ele caiu do lado de fora da casa, entre as flores ou os arbustos. Mas não sou bobo, Emily. Sei que o diamante de Miriam Murray ainda está em algum lugar dentro da velha casa. Nas noites de lua cheia, Emily, já o vi brilhar; brilhar e acenar. Mas nunca no mesmo lugar. E, quando a gente vai até ele, ele some, e daí a gente o vê rindo em algum outro lugar.

Mais uma vez, surgiu algo misterioso e indefinível na voz e no olhar do primo Jimmy que fez um calafrio percorrer repentinamente a espinha de Emily. Mas ela adorava o jeito como ele conversava com ela, como se fosse adulta; e adorava aquele lindo lugar à sua volta; e, apesar da tristeza pelo pai e pela casa do vale, que persistia a todo tempo e a afligia tanto à noite a ponto de seu travesseiro se ensopar de lágrimas secretas, ela começava a se sentir um pouco feliz novamente a cada pôr do sol; a cada cantar dos pássaros e a cada estrela da manhã; a cada noite de luar e a cada brisa cantante. Sabia que a vida seria maravilhosa ali; maravilhosa e interessante, com cozinhas externas, leiterias repletas de nata, caminhos para o lago, Diamantes Perdidos, Casas Abandonadas e homens que não acreditavam em *nenhum* Deus, nem mesmo no Deus de Ellen Greene. Emily desejou conhecer o doutor Burnley. Estava muito curiosa para ver como se parecia um ateu. E já estava firmemente decidida a encontrar o Diamante Perdido.

Julgamento de fogo

Tia Elizabeth levou Emily à escola na manhã seguinte. Tia Laura achava que, como faltava apenas um mês para as férias, não seria muito proveitoso para Emily "começar as aulas". Mas tia Elizabeth ainda não se sentia confortável com a pequena sobrinha perambulando por Lua Nova, fuxicando em tudo insaciavelmente, e decidiu que Emily deveria ir à escola e sair de seu caminho. De sua parte, Emily, sempre ávida por novas experiências, desejava muito ir, ainda que ardesse de rebeldia. Tia Elizabeth desenterrara, de algum lugar no sótão de Lua Nova, um avental e um chapéu horríveis de guingão e fizera Emily usá-los. O avental era longo e parecia um saco; tinha gola alta e *mangas*. Aquelas mangas eram o ápice do vexame. Emily jamais vira uma criança usando avental com mangas. Rebelou-se a ponto de verter lágrimas para não usá-lo, mas tia Elizabeth não estava para bobagens.

Foi então que Emily conheceu o olhar dos Murray; e, quando o viu, abotoou os sentimentos subversivos bem no fundo da alma e deixou que tia Elizabeth a vestisse com o avental.

– Esse era um dos aventais de sua mãe quando ela era criança, Emily – disse tia Laura, emotiva, em tom de consolação.

– Então – respondeu Emily, fria e desconsolada –, não me surpreende que ela tenha fugido com o papai quando se tornou adulta.

Tia Elizabeth terminou de abotoar o avental e afastou Emily de si com um movimento nada gentil.

– Coloque o chapéu – ordenou.

– Oh, por favor, tia Elizabeth, não me faça usar essa coisa horrenda.

Sem perder tempo com mais palavras, tia Elizabeth pegou o chapéu e amarrou-o na cabeça de Emily. Emily teve de ceder. Mas, das profundidades do chapéu, emanou uma voz desafiadora, ainda que trêmula:

– Apesar de tudo, tia Elizabeth, você não pode mandar em Deus.

Tia Elizabeth estava demasiado irritada para dizer qualquer palavra no caminho para a escola. Apresentou Emily à professora Brownell e foi-se embora. A aula já começara, portanto Emily pendurou o chapéu no prego que havia no alpendre e dirigiu-se à carteira que a professora Brownell lhe designara. Emily já decidira que não gostava da professora Brownell e jamais viria a gostar.

Em Blair Water, a professora Brownell tinha fama de ser uma ótima mestra, devido especialmente ao fato de conseguir manter rígida disciplina e perfeita "ordem". Era uma mulher magra de meia-idade, rosto pálido, dentes salientes, a maioria dos quais exibia ao sorrir, e olhos acinzentados e vigilantes, ainda mais gélidos que os de tia Ruth. Emily sentia que aqueles inclementes olhos ágata eram capazes de perscrutar com clareza até o âmago de sua pequena e sensível alma. Emily era destemida em algumas ocasiões; mas, na presença de uma criatura cuja natureza lhe parecia instintivamente hostil à sua, ela se encolhia, mais de repulsa que de medo.

Foi alvo de olhares curiosos durante toda a manhã. A escola de Blair Water era grande e contava com pelo menos vinte meninas mais ou menos de sua idade. Emily olhava-as de volta com curiosidade, e pareceu-lhe muito indelicada a maneira como cochichavam entre si por trás dos livros e das mãos ao observá-la. Sentiu-se repentinamente triste, nostálgica e só; desejou ter de volta o pai, o antigo lar e todas aquelas coisas que amava e lhe eram tão queridas.

– A menina de Lua Nova está chorando – cochichou uma garota de olhos negros do outro lado da fileira. E então se ouviu a cruel risadinha.

– Qual é o problema, Emily? – indagou a professora Brownell, repentina e acusativamente.

Emily permaneceu em silêncio. Não conseguia dizer à professora Brownell qual era o problema, especialmente quando ela empregara aquele tom.

– Quando faço uma pergunta a uma de minhas alunas, Emily, costumo receber uma resposta. Por que está chorando?

Houve mais um risinho do outro lado da fileira. Emily ergueu os olhos tristes e, naquele momento extremo, recorreu a uma frase do pai:

– É um assunto que compete somente a mim – disse.

Uma mancha vermelha surgiu de repente nas bochechas descoradas da professora Brownell. Seus olhos flamejaram com um fogo gélido.

– Você ficará de castigo durante o intervalo como punição por sua impertinência – ordenou ela; mas, pelo menos, deixou Emily em paz pelo restante do dia.

Emily não se importou nem um pouco em ficar de castigo durante o intervalo, pois, sensível como era, percebeu que, por alguma razão impossível de determinar, a atmosfera da escola lhe era antagônica. Os olhares que lhe eram lançados não eram só curiosos, mas também maldosos. Não queria ir ao pátio com aquelas meninas. Não queria estudar em Blair Water, mas não choraria mais. Aprumou-se na cadeira e manteve os olhos fixos no livro. Subitamente, um sibilo suave e maligno atravessou a sala:

– Senhorita Orgulhosinha! Senhorita Orgulhosinha!

Emily mirou a garota. Os grandes e certeiros olhos azul-violeta de Emily fitaram intrepidamente os olhos negros, brilhantes e suspeitos de sua oponente. Havia algo no olhar de Emily que intimidava e constrangia. Os olhos negros vacilaram e cederam, e a dona deles disfarçou sua derrota com mais um risinho e uma jogada da trança curta.

“Com *essa* aí eu me garanto”, pensou Emily, vibrando de triunfo.

Mas, como a união faz a força, ao meio-dia, Emily via-se sozinha no pátio, enfrentando uma multidão de rostos hostis. As crianças podem ser criaturas muito cruéis. Têm um instinto coletivo a tratar com preconceito quem vem de fora e são impiedosas ao fazê-lo. Emily era uma desconhecida, além de pertencer à família dos orgulhosos Murray – dois pontos que pesavam contra ela. Além disso, apesar da pequenez, do guingão e do chapéu, havia nela certo recato, dignidade e fineza de que as garotas se ressentiam, assim como o jeito como Emily as olhava de igual para igual, com aquela cara desdenhosa sob os cabelos negros, em vez de um acuo tímido que se espera de um intruso em estágio probatório.

– Você é orgulhosa – disse a Olhos Negros. – Ah, nossa, você tem botas com botões, mas vive de caridade.

Emily não queria ter calçado as botas com botões. Queria ter ido descalça, como sempre fazia no verão. Mas tia Elizabeth lhe dissera que nenhuma criança de Lua Nova jamais fora à escola descalça.

– Nossa, olha só o avental de bebezinha – caçoou outra menina, com cabelos castanhos cacheados.

Nesse momento, Emily enrubesceu. Aquele era de fato um ponto fraco em sua armadura. Satisfeita com seu êxito em tirar sangue, a de cabelos cacheados investiu novamente:

– Era da sua avó aquele chapéu?

Houve um coro de risos.

– Oh, ela usa um chapeuzinho para proteger a pele – disse uma menina mais velha. – Isso é por conta do orgulho dos Murray. Os Murray são podres de orgulhosos; é o que minha mãe diz.

– Você é feia de dar dó – disse uma mocinha gorda e atarracada, cuja largura e altura eram praticamente das mesmas medidas. – Tem orelhas de gato.

– Você não tem do que se orgulhar – disse a Olhos Negros. – O teto da sua cozinha nem tem gesso.

– E seu primo Jimmy é um idiota – disse a Cachos Castanhos.

– Não é, não! – exclamou Emily. – Ele é mais sensato que qualquer uma de vocês. Podem dizer o que quiserem de mim, mas não vão insultar a *minha família*. Se disserem mais *uma* palavra a respeito deles, vou lhes lançar uma praga.

Nenhuma delas entendeu o que significava aquela ameaça, mas isso só a tornou mais efetiva. Surtiu um breve silêncio. Em seguida, começaram a chateá-la de novo, agora de forma diferente.

– Você sabe cantar? – perguntou uma menina magra e sardenta, que conseguia ser bastante bonita, apesar da magreza e das sardas.

– Não – respondeu Emily.

– Sabe dançar?

– Não.

– Sabe costurar?

– Não.

– Sabe cozinhar?

– Não.

– Sabe tecer renda?

– Não.

– Sabe fazer crochê?

– Não.

– Pois então o que você *sabe* fazer? – indagou a Sardenta, em tom desdenhoso.

– Sei escrever poesias – disse Emily, sem a menor intenção de dizê-lo. Mas, naquele instante, soube que *sabia* escrever poesias. E, com essa estranha e irrazoável convicção, veio... a inspiração! Bem ali, enquanto se via cercada de hostilidade e desconfiança, lutando sozinha para manter sua posição, sem ajuda ou vantagem, chegou aquele maravilhoso momento em que a alma parecia se desvencilhar das correntes da carne e voar rumo às estrelas. O êxtase e o deleite no rosto de Emily assombraram e enfureceram as inimigas, que acreditaram se tratar de uma manifestação do orgulho dos Murray em um feito incomum.

– É mentira – disse a Olhos Negros, seca.

– Uma Starr nunca mente – retorquiu Emily. Então a inspiração sumiu, mas o ânimo produzido por ela permaneceu. Emily fitou todas elas com uma indiferença fria que as amainou momentaneamente. – Por que não gostam de mim? – perguntou, sem rodeios.

Não houve resposta. Emily olhou diretamente para a Cachos Castanhos e repetiu a pergunta especificamente para ela, que se viu obrigada a responder:

– Porque você não se parece em nada conosco – ela resmungou.

– E nem quero parecer – disse Emily.

– Ah, pronto, você deve ser parte do Povo Escolhido – caçoou a Olhos Negros.

– Mas é óbvio que sou – retrucou Emily.

Então caminhou de volta para a escola, vitoriosa naquela batalha.

Mas as forças que tramavam contra ela não se deixavam intimidar tão facilmente. Depois que entrou, houve muito cochicho e muita conspiração, uma conferência com alguns dos meninos e uma distribuição de lápis decorados e gomas de mascar como pagamento por um serviço prestado.

Uma agradável sensação de vitória e o resplendor do lampejo ajudaram Emily a vencer a tarde, apesar do fato de a professora Brownell tê-la ridicularizado pelos erros de ortografia. A professora Brownell tinha bastante gosto por ridicularizar as alunas. Todas as meninas da turma riram, exceto uma que não estivera lá naquela manhã e que, por isso, estava no fundo. Emily perguntava-se quem era ela. Era diferente das demais meninas, tal como ela própria, mas de maneira completamente diferente. Era alta, vestia-se de um jeito estranho, com um vestido demasiadamente longo de listras apagadas, e estava descalça. Os fartos cabelos curtos se revolviam ao redor do rosto em espessos cachos que pareciam feitos de brilhantes fios dourados, e os olhos cintilantes eram de um castanho tão claro e translúcido que beirava o âmbar. A boca era larga, e o queixo, saliente e atrevido.

Não seria exatamente o que costumamos chamar de uma garota bela, mas seu rosto era tão vivaz e expressivo que Emily não conseguia tirar os olhos dele. E ela era a única menina na sala que não recebeu, em nenhum momento da aula, uma amostra de sarcasmo da professora Brownell, embora tivesse cometido tantos erros quanto o restante da turma.

No intervalo, uma das meninas veio até Emily com uma caixa na mão. Emily sabia que aquela era Rhoda Stuart e a achava muito bonita e gentil. Rhoda estivera no grupo que rodeara Emily mais cedo, mas não dissera nada. Trajava um vestido cor-de-rosa de guingão; os cabelos cor de açúcar mascavo estavam presos em tranças lustrosas e macias; tinha grandes olhos azuis, boca de botão de rosa, traços de boneca e voz doce. Se a professora Brownell tinha uma aluna favorita, certamente era Rhoda Stuart, e ela parecia ser muito popular no próprio grupo e bastante querida pelas meninas mais velhas.

– Pegue; é um presente para você – disse ela, gentilmente.

Emily tomou a caixa inocentemente. O sorriso de Rhoda teria desarmado qualquer suspeita. Por um momento, Emily foi tomada de uma alegre expectativa enquanto removia o embrulho. Então, com um grito, lançou a caixa longe e empalideceu, tremendo da cabeça aos pés. Havia uma cobra lá dentro – se morta ou viva, pouco lhe importava, pois Emily tinha horror e repulsa insuperáveis a cobras. A mera visão de uma era capaz de paralisá-la.

Um coro de risos correu pelo alpendre.

– Que medo é esse de uma cobra morta?! – achincalhou a Olhos Negros.

– Que tal escrever um poema sobre *isso*? – disse a Cachos Castanhos, às gargalhadas.

– Eu *odeio* vocês! Odeio! – exclamou Emily. – Vocês são más e odiosas!

– Xingar não é coisa de boa moça – disse a Sardenta. – Achei que os Murray fossem finos demais para isso.

– Se vier à escola amanhã, *senhorita* Starr – disse a Olhos Negros, deliberadamente –, vamos pegar essa cobra e botar no seu pescoço.

– Quero ver se vai! – exclamou uma voz clara e ressoante. Com um salto, a menina dos olhos cor de âmbar e dos cabelos curtos pôs-se no meio delas. – Quero *ver* se vai, Jennie Strang!

– Isto não é da sua conta, Ilse Burnley – resmungou Jennie, acabrunhada.

– Ah, é? Não me afronte, olhos de leitoa.

Ilse caminhou contra Jennie, que retrocedia, e ergueu um punho bronzeado em frente ao rosto dela.

– Amanhã, se eu pegar você incomodando a Emily Starr com essa cobra de novo, vou pegar *a cobra* pela cauda e *você* pelos cabelos, e vou chicotear sua cara com ela. Lembre-se disso, olhos de leitoa. Agora, vá; pegue aquela sua linda cobrinha e jogue-a na lareira.

Jennie obedeceu. Ilse encarou as demais.

– Vocês todas vão embora e deixem a menina de Lua Nova em paz – disse. – Se eu souber que continuam se metendo com ela, vou rasgar suas gargantas e arrancar seus olhos e coração. Vou, sim; e também vou cortar suas orelhas e usar de enfeite no meu vestido!

Acovardadas diante das ferozes ameaças ou de algo na personalidade de Ilse, as perseguidoras de Emily se afastaram. Ilse virou-se para Emily.

– Não lhes dê atenção – disse, desdenhosa. – Elas têm inveja de você, é isso; inveja porque você mora em Lua Nova, anda de carruagem elegante e usa botas de botões. Pode dar um tapa na fuça delas se a amolarem.

Ilse saltou a cerca e atravessou feito flecha um arvoredo de bordos, sem olhar para trás. Somente Rhoda Stuart permaneceu ali.

– Emily, mil perdões! – disse, arregalando os enormes olhos azuis em súplica. – Não sabia que tinha uma cobra na caixa; juro que não. As meninas só me disseram que era um presente para você. Você não está chateada comigo, está? Porque gosto de você.

Emily sentia-se chateada, magoada e ultrajada. Contudo, essa pequena demonstração de amizade derreteu seu coração imediatamente. Em um piscar de olhos, Rhoda e ela já estavam uma com o braço no ombro da outra, desfilando pelo pátio.

– Vou pedir à professora Brownell que deixe você se sentar comigo – disse Rhoda. – Eu costumava me sentar com a Annie Gregg, mas ela se mudou. Você quer se sentar comigo?

– Vou amar – disse Emily, calorosamente. Estava tão feliz agora quanto estivera triste anteriormente. Ali estava a amiga de seus sonhos. Já idolatrava Rhoda.

– *Vamos* nos sentar juntas – disse Rhoda, com ar de importância. – Pertencemos às duas melhores famílias de Blair Water. Sabia que, se meu pai tivesse seus direitos reconhecidos, estaria sentado no trono da Inglaterra?

– Inglaterra!? – exclamou Emily, demasiado impressionada para fazer qualquer coisa além de ecoar Rhoda.

– Sim. Somos descendentes dos reis da Escócia – explicou Rhoda.

– Então, obviamente, não nos misturamos com qualquer um. Meu pai é dono de uma loja, e faço aulas de música. Sua tia Elizabeth vai lhe dar aulas de música?

– Não sei.

– Ela precisa. Ela é muito rica, não é?

– Não sei – repetiu Emily, desejando que Rhoda não fizesse esse tipo de pergunta, pois lhe parecia indelicado. Todavia, se alguém haveria de conhecer as regras de etiqueta, certamente seria uma descendente dos reis da casa de Stuart[12].

– Ela tem um temperamento horrível, não tem? – perguntou Rhoda.

– Não tem, não! – exclamou Emily.

– Bom, ela quase matou seu primo Jimmy em um de seus acessos – disse Rhoda. – É verdade; minha mãe que me disse. Por que sua tia Laura não se casa? Ela não tem namorado? Quanto é o salário que sua tia Elizabeth paga para seu primo Jimmy?

– Não sei.

– Bom – disse Rhoda, um tanto decepcionada –, acho que você ainda não passou tempo suficiente em Lua Nova para estar a par das coisas. Mas imagino que deva ser bastante diferente daquilo com que você está acostumada. Seu pai vivia em uma pobreza franciscana, não é?

– Meu pai era um homem muito, mas *muito* rico – disse Emily, deliberadamente, ao que Rhoda a fitou.

– Achei que ele não tivesse um único centavo.

– E não tinha. Mas pode-se ser rico sem ter dinheiro.

– Não sei como. Mas, de qualquer forma, *você* vai ser rica algum dia. Sua tia Elizabeth provavelmente vai lhe deixar todo o dinheiro dela, minha

---

[12] A casa de Stuart governou a Escócia e, posteriormente, o Reino Unido por séculos. A última monarca dessa dinastia foi a rainha Ana (1665-1714). (N.T.)

mãe me disse. Então, para *mim*, não importa se você vive de caridade. Eu a amo e vou defendê-la. Você tem namorado, Emily?

– Não! – exclamou Emily, corando terrivelmente e escandalizando-se com a ideia. – Que é isso? Eu só tenho 10 anos!

– Mas todo mundo na turma tem um namorado. O meu é Teddy Kent. Apertei a mão dele depois de ter contado nove estrelas durante nove noites, sem perder nenhuma noite. Se fizer isso, o primeiro menino cuja mão você apertar vai ser seu namorado. Mas isso é muito difícil de fazer. Levei o inverno inteiro. Teddy não veio à aula hoje; passou todo o mês de junho doente. É o menino mais bonito de Blair Water. Você também vai ter um namorado, Emily.

– Não vou! – declarou Emily, irritada. – Não entendo nada de namorados e não vou ter um.

Rhoda balançou a cabeça.

– Ah, imagino que pense que ninguém é bom o suficiente para você, que mora em Lua Nova. Bom, você não vai poder brincar de "adivinha quem é"[13] se não tiver namorado.

Emily desconhecia completamente os mistérios do "adivinha quem é" e nem tinha interesse em saber. De qualquer maneira, não ia ter namorado e repetiu isso em tom tão decidido que Rhoda julgou melhor mudar de assunto.

Emily ficou bastante feliz quando soou o sino. A professora Brownell acedeu graciosamente ao pedido de Rhoda, e Emily transferiu seus pertences para a carteira dela. No fim da aula, Rhoda cochichou bastante, e Emily acabou tomando bronca, mas não se importou.

– Vou dar uma festa de aniversário na primeira semana de julho e convidá-la, se suas tias a deixarem ir. Mas não vou convidar Ilse Burnley.

– Você não gosta dela?

– Não. Ela é muito metida a machona e o pai dela não acredita em Deus. E ela também. Sempre escreve "Deus" com "d" minúsculo nos ditados.

---

[13] No original, *clap-in-clap-out*, um jogo em que uma criança sai de um ambiente e, quando retorna, tenta descobrir qual das outras na brincadeira a escolheu para seu grupo. Quando dá uma resposta errada, todas as outras devem bater palma. (N.T.)

A professora Brownell briga com ela, mas ela não muda. E a professora não bate nela porque está interessada no doutor Burnley. Mas a mamãe falou que ela não vai conseguir nada com ele, porque ele odeia mulheres. Não acho bom me misturar com gente desse tipo. A Ilse é superestranha e tem um temperamento horrível. O pai dela também. Ela não faz amizade com ninguém. Não acha ridículo o penteado dela? Já *você* deveria fazer uma franja, Emily. Está na moda ter franja, e você ficaria bonita com uma, porque sua testa é um tanto grande. Ficaria bonita mesmo. Nossa, mas você tem um cabelo lindo, e suas mãos são tão lindas. Todos os Murray têm mãos bonitas. E você tem os olhos *mais* gentis, Emily.

Emily jamais recebera tantos elogios na vida. Rhoda adorava distribuí--los. Bastante influenciada pelas sugestões da amiga, Emily voltou para casa da escola determinada a pedir a tia Elizabeth que lhe cortasse uma franja. Se era algo que a deixaria mais bonita, não seria difícil de compreender. E também pediria a tia Elizabeth para usar seu colar de contas venezianas para ir à escola no dia seguinte.

"Talvez *assim* as outras meninas me respeitem mais", pensou.

Seguiu sozinha desde um cruzamento em que Rhoda e ela se separaram e relembrou os acontecimentos do dia com uma sensação de que, no fim das contas, lograra manter hasteada a bandeira dos Starr, salvo por um revés temporário naquele evento da cobra. A escola era muito diferente do que ela esperava, mas a vida era assim, como dizia Ellen Greene, e era preciso tirar o melhor de cada situação. Rhoda era uma querida; e havia algo de simpático em Ilse Burnely. Quanto às demais meninas, Emily ficou quite com elas imaginando que todas seriam enforcadas por matá-la de susto com a cobra, então não sentiu mais nenhum rancor por elas, embora muitas das coisas que lhe haviam sido ditas ainda tenham doído amargamente em seu coração por dias a fio. Já não tinha mais um pai a quem contá-las, nem um caderno de relatos no qual escrevê-las, então era incapaz de exorcizá-las de si.

Demorou para que tivesse uma oportunidade de pedir permissão para fazer uma franja, pois havia visitas em Lua Nova, e as tias estavam ocupadas preparando um elaborado jantar. Mas, quando trouxeram as conservas, Emily aproveitou uma breve pausa na conversa dos adultos.

– Tia Elizabeth – disse –, posso fazer uma franja?

Tia Elizabeth a olhou com desdém.

– Não – respondeu. – Não gosto de franjas. De todas as modinhas de ultimamente, as franjas são a mais besta.

– Ah, tia Elizabeth, *por favor*, deixe-me fazer uma franja. Vou ficar bonita; a Rhoda disse.

– Precisaria de muito mais que uma franja para isso, Emily. Nada de franjas em Lua Nova; salvo nas vacas. *Elas* são as únicas criaturas que podem ter franja.

Tia Elizabeth sorriu triunfante para os demais à mesa – tia Elizabeth sorria, sim, algumas vezes, quando achava que calara alguma pessoa menor que ela, ridicularizando-a primorosamente. Emily entendeu que não valeria de nada desejar a franja. A beleza não lhe chegaria dessa maneira. Era muita maldade de tia Elizabeth; muita maldade. Soltou um suspiro desapontado e abandonou a ideia por um momento. Havia outra coisa que desejava saber.

– Por que o pai de Ilse Burnley não crê em Deus? – perguntou.

– Por causa do golpe que a mãe dela deu nele – disse o senhor Slade, com uma gargalhada. O senhor Slade era um homem gordo e risonho, com cabelos fartos e bigodes. Já dissera outras coisas que Emily não pôde compreender e que pareceram constranger bastante sua elegante esposa.

– Qual foi o golpe que a mãe de Ilse deu nele? – questionou Emily, impaciente de curiosidade.

Nesse instante, tia Laura e tia Elizabeth se entreolharam, até que tia Laura disse:

– Vá lá fora alimentar as galinhas, Emily.

Emily levantou-se com dignidade.

– Você poderia muito bem apenas me dizer que a mãe de Ilse não é assunto para se discutir, e eu obedeceria. Entendo *perfeitamente* o que quer dizer – rebateu e deixou a mesa.

Uma providência especial

Logo no primeiro dia de aula, Emily teve certeza de que jamais gostaria da escola. Sabia que precisava frequentá-la para obter conhecimento e ser capaz de se sustentar, mas a escola sempre seria o que Ellen Greene solenemente chamava de "uma cruz". Por isso, sentiu-se bastante surpresa ao dar-se conta, alguns dias depois, de que estava gostando daquele lugar. Na verdade, a professora Brownell não melhorou em nada a primeira impressão, mas as demais garotas já não a atormentavam. Na realidade, para seu espanto, pareceram ter repentinamente se esquecido de tudo que acontecera e a acolhido como uma delas. Ela passara a fazer parte do grupo, e, embora em algumas discussões ocasionais ainda surgissem assuntos como seu avental de bebê ou o orgulho dos Murray, já não havia mais nenhuma hostilidade entre elas. Além disso, Emily também se tornou capaz de trazer algumas coisas à tona à medida que aprendeu mais sobre as garotas e seus pontos fracos, e fazia-o com clareza e ironia tão impiedosas que as demais logo aprenderam a não provocá-la. A Cacho Castanhos, cujo nome era Grace Wells, a Sardenta, cujo nome era Carrie King, e Jennie Stang tornaram-se bastante amigas dela, e agora, em vez de risadinhas, Jennie lhe dava chicletes e mata-borrões. Emily permitiu que todas elas conhecessem o exterior de seu pequeno templo dedicado à amizade, mas apenas Rhoda pôde frequentá-lo. Já Ilse Burnley não apareceu mais depois daquele primeiro dia. Segundo Rhoda, Ilse só ia à escola quando lhe apetecia. O pai nunca se preocupava com ela. Emily sentia sempre certa ânsia por saber mais sobre Ilse, mas parecia improvável que ela fosse satisfeita.

Sem perceber, Emily começava a se tornar feliz de novo. Já sentia como se pertencesse àquele antigo berço da família. Pensou bastante sobre os velhos Murray; gostava de imaginá-los revisitando Lua Nova: a bisavó lustrando os candelabros e fazendo queijos; a tia-avó Miriam perambulando à procura de seu tesouro perdido; a nostálgica tia-bisavó Elizabeth trançando para lá e para cá com sua touca; o belo e bronzeado capitão George voltando para casa com as conchas das Índias; Stephen, o amado de todos, sorrindo nas janelas; a própria mãe sonhando com o pai; todos pareciam-lhe tão reais como se os tivesse conhecido em vida.

Ainda passava por momentos terríveis quando lhe afligia o luto pelo pai e quando todo o esplendor de Lua Nova não era capaz de sufocar a saudade da humilde casinha do vale, onde ambos haviam se amado tanto. Nesses momentos, Emily refugiava-se em algum canto secreto e desatinava a chorar, emergindo com olhos vermelhos que sempre pareciam irritar tia Elizabeth. Esta se acostumara à presença de Emily em Lua Nova, mas não se aproximara em nada da sobrinha, o que a magoava bastante. Contudo, tia Laura e primo Jimmy a amavam, e ela dispunha de Sal Sapeca, de Rhoda, de campos repletos de trevos, de árvores escuras contra o céu âmbar e da música frenética que a Mulher de Vento tocava ao soprar através dos pinheiros que se erguiam atrás dos celeiros, quando ela surgia do golfo. Seus dias tornaram-se intensos e interessantes, cheios de pequenos prazeres e deleites, como pequenos botões dourados de rosa desabrochando na árvore da vida. Se pelo menos tivesse o velho caderno de relatos ou coisa semelhante, estaria plenamente satisfeita. Sentia falta de tê-lo e de sentar-se ao lado do pai, e o fato de ter se sentido obrigada a queimá-lo era algo pelo qual culpava tia Elizabeth e sentia que jamais seria capaz de perdoá-la. Não parecia possível conseguir nenhum substituto. Como dissera o primo Jimmy, papel de qualquer tipo era algo escasso em Lua Nova. Raramente escreviam-se cartas, e, quando se o fazia, bastava uma folha pequena. Emily não ousava pedir uma a tia Elizabeth. Houve situações em que sentiu que explodiria se não anotasse algo que lhe ocorrera. Encontrava algum alívio escrevendo em sua lousa, na escola. Contudo, cedo ou tarde, os escritos precisavam ser apagados, o que deixava Emily com sensação de perda. Além disso, sempre havia o perigo de a professora Brownell vê-los, o que, para Emily, seria algo insuportável. Nenhum olho estranho deveria ver aqueles escritos sagrados. Às vezes, deixava que Rhoda os lesse, embora ela a irritasse com suas risadinhas diante de seus voos literários mais refinados. Para Emily, Rhoda estava o mais próximo da perfeição quanto se era humanamente possível, mas suas risadinhas eram um defeito dela.

Todavia, existe um destino que dá forma aos desígnios de jovens moças que nascem com uma comichão pela escrita na ponta dos dedos e, chegado o momento certo, esse destino deu a Emily o desejo de seu coração, no dia em que ela mais precisava dele. Foi o dia, o fatídico dia, em que a professora Brownell decidiu mostrar à turma do quinto ano, para dar exemplo e também demonstrar um dever, como se devia ler a "Canção do clarim"[14].

De pé no tablado, a professora Brownell, que não carecia de dotes declamatórios, leu aqueles três versos maravilhosos. Emily, que deveria estar resolvendo um problema de divisão, deixou cair o lápis e pôs-se a escutar, em transe. Nunca ouvira a "Canção do clarim" antes, mas agora a ouvia – e a *via*: o esplendor vermelho-róseo caindo sobre aqueles aclamados picos nevados e sobre os castelos em ruínas; as luzes jamais vistas na terra ou no mar resplandecendo sobre os lagos; os ecos selvagens vibrando sobre os vales arroxeados e as passagens brumosas. O mero som das palavras parecia produzir um eco primoroso em sua alma e, quando a professora

---

[14] Referência ao poema *The Splendor Falls* (ou *Bugle Song*, que significa "Canção do clarim"), de Alfred Tennyson (1809-1892). (N.T.)

Brownell declamou o verso *Horns of elf-land faintly blowing*[15], Emily tremeu de deleite, arrebatada. Esqueceu-se de tudo, salvo da mágica daquele verso sem igual. Levantando-se da cadeira e deixando cair sua lousa com estardalhaço, atravessou às pressas o corredor e tomou a professora Brownell pelo braço.

– Ah, professora! – exclamou, com ânsia apaixonada. – Por favor, leia de novo esse verso! Leia!

Tendo sua demonstração declamatória interrompida dessa maneira, a professora Brownell baixou os olhos e viu aquele extasiado rostinho erguido, onde grandes olhos cinza-violeta brilhavam com o resplendor de uma visão divina. Irritada com a quebra da rígida disciplina e com aquela desconcertante demonstração de interesse de uma aluna do terceiro ano, cuja atenção deveria estar focada na operação matemática, a professora Brownell fechou o livro e cerrou os lábios, dando em Emily uma ressonante bofetada na cara.

– Volte imediatamente para seu lugar e cuide do que lhe interessa, Emily Starr – bradou a professora, cujos malignos olhos gelados ardiam de fúria.

Atirada dessa maneira de volta à Terra, Emily retornou atordoada para sua carteira. A bochecha golpeada estava vermelha, mas a ferida estava no coração. Momentos atrás, encontrava-se no sétimo céu; e agora, *ali*, humilhada e incompreendida! Não era capaz de suportar tal coisa. O que fizera para merecer aquilo? Jamais levara um tapa em toda a vida. O ultraje e a injustiça corroíam-lhe a alma. Não conseguia chorar; aquela era "uma mágoa profunda demais para o pranto"[16]. Voltou para casa em uma angústia reprimida de mágoa, vergonha e ressentimento; uma angústia para a qual não houve forma de dar vazão, pois não ousou contar a história a ninguém em Lua Nova. Com certeza tia Elizabeth diria que

---

[15] "Trombetas da terra dos elfos soando suavemente". (N.T.)

[16] Referência ao último verso da ode *Intimations of Immortality from Recollections of Early Childhood* ("Prenúncios da Imortalidade Recolhidos da mais Tenra Infância"), composta por William Wordsworth (1770-1850) em 1802. (N.T.)

a professora agira corretamente, e até a doce e gentil tia Laura não seria capaz de compreender. Ficaria triste ao saber que Emily se comportara mal na escola, necessitando ser punida.

"Ah, se pelo menos eu pudesse contar tudo ao papai!", pensou Emily.

Não conseguiu comer nada no jantar; achou que nunca mais voltaria a comer. Ah, e como odiava aquela pessoa horrível e injusta que era a professora Brownell! Jamais seria capaz de perdoá-la! Jamais! Se pelo menos houvesse uma maneira de ficar quite com ela! Pequena, pálida e quieta à mesa de jantar de Lua Nova, Emily era um vulcão em atividade, cheio de tristeza e orgulho ferido. Sim, orgulho! Pior que a injustiça era a dor da humilhação pelo que acontecera. Ela, Emily Byrd Starr, em quem nenhuma mão jamais encostara de forma grosseira, recebera uma bofetada feito uma criança malcriada diante de toda a escola. Quem poderia passar por isso e seguir vivendo?

O destino interveio e levou tia Laura aos compartimentos inferiores da estante da sala de estar em busca de certa carta que desejava ver. Levou Emily consigo para mostrar-lhe uma curiosa caixa de rapé que pertencera a Hugo Murray e, ao buscar por ela, acabou dando com um maço empoeirado de papel, cujas folhas eram de um rosa-escuro, estranhamente longas e estreitas.

– Está na hora de queimar essas folhas – disse. – Olha que tanto! Estão juntando poeira há anos e não servem para nada. O papai tinha um escritório dos correios aqui em Lua Nova, sabia, Emily? O carteiro só vinha três vezes por semana naquela época, e, em cada um desses dias, havia uma dessas folhas vermelhas e longas, chamadas de "planilha de controle de correspondências". A mamãe sempre as guardava, apesar de não terem nenhuma utilidade. Mas, agora, vou queimá-las.

– Tia Laura! – arquejou Emily, tão dividida entre o desejo e o medo que mal podia falar. – Ah, não faça isso! Deixe-me ficar com elas! *Por favor*, deixe-me ficar com elas!

– Mas, menina, o que você vai querer com elas?

– Ah, titia, elas têm um espaço ótimo para escrever no verso. Por favor, tia Laura, seria um *pecado* queimá-las.

– Pode ficar, querida, mas é melhor não deixar que Elizabeth as veja.

– Não vou deixar, não! – suspirou Emily.

Abraçando o precioso espólio, correu escada acima e subiu mais um lance, até chegar ao sótão, onde ficava seu "refúgio predileto", lugar em que seu impertinente hábito de pensar sobre coisas que estavam a quilômetros de distância não incomodava tia Elizabeth. Era um canto isolado junto à janela da água-furtada, no qual as sombras se moviam suave e alegremente e lindos mosaicos eram projetados no chão vazio. Dela, podia-se ver por sobre a copa das árvores, até Blair Water. Pendurados em todas as paredes, havia grandes novelos fofos e macios, prontos para tecer, e meadas de fios desenrolados. Às vezes, tia Laura tecia no grande tear que havia no outro lado do sótão, e Emily a acompanhava, só para ouvir o adorável zumbir que ele fazia. Sem ar e agachando-se junto à reentrância da janela da água-furtada, Emily escolheu uma folha e retirou um lápis do bolso. Um pedaço velho de papelão fez as vezes de mesa; então começou a escrever fervorosamente.

"Querido pai" – começou ela, derramando sobre o papel o relato de seu dia, de seu êxtase e de sua dor; escrevendo desatenta e intencionalmente até que o pôr do sol deu lugar a uma noite escura e estrelada. As galinhas ficaram sem comer; primo Jimmy teve de ir sozinho cuidar das vacas; Sal Sapeca ficou sem leite fresco; tia Laura teve de lavar os pratos. De que importava tudo isso? Mergulhada em suas criações literárias, Emily esqueceu-se inteiramente de todas as coisas mundanas.

Quando terminou de cobrir a parte de trás de quatro folhas, não pôde mais escrever. Mas, pelo menos, esvaziara a alma e sentia-se novamente livre de todas as paixões malignas. Curiosamente, sentia-se até certa indiferença em relação à professora Brownell. Dobrou as folhas e escreveu nitidamente na parte de cima da dobradura: "Ao senhor Douglas Starr, no caminho para o céu".

Em seguida, caminhou suavemente até um velho e desgastado sofá que havia em um canto, ajoelhou-se e guardou a carta e as folhas em uma espécie de prateleira formada por uma tábua pregada transversalmente debaixo do sofá. Emily a descobrira em um dia em que estava brincando no sótão e pensou que aquele seria um esconderijo ideal para documentos secretos. Ninguém os encontraria ali. Dispunha de papel suficiente para meses; devia haver centenas daquelas preciosas folhas.

– Ah! – exclamou Emily, dançando escada abaixo. – Sinto-me iluminada como uma estrela!

Depois disso, poucas foram as noites em que Emily não subia furtivamente para o sótão e escrevia uma carta, curta ou longa, para o pai. O rancor que havia em seu luto desaparecera. Escrever para ele parecia trazê-lo para perto; e ela lhe contava tudo com aquela sua sinceridade tão característica: suas vitórias, seus fracassos, suas alegrias, suas tristezas; tudo era passado para aquelas folhas emitidas por um governo que, outrora, não economizava tanto com papel quanto viera a economizar mais tarde. Cada folha tinha uns bons quarenta e cinco centímetros, e Emily escreveu em letras pequenas, aproveitando ao máximo cada milímetro.

"Gosto de Lua Nova. Tudo é tão majestoso e esplêndido aqui", contou ela ao pai. *"E, pelo jeito, é uma coisa bastante* xique *ter um relógio de sol em casa. Não consigo evitar sentir orgulho de tudo. Temo estar sentindo orgulho demais, então, toda noite, peço a Deus para tirar a maior parte do orgulho de mim, mas não todo. É fácil ser tachada de orgulhosa na escola de Blair Water. Se a gente andar olhando para a frente, de queixo erguido, a gente é orgulhosa. A Rhoda é orgulhosa também, porque o pai dela deveria ser rei da Inglaterra. Queria saber como se sentiria a rainha Vitória[17] se soubesse disso. É uma coisa fantástica ter uma amiga que seria princesa*

---

[17] Vitória do Reino Unido (1819-1901) foi monarca do Império Britânico de 1837 até sua morte, tendo o segundo reinado mais longo da história britânica, superado apenas pelo da rainha Elizabeth II. (N.T.)

se todos tivessem seus dereitos *reconhecidos. Amo a Rhoda de todo o coração. Ela é tão doce e gentil. Mas não gosto de suas risadinhas. E, quando contei a ela que conseguia ver o papel de parede da escola no ar, ela me respondeu 'É mentira'. Me magoou bastante que minha melhor amiga tenha dito isso para mim. E me magoou mais ainda quando acordei à noite pensando nisso. Acabei ficando muito tempo acordada também porque estava dolorida de ficar deitada de lado, mas não podia virar, porque senão a tia Elizabeth reclamaria de que eu estava me* remechendo *muito.*

Não contei a Rhoda sobre a Mulher de Vento, porque acho que isso é mesmo uma espécie de mentira, embora ela seja muito real para mim. Consigo ouvi-la agora, cantando entre as grandes chaminés no telhado. Aqui não tem a Emily-no-espelho. Os espelhos ficam muito alto em todos os cômodos em já que estive. Nunca fui ao mirante; está sempre trancado. Era o quarto da minha mãe, e o primo Jimmy disse que o pai dela o trancou quando ela fugiu com você, e a tia Elizabeth o mantém trancado em respeito à memória dele, embora o primo Jimmy diga que a tia Elizabeth costumava brigar com o pai por conta de algo escandalozo *quando ele era vivo, só que ninguém de fora sabe do que se trata, por causa do orgulho dos Murray. Também me sinto assim. Quando a Rhoda me perguntou se a tia Elizabeth acendia velas porque era antiquada, respondi,* autiva, *que não; que era uma* tradissão *dos Murray. O primo Jimmy me contou todas as* tradissões *dos Murray. Sal Sapeca está muito bem e manda em todos os celeiros, mas ainda não teve filhotes, e não consigo entender por quê. Perguntei para a tia Elizabeth, e ela disse que boas moças não falam desses assuntos, mas não consigo entender qual é o problema com filhotinhos de gato. Quando a tia Elizabeth está fora, a tia Laura e eu levamos Sal para dentro de casa, mas quando a tia Elizabeth volta sempre me sinto culpada e me arrependo. Mas aí torno a fazer a mesma coisa. Acho isso muito estranho. Nunca mais ouvi nada sobre* o querido Mike. Escrevi para a Ellen Greene e perguntei dele, e ela respondeu, mas não falou nada dele; só do rumatismo dela. Como se eu quisesse saber do rumatismo dela.

A Rhoda dará uma festa de aniversário e vai me convidar. Estou tão animada! Você sabe que nunca fui a uma festa de aniversário. Tenho pensado muito nisso e fico imaginando como vai ser. A Rhoda não vai convidar todas as meninas; só umas poucas predeletas. Tomara que a tia Elizabeth me deixe uzar meu vestido branco e meu chapéu bonito. Ah, pai, prendi com um alfinete aquela foto linda do vestido rendado de baile na parede do quarto da tia Elizabeth, como tinha feito em casa, e a tia Elizabeth a arrancou, jogou no fogo e brigou comigo por ter marcado a parede com o alfinete. Eu disse 'tia Elizabeth, você não devia ter queimado a foto. Queria guardá-la para, quando crescer, mandar fazer um vestido igual para ir aos bailes'. E, então, a tia Elizabeth questionou 'E, que mal lhe pergunte, você acha que vai ir a muitos bailes?', e eu respondi 'Sim'; e a tia Elizabeth disse 'Ah, mas vai, sim; quando as galinhas tiverem dentes'.

Vi o doutor Burnley ontem quando ele veio aqui comprar ovos da tia Elizabeth. Fiquei decepcionada, porque ele é que nem todo mundo. Achei que alguém que não acreditava em Deus tivesse uma aparência estranha de alguma maneira. Ele também não chinga, e isso é uma pena, porque nunca vi ninguém chingar e estou muito ancioza para ver. Ele tem olhos castanho-claros como os da Ilse e uma voz grossa; a Rhoda diz que, quando ele está bravo, a gente consegue ouvi-lo gritar de toda a Blair Water. Existe certo mistério acerca da mãe da Ilse, o qual não consigo disvendar. O doutor Burnley e a Ilse moram sozinhos. A Rhoda diz que o doutor Burnley diz que não vai levar nenhum diabo de mulher para casa. É uma frase perverça, mas impactante. A velha dona Simms vai até a casa deles para fazer o almoço e o jantar e, então, vai embora, e eles se viram com o café da manhã. O doutor varre a casa de vez em quando, e a Ilse não faz *nada além de correr feito bicho. A Rhoda diz que o doutor nunca sorri. Ele deve ser como o rei Henrique II[18].*

Gostaria de me aprossimar *da Ilse. Ela não é tão gentil quanto a Rhoda, mas também gosto da aparência dela. Mas ela não vai muito à escola, e a Rhoda diz que não devo ter nenhuma amiga além dela ou então ela vai chorar até os olhos pularem para fora. A Rhoda me ama tanto quanto eu a amo. Nós duas vamos rezar para podermos viver juntas a vida toda e morrer no mesmo dia.*

A tia Elizabeth sempre prepara meu lanche da escola. Ela nunca põe nada além de pão puro com manteiga, mas corta fatias grossas e também passa bastante manteiga, que não tem aquele gosto horrível da manteiga que a Ellen Greene fazia. E a tia Laura sempre bota um biscoito ou um pastel de maçã escondido quando a tia Elizabeth vira as costas. A tia Elizabeth diz que pastéis de maçã não são saldáveis. *Por que é que as coisas mais gostosas não são* saldáveis, *pai? A Ellen Greene também costumava dizer isso.*

O nome da minha professora é Brownell. Não vou com a carranca dela. (Essa é uma frase *que o primo Jimmy* uza. *Sei que* frase *não está escrita da forma correta, mas não tem* dissionário *em Lua Nova, mas esse é o som da palavra.) Ela é muito sarcástica e gosta de nos fazer de ridículas. E, então, ela ri da gente de um jeito desagradável, soltando roncos. Mas eu a perdoei por ter me dado um tapa e, no dia seguinte, levei um buquê para a escola, para dar a ela e fazer as pazes. Ela o* ressebeu *de maneira muito fria e o deixou murchando em cima da mesa. Se fosse numa história, ela teria* xorado *no meu ombro. Não sei se vale ou não a pena perdoar as pessoas. Vale, sim; faz a gente se sentir mais confortável. Você nunca teve que* uzar *avental de bebê nem chapéus de guingão, porque era menino, então não sabe como me sinto. E os aventais são feitos de um material tão bom que nunca se desgastam, e vai demorar anos para eu crescer e*

---

[18] Henrique II (1133-1189) governou a Inglaterra de 1154 até sua morte.

eles ficarem pequenos para mim. Mas tenho um vestido branco com uma faixa de seda preta para ir à igreja, um chapéu de palha branca com laços pretos e sandálias de couro preto de cabrito, e me sinto muito elegante usando-os. Queria fazer uma franja no cabelo, mas a tia Elizabeth não quis nem saber disso. A Rhoda me disse que tenho olhos bonitos. Queria que ela não tivesse dito. Sempre suspeitei de que fossem bonitos, mas nunca tive certeza. Agora que sei que são vou estar sempre me perguntando se as pessoas reparam neles. Tenho que ir dormir às oito e meia, mas não gosto, então fico sentada na cama olhando pela janela até escurecer, assim fico quite com a tia Elizabeth, e também fico escutando o som do mar. Gosto desse barulho, embora eu me sinta meio nostálgica; mas é uma nostalgia boa. Tenho que dormir com a tia Elizabeth, e não gosto disso, porque, se faço o menor movimento, ela diz que me remecho demais, mas ela admite que não chuto. E ela não me deixa abrir a janela. Não gosta de ar fresco ou de luz entrando na casa. O salão fica escuro feito uma tumba. Um dia, entrei e abri todas as persianas, e a tia Elizabeth ficou escandalizada, me chamou de enxerida e me deu uma encarada de Murray. Parecia até que eu tinha cometido um crime. Fiquei tão ofendida que subi no sótão e escrevi uma discrissão do meu próprio afogamento, então me senti melhor. A tia Elizabeth disse que não era para eu entrar no salão de novo sem permissão, e nem quero. Tenho medo do salão. Tem retratos dos nossos ancestrais pendurados em todas as paredes, e nenhum deles é bonito, só o vô Murray, que é formoso, mas tem a cara muito emburrada. O quarto de visitas fica no andar de cima e é tão sombrio quanto o salão. A tia Elizabeth só admite que pessoas destintas durmam lá. Gosto da cozinha durante o dia, do sótão, da cozinha externa, da sala de estar e do vestíbulo, por conta da linda porta vermelha que tem lá; também adoro a leiteria, mas não gosto dos demais cômodos de Lua Nova. Ah!, me esqueci do armário do porão. Adoro descer lá e ficar olhando as lindas fileiras de potes de geleias e compotas. O primo Jimmy diz que é uma tradissão de Lua

Nova nunca deixar que os potes de geleia se esvaziem. Quantas tra-dissões têm em Lua Nova! A casa é muito espassoza, e as árvores são lindas. Dei aos três choupos-da-lombardia o nome de Três Princesas; ao velho gazebo, dei o nome de Aposentos da Emily; e à grande ma-cieira que fica junto do portão do velho jardim dei o nome de Árvore Que Reza, porque seus longos galhos ficam erguidos exatamente como o senhor Dare ergue os braços para rezar na igreja.

A tia Elizabeth separou a gavetinha no canto superior direito da cômoda dela para eu guardar as minhas coisas.

Ah, pai, fiz uma grande discuberta! Queria que tivesse discuberto isso quando você ainda era vivo, porque teria gostado de saber. Sei escrever poesias! Acho que teria conseguido fazer isso há muito tempo se tivesse tentado. Mas, depois do primeiro dia de aula, senti que era meu dever de honra tentar, e é tão fácil! Na estante da tia Elizabeth, tem um pequeno livro ondulado de capa preta que se chama As es-tações, de James Thompson[19], então decidi escrever um poema sobre uma estação. Estes são os três primeiros versos:

Chega agora o outono, maduro com seus pêcegos e peras,
Ouve-se o berrante do caçador por toda a terra,
E a pobre perdiz, trêmula, cai morta.[20]

Obviamente, não há pêcegos na Ilha do Príncipe Edward, e também nunca ouvi o berrante de nenhum caçador por aqui, mas a gente não precisa se ater tanto aos fatos na poesia. Preenchi uma folha inteira com ela e corri para mostrá-la a tia Laura. Achei que ela ficaria muito alegre, mas ela a leu sem muito entusiasmo e disse que não se parecia muito com poesia. 'É verso branco', eu disse. 'Bem

---

[19] A antologia *The Seasons* ("As estações") consiste em quatro poemas, cada um referente a uma estação do ano. Foram escritos pelo poeta escocês James Thompson (c. 1700-1748) e publicados entre 1726 e 1730. (N.T.)

[20] No original, todos os versos têm dez sílabas, embora não rimem: "Now Autumn comes ripe with the peech and pear,/ The sportsman's horn is heard throughout the land,/ And the poor partridge fluttering falls dead". (N.T.)

*branco', respondeu a tia Elizabeth, sarcástica, embora eu não tivesse
pedido a opinião dela. Mas acho que vou escrever poesia com rimas
depois disso, para que não haja nenhuma confusão; quero ser poetisa
quando crescer e me tornar muito* famoza. *Também quero ser como
uma sílfide. Uma poetisa precisa ser como uma sílfide. O primo Jimmy
também escreve poesia. Já compôs mais de mil, mas nunca as escreve;
carrega-as na cabeça. Ofereci a ele algumas de minhas folhas, pois ele
é muito gentil comigo, mas ele disse que é velho demais para mudar
os hábitos. Ainda não ouvi nenhuma de suas poesias, pois o espírito
ainda não o motivou, mas estou muito* ancioza *para ouvir, e lamento
o fato de não engordarem os porcos até o outono. Gosto cada dia
mais do primo Jimmy, salvo quando ele dá para falar e olhar para a
gente daquele jeito esquisito. Nesses momentos, ele me dá medo, mas
não dura muito. Já li vários livros da biblioteca de Lua Nova. Um
relato da Reforma Protestante na França, muito triste e* relijiozo.
*Um pequeno volume descrevendo os meses na Inglaterra e As esta-
ções, de Thompson, que mencionei anteriormente. Gosto de lê-los,
porque têm tantas palavras bonitas neles; mas não gosto da textura
deles. O papel é tão áspero e grosseiro que me dá arrepio.* Viagens pela
Espanha, *muito* fassinante, *com folhas macias e brilhantes; um livro
missionário sobre as Ilhas Pacíficas, com figuras muito interessantes
por conta da forma como os caciques selvagens penteiam os cabelos.
Depois de se tornarem cristãos, eles cortam os cabelos, o que acho
uma lástima. Os poemas da senhora Hemans*[21]. Sou apaichonada *por
poesia e também por histórias sobre ilhas desertas.* Rob Roy[22], *um
romance, mas só consegui ler algumas páginas, então a tia Elizabeth
me mandou parar, porque não devo ler romances. A tia Laura disse
que era para eu ler escondido. Não vejo problema em obedecer a tia
Laura, mas isso me dá uma sensação estranha, então ainda não o fiz.
Um lindo livro sobre tigres, cheio de figuras e histórias de tigres que me*

---

[21] Felicia Hemans (1793-1835), poetisa inglesa. (N.T.)
[22] Romance escrito por Walter Scott (1771-1832) e publicado em 1817. (N.T.)

divertem e me dão arrepio. A Estrada Real, *que também é* relijiozo, *mas muito divertido e, portanto, ótimo para os domingos.* Reuben e Grace, *uma história, mas não um romance, pois Reuben e Grace são irmãos, e não tem nenhum casamento.* Little Katy and Jolly Jim[23], *similar ao anterior, mas trágico e não tão divertido.* Nature's Mighty Wonders[24], *que é bom e educativo.* Alice no País das Maravilhas[25], *que é adorável, e* Memoirs of Anzonetta B. Peters[26], *que se converteu aos 7 anos e morreu aos 12. Quando alguém fazia alguma pergunta a ela, ela respondia com um verso de algum hino. Isso foi depois que se converteu. Antes, ela falava inglês mesmo. A tia Elizabeth disse que eu deveria tentar ser como Anzonetta. Acho que, em circunstâncias mais favoráveis, até poderia ser como Alice, mas tenho certeza de que nunca serei tão boa quanto Anzonetta foi, e nem quero, pois ela nunca se divertia. Ela adoeceu logo depois de se converter e agonizou por anos. Além disso, tenho certeza de que, se eu falasse apenas com hinos, iriam rir de mim. Tentei uma vez. Outro dia, a tia Laura me perguntou se eu preferia listras azuis ou vermelhas nas minhas meias de inverno, e respondi exatamente como Anzonetta fez em uma situação similar, quando perguntaram a ela sobre uma bolsa:* Jesus, teu sangue e tua justiça/ são minha beleza/ minhas gloriosas vestes[27]. *A tia Laura disse que eu estava doida, e a tia Elizabeth disse que eu era irreverente. Então, sei que não funcionaria. Além disso, Anzonetta não pôde comer nada por anos, por conta das úlceras que tinha no estômago, e gosto muito de comer.*

O velho senhor Wales, que mora na Rua do Lago Derry, está morrendo de cânser. *Jennie Strang disse que a esposa dele já tem as roupas de luto preparadas.*

---

23 Livro escrito por Julia A. Matthews. (N.T.)
24 Livro escrito por Richard Newton. (N.T.)
25 Famosa obra de Lewis Carroll, publicada originalmente em 1965. (N.T.)
26 Livro de John A. Clark publicado em 1843, cujo título completo é *The Young Disciple; Or a Memoir of Anzonetta R. Peters*. (N.T.)
27 Referência ao hino cristão *Jesus, Thy Blood and Righteousness*. (N.T.)

Escrevi uma biografia de Sal Sapeca hoje e uma discrissão *da estradinha no bosque do John Altivo. Vou anexá-las a esta carta, para que você possa lê-las também. Boa noite, meu querido pai.*
De sua humilde e obediente filha,

Emily B. Starr

P.S. Acho que a tia Laura me ama. Gosto de ser amada, papai querido.
E. B. S."

Dores de crescimento

Um grande entusiasmo reprimido tomou conta dos alunos na escola durante a última semana de junho, motivado pela festa de aniversário de Rhoda Stuart, que seria realizada no início do mês seguinte. O aperto no peito era inacreditável. Quem seria convidado? Essa era a grande questão. Havia quem soubesse que não seria e quem tivesse certeza de que seria; mas a maioria se encontrava em um suspense terrível. Todos bajulavam Emily, pois ela era a melhor amiga de Rhoda e poderia, talvez, ter alguma voz na escolha dos convidados.

Jennie Strang chegou até a oferecer, descaradamente, uma linda caixa branca de guardar lápis com uma maravilhosa foto da rainha Vitória na tampa, para que Emily lhe conseguisse um convite. Emily recusou o suborno e disse, em tom grandiloquente, que não poderia interferir em um assunto tão delicado. Emily estava realmente se achando. Afinal, sabia que o convite *dela* estava garantido. Rhoda lhe contara sobre a festa semanas antes e falara sobre tudo com ela. Seria um evento grandioso: haveria um bolo de aniversário com cobertura de glacê rosa e enfeitado com dez grandes velas cor-de-rosa; sorvete e laranjas, e convites escritos à mão em papel rosa com bordas laminadas a ouro, que seriam enviados por correio e eram um toque extra de exclusividade. Emily sonhava com essa festa dia e noite e já preparara o presente de Rhoda: um lindo laço de cabelo que tia Laura trouxera de Shrewsbury.

No primeiro domingo de julho, Emily estava sentada ao lado de Jennie Strang na Escola Dominical, fazendo as atividades iniciais da aula. Normalmente, ela e Rhoda sentavam-se juntas, mas naquele dia Rhoda estava três fileiras à frente com uma garotinha desconhecida; uma garotinha muito alegre, trajando um vestido azul de seda, com um grande chapéu de palha adornado de flores sobre os cabelos elaboradamente cacheados, meias rendadas nas pernas gorduchas e uma franja que lhe alcançava os olhos. No entanto, mesmo toda aquela plumagem não a tornava um pássaro belo; não era nada bonita, e sua expressão era mal-humorada e antipática.

– Quem é a garota sentada com Rhoda? – sussurrou Emily.

– Ah, aquela é Muriel Porter – respondeu Jennie. – É da cidade, sabia? Veio passar as férias com a tia, Jane Beatty. Odeio essa menina. Se eu fosse ela, nunca nem *sonharia* em usar azul com uma pele tão escura quanto a dela. Mas os Porter são ricos, e Muriel se acha uma maravilha. Dizem que Rhoda e ela têm estado *muito* próximas desde que ela chegou; Rhoda está sempre atrás de alguém que ela acha ter alguma importância no mundo.

Emily ficou tensa. Não escutaria comentários depreciativos sobre uma amiga. Jennie percebeu a tensão e mudou o tom.

– Enfim, fico feliz de não ter sido convidada para aquela festa idiota da Rhoda. Não iria querer ir sabendo que Muriel estaria lá, pavoneando.

– Como você sabe que não foi convidada? – perguntou Emily.

– Ora, os convites foram enviados ontem. Você não recebeu o seu?

– Não...

– Vocês foram buscar a correspondência?

– Sim, o primo Jimmy foi.

– Bom, talvez a senhora Beecher tenha se esquecido de entregar o convite para ele. Você deve recebê-lo amanhã.

Emily concordou que era provável, mas uma estranha e fria sensação de tristeza invadira seu ser, que só piorou quando, ao fim da Escola Dominical, Rhoda saiu desfilando com Muriel Porter sem olhar para mais ninguém. Na segunda-feira, Emily foi pessoalmente aos correios, mas não havia nenhum envelope rosa para ela. Chorou até adormecer naquela noite, porém não perdeu a esperança até a última hora de terça-feira. Então, encarou a terrível verdade de que... de que ela... ela, Emily Byrd Starr de Lua Nova... não fora convidada para a festa de Rhoda. Era inacreditável. *Devia* haver algum engano. Será que o primo Jimmy perdera o convite no caminho de casa? Será que a irmã mais velha de Rhoda, que escrevera os convites, havia acidentalmente deixado passar o nome de Emily? Seus excruciantes questionamentos finalmente se converteram em uma amarga certeza graças a Jennie, que encontrou Emily quando esta saía dos correios. Uma luz maliciosa percorreu os olhos de Jennie. Àquela altura, Jennie gostava bastante de Emily, apesar dos desentendimentos que haviam tido logo que se conheceram. Contudo, apetecia-lhe ver o orgulho da colega humilhado.

– Então, afinal, você não foi convidada para a festa de Rhoda.

– Não – admitiu Emily.

Era um momento muito triste para ela. O orgulho dos Murray fora dolorosamente ferido – e, além dele, algo mais fora profundamente atingido, ainda que não morresse.

– Bom, para mim isso foi muito mesquinho – disse Jennie, bastante solidária, apesar da secreta satisfação. – Depois de toda a festa que fazia para cima de você! Mas isso é bem típico de Rhoda Stuart. Dizer que ela é falsa é pouco.

– Não acho que ela seja falsa – disse Emily, leal até a morte. – Acho que deve ter havido algum engano para eu não ter sido convidada.

Jennie a fitou.

– Quer dizer que você não sabe o motivo? Pois Beth Beatty me contou toda a história. Muriel Porter odeia você e disse a Rhoda que não iria à festa se você fosse convidada. E Rhoda estava tão doida para ter uma menina da cidade em sua festa que jurou que não convidaria você.

– Muriel Porter nem me conhece – chocou-se Emily. – Como pode me odiar?

Jennie sorriu, brejeira.

– Vou contar a você. Ela está *caidinha* por Fred Stuart, e Fred sabe disso e quis provocá-la fazendo um elogio a *você*. Falou para ela que você era a garota mais doce de Blair Water e que queria que fosse *namorada dele* quando você fosse mais velha. E Muriel ficou tão louca de ciúmes que fez Rhoda o deixar de fora. *Eu* nem ligaria se fosse você. Uma Murray de Lua Nova está muito acima de um lixo assim. Quanto ao fato de Rhoda não ser falsa, posso lhe garantir que ela é, *sim*. Ora, ela lhe disse que não sabia que aquela cobra estava na caixa, quando a ideia toda foi dela, para começar.

Emily estava arrasada demais para responder. Ficou feliz que Jennie teve de virar a esquina e deixá-la seguir em frente sozinha. Voltou às pressas para casa, temendo não conseguir segurar as lágrimas até chegar. A frustração com a festa e a humilhação do insulto desvaneciam diante da angústia de uma confiança traída e ultrajada. Seu amor por Rhoda estava morto agora, e Emily agonizava até o fundo da alma com a dor do golpe que o matara. Era uma tragédia infantil e, justamente por isso, ainda mais amarga, pois não havia ninguém que a pudesse compreender. Tia Elizabeth lhe disse que festas de aniversário são tolices e que os Stuart são uma família com a qual os Murray jamais tiveram relações. Até mesmo tia Laura, embora a tenha acariciado e reconfortado, não era capaz de compreender quão profunda e dolorosa era aquela ferida – tão profunda e dolorosa que Emily nem era capaz de escrever sobre ela para o pai, não tendo nenhuma forma de dar vazão às emoções que tumultuavam seu ser.

No domingo seguinte, Rhoda ficou sozinha na Escola Dominical, pois Muriel Porter teve de voltar à cidade em virtude da doença de seu pai. Rhoda lançou olhares cheios de doçura para Emily, mas Emily passou por ela com a cabeça bem erguida e revelando desdém em cada lineamento. *Jamais* iria querer saber de Rhoda Stuart novamente; não poderia. Desprezava Rhoda ainda mais por tentar se reaproximar dela, agora que a garota da cidade pela qual sacrificara sua amizade partira. Seu luto não era por Rhoda, mas pela amizade que tanto apreciava. Rhoda *fora* bondosa e gentil, pelo menos superficialmente, e Emily encontrara uma incrível felicidade em sua companhia. Isso tudo estava perdido agora, e ela jamais, *jamais* seria capaz de confiar em ninguém de novo. *Essa* era a dor.

Uma dor que envenenou tudo. A natureza de Emily era tal que, mesmo sendo criança, não se recuperava nem se esquecia com facilidade de um golpe como aquele. Perambulava sem rumo por Lua Nova, perdera o apetite e emagrecera. Odiava ir à Escola Dominical, pois achava que as outras garotas se regozijavam com sua humilhação e com seu afastamento de Rhoda. Talvez houvesse algum sentimento dessa natureza, mas Emily dava-lhe uma proporção exagerada. Se as garotas sussurravam ou riam entre si, já concluía que falavam ou caçoavam dela. Se alguma a acompanhava na volta para casa, concluía que era por pena, pois não tinha amigas. Durante um mês, Emily foi a criatura mais infeliz de Blair Water.

"Devem ter rogado uma praga em mim quando nasci", refletiu ela, desconsolada.

Tia Elizabeth atribuía a algo mais prosaico a apatia e a falta de apetite de Emily. Chegara à conclusão de que seus fartos e pesados cabelos "roubavam-lhe as forças" e de que ela se tornaria muito melhor e mais forte se fossem cortados. Para tia Elizabeth, concluir significava agir. Certa manhã, ela informou secamente a Emily que seus cabelos seriam "tosados".

Emily não conseguiu acreditar no que ouvia.

– Não me diga que quer cortar meu cabelo, tia Elizabeth! – exclamou.

– Pois é exatamente o que digo – respondeu tia Elizabeth com firmeza. – Você tem muito cabelo, ainda mais para esta época de calor. Tenho certeza de que é por isso que anda tão deprimida ultimamente. E não quero saber de choradeira!

Mas Emily não pôde conter as lágrimas.

– Não corte *tudo* – implorou ela. – Faça só uma franja bem grande. Há muitas meninas que têm franjas que começam no alto da cabeça. Assim, a gente já corta metade do meu cabelo e o restante não vai tomar tanto da minha força.

– Nada de franja – disse tia Elizabeth. – Já me cansei de dizer isso. Vou tosar seu cabelo bem curto na cabeça inteira, por causa do calor. Você vai me agradecer algum dia.

Naquele momento, Emily sentiu tudo, menos gratidão.

– É a única coisa que tenho de bonito – soluçou. – Meus cabelos e meus cílios. Vai querer cortar meus cílios também?

Tia Elizabeth de fato torcia o nariz para aquelas longas pestanas curvadas para cima, as quais eram herança da jovem madrasta[28] e muito pouco típicas de um Murray para serem bem-aceitas; contudo, não tinha nenhum intento de agir contra elas. O cabelo, contudo, deveria ser cortado, e ela ordenou secamente que Emily a aguardasse enquanto ia buscar a tesoura.

Emily aguardou, inconsolável. Perderia os lindos cabelos, de que o pai tanto se orgulhava. Talvez crescessem de novo – se tia Elizabeth permitisse –, mas isso levaria anos, e, nesse meio-tempo, que aparência horrível teria! Tia Laura e primo Jimmy tinham saído; não havia ninguém que intercedesse por ela. Esse acontecimento terrível iria, de fato, acontecer.

Tia Elizabeth voltou com a tesoura, que rangeu sugestivamente quando foi aberta. Aquele rangido, como se por mágica, pareceu libertar algo – algum incrível poder dentro da alma de Emily. Ela se virou deliberadamente e encarou a tia. Sentiu as sobrancelhas se aproximarem de um jeito invulgar, um arroubo irresistível de energia vindo de algum lugar desconhecido nas profundezas de seu interior.

– Tia Elizabeth – disse, fulminando a mulher que segurava a tesoura –, não vou permitir que corte meu cabelo. Não quero mais ouvir falar sobre isso.

Algo extraordinário aconteceu com tia Elizabeth. Ela empalideceu, soltou a tesoura, olhou horrorizada para a criança possessa ou transfigurada que havia diante de si, e, então, pela primeira vez na vida, Elizabeth Murray virou-se e literalmente fugiu para a cozinha.

---

[28] O narrador se refere à madrasta de Elizabeth, que foi a segunda esposa de Archibald Murray, mãe de Juliet e avó de Emily. (N.T.)

– Que houve, Elizabeth? – exclamou Laura, que acabava de entrar.

– Eu vi... vi o papai... me olhando no rosto dela... – arquejou Elizabeth, trêmula. – E ela disse "não quero mais ouvir falar sobre isso"... Exatamente como *ele* falava, com as mesmíssimas palavras.

Emily ouviu a conversa e correu para o espelho do aparador. Enquanto falava, ela tivera a estranha sensação de usar o rosto de outra pessoa em vez do seu próprio. Esse rosto alheio agora se desvanecia, mas Emily pôde ter um vislumbre dele: era o olhar dos Murray, supôs. Não era de admirar que tivesse assustado tia Elizabeth: até a própria Emily teve medo. Ficou feliz que estivesse indo embora. Teve um calafrio, fugiu para o esconderijo no sótão e chorou, mas, de alguma maneira, sabia que seu cabelo não seria cortado.

E não foi; tia Elizabeth nunca mais mencionou o assunto. E vários dias se passaram antes que ela voltasse a se meter com Emily.

Era um fato curioso que, depois daquele dia, Emily tivesse parado de lamentar a perda de sua amiga. O assunto tornara-se subitamente algo de pouca importância. Era como se tivesse acontecido havia tanto tempo que nada tivesse permanecido, salvo uma lembrança inteiramente desprovida de sentimentos. Com rapidez, Emily recobrou o apetite e o ânimo, retomou as cartas para o pai e voltou a achar que a vida era boa, maculada apenas por um misterioso pressentimento de que tia Elizabeth tramava algo contra ela, por causa da derrota no assunto do cabelo, e que, cedo ou tarde, buscaria revanche.

A "revanche" de tia Elizabeth chegou na semana seguinte. Emily devia ir à loja comprar algo. Fazia um dia tórrido, e Emily tinha permissão para andar descalça pela casa; mas, agora, devia calçar as meias e as botas. Emily se rebelou: fazia muito calor, havia muita poeira... ela seria incapaz de caminhar um quilômetro e meio usando botas. Tia Elizabeth estava inflexível. Nenhum Murray deveria ser visto descalço fora de casa, e assim foi. Mas, no segundo em que saiu pela porteira de Lua Nova, Emily deliberadamente se sentou, retirou as meias e as botas, guardou-as em um buraco no dique e foi-se embora descalça.

Comprou o que precisava e voltou para casa de consciência limpa. Que lindo era o mundo; que suave era o azul do grande espelho-d'água redondo de Blair Water; que glorioso milagre eram aqueles botões-de-ouro no campo úmido que havia abaixo do bosque de John Altivo!

Ao vê-lo, Emily parou e compôs um poema:

Botão-de-ouro, flor de tintura amarela,
Vejo tua face se alegrar
Quando saúdas e acenas por toda parte
Alheia ao tempo e ao lugar

Em campos pantanosos ou vias públicas
Ou mesmo em um jardim bem cuidado
Exibes tuas macias e cetíneas pétalas
E dás cor ao vale esverdeado

Até aí, tudo bem. Mas Emily queria outra estrofe para arrematar o poema e a inspiração divina parecia ter desaparecido. Caminhou distraidamente de volta para casa e, ao chegar a Lua Nova, já tinha sua estrofe e a recitava para si com agradável senso de realização.

Lanças tua beleza ao redor
De qualquer parte onde calhas de estar
E, para mim, serás sempre, botão-de-ouro,
A flor que mais vou amar

Sentiu-se muito orgulhosa. Esse era seu terceiro poema e, sem dúvida, o melhor. Ninguém poderia dizer que *esse* era demasiado branco. Precisava chegar logo ao sótão para escrevê-lo em uma das folhas. Mas tia Elizabeth a esperava na entrada.

– Emily, onde estão suas meias e botas?

De volta à realidade, Emily sentiu a decepção a invadir. Havia se esquecido das meias e botas.

– No buraco perto da porteira – respondeu, sem mais.

– Você foi à loja descalça?

– Sim.

– Mesmo depois de eu dizer para você não ir?

Aquela pergunta pareceu supérflua a Emily, que simplesmente não lhe respondeu. Mas a revanche de tia Elizabeth chegara.

Ilse

Emily foi posta no quarto de visitas e recebeu ordens para permanecer lá até a hora de dormir. Implorou em vão para que não lhe impusessem tal punição. Tentou dar uma encarada de Murray, mas, aparentemente (pelo menos no caso dela), esse tipo duro de olhar não surgia conforme a vontade.

– Oh, por favor, não me tranque aqui sozinha, tia Elizabeth – implorou ela. – Sei que agi mal, mas não me ponha no quarto de visitas.

No entanto, tia Elizabeth mostrou-se inexorável. Sabia que era cruel trancar uma criança sensível feito Emily naquele quarto sombrio, mas julgava que era seu dever e em nenhum momento passou-lhe pela cabeça que estivesse, na realidade, extravasando o próprio ressentimento pela derrota e pelo susto que levara no dia do malogrado corte de cabelo. Elizabeth acreditava ter sido subjugada, naquela ocasião, por conta de uma fortuita semelhança familiar que se revelara em um momento de estresse e se envergonhava disso. O orgulho dos Murray fora ferido com aquela humilhação, e esse sofrimento só deixou de incomodá-la quando ela trancou a sobrinha no quarto de visitas.

Desamparada e solitária, com os olhos cheios de um pavor que jamais deveria haver nos olhos de uma criança, Emily se encolheu junto à porta. Era melhor assim. Dessa forma, não imaginaria coisas atrás de si. E o quarto era tão grande e escuro que era possível imaginar inúmeros horrores ali dentro. A grandeza e a escuridão do aposento a enchiam de um pavor contra o qual era incapaz de lutar. Desde que se entendia por gente, sempre tivera horror a ser trancada sozinha na penumbra. Não tinha medo do anoitecer ao ar livre, mas aquele breu enclausurado e repleto de sombras tornava o quarto de visitas um lugar tenebroso.

Uma pesada cortina de um material verde-escuro cobria as janelas, reforçadas por persianas de madeira. A grande cama com dossel, que se estendia da parede ao meio do quarto, era alta e rígida, também coberta por drapeados escuros. *Qualquer coisa* poderia saltar daquela cama e lhe dar um bote. E se uma enorme mão ensanguentada subitamente saísse dali, atravessasse o cômodo e a agarrasse? Como as paredes do salão, estas também eram adornadas com imagens de antepassados falecidos. E eles eram muitos. Os vidros das molduras emitiam reflexos bizarros dos fantasmagóricos feixes de luz que a muito custo atravessavam as ripas da persiana. E o pior de tudo era que, no lado do quarto exatamente oposto ao que ela estava, no alto do escuro guarda-roupa, havia uma enorme coruja-das-neves que a fitava com olhos assombrosos. Emily soltou um grito quando a viu e se encolheu de medo no canto, horrorizada com o eco que produzira naquele imenso e silencioso cômodo. *Desejava* que algo saltasse da cama e acabasse logo com ela.

"Como será que tia Elizabeth se sentiria se eu fosse encontrada *morta*?", pensou, vingativa.

Apesar do medo, pôs-se a dramatizar a cena e sentiu tão intensamente o remorso de tia Elizabeth que decidiu ficar apenas inconsciente e voltar à vida quando todos estivessem devidamente assustados e arrependidos. Mas houve quem tivesse *de fato* morrido naquele cômodo; dezenas de pessoas. De acordo com o primo Jimmy, era uma tradição em Lua Nova que, quando algum membro da família estivesse próximo da morte, ele ou ela fosse levado para o quarto de visitas, para um ambiente adequadamente grandioso. Emily podia *vê-los,* moribundos, naquela cama horrenda. Sentiu que ia gritar de novo, mas lutou contra o impulso. Uma Starr jamais deveria se acovardar. Oh, aquela coruja! Imaginou que, agora que tirara os olhos dela, se tornasse a olhá-la, descobriria que ela havia silenciosamente saltado de cima do guarda-roupa e vinha em sua direção. Não quis olhar, temendo que fosse exatamente isso que tivesse acontecido. Será que o dossel da cama se moveu e tremulou? Sentiu gotas frias de suor formando-se na testa.

Então, algo aconteceu. Um feixe de luz atravessou uma pequena fenda em uma das ripas da persiana e pousou exatamente sobre o retrato do avô Murray, pendurado acima da lareira. Era uma "ampliação" feita com giz de cera, executada com base no antigo daguerreótipo que havia na sala de visitas, no andar de baixo. Sob aquela luz, o rosto dele pareceu verdadeiramente saltar para fora da escuridão e avançar sobre Emily, com sua careta nefasta estranhamente exagerada. Emily cedeu aos nervos por completo. Em um espasmo desgovernado de pânico, atravessou correndo o cômodo e alcançou a janela, abriu as cortinas em um só golpe e subiu as persianas. Uma onda divina de luz inundou o interior. Lá fora, via-se um mundo sadio, amigável e humano. E a maior das maravilhas era que, recostada contra o peitoril da janela, havia uma escada! Por um momento, Emily quase acreditou que um milagre fora operado para permitir sua fuga.

Naquela manhã, o primo Jimmy tropeçara na escada jogada entre as bardanas, sob os abetos balsâmicos atrás da leiteria. Estava bastante podre, de modo que decidiu que era hora de se desfazer dela. Botou-a recostada na parede da casa, para garantir que a veria quando retornasse do campo de feno.

Em menos tempo do que leva para descrever a coisa toda, Emily havia aberto a janela, trepado no parapeito e saído, descendo pela escada em seguida. Estava demasiado empenhada em fugir daquele quarto horrível para dar-se conta de quão frouxos estavam os degraus. Quando chegou ao chão, disparou por entre os abetos e saltou a cerca, embrenhando-se no bosque de John Altivo até chegar ao caminho junto ao riacho.

Então parou para respirar, jubilosa, tomada de uma alegria amedrontada misturada a um deleite mágico. Que doce era o vento da liberdade que soprava sobre as samambaias. Escapara do quarto de visitas e de seus fantasmas – levara a melhor sobre a velha tia Elizabeth.

"Sinto-me como um passarinho que acabou de sair da gaiola", disse a si mesma, dançando de alegria ao longo do caminho. Ao final dele, encontrou Ilse Burnley curvada sobre uma das madeiras da cerca, os cabelos dourados criando um ponto de luz que contrastava com o negrume dos jovens abetos que se amontoavam à sua volta. Emily não a via desde o primeiro dia de aula e, novamente, pensou jamais ter visto ou imaginado alguém semelhante a Ilse.

– Ora, ora, Emily de Lua Nova – disse Ilse. – Para onde estava correndo?

– Estou fugindo – respondeu Emily, com franqueza. – Eu me comportei mal... Bom, um pouco mal, e tia Elizabeth me trancou no quarto de visitas. Não me comportei mal o suficiente para *isso*; não foi justo, por isso saí pela janela e desci a escada.

– Sua safadinha! Não imaginei que fosse brava a esse ponto – disse Ilse.

Emily prendeu a respiração. Parecia algo horrível ser chamada de "safadinha", mas Ilse o dissera de modo bastante admirado.

– Não acho que fui brava – disse Emily, demasiado honesta para receber um elogio que não merecia. – Estava com muito medo para ficar naquele quarto.

– Bom, e para onde vai agora? – perguntou Ilse. – Precisa ir para algum lugar; não pode ficar ao relento. Vem uma tempestade por aí.

E de fato havia. Emily não gostava de tempestades. E sua consciência a incomodou.

– Oh! – exclamou. – Você acha que Deus está trazendo essa tempestade para me punir por ter fugido?

– Não – respondeu Ilse, desdenhosa. – Se houver um Deus, ele não vai fazer algazarra por tão pouco.

– Oh, Ilse, você não acredita que exista um Deus?

– Sei lá. O papai diz que não existe. Mas, se for assim, como foi que as coisas surgiram? Tem dia em que acredito que exista um Deus, tem dia que não. Melhor você vir comigo para casa. Não tem ninguém lá. Estava tão sozinha que vim para o bosque.

Ilse desceu em um salto e estendeu a mão bronzeada para Emily, que a tomou, e elas correram juntas pelo bosque de John Altivo até a velha casa dos Burnley, que parecia um enorme gato cinza se aquecendo sob o pôr do sol que as ameaçadoras nuvens escuras ainda não haviam engolido. O interior estava repleto de móveis que, no passado, deviam ter sido esplêndidos, mas a desordem era tremenda, e uma grossa camada de poeira cobria tudo. Nada parecia estar no lugar, e tia Laura certamente teria tido uma síncope se tivesse visto a cozinha. Mas era um bom lugar para brincar. Não era preciso tomar cuidado para não desarrumar nada. Ilse e Emily se divertiram muito brincando de pique-esconde pela casa inteira, até que os trovões se tornaram tão estrondosos, e os relâmpagos, tão claros, que Emily sentiu que precisava se aconchegar no sofá para recuperar a coragem.

– Não tem medo de trovões? – perguntou Emily.

– Não. Não tenho medo de nada, só do capeta – respondeu Ilse.

– Achei que você também não acreditasse no capeta. A Rhoda disse que não.

– Ah, mas o capeta existe, sim. O papai falou. É só em Deus que ele não acredita. E se *o capeta* existe, mas não há um Deus que ponha rédeas nele, é de admirar que eu tenha medo dele? Escute, Emily Byrd Starr, gosto de você... bastante. Sempre gostei de você. Sabia que logo você estaria farta daquela coisinha falsa, covarde e mentirosa que é Rhoda Stuart. *Eu* nunca minto. O papai, uma vez, me disse que me mataria se descobrisse que menti. Quero que você seja *minha* amiga. Eu iria sempre à escola se pudesse me sentar com você.

– Está bem – disse Emily, indiferente, sem querer mais saber dos votos emotivos e cheios de devoção típicos de Rhoda. *Aquela* fase passara.

– E você vai me contar coisas... Ninguém nunca me conta nada. E vai *me* deixar *lhe* contar coisas também... Não tenho ninguém a quem contar – acrescentou Ilse. – E não vai ter vergonha de mim porque minhas roupas são estranhas e porque não acredito em Deus?

– Não. Mas, se conhecesse o Deus do meu pai, você acreditaria *Nele*.

– Não acreditaria. Além disso, só existe um único Deus, se é que existe um.

– Será? – questionou Emily, perplexa. – Não, não pode ser. O Deus da Ellen Greene não é nem um pouco como o do meu pai, e o da tia Elizabeth também não é. Não acho que chego a *gostar* do da tia Elizabeth, mas, pelo menos, ele é digno. Já o da Ellen, não. E tenho certeza de que o da tia Laura é outro inteiramente diferente: doce e gentil, mas não tão maravilhoso quanto o do meu pai.

– Bom, deixe isso para lá. Não gosto de falar de Deus – disse Ilse, desconfortável.

– *Eu* gosto – retrucou Emily. – Acho Deus um assunto interessantíssimo e vou rezar por você, Ilse, para que acredite no Deus do meu pai.

– Não ouse! – gritou Ilse, que, por alguma razão misteriosa, não gostou da ideia. – Ninguém vai rezar por mim!

– Você nunca reza por si mesma, Ilse?

– Ah, de vez em quando... Quando me sinto solitária à noite ou quando estou em uma enrascada. Mas não quero que ninguém mais reze por mim. Se eu lhe pegar fazendo isso, Emily Starr, vou arrancar seus olhos. E não vá rezar por mim pelas minhas costas!

– Tudo bem, não rezo – disse Emily, áspera, envergonhada com o fracasso da oferta bem-intencionada. – Vou rezar por cada alma que conheço, menos a sua.

Por um momento, Ilse pareceu não gostar daquilo também. Depois riu e deu um abraço apertado em Emily.

– Bem, de qualquer maneira, por favor, goste de mim. Ninguém gosta de mim, sabia?

– Com certeza, seu pai *gosta* de você.

– Não gosta, não – respondeu Ilse, categórica. – O papai nem quer saber de mim. Às vezes, acho que ele me odeia. Queria que ele gostasse de mim, porque ele é muito gentil quando gosta de alguém. Quer saber o que vou ser quando crescer? Vou ser o-ra-do-ra.

– Que é isso?

– Uma mulher que recita nos concertos. Sei fazer isso muito bem. E você, o que vai ser?

– Poetisa.

– Orra! – exclamou Ilse, parecendo impressionada. – Não acredito que você escreve poesias – acrescentou.

– Pois escrevo – afirmou Emily. – Já escrevi três poemas: "Outono", "Versos para Rhoda" (mas esse eu queimei) e "Palavras a um botão-de--ouro". Este último, compus hoje, e é minha obra-prima.

– Quero ouvi-lo – exigiu Ilse.

Sem qualquer relutância, Emily repetiu, com orgulho, seus versos. De alguma maneira, não se importou em deixar que Ilse os ouvisse.

– Emily Byrd Starr, você *não* tirou isso da própria cabeça!

– Tirei, sim.

– Jura?

– Juro.

– Bom – disse Ilse, depois de longo suspiro –, acho que você *é*, de fato, poetisa.

Aquele foi um momento de muito orgulho para Emily – um dos grandes momentos de sua vida, na verdade. Seu mundo reconhecera sua reputação. Mas agora havia outras coisas nas quais pensar. A tempestade passara, e o sol se pusera. O crepúsculo chegava ao fim e logo escureceria. Era preciso que ela voltasse para casa e para o quarto de visitas antes que sua ausência fosse descoberta. Era horrível pensar em voltar, mas era preciso que o fizesse, para não cair em uma desgraça ainda pior nas mãos de tia Elizabeth. Naquele momento, inspirada pela personalidade de Ilse, estava cheia de coragem. Além disso, logo seria hora de dormir, e ela receberia autorização para sair. Trotou de volta para casa através do bosque de John Altivo, repleto das luzes errantes e misteriosas dos vaga-lumes; esquivou-se cuidadosamente por entre os abetos balsâmicos e interrompeu-se, pasma. A escada desaparecera!

Deu a volta e dirigiu-se à porta da cozinha, sentindo que caminhava rumo à forca. Mas, pelo menos por uma vez, o caminho do transgressor se revelou pecaminosamente fácil. Tia Laura encontrava-se só na cozinha.

– Emily, querida, de onde você saiu?! – exclamou. – Estava agora mesmo indo tirar você do quarto. A Elizabeth disse que podia... Ela foi para um encontro de oração.

Tia Laura não disse que fora várias vezes, na ponta dos pés, à porta do quarto de visitas e estava tomada de ansiedade pelo silêncio lá dentro. Será que a criança desmaiara de medo? Nem durante a tempestade, a implacável Elizabeth autorizou que se abrisse a porta. E ali estava dona Emily, caminhando despreocupadamente no escuro depois de toda aquela agonia. Por um momento, até mesmo tia Laura se sentiu chateada. Mas, depois de ouvir a história de Emily, seu único sentimento foi de gratidão pelo fato de a filha de Juliet não ter quebrado o pescoço naquela escada apodrecida.

Emily sentiu que se saíra melhor do que merecia. Sabia que tia Laura guardaria seu segredo; tia Laura deixou que ela desse uma xícara de restos de leite a Sal Sapeca, deu a ela um enorme biscoito de ameixa e a colocou na cama com um beijo.

– Você não deveria ser tão gentil comigo, porque *realmente* me comportei mal hoje – disse Emily, entre deliciosas mordidas. – Acho que envergonhei o nome dos Murray saindo descalça.

– Se eu fosse você, esconderia minhas botas toda vez que saísse por aquela porteira – disse tia Laura. – Mas não me esqueceria de calçá-las de novo quando voltasse. O que Elizabeth não sabe não a incomoda.

Emily refletiu sobre isso enquanto terminava o biscoito. Então disse:

– Seria bom, mas não pretendo fazer isso novamente. Acho que devo obedecer à tia Elizabeth, pois ela é a chefe da família.

– De onde você tira essas ideias, querida? – perguntou tia Laura.

– Da minha cabeça, ora. Tia Laura, Ilse Burnley e eu vamos ser amigas. Gosto dela... Sempre soube que gostaria se tivesse oportunidade de conhecê-la. Não acho que serei capaz de *amar* outra menina, mas acho que *gosto* dela.

– Pobre Ilse! – exclamou tia Laura com um suspiro.

– Pois é, o pai não gosta dela. Que horrível, não é? – disse Emily. – Por que ele não gosta dela?

– Na verdade, ele gosta. Só acha que não.

– Mas *por que* ele acha que não?

– Você é jovem demais para entender, Emily.

Emily detestava quando lhe diziam que ela era jovem demais para entender algo. Achava que seria perfeitamente capaz de entender o que fosse caso as pessoas se esforçassem para explicar e deixassem de tanto mistério.

– Queria poder rezar por ela. Mas não seria justo, sabendo como ela se sente a respeito. No entanto, sempre peço a Deus que abençoe todos os meus amigos, e ela está incluída *nisso*. Talvez assim algo bom aconteça. A gente pode dizer "orra", tia Laura?

– De jeito nenhum!

– Que pena – disse Emily, séria. – É bastante impactante.

O Sítio dos Tanacetos

Emily e Ilse viveram duas semanas de alegria antes da primeira briga. Foi uma briga bem feia mesmo, originada de uma discussão boba sobre se teriam ou não uma sala de visitas na casinha de brinquedo que estavam construindo no bosque de John Altivo. Emily queria a sala de visitas; Ilse, não. Ilse perdeu a paciência de repente e irrompeu em um verdadeiro surto de Burnley. Era muito eloquente quando estava irritada, e a onda de insultantes "palavras difíceis" que derramou sobre Emily teria desestabilizado a maioria das garotas de Blair Water. Mas Emily estava suficientemente familiarizada com as palavras para se deixar desconcertar tão facilmente; ela também se irritou, mas de maneira comedida e digna, própria dos Murray, a qual era muito mais exasperante que a violência. Quando Ilse precisava pausar sua diatribe para respirar, Emily, sentada em uma grande rocha com as pernas cruzadas, os olhos escuros e as bochechas vermelhas, replicava com comentariozinhos sarcásticos que enfureciam Ilse ainda mais. Ilse também estava vermelha, os olhos como piscinas de chamas fúlvidas e cintilantes. Eram ambas tão lindas em sua fúria que chegava a ser uma pena o fato de não poderem estar enfurecidas o tempo todo.

– Não ache, sua chorinca resmungona e reclamona, que vai *me* dar ordens só porque mora em Lua Nova – gritou Ilse, em um ultimato, batendo o pé no chão.

– Não vou lhe dar ordens... Não vou nem me misturar com você, nunca mais – retorquiu Emily, desdenhosa.

– Que bom que vou me livrar de você, sua bípede orgulhosa, esnobe, convencida e arrogante! – exclamou Ilse. – Nunca mais fale comigo. E não ouse sair por Blair Water espalhando coisas a meu respeito.

Isso era inadmissível para alguém que *jamais* "espalhava coisas" sobre seus amigos ou ex-amigos.

– Não vou *espalhar* coisas a seu respeito – disse Emily, deliberadamente. – Vou apenas *pensá-las*.

Pensar era muito mais sério que falar, e Emily sabia disso. Ilse ficou bastante alvoroçada com a ideia. Quem haveria de saber que coisas sinistras estaria Emily pensando a respeito dela? Ilse já sabia quão fértil era a imaginação de Emily.

– E você acha que me importo com o que você pensa, sua víbora insignificante? Ora, mas você não tem a *menor* noção.

– Tenho algo muito melhor – disse Emily, com um irritante sorriso de superioridade. – Algo que *você* jamais terá, Ilse Burnley.

Ilse cerrou os punhos, como se quisesse acabar com Emily.

– Se não fosse capaz de escrever melhor que você, me enforcaria – caçoou ela.

– Quer que eu lhe empreste umas moedas para comprar a corda? – disse Emily.

Ilse a fulminou, derrotada.

– Vá para o diabo que a carregue – disse.

Altivamente, Emily levantou-se e foi embora, de volta para Lua Nova. Ilse extravasou a própria raiva botando abaixo as prateleiras da cristaleira que haviam feito e pisoteando seu "jardim de musgo". Por fim, também deu as costas e se foi.

Emily sentiu-se extremamente mal. Lá estava outra amizade destruída – uma amizade que também fora deliciosa e gratificante. Ilse *fora* uma amiga excepcional – não havia dúvidas quanto a isso. Depois de se acalmar, Emily foi à janela do sótão e chorou.

– Que miserável! Que miserável eu sou! – soluçou dramática, mas muito sinceramente.

Ainda assim, a tristeza do rompimento com Rhoda não estava presente. *Esta* briga era justa, aberta e legítima. Ela não fora apunhalada pelas costas. Mas claro que Ilse e ela jamais tornariam a ser amigas. Não se pode ser amigo de alguém que nos xinga de "chorinca", "bípede" e "víbora" e nos manda ir para o diabo que nos carregue. É impossível. Além disso, Ilse *jamais* a perdoaria – Emily era sincera o suficiente para admitir que também a insultara.

Não obstante, quando Emily foi à casa de brinquedo na manhã seguinte, com a intenção de recuperar sua parcela de tábuas e pratos quebrados, lá estava Ilse, entregue ao trabalho, com todas as prateleiras de volta no lugar, o jardim refeito e uma linda sala de visitas que se comunicava com a sala de estar por meio de um arco de abeto.

– Oi, oi! Aqui está sua sala de visitas; espero que esteja satisfeita agora – disse ela, alegre. – Por que demorou? Achei que não viesse nunca.

A agradável recepção desconcertou Emily, especialmente após aquela trágica noite, quando enterrara sua segunda amizade e chorara sobre seu túmulo. Não estava preparada para uma reconciliação tão rápida. Quanto a Ilse, parecia que jamais houvera qualquer briga.

– Ora, isso foi *ontem* – disse ela, espantada, quando Emily, muito de passagem, mencionou o acontecimento. Ontem e hoje eram duas coisas completamente diferentes na filosofia de Ilse. Emily aceitou – sentiu como se tivesse que aceitar. Ao que parecia, Ilse era tão incapaz de evitar seus ocasionais chiliques quanto o era de ser doce e carinhosa entre um e outro. O que maravilhava Emily, cujo rancor costumava durar um tempo, era a maneira como Ilse parecia se esquecer de uma briga no momento em que ela terminava. Ser chamada de "serpente" e "crocodilo" em um momento e ser abraçada e adulada no outro era um tanto desconcertante, até que o tempo e a experiência amenizassem a mágoa.

– Não sou legal o suficiente para compensar meus chiliques? – indagou Ilse. – Dot Payne nunca perde a paciência, mas você iria gostar de ser amiga *dela*?

– Não, ela é burra – admitiu Emily.

– E Rhoda Stuart nunca se irrita, mas mesmo assim você ficou farta dela. Acha que algum dia eu a trataria como ela?

Não; nesse ponto, Emily não tinha dúvidas. Independentemente de qualquer outra coisa, Ilse era leal e verdadeira.

E era certo que, comparadas a Ilse, Rhoda Stuart e Dot Payne eram "como a luz da lua para a luz do sol e como a água para o vinho[29]", ou assim seria se Emily conhecesse, àquela época, algo da obra de Tennyson, além da "Canção do clarim".

– Não se pode ter tudo – disse Ilse. – Tenho o temperamento do papai, e é isso. Espere só até ver *ele* perder a paciência.

Emily ainda não havia visto. Fora várias vezes à casa dos Burnley, mas, nas raras ocasiões em que o doutor Burnley estava em casa, ele a ignorou, limitando-se a um breve aceno. Era um homem ocupado, pois, quaisquer que fossem seus defeitos, sua habilidade era inquestionável, de modo que atendia numa extensa região. Quando estava à beira de um leito, era tão gentil e solidário quanto brusco e sarcástico em outras situações. Enquanto a pessoa estivesse doente, não havia nada que o doutor Burnley não pudesse fazer; mas, uma vez que melhorasse, ele não era de serventia nenhuma. Esteve empenhado durante todo o mês de julho em tentar salvar a vida de Teddy Kent, que vivia no Sítio dos Tanacetos. Teddy estava fora de perigo agora e já conseguia se levantar, mas sua melhora não fora rápida o suficiente para satisfazer ao doutor Burnley. Um dia, abordou Emily e Ilse, que atravessavam o gramado rumo ao lago, com varas de pescar e uma lata de minhocas gordas e abomináveis, manipuladas unicamente por Ilse, e ordenou que fossem ao Sítio dos Tanacetos brincar com Teddy.

---

[29] Citação do poema *Locksley Hall*, do inglês Alfred Tennyson. (N.T.)

– Ele está muito solitário e deprimido. Vão lá animá-lo – pediu o médico.

Ilse estava bastante relutante. Gostava de Teddy, mas parecia não gostar da mãe dele. Emily, em segredo, não detestava a ideia. Havia visto Teddy Kent apenas uma vez, na Escola Dominical, no dia anterior ao seu sério adoecimento, e gostou da aparência dele. Ao que dava a entender, ele também gostou da dela, pois ela o pegou várias vezes a olhando timidamente por sobre os bancos que os separavam. Decidiu que ele era muito bonito. Gostou de seus fartos cabelos castanhos e de seus olhos azuis sob as sobrancelhas negras e, pela primeira vez, ocorreu-lhe que seria interessante ter um garoto com quem brincar. Não um "namorado", obviamente. Emily detestava a mania que tinham na escola de chamar de "namorado" algum menino que lhe desse um lápis ou uma maçã, ou que a escolhesse para fazer parte de seu time nas brincadeiras.

– O Teddy é legal, mas a mãe dele é estranha – Ilse disse a Emily quando estavam a caminho do Sítio dos Tanacetos. – Nunca vai a nenhum lugar, nem mesmo à igreja. Mas acho que é por causa da cicatriz no rosto dela. Eles não são de Blair Water; só se mudaram para o Sítio dos Tanacetos no outono passado. São pobres e orgulhosos, e pouca gente os visita. Mas o Teddy é muito gentil, então, se a mãe dele olhar feio para a gente, a gente ignora.

A senhora Kent não olhou feio para elas, embora as tenha recebido de maneira um tanto distante. Talvez também tivesse recebido ordens do doutor. Era uma criatura pequenina, com fartos cabelos castanhos, opacos, macios e sedosos, olhos escuros e tristes, e uma longa cicatriz que lhe atravessava diagonalmente o rosto pálido. Seria bonita, não fosse a cicatriz, e tinha uma voz tão doce e inconstante quanto o vento que soprava sobre os tanacetos. Com sua capacidade inata de examinar as pessoas que conhecia, Emily teve a sensação de que a senhora Kent não era uma mulher feliz.

O Sítio dos Tanacetos ficava a leste da Casa Desolada, entre Blair Water e as dunas de areia. A maioria das pessoas considerava aquele um lugar estéril, deserto e abandonado, mas Emily o achava fascinante. A casinha de madeira ficava no alto de uma pequena colina que se erguia íngreme e abruptamente a partir de uma estrada principal e sobre a qual os tanacetos cresciam em uma exuberância exibicionista e aromática. Uma cerca irregular, quase sufocada pelas rosas selvagens, delimitava a propriedade, e um portãozinho recuado e maltratado dava acesso a partir da estrada. Havia pedras no caminho que conduzia à porta da frente, para facilitar a subida. Atrás da casa, quedavam-se um celeiro em ruínas e um campo de trigo-sarraceno em flor, que coloria de verde e creme a descida da colina até Blair Water. A entrada era guarnecida por uma varanda bizarra, em torno da qual uma brilhante fileira de papoulas-vermelhas erguia suas taças encantadas.

Teddy mostrou-se visivelmente feliz ao vê-las, e eles passaram uma agradável tarde juntos. À hora da despedida, havia alguma cor na clara pele cor de oliva de Teddy, e seus olhos estavam mais brilhantes. A senhora Kent recebeu esses sinais com avidez e convidou as meninas a voltar, em um afã que não chegava a ser cordialidade. Mas o Sítio dos Tanacetos lhes parecera um lugar prazeroso, e elas ficaram felizes em poder retornar. Durante o restante das férias, mal houve um dia em que não fossem até lá, preferencialmente nas longas, deliciosas e fumegantes tardes de agosto, quando as mariposas brancas velejavam sobre os campos de flores, o crepúsculo se diluía no arroxeado da noite sobre o verde das colinas mais além, e os vaga-lumes acendiam suas tochas de duendes junto ao lago. Em algumas ocasiões, brincavam no campo de tanacetos; de alguma forma, Teddy e Emily sempre acabavam no mesmo time, e mal eram páreo para a ágil e esperta Ilse. Em outras, Teddy as levava ao sótão do celeiro e lhes mostrava sua pequena coleção de desenhos. Ambas achavam os desenhos maravilhosos sem nem sequer saber quão maravilhosos de fato eram. Parecia mágica observar Teddy tomar um lápis e um pedaço de papel e, com uns poucos rabiscos dos dedos bronzeados, traçar um esboço de Ilse, Emily, Fumaça ou Botão de Ouro que, de tão reais, pareciam a ponto de falar – ou miar.

Fumaça e Botão de Ouro eram os gatos do sítio. Botão de Ouro era uma linda criaturinha gorda de pelo amarelo que mal saíra da infância. Fumaça era um gato cinza enorme, com ares de aristocrata da ponta do focinho à ponta da cauda. Não havia a menor dúvida de que pertencia à versão felina do clã Vere de Vere[30]. Tinha olhos cor de esmeralda e parecia de pelúcia. A única coisa branca nele era o adorável peitilho.

Emily pensou que, de todas as horas passadas no sítio, as mais prazerosas eram aquelas nas quais, cansados de brincar, eles se sentavam nos degraus daquela varanda bizarra, em meio ao mistério e à magia da transição entre o dia e a noite, quando os pequenos arvoredos de abetos atrás do celeiro tomavam a forma de lindas e escuras árvores fantasmas. As nuvens a oeste se desvaneciam e tornavam-se acinzentadas, e uma enorme lua redonda e amarela ascendia sobre os campos, lançando um reflexo errático sobre o lago, onde a Mulher de Vento tecia lindos tapetes de luz e sombra.

A senhora Kent nunca se juntava a eles, embora Emily tivesse a assustadora sensação de que ela os vigiava secretamente por trás das persianas da cozinha. Teddy e Ilse cantavam canções da escola, Ilse recitava e Emily contava histórias, ou apenas ficavam sentados em um silêncio feliz, cada um ancorado em algum porto secreto dos sonhos, enquanto os gatos se perseguiam loucamente entre os tanacetos da colina, atravessando a casa em círculos, como se possuídos. Com saltos repentinos, pulavam em cima das crianças e, tão repentinamente quanto, fugiam para longe. Vibravam com uma vivacidade nervosa e furtiva.

– Oh, não é maravilhoso estar vivo dessa maneira? – disse Emily certa vez. – Não seria terrível jamais ter vivido?

Apesar disso, a vida não era completamente desprovida de preocupações – tia Elizabeth se certificava disso. Ela só permitia as visitas ao Sítio dos Tanacetos depois de muito protesto, e porque o doutor Burnley ordenara.

---

[30] Referência ao poema *Lady Clara Vere de Vere*, de Alfred Tennyson, que fala de uma dama aristocrata. (N.T.)

"A tia Elizabeth não gosta do Teddy", escreveu Emily em uma de suas cartas ao pai, cujas epístolas se multiplicavam continuamente na prateleira sob o velho sofá do sótão. "Na primeira vez em que pedi a ela para ir brincar com o Teddy, ela me olhou séria e perguntou: 'Quem é esse tal de Teddy? Não sabemos nada sobre esses Kent. Lembre-se, Emily, os Murray não se misturam com qualquer um'. Eu disse que sou uma Starr, não uma Murray; você mesmo dizia isso. Querido pai, não era minha intenção ser impertinente, mas a tia Elizabeth disse que eu estava sendo e não quis falar comigo pelo restante do dia. Aparentemente, ela achou que aquele seria um castigo muito ruim, mas não me importei muito, salvo pelo fato de que é bastante desagradável quando a própria família nos trata com um silêncio cheio de desdém. Mas, desde então, ela tem me deixado ir ao Sítio dos Tanacetos, pois o doutor Burnley veio aqui e disse a ela para deixar. O doutor Burnley tem uma influência estranha sobre a tia Elizabeth. Não entendo muito bem isso. A Rhoda, uma vez, disse que a tia Elizabeth tinha esperança de que o doutor Burnley e ela formassem um par (o que, como você deve imaginar, significa se casar), mas isso não é verdade. A senhora Thomas Anderson[31] esteve aqui um dia à tarde para tomar chá. (A senhora Thomas Anderson é uma mulherona gorda, cuja avó era uma Murray, e não há nada mais para dizer a respeito dela.) Ela perguntou se a tia Elizabeth achava que o doutor Burnley se casaria novamente, e a tia Elizabeth respondeu que não, que ele não iria e que ela não achava certo alguém se casar mais de uma vez. A senhora Anderson respondeu: 'Por vezes, cheguei a pensar que ele ficaria com a Laura'. A tia a fulminou com um olhar aroganti. Não tem por que negar: há vezes em que sinto muito orgulho da tia Elizabeth, ainda que não goste dela.

---

[31] Não se trata de uma mulher chamada Thomas. Nesse caso, Thomas Anderson provavelmente é o nome do marido da personagem. Era comum, em países de língua inglesa, que a mulher fosse chamada pelo nome completo do marido, precedido de *Mrs.* (senhora). Esse costume caiu em desuso com a emancipação feminina. (N.T.)

Teddy é um rapaz muito simpático, pai. Acho que você teria se afeissoado a ele. Afeissoado é com cê-cedilha ou com dois esses? Ele sabe desenhar retratos lindos e vai se tornar um artista famozo algum dia e, quando isso acontecer, vai pintar meu retrato. Ele guarda os desenhos no sótão do celeiro, pois a mãe dele não gosta de vê-los. Ele sabe assobiar feito passarinho. O Sítio dos Tanacetos é um lugar bastante curiozo, espessialmente à noite. Adoro o crepúsculo lá. Sempre nos divertimos muito no crepúsculo. A Mulher de Vento fica pequena no meio dos tanacetos feito uma fadinha bem miudinha, e os gatos ficam loucos e divertidos nessa hora do dia. Eles pertencem à senhora Kent, e Teddy evita acariciá-los demais, por medo de que ela os afogue. Ela já afogou um filhotinho uma vez porque achava que ele gostava mais dele do que dela. Mas não era verdade, porque o Teddy é muito apegado à mãe. Ele lava as louças para ela e a ajuda em todas as tarefas domésticas. A Ilse disse que os meninos da escola o chamam de maricas por isso, mas acho que isso é muito nobre e viriu da parte dele. O Teddy queria que ela o deixasse adotar um cachorro, mas ela não deixa. Eu achava que a tia Elizabeth era tirana, mas a senhora Kent é muito mais em algumas coisas. Mas ela ama o Teddy, e a tia Elizabeth não me ama.

Mas a senhora Kent não gosta nem da Ilse nem de mim. Ela nunca disse isso, mas percebemos. Ela nunca nos convida para o chá, e somos sempre muito educadas com ela. Acho que ela tem siúmes porque o Teddy gosta da gente. O Teddy me deu uma pintura maravilhosa do lago de Blair Water que ele tinha feito em uma enorme concha branca de amêijoa, mas ele me disse para não mostrar à mãe dele, pois ela iria chorar. A senhora Kent é uma pessoa muito misteriosa, muito parecida com essas que a gente lê nos livros. Gosto de pessoas misteriosas, mas não muito próximas de mim. Ela está sempre com um olhar faminto, embora coma bastante. Ela nunca sai para ir a lugar nenhum porque tem uma cicatriz no rosto de uma vez em que se queimou quando uma lamparina explodiu. Isso me deu um frio na espinha, pai querido. Que bom que a tia Elizabeth só usa velas! Algumas das tradissões dos Murray são muito sensatas. A senhora Kent é muito relijioza, segundo a visão dela do que é ser relijiozo. Ela reza até no meio do dia. O Teddy falou que, antes de nascer neste mundo, ele vivia em um outro, onde havia dois sóis, um vermelho e um azul. Os dias eram vermelhos, e as noites, azuis. Não sei de onde ele tirou essa ideia, mas gostei muito dela. E ele disse que, nos riachos, corria mel em vez de água. 'Mas e quando as pessoas têm sede?', perguntei. Ah, ninguém tem sede lá. Mas acho que gosto de sentir sede, porque, quando estamos com sede, a água gelada é deliciosa. Eu gostaria de morar na lua. Deve ser um lugar tão gostoso e prateado.

A Ilse diz que o Teddy deve gostar mais dela que de mim, porque ela é mais divertida que eu, mas isso não é verdade. Sou tão divertida quanto ela, contanto que minha consiênsia não esteja me incomodando. Acho que a Ilse quer que o Teddy goste mais dela, mas ela não é siumenta.

Fico feliz em poder dizer que a tia Elizabeth e a tia Laura aprovam minha amizade com a Ilse. É raro que ambas concordem em relação a alguma coisa. Estou me acostumando a brigar com a Ilse agora e não ligo tanto para isso. Até porque consigo brigar muito bem quando meu sangue está quente. Brigamos cerca de uma vez por semana, mas fazemos as pazes logo em seguida, e a Ilse diz que a vida seria meio besta se não houvesse um desentendimento de vez em quando. Gostaria mais se não houvesse brigas, mas a gente nunca sabe o que vai irritar a Ilse. Ela se irrita duas vezes por causa da mesma coisa. Ela me chinga de coisas horríveis. Ontem, ela me chamou de lagartixa piolhenta e de cobra banguela. Mas, de alguma forma, não liguei muito, porque sei que não sou piolhenta nem banguela, e ela também sabe. Não chingo, porque isso não é coisa de moça, mas sorrio, e isso deixa a Ilse muito mais irritada do que ela ficaria *se eu fizesse cara feia e batesse o pé como ela, e é justamente por isso que sorrio. A tia Laura diz para eu tomar cuidado para não falar as palavras que a Ilse fala e para eu ser um exemplo para ela, pois a pobre criança não tem quem cuide dela de forma adequada. Queria poder usar algumas das palavras dela, porque são tão impactantes. Ela as aprende com o pai. Acho que minhas tias são muito peculiares. O reverendo Dare veio aqui certa noite tomar chá, e usei a palavra touro numa* converça. *Falei que a Ilse e eu estávamos com medo de atravessar o pasto do senhor James Lee, onde ficava o velho poço, porque tinha um touro encapetado lá. Quando o reverendo Dare foi embora, a tia Elizabeth me deu uma baita bronca e me disse que eu nunca deveria usar aquela palavra de novo. Mas ela havia falado de tigres, quando estavam conversando sobre as missões, e não entendo por que é feio falar de touro, mas de tigre, não. Entendo que touros sejam animais* feroses, *mas os tigres também são. Mas a tia Elizabeth diz que eu sempre as envergonho quando temos visita. Quando a senhora Lockwood veio de Shrewsbury nos visitar, na semana passada, elas estavam falando sobre a senhora Foster Beck, que estava se casando, e eu disse que o doutor Burnley a achava bonita para danar. A tia Elizabeth exclamou EMILY, em tom horrível. Ficou branca de raiva. Foi o doutor Burnley quem disse, insisti, só estou repetindo. E era verdade que o doutor Burnley havia dito aquilo, em um dia em que fiquei para jantar com a Ilse, e o doutor Jameson, de Shrewsbury, estava lá. Vi o senhor Burnley ter um de seus acessos de raiva naquela tarde, por conta de algo que a senhora Simms havia feito em seu escritório. Foi uma cena* orrível. *Seus enormes olhos amarelos ardiam enquanto ele quebrava tudo à sua volta; ele jogou uma cadeira no chão, lançou um tapete na parede e atirou um vaso pela janela, tudo isso enquanto berrava coisas terríveis. Eu me sentei no sofá e fiquei o observando,* fassinada. *Foi tudo tão interessante que cheguei a ficar triste quando ele se acalmou, o que logo aconteceu, pois ele é como a Ilse e nunca fica bravo por muito tempo. Mas ele nunca fica bravo com a Ilse. Ela diz que preferia que ele ficasse bravo com ela, que isso seria melhor que ser completamente iguinorada. Ela é tão órfã quanto eu, a pobrezinha. No domingo passado, ela foi à igreja com seu velho vestido azul desbotado. Ele tinha um rasgo bem na frente. A tia Laura xorou quando chegou em casa e, então, falou com a senhora Simms a respeito, porque não ousava falar com o doutor Burnley. A senhora Simms ficou nervosa e disse que não era obrigação dela cuidar das roupas da Ilse. Também disse que havia convencido o doutor Burnley a comprar um lindo vestido de musselina para ela, e a Ilse o manchou de ovo. E que, quando brigou com ela por ser tão descuidada, a Ilse surtou, subiu as escadas e rasgou o vestido em pedaços. A senhora Simms disse, então, que não ia se dar de novo ao trabalho de se preocupar com uma criança como aquela e que, por isso, ela não tinha nada para vestir além do velho vestido azul, mas que não sabia que ele estava rasgado. Então eu trouxe o vestido escondido para Lua Nova, e a tia Laura o consertou e escondeu o rasgo com um bolso. A Ilse disse que rasgou o vestido em um dia em que não acreditava em Deus e não se importava com o que fazia. Ela achou um rato na cama certa noite e só o espantou e foi dormir. Que corajosa! Nunca serei corajosa assim. Não é verdade que o doutor Burnley nunca sorri. Eu já o vi sorrir, mas não é comum. Ele só sorri com os lábios, mas não com os olhos, e isso me deixa desconfortável. Geralmente, solta orríveis gargalhadas sarcásticas, que nem o tio do Jim Alegre.*

Nesse dia, tomamos sopa de cevada no jantar, mas estava muito aguada.

A tia Laura tem me dado cinco centavos por semana para lavar louça. Só posso gastar um centavo do total e o resto tenho que botar no cofrinho em forma de sapo que há na sala de estar, sobre a lareira. O sapo é feito de latão e fica sentado em cima do cofre, e a gente põe as moedas na boca dele, uma por uma. Ele as engole, e elas caem no cofre. É fassinante (eu não deveria escrever fassinante de novo, pois você me disse para não usar a mesma palavra várias vezes, mas não consigo pensar em outra que descreva meu sentimento tão bem quanto essa). O cofre é da tia Laura, mas ela disse que posso usá-lo. Eu só a abracei. Obviamente, nunca abraço a tia Elizabeth. Ela é muito rija e ossuda. Não aprova o fato de a tia Laura me pagar para lavar louça. Chego a tremer ao imaginar o que ela diria se soubesse que o primo Jimmy me deu um dólar inteirinho às escondidas na semana passada.

Queria que ele não tivesse me dado tanto dinheiro. Isso me preocupa. É uma responsabilidade enorme. Vai ser tão difícil gastá-lo de forma inteligente sem que a tia Elizabeth descubra. Espero jamais ter um milhão de dólares. Tenho certeza de que isso me destruiria completamente. Guardei o dólar na prateleira com minhas cartas; botei-o em um envelope velho e escrevi: Primo Jimmy Murray me deu isto, porque assim, se eu morrer de repente e a tia Elizabeth o encontrar, ela saberá que eu o ganhei de forma honesta.

Agora que os dias estão ficando mais frios a tia Elizabeth me faz usar uma anágua grossa de flanela. Eu odeio. Me deixa muito gorda. Mas a tia Elizabeth diz que tenho que usá-la, porque você morreu de tuberculose. Gostaria que a roupa pudesse ser, ao mesmo tempo, bonita e saldável. Hoje li o conto da Chapeuzinho Vermelho. O lobo me pareceu a personagem mais interessante de todas. Chapeuzinho era uma estúpida para se deixar enganar tão facilmente.

Escrevi dois poemas ontem. Um era curto, intitulado 'Versos a uma florzinha azul colhida no velho jardim'. Aqui está:

Doce florzinha, teu humilde rosto
Está sempre para o céu erguido,
E o rosto do céu, por sua vez,
Em teus olhos azuis é refletido.

As rainhas-dos-prados são altas e belas,
E as aquilégias são lindas também,
Mas o parco talento de que disponho
Venera a ti, e a mais ninguém.

O outro poema era longo, e o escrevi em uma folha. Chama-se 'O monarca da floresta'. O monarca é o vidoeiro gigante no bosque de John Altivo. Adoro tanto aquele bosque que chega a doer. Você entende esse tipo de dor. A Ilse também o adora, e brincamos ali quase todo o tempo em que não estamos no Sítio dos Tanacetos. Nele, há três caminhos, que chamamos de Caminho de Hoje, Caminho de Ontem e Caminho do Amanhã. O Caminho de Hoje fica perto do riacho, e o chamamos assim porque ele é lindo hoje. O Caminho de Ontem está entre os tocos de algumas árvores que o John Altivo cortou, e nós o chamamos assim porque antes era muito bonito. O Caminho do Amanhã é um pequeno caminho na clareira dos bordos, e nós o chamamos assim porque algum dia, quando os bordos crescerem, será muito bonito. Mas, infelizmente, querido pai, não esqueci as árvores da nossa velha casa. Sempre penso nelas antes de ir para a cama. Mas aqui estou feliz. Não é ruim ser feliz, certo, pai? A tia Elizabeth diz que superei muito rapidamente as saudades da minha antiga casa, mas, muitas vezes, sinto saudades por dentro. Fiz amizade com o John Altivo. A Ilse é muito amiga dele e sempre vai visitá-lo enquanto ele trabalha em sua carpintaria. Ele falou que já fez escadas suficientes para chegar ao céu sem a ajuda do padre, mas é uma piada. Na realidade, ele é um católico muito devoto e vai à capela de White Cross todo domingo. Vou com a Ilse quando ela o visita, embora talvez não deva ir, já que ele é inimigo da minha família. É um homem de comportamento digno e de modos muito refinados, muito gentil comigo, embora nem sempre goste dele. Quando faço uma pergunta séria, ele sempre pisca quando me responde. Isso é uma ofensa. Claro que nunca lhe pergunto sobre assuntos religiosos, mas a Ilse, sim. Ela *gosta dele, mas diz que ele seria capaz de queimar todos nós em uma fogueira, se pudesse. Ela perguntou isso a ele, diretamente, e ele respondeu, piscando para mim: 'Ah, não queimaríamos lindas garotas protestantes como vocês. Queimaríamos só as velhas e feiosas'. Foi uma resposta frívola. A esposa do John Altivo é uma boa mulher e nada orgulhosa. Parece uma maçã vermelha enrugada.*

Nos dias chuvosos, brincamos na casa da Ilse. Podemos escorregar nos corrimãos e fazer o que quisermos. Ninguém se importa; só quando o doutor chega que precisamos ficar quietas, porque ele não suporta barulho nenhum em casa senão os que ele mesmo faz. O telhado é plano, e temos acesso a ele por meio de um alçapão no teto do sótão. É muito divertido ficar no teto de uma casa. Fizemos uma competição de quem grita mais alto quando fomos lá certa noite. Para minha surpresa, eu ganhei. A gente nunca sabe o que é capaz de fazer até tentar. Mas muita gente nos ouviu, e a tia Elizabeth ficou muito irritada. Ela me perguntou o que deu em mim para fazer uma coisa dessas. Essa pergunta é estranha, porque geralmente não sei o que me leva a fazer alguma coisa. Às vezes, faço só para saber como me sinto. Outras, faço porque quero ter algo de interessante para contar aos meus netos. Não é apropriado falar sobre ter netos. Aprendi que não é apropriado falar sobre ter filhos. Certa tarde, quando havia visitas aqui, a tia Laura me perguntou, muito gentilmente: 'No que você está pensando, tão séria, Emily?', e eu respondi: 'Estou escolhendo o nome dos meus filhos. Quero ter dez'. Depois que as visitas foram embora, a tia Elizabeth disse à tia Laura, de um jeito frio: 'Laura, da próxima vez, acho melhor você não perguntar a essa menina no que ela está pensando'. Se a tia Laura não perguntar, vai ser bem triste, porque, quando penso algo interessante, gosto de compartilhar.

Na semana que vem, as aulas recomeçam. A Ilse vai pedir à professora Brownell para eu me sentar com ela. Pretendo agir como se a Rhoda nem estivesse lá. O Teddy também vai. O doutor Burnley disse que ele já está bom o suficiente para ir à aula, embora a mãe dele não goste da ideia. O Teddy diz que ela nunca gosta de deixá-lo ir à aula, mas que ela fica feliz com o fato de ele odiar a professora Brownell. A tia Laura diz que a forma correta de encerrar uma carta a alguém querido é dizendo: Com carinho. Então, encerro esta com muito carinho por você.

Emily Byrd Starr

P.S. Porque você ainda é meu amigo mais querido, pai. A Ilse falou que me ama mais que tudo no mundo e, depois de mim, o que ela mais ama são as botas vermelhas que a senhora Simms lhe deu."

Uma filha de Eva

Lua Nova era conhecida por suas maçãs, e, naquele primeiro outono da vida de Emily naquele lugar, tanto o "velho" quanto o "novo" jardim produziram uma colheita abundante. No novo, estavam as maçãs com títulos e prosápias e, no velho, as silvestres, ignoradas pelos catálogos, que tinham, contudo, um gosto delicioso e característico. Não havia preconceito em relação a nenhum tipo de maçã, e Emily era livre para comer quantas e quais quisesse – a única proibição era de que não deveria levar nenhuma delas para a cama. Com muita razão, tia Elizabeth não queria a cama cheia de sementes, e tia Laura tinha horror a gente comendo maçãs no escuro, por medo de que a pessoa comesse alguma larva de quebra. Portanto, Emily deveria ser plenamente capaz de satisfazer seu apetite por maçãs em casa; mas há certa excentricidade na natureza humana que faz com que o sabor das maçãs de outras pessoas seja sempre muito superior ao das nossas, como bem sabia a astuta serpente do Éden. Como a maioria das pessoas, Emily possuía essa excentricidade e, consequentemente, concluiu que não havia maçãs mais deliciosas que as do pomar de John Altivo. Ele tinha o hábito de manter longa fileira de maçãs em uma das vigas de sua oficina, e ficou subentendido que ela e Ilse poderiam se servir delas sem nenhuma cerimônia quando fossem visitar aquele charmoso lugar empoeirado e coberto de serragem. Havia três variedades entre as maçãs de John Altivo que eram suas favoritas: as "maçãs sarnentas", que pareciam leprosas, mas eram absolutamente deliciosas sob a casca manchada; as "maçãzinhas vermelhas", pouco maiores que um caranguejo, completamente carmesins e brilhantes feito cetim, as quais tinham sabor de noz adocicado; e as grandes "maçãs verdes e doces", que as crianças consideravam as melhores. Emily achava perdido o dia em que o sol se punha sem vê-la mastigando uma daquelas enormes e doces maçãs verdes de John Altivo.

No fundo da mente, Emily sabia muito bem que nem deveria ir à casa de John Altivo, para início de conversa. Para ser mais exato, ela nunca fora proibida de ir – simplesmente porque nunca ocorrera a suas tias que uma moradora de Lua Nova pudesse esquecer a antiga rixa de família entre os Murray e os Sullivan, a qual já levava duas gerações. Era uma herança à qual qualquer Murray que se prezasse respeitaria, não havia dúvida. Mas, quando Emily se juntava àquela pequena e selvagem ismaelita chamada Ilse, as tradições perdiam seu poder e davam lugar à "sedução" das maçãs "vermelhas" e "sarnentas" de John Altivo.

Em uma tarde de setembro, Emily entrou sozinha em sua oficina. Ela estivera só desde que voltara da escola, pois as tias e o primo Jimmy haviam ido a Shrewsbury, prometendo voltar ao pôr do sol. Ilse também estava fora, porque o pai, influenciado pela senhora Simms, a levara a Charlottetown para comprar um casaco de inverno. A princípio, Emily gostou bastante de estar sozinha. Comeu a janta que tia Laura lhe deixara no armário da cozinha externa, foi à leiteria e desnatou seis grandes e adoráveis caldeirões de leite. Não tinha nada que fazer isso, mas sempre desejara fazê-lo, e aquela era uma ótima chance para ser desperdiçada. Fê-lo muito bem-feito, e ninguém jamais soube – uma tia achou que fora a outra, e vice-versa, de modo que ela nunca chegou a levar nenhuma bronca por isso. Obviamente, isso não conduz a nenhuma moral em particular; em uma boa história, Emily teria sido descoberta e punida pela desobediência ou levada pela consciência pesada a confessar; mas sinto dizer – ou deveria sentir – que a consciência de Emily jamais chegou a incomodá-la quanto a esta questão. Ainda assim, estava condenada a sofrer naquela noite, por um motivo completamente diferente, para compensar seus pequenos pecados.

Quando a nata havia sido escumada, despejada no enorme jarro de pedra e muito bem misturada (Emily também não se esquecera disso), o sol já se pusera, e ninguém chegara. Emily não gostava da ideia de ficar sozinha naquela casa enorme, escura e cheia de ecos; por isso, dirigiu-se à oficina de John Altivo, a qual encontrou desocupada, embora a plaina pela metade indicasse que ele estivera trabalhando ali até bem pouco tempo antes e provavelmente retornaria. Emily se sentou sobre um enorme tronco e olhou em volta, para ver o que poderia arranjar para comer. Havia apenas uma fileira de maçãs "vermelhas" e "sarnentas" em um dos cantos da oficina, mas nenhuma das "doces" entre elas.

Foi quando divisou a maior maçã "doce" que jamais vira, completamente só em um dos degraus da escada que conduzia ao sótão. Subiu as escadas, apossou-se dela e comeu-a de uma só vez. Estava feliz da vida mordiscando o miolo quando John Altivo voltou. Ele acenou para ela, lançando um olhar aparentemente indiferente pelo cômodo.

– Fui comer algo – disse. – Minha senhora está fora e tive de preparar algo eu mesmo.

Pôs-se a aplainar a tábua em silêncio. Emily sentou-se nas escadas, contando as sementes daquela enorme maçã "doce" (era possível adivinhar a sorte contando as sementes), ouvindo o assobio élfico da Mulher de Vento através de um buraco na parede e compondo uma *Descrição da Oficina de John Altivo à Luz de uma Lamparina*, a qual seria escrita mais tarde em uma de suas folhas. Estava absorta na busca por uma palavra que descrevesse precisamente a imagem absurda que era a sombra alongada do nariz de John, que se projetava na parede à frente, quando ele se virou tão repentinamente que a sombra de seu nariz disparou para cima feito uma enorme lança e perguntou, com voz assustada:

– Onde está a maçãzona doce que estava aí na escada?

– Eu... eu comi – gaguejou Emily.

John Altivo soltou a plaina, ergueu as mãos e olhou horrorizado para Emily.

– Deus nos acuda, menina! Me diz que está brincando; me diz que não comeu aquela maçã!

– Mas eu comi – disse Emily, desconfortável. – Não sabia que não podia... Eu...

– Valha-me! Mas escuta só isso! A maçã estava com veneno para rato! Esses ratos estão talhando meu sangue há dias, e resolvi botar um fim neles. E aí você vai e me come a maçã! Tinha veneno o bastante nela para matar doze de você em dois tempos!

John Altivo viu o rosto pálido e o avental de guingão disparando porta afora rumo à escuridão. O impulso mais imediato de Emily foi de voltar para casa imediatamente, antes de cair morta. Ela cortou o campo pelo bosque e pelo jardim e entrou em casa feito um raio. Estava tudo escuro e silencioso – ninguém chegara ainda. Emily soltou um grito de desespero: quando retornassem, a encontrariam dura e fria, provavelmente com a cara arroxeada; tudo que era lindo no mundo estava terminado para ela, tudo porque comera uma maçã que julgou não haver nenhum problema em comer. Não era justo; não queria morrer.

Mas morreria. Só esperava desesperadamente que alguém chegasse antes que ela morresse. Seria tão terrível morrer ali, completamente só, naquela enorme e vazia casa de Lua Nova. Não ousou buscar ajuda em lugar nenhum. Já estava muito escuro àquela hora, e ela provavelmente cairia morta no caminho. Morrer lá fora, sozinha, no escuro – ah, isso seria horrível demais. Jamais lhe ocorrera que tivesse salvação; para ela, uma vez que se ingeria veneno, era o fim.

Com as mãos trêmulas de pânico, acendeu uma vela. Aquilo não era tão ruim, afinal; era, *sim*, possível encarar as coisas quando havia luz. E Emily, pálida, aterrorizada, solitária, já decidira que aquilo precisava ser encarado bravamente.

Não deveria envergonhar os Starr e os Murray. Cerrou os punhos gelados e tentou parar de tremer. Perguntou-se quanto tempo levaria para morrer. John Altivo dissera que a maçã a mataria "em dois tempos". Que queria dizer aquilo? Quanto eram dois tempos? Seria doloroso morrer? Tinha vaga noção de que um envenenamento era, sim, bastante doloroso. Ah, e tão pouco tempo antes estivera tão feliz! Imaginava que viveria por anos, escreveria grandes poemas e seria famosa como a senhora Hemans. Tivera uma briga com Ilse na noite anterior e ainda não haviam feito as pazes – agora, jamais fariam. Ilse ficaria terrivelmente arrasada. Devia escrever uma carta perdoando-a. Havia tempo para isso? Ah, que frias estavam suas mãos! Talvez isso indicasse que já estava morrendo. Lera ou escutara em algum lugar que as mãos vão ficando frias quando se está morrendo. Perguntou-se se seu rosto estava mudando de cor. Agarrou a vela e correu escada acima para o quarto de visitas. Lá, havia um espelho, o único na casa que ficava baixo o suficiente para que ela conseguisse ver o próprio reflexo ao incliná-lo para a frente. Em uma situação normal, Emily ficaria aterrorizada diante da mera ideia de entrar no quarto de visitas à luz trêmula e parca de uma vela. Mas um terror maior engolira todos os outros. Observou seu reflexo entre os cabelos negros e brilhantes, à luz que se elevava sobre o fundo escuro do quarto em sombras. Ah, estava pálida como os mortos. Sim, aquela era a cara de uma moribunda; não havia a menor dúvida.

Algo brotou dentro de Emily e se apossou dela; uma herança de sua boa e antiga linhagem. Parou de tremer e aceitou seu destino, com arrependimento amargo, mas também com calma.

– Não quero morrer, mas, já que devo, morrerei como uma verdadeira Murray – murmurou. Lera uma frase semelhante em um livro, e ela veio a calhar naquele momento. Agora, precisava se apressar. A carta a Ilse precisava ser escrita. Correu primeiro para o quarto de tia Elizabeth, para certificar-se de que sua gaveta na cômoda estava arrumada; em seguida, subiu as escadas que conduziam ao sótão. O grande espaço estava tomado de sombras à espreita, prontas para o bote, que se amontoavam nos limites da pequena e vacilante ilha de luz criada pela vela de Emily, mas que agora não lhe despertavam mais medo.

"E imaginar que estava me sentindo tão mal hoje mais cedo porque minha anágua me deixava gorda", pensou, enquanto tomava uma de suas queridas folhas, a última na qual escreveria. Não era preciso escrever para o pai (ela o veria em breve), mas Ilse precisava receber uma carta. A querida, animada e mal-humorada Ilse, que, bem no dia anterior, gritara ofensas a Emily e que, por isso, seria assombrada pelo remorso pelo resto da vida.

"Queridíssima Ilse", escreveu, a mão levemente trêmula, mas os dedos firmes. *"Vou morrer. Envenenei-me com uma maçã que John havia posto para os ratos. Jamais a verei de novo, mas escrevo esta carta para lhe dizer que a amo e que você não deve se sentir mal por ter me chamado ontem de gambá e de visom sanguinário. Eu a perdoo, portanto não se preocupe. E peço desculpas por ter dito que você não merece nem meu desdém; falei da boca para fora. Deixo a você toda a minha parte dos pratos quebrados na nossa casinha de brinquedo e, por favor, dê meu adeus ao Teddy. Ele nunca vai poder me ensinar a botar minhoca no anzol agora. Prometi a ele que aprenderia, pois não queria que ele pensasse que sou covarde, mas fico feliz que não tenha feito isso, pois agora sei como a minhoca se sentiria. Ainda não me sinto mal, mas não sei quais são os sintomas de envenenamento, e John Altivo disse que havia veneno suficiente para matar doze de mim, de modo que não devo ter muito tempo. Se a tia Elizabeth deixar, você pode ficar com meu colar de contas venezianas. É a única coisa de valor que tenho. Não deixe que ninguém faça mal ao John, pois não foi intenção dele me envenenar; a culpa foi minha por ter o olho grande. Talvez pensem que ele fez de propósito, por eu ser protestante, mas tenho certeza de que não foi. E, por favor, diga a ele para não se deixar tomar pelo remorso.*

Estou sentindo uma dor no estômago agora, então acho que o fim está próximo. Adeus; lembre-se de mim, que morri tão jovem.

De sua fiel amiga,
Emily"

Ao dobrar a carta, ouviu o som de rodas no jardim. Pouco tempo depois, Elizabeth e Laura Murray foram abordadas na cozinha por uma criaturinha de feição desconsolada, que agarrava uma vela em uma mão e uma folha vermelha na outra.

– Que foi, Emily? – exclamou tia Laura.

– Estou morrendo – disse Emily, solene. – Comi uma maçã que John Altivo havia envenenado para dar aos ratos. Tenho poucos minutos de vida, tia Laura.

Laura Murray caiu sentada para trás em um banco de madeira preta, com a mão no coração. Elizabeth ficou tão pálida quanto a própria Emily.

– Emily, esta é alguma de suas brincadeiras? – indagou, severa.

– Não! – exclamou Emily, indignada. – É verdade. Você acha que uma moribunda ficaria de brincadeiras? E, tia Elizabeth, por favor, poderia entregar esta carta a Ilse? E, por favor, me perdoe por ser levada, apesar de algumas vezes você ter achado que fui levada sem eu ter sido. E não deixe que ninguém me veja depois de morta, toda desfigurada. Principalmente Rhoda Stuart.

A essa altura, tia Elizabeth voltou a si.

– Quanto tempo faz que comeu essa maçã, Emily?

– Mais ou menos uma hora.

– Se tivesse comido uma maçã envenenada uma hora atrás, já estaria morta ou passando mal a esta altura...

– Oh! – exclamou Emily, subitamente transformada. Uma doce onda de esperança a preencheu: havia chance para ela, afinal? Em seguida, acrescentou, desolada: – Mas senti outra dor no estômago agora mesmo, quando descia as escadas.

– Laura – disse tia Elizabeth –, leve essa menina para a cozinha externa e dê a ela um bom gole de água com mostarda. Não fará mal e *talvez* faça bem se essa história dela for verdade. Vou à casa do doutor; ele deve ter voltado. Mas vou passar na do John Altivo no caminho.

Tia Elizabeth saiu, e saiu bem rápido; se fosse outra pessoa, poderíamos dizer que saiu correndo. Quanto a Emily, bem, tia Laura logo lhe deu aquele emetizante, e, dois minutos depois, Emily não tinha dúvidas de que estava realmente morrendo – e, quanto antes, melhor. Quando tia Elizabeth voltou, Emily estava deitada no sofá da cozinha tão pálida quanto o travesseiro que tinha sob a cabeça e tão esmorecida quanto um lírio murcho.

– O doutor não estava em casa? – perguntou tia Laura, desesperada.

– Não sei; não é preciso nenhum doutor. Não achei que seria preciso desde o início. Era só uma das brincadeiras de John Altivo... o que ele acha que é uma brincadeira. Queria dar um susto na Emily, só para se divertir. Para a cama, dona Emily. Você merece o que passou por ter ido à casa de John Altivo, e não tenho nem um pouco de dó de você. Não passo um apuro destes há anos.

– Mas *senti* dor de estômago – lamentou Emily, em quem o medo e a água com mostarda haviam temporariamente extinguido todo o ânimo.

– Qualquer um que coma maçã da manhã à noite pode esperar ter um pouco de dor de estômago. Não que você vá inventar de comer mais maçã hoje à noite; a mostarda vai garantir que não. Agora pegue a vela e vá.

– Bem – disse Emily, pondo-se de pé, vacilante –, odeio aquele safado do John Altivo.

– Emily! – disseram ambas as tias, em uníssono.

– Ele *merece* – disse ela, vingativa.

– Ah, Emily, que palavra horrível essa que você disse. – Tia Laura parecia estranhamente decepcionada com algo.

– Mas qual é o problema com "safado"? – perguntou Emily, bastante confusa. – O primo Jimmy fala isso toda vez que algo o irrita. Ele falou hoje mesmo; disse que aquela bezerra safada havia escapado do pasto de novo.

– Emily – disse tia Elizabeth, com ares de quem está se empalando com o lado menos doloroso de um dilema –, seu primo é homem, e, às vezes, os homens, no calor da raiva, usam palavras que não são apropriadas para uma menina.

– Mas qual *é* o problema com "safado"? – insistiu Emily. – Não é palavrão, é? Se não é, por que não posso usar?

– Essa palavra não é... não é para boas moças – respondeu tia Laura.

– Bom, então não vou usá-la de novo – disse Emily, resignada –, mas, que John Altivo é um safado, isso ele é.

Tia Laura riu tanto depois que Emily subiu para o quarto que tia Elizabeth a repreendeu dizendo que uma mulher da idade dela deveria ser mais sensata.

– Elizabeth, você *sabe* que foi engraçado – protestou Laura.

Com Emily seguramente fora de vista, Elizabeth se permitiu um sorriso contido.

– Falei umas poucas e boas para o John Altivo; ele não vai querer sair dizendo para as crianças que elas comeram veneno tão cedo. Ele estava babando de raiva quando saí de lá.

Exausta, Emily caiu no sono tão logo se deitou, mas acordou uma hora depois. Tia Elizabeth não havia ido se deitar, logo a persiana ainda estava aberta, e Emily viu uma linda estrelinha amiga piscando para ela. Ao longe, o mar bramia, sedutor. Ah, que gostoso era estar sozinha e viva. Mais uma vez, parecia-lhe que a vida tinha gosto bom; "um gosto de quero mais", como dizia primo Jimmy. Ela teria a chance de escrever mais cartas e mais poemas – já vislumbrava alguns versos intitulados "Pensamentos de uma pessoa fadada a uma morte repentina". Também teria a chance de brincar com Ilse e Teddy, de explorar os celeiros com Sal Sapeca, de observar tia Laura desnatando o leite na leiteria e de ajudar o primo Jimmy no jardim, de ler livros na casinha de brinquedo, de caminhar pelo Caminho de Hoje, mas não de visitar a oficina de John Altivo. Decidira que não queria mais saber de John Altivo depois daquela crueldade diabólica. Sentia-se tão indignada com o susto que ele dera nela (ainda mais depois de terem ficado tão amigos!) que não conseguiu dormir antes de compor um relato de sua morte por envenenamento, do julgamento de John Altivo por assassinato e de sua condenação à morte, bem como de seu enforcamento em uma forca tão grande quanto a presunção dele, estando Emily presente para assistir a essa cena terrível, apesar de estar morta nessa mesma narrativa. Depois de tê-lo retirado da forca e o enterrado como indigente (com lágrimas correndo-lhe pelo rosto por pena da esposa de John), Emily o perdoou. Provavelmente, ele não era safado, no fim das contas.

No dia seguinte, subiu ao sótão e escreveu tudo em uma de suas folhas.

O banquete

Em outubro, primo Jimmy começou a cozinhar as batatas dos porcos – um nome nada romântico para uma ocupação para lá de romântica (pelo menos na opinião de Emily, cujo amor pela beleza e pelo pitoresco jamais haviam sido tão satisfeitos naquelas longas, frias e estreladas noites de final de ano em Lua Nova).

Havia um grupo de abetos em um rincão do velho jardim, sob os quais um imenso caldeirão de ferro dependurava-se sobre um círculo de pedras – um caldeirão tão imenso que se poderia facilmente cozinhar um boi dentro dele. Emily pensou que devia datar do tempo dos contos de fada e ter sido a caldeira de fazer mingau de algum gigante, mas primo Jimmy lhe disse que tinha apenas uns cem anos e que fora o velho Hugo Murray quem o mandara trazer da Inglaterra.

– Desde então, usamos esse caldeirão para cozinhar batatas para os porcos de Lua Nova – disse. – As pessoas de Blair Water acham que isso é antiquado; hoje, todo mundo tem uma sala de caldeira, com caldeiras embutidas. Mas, enquanto Elizabeth mandar em Lua Nova, vamos usar isto aqui.

Emily estava segura de que nenhuma caldeira embutida teria o charme do caldeirão. Ela ajudou o primo Jimmy a enchê-lo de batatas quando chegou da escola; depois, quando o jantar terminou, o primo Jimmy acendeu o fogo do caldeirão e pôs-se a dar volta em torno dele a tarde inteira. Às vezes, atiçava o fogo – Emily adorava essa parte da performance –, fazendo subir para a escuridão ondas de labaredas rosadas. Às vezes, misturava as batatas com uma vara comprida e ganhava, com a estranha barba acinzentada bipartida e o macacão, a aparência de um velho gnomo ou de um *troll* de alguma lenda nórdica, misturando ingredientes mágicos no caldeirão. Outras vezes, sentava-se ao lado de Emily sobre a rocha de granito cinza que havia ao lado do caldeirão e recitava suas poesias para ela. Era disso que Emily mais gostava, pois as poesias do primo Jimmy eram surpreendentemente boas (pelo menos em partes), e ele encontrava uma "audiência adequada, ainda que reduzida", naquela pequena e magra donzela, com seu ávido rosto pálido e seus olhos extasiados.

Os dois formavam um par estranho e eram perfeitamente felizes juntos. Os moradores de Blair Water consideravam o primo Jimmy um fracassado e um débil mental, mas ele habitava um mundo ideal do qual nenhum deles sabia nada. Ele recitara seus poemas uma centena de vezes dessa maneira, enquanto cozinhava as batatas dos porcos, para os fantasmas de muitos outonos que assombravam o arvoredo de abetos. Era uma figura estranha e ridícula; torto, enrugado e desleixado, gesticulava desajeitadamente enquanto recitava. Mas aquele momento era seu; já não era mais o "Jimmy Murray zureta", mas um príncipe no próprio reino. Por um momento, era forte, jovem, esplêndido e lindo; um reconhecido mestre da música diante de um público atento e arrebatado. Nenhum dos prósperos e sensatos vizinhos de Blair Water jamais experimentara um momento semelhante. Ele jamais trocaria de lugar com nenhum deles. Ouvindo-o, Emily teve a sensação de que, não fosse por aquele infeliz empurrão poço abaixo, aquele estranho homenzinho a seu lado talvez estivesse na presença de reis.

Mas Elizabeth o empurrara naquele poço, e, como consequência, ele fervia batatas para os porcos e recitava poesias para Emily – Emily, que também escrevia poesias e amava tanto aquelas tardes que não conseguia dormir até descrevê-las rapidamente. O lampejo de inspiração aparecera quase todas as tardes, motivado por uma coisa ou por outra. A Mulher de Vento rodopiava e ronronava entre os galhos que se balançavam acima deles – Emily jamais estivera tão perto de vê-la; o ar frio estava repleto do agradável perfume da lenha de abeto que primo Jimmy lançava sob o caldeirão; o peludo filhotinho de gato de Emily, Mike II, saltava e dava cambalhotas ao redor, feito um gracioso diabrete; o fogo ardia com um vermelho lindo e sedutor em meio à escuridão; ouviam-se agradáveis sussurros por todas as partes; o imenso negrume se espalhava em volta deles, cheio de mistérios que a luz do dia escondia; e, sobre tudo isso, estendia-se um céu púrpura, salpicado de estrelas.

Ilse e Teddy também vieram algumas tardes. Emily sempre sabia quando Teddy estava chegando, pois, quando se aproximava do velho jardim, ele assobiava seu "chamado" – um que usava apenas com ela –, um chamado lindo e divertido, que parecia três nítidas notas de um canto de passarinho: a primeira, em tom médio; a segunda, um pouco mais alta; e a terceira, baixa para um tom mais grave, porém doce e sustenida, como os ecos da "Canção do clarim", que se tornam mais nítidos e mais distantes à medida que desvanecem. Aquele chamado sempre tivera efeito estranho sobre Emily: parecia arrancar seu coração do peito e obrigá-la a correr atrás dele. Parecia-lhe que Teddy era capaz de arrastá-la através do mundo com aquelas três notas mágicas. Toda vez que as ouvia, atravessava o jardim correndo e dizia a Teddy se primo Jimmy o receberia ou não, porque não era toda noite que o primo Jimmy admitia alguém além dela. Ele jamais recitava seus poemas para Ilse ou Teddy, mas lhes contava contos de fada e histórias sobre membros da família Murray que haviam morrido muito tempo atrás e estavam enterrados no cemitério junto ao lago. Essas histórias, às vezes, eram tão fantasiosas quanto os contos de fada. Ilse também recitava, e o fazia melhor que em qualquer outro lugar. Às vezes, Teddy se deitava no chão próximo ao caldeirão e fazia desenhos à luz do fogo: desenhos do primo Jimmy mexendo as batatas; de Ilse e Emily dançando de mãos dadas em volta do caldeirão, feito duas bruxinhas; do rosto sapeca e bigodudo de Mike espiando por detrás da rocha; de medonhos e obscuros rostos amontoados na escuridão que se formava além dos limites de seu círculo encantado. Passavam tardes maravilhosas ali, aquelas quatro crianças.

– Ah, o mundo não é lindo à noite, Ilse? – perguntou Emily, extasiada.

Ilse olhou rapidamente em volta – pobre e negligenciada Ilse, que encontrara na companhia de Emily aquilo pelo que ansiara durante toda a curta vida e que, mesmo agora, estava sendo levada pelo amor em direção a algo que lhe pertencia por herança.

– Sim – respondeu ela. – Sempre acredito que exista um Deus quando estou assim.

As batatas estavam prontas, e primo Jimmy deu uma a cada um deles antes de adicionar o farelo de aveia. Eles as partiram em pedaços em pratos improvisados de tronco de bétula, temperaram com sal, que Emily escondera em uma caixinha sob as raízes do abeto maior, e comeram com gosto. Nenhum banquete dos deuses jamais seria tão delicioso quanto aquelas batatas. Por fim, finalmente a doce e melódica voz de tia Laura chamou desde a escuridão congelada. Ilse e Teddy voltaram para casa; Emily tomou Mike II nos braços e o encerrou para passar a noite em segurança no canil de Lua Nova, que não abrigava nenhum cão havia anos, mas que ainda era cuidadosamente preservado e caiado a cada primavera. O coração de Emily se partiria se algo acontecesse com Mike II.

O "Velho Kelly", um mascate de panelas, o dera a ela. Fazia trinta anos que o Velho Kelly passava por Blair Water uma vez a cada duas semanas, entre maio e novembro, empoleirado no assento de uma reluzente carroça vermelha e conduzido por um pônei alazão, lento e empoeirado, cuja marcha e aparência eram típicas dos pôneis de mascates: certa indolência plácida e sem pressa, como a de um pangaré que já enfrentou muitos problemas e os superou todos por pura força de vontade e paciência. Vindos da reluzente carroça vermelha que requebrava adiante, ouviam-se alguns cliques e sons metálicos, e duas enormes pilhas de panelas de latão amarradas sobre o teto plano refletiam a luz do sol de modo tão ofuscante que o Velho Kelly parecia emitir a luz de um sol particular, em um sistema planetário só seu. As vassouras à venda, que se projetavam para cima agressivamente em cada um dos quatro cantos da carroça, davam-lhe aspecto triunfal. Emily ansiava secretamente por fazer um passeio na carroça do Velho Kelly. Parecia-lhe divertidíssimo.

O Velho Kelly e ela eram muito amigos. Ela gostava de seu rosto vermelho e barbeado sob o chapéu, de seus belos e brilhantes olhos azuis, de seus cabelos espetados cor de areia e de sua cômica boca sempre fazendo biquinho, em parte por natureza, em parte por assobiar demais. Ele sempre lhe trazia um saco de papel com "balas de limão" ou um pirulito multicolorido, que lhe metia no bolso quando tia Elizabeth não estava vendo. E nunca deixava de lhe dizer que achava que ela logo pensaria em se casar, pois ele acreditava que a forma mais certeira de agradar uma criatura do sexo feminino, de qualquer idade que fosse, era fazendo piadas sobre casamento.

Um dia, em vez de doce, retirou um gatinho gordo e cinza da parte de trás da carroça e disse que era um presente para ela. Emily o recebeu avidamente, mas, assim que o Velho Kelly se afastou, tia Elizabeth disse a ela que não permitiria mais nenhum gato em Lua Nova.

– Ah, por favor, me deixe ficar com ele, tia Elizabeth – implorou Emily. – Ele não vai incomodar nada. Sal Sapeca tem ficado tão selvagem agora que anda com os gatos do celeiro que nem posso brincar com ela como fazia antes; e ela nunca foi boa de acariciar. *Por favor*, tia Elizabeth.

Mas tia Elizabeth não cedeu. Estava de muito mau humor naquele dia; ninguém sabia exatamente por quê. Quando estava assim, era completamente irrazoável. Não quis ouvir ninguém; Laura e primo Jimmy tiveram de segurar a língua, e este último recebeu ordens para levar o gatinho cinza ao lago de Blair Water e afogá-lo. Emily irrompeu em lágrimas com tamanha crueldade, e isso irritou ainda mais tia Elizabeth. Estava tão furiosa que o primo Jimmy não ousou levar o gato escondido para o celeiro, como pretendia fazer de início.

– Leve esse bicho ao lago, jogue-o lá e volte para me dizer que fez como mandei – disse tia Elizabeth, furiosa. – Quero que me obedeça!

Lua Nova não vai virar um terreno de despejo para a gataiada inútil do Velho Kelly.

Primo Jimmy obedeceu às ordens, e Emily não quis comer nada no jantar. Depois da refeição, saiu triste, atravessou o velho jardim e cruzou o pasto rumo ao lago. Por que fora ali, não saberia dizer, mas sentiu que precisava ir. Quando chegou ao ponto em que o riacho de John Altivo desembocava no lago de Blair Water, ouviu uns miadinhos desesperados. E ali, em uma ilhota de grama seca no meio do riacho, um bichinho miserável estava abandonado, os pelos ensopados agarrados às costelas, tremendo de frio ao vento daquele gélido dia outonal. O saco de aveia velho no qual o primo Jimmy o aprisionara flutuava sobre o lago.

Emily não parou para pensar, procurar um galho ou medir as consequências. Lançou-se riacho adentro e, com água até os joelhos, vadeou até o montinho de grama e apanhou o gatinho. Fervia tanto de indignação que não sentiu o frio da água nem do vento enquanto corria de volta para Lua Nova. Um animal torturado ou em sofrimento sempre a enchia de uma onda de compaixão tão grande que a tirava de si. Entrou como um raio na cozinha externa, onde tia Elizabeth fritava rosquinhas.

– Tia Elizabeth – exclamou –, no fim das contas, o gatinho não se afogou, e *vou* ficar com ele.

– Não vai – respondeu tia Elizabeth.

Emily encarou a tia. Mais uma vez, sentiu aquela estranha sensação que se apossara dela quando tia Elizabeth trouxera a tesoura para lhe cortar os cabelos.

– Tia Elizabeth, este pobre gatinho está faminto, com frio e tão, mas tão triste! Está sofrendo há horas. Ele *não* será afogado de novo.

O olhar e o tom de Archibald Murray estavam em seu rosto e em sua voz. Isso só acontecia quando as profundezas de seu ser eram perturbadas por alguma emoção particularmente pungente. Naquele momento, ela se encontrava em uma agonia de raiva e pena.

Quando Elizabeth Murray viu que seu pai a observava no pequeno rosto pálido de Emily, rendeu-se sem pensar na raiva que sentiria de si mais tarde por sua fraqueza. Era seu único ponto vulnerável. A coisa toda não seria tão assombrosa se Emily se parecesse com os Murray. Mas ver o olhar de um Murray subitamente sobreposto a feições estranhas era um tamanho choque para seus nervos que ela era incapaz de fazer frente. Um fantasma saído do túmulo não seria mais eficaz para acovardá-la.

Virou as costas para Emily, em silêncio, mas Emily soube que conseguira sua segunda vitória. O gatinho cinza ficou em Lua Nova e cresceu gordo e bonito. Tia Elizabeth nunca fez caso da existência dele, salvo quando o espantava para fora de casa com uma vassoura, na ausência de Emily. Contudo, levou semanas para que Emily fosse perdoada, e ela se sentiu bastante mal com isso. Tia Elizabeth era generosa na vitória, mas desagradável na derrota. Era, de fato, algo bom que Emily não pudesse invocar o olhar dos Murray quando lhe desse vontade.

Várias tragédias

Obedecendo às ordens de tia Elizabeth, Emily eliminara a palavra "touro" do vocabulário. Mas ignorar a existência dos touros não era o mesmo que estar livre deles – especialmente do touro inglês do senhor James Lee, que habitava o grande e ventoso pasto a oeste de Blair Water e gozava de temível reputação. Era, de fato, uma criatura formidável, e Emily às vezes tinha pesadelos apavorantes em que era perseguida por ele, sem poder se mover. E, em um frio dia de novembro, esses pesadelos se tornaram realidade.

Havia um poço na extremidade do pasto, pelo qual Emily nutria certa curiosidade, pois o primo Jimmy lhe contara uma história horripilante sobre ele. O poço fora cavado havia sessenta anos, por dois irmãos que viviam em uma pequena casa construída mais abaixo, próxima à orla. Era um poço muito profundo, o que era curioso naquelas terras baixas, contíguas ao lago e ao mar. Os irmãos cavaram dezoito metros para encontrar água. Então, as paredes do poço foram cobertas de pedra, mas o trabalho não chegou a avançar mais que isso. Thomas e Silas Lee brigaram por conta de uma diferença de opinião sobre que tipo de cobertura deveria ser posta sobre ele, e, no calor do momento, Silas deu uma martelada na cabeça de Thomas, matando-o. A casa do poço nunca foi construída. Silas Lee foi preso por homicídio e morreu na cadeia. A fazenda ficou para um terceiro irmão, o pai do senhor James Lee, que construiu uma casa na outra extremidade dela e mandou cobrir o poço. Primo Jimmy disse que ainda se acredita que o fantasma de Tom Lee assombre o local de sua trágica morte, mas que não podia confirmar isso, embora tivesse escrito um poema a respeito. O poema também era bastante macabro e fez gelar o sangue de Emily quando ele lhe recitou em uma noite brumosa, próximo ao caldeirão de batatas. Desde então, ela tinha vontade de ver de perto o velho poço.

Sua chance chegou em um sábado, quando vagava sozinha pelo velho cemitério. Para além dele, encontrava-se o pasto dos Lee, e, aparentemente, não havia nenhum do touro nas proximidades. Emily decidiu ir conhecer o velho poço e pôs-se a caminhar pelo pasto contra o vento norte que soprava desde o golfo. A Mulher de Vento se agigantou naquele dia, levantando poderosos redemoinhos ao largo da costa, mas, à medida que Emily se aproximava das grandes dunas, elas formaram um pequeno porto de tranquilidade em volta do velho poço.

Emily ergueu calmamente uma das tábuas, ajoelhou-se sobre as demais e espiou lá embaixo. Felizmente, as tábuas eram fortes e relativamente novas; do contrário, a pequena dama de Lua Nova acabaria explorando o poço mais minuciosamente do que pretendia. Da forma como estava, pouco podia ver, pois enormes samambaias cresciam aos montes entre as pedras nas paredes, indo de um lado a outro e ocultando da vista o fundo escuro. Bastante frustrada, Emily botou a tábua de volta no lugar e tomou o rumo de casa. Não dera dez passos quando parou. O touro do senhor James vinha direto em sua direção e estava a menos de dezoito metros.

A cerca que dava para a orla não estava muito longe atrás de Emily, e ela provavelmente conseguiria alcançá-la a tempo, se corresse. Mas era incapaz de correr; como escrevera certa vez em uma carta ao pai, estava *paralizada* de terror, tal como no pesadelo sobre esse mesmo acontecimento. É fácil imaginar que algo terrível teria acontecido, não fosse por um garoto que estava sentado sobre a cerca que dava para a orla. Ele estivera ali, sem ser notado, durante todo o tempo que Emily passara observando o poço, e, nesse momento, desceu de um salto.

Emily viu, ou sentiu, um corpo robusto passando rapidamente a seu lado. Ele correu até chegar a três metros do touro, atirou uma pedra bem no meio da testa peluda do monstruoso animal e acelerou rumo à cerca lateral. Insultado, o touro se virou com um rugido ameaçador e avançou contra o invasor.

– Corra! Agora! – o jovem gritou por cima do ombro para Emily.

Mas Emily não correu. Apesar de apavorada, havia algo que a impedia de correr antes que visse se seu galante salvador conseguiria escapar. Ele alcançou a cerca em um piscar de olhos. Então, e só então, Emily também saiu correndo e saltou a cerca, no exato momento em que o touro se pôs a atravessar o pasto novamente, sedento por apanhar alguém. Tremendo, ela transpôs a grama pontiaguda das dunas e encontrou o rapaz do outro lado. Os dois se detiveram e se entreolharam por um instante.

O garoto era desconhecido para Emily. Tinha rosto alegre, insolente e de traços bem definidos, com olhos acinzentados e alertas e fartos cachos castanhos. Usava tão poucas roupas quanto a decência permitia e algo na cabeça que aspirava ser um chapéu. Emily gostou dele; não havia nada que lhe lembrasse o charme contido de Teddy, mas ele a atraía de forma muito peculiar e, além do mais, acabara de salvá-la de uma morte terrível.

– Obrigada – disse ela, fitando-o tímida, mas efetivamente, com seus grandes olhos cinza que pareciam azuis sob os longos cílios. Até então, ninguém dissera a Emily quão conquistador era aquele seu olhar tímido, efetivo e repentino.

– Que bravo, né? – disse o jovem, sem nenhuma hesitação. Em seguida, meteu as mãos nos bolsos rasgados e fitou Emily tão fixamente que ela baixou os olhos, confusa, causando, assim, ainda mais dano com aquelas pálpebras recatadas e pestanas sedosas.

– É simplesmente pavoroso – disse ela, encolhendo os ombros. – Fiquei tão assustada.

– Verdade? E eu achando que você estava cheia de coragem para ficar lá parada daquele jeito, olhando para ele fria que nem gelo. Como é ter medo?

– Você não ficou com medo? – perguntou Emily.

– Não... nem sei como é isso – respondeu o garoto, indiferente e um tanto exibido. – Como você se chama?

– Emily Byrd Starr.

– Mora por aqui?

– Em Lua Nova.

– Lá onde mora o Jimmy Murray zureta?

– Ele *não é* zureta! – exclamou Emily, indignada.

– Eita, tudo bem. Não conheço ele. Mas vou conhecer. Vou trabalhar para ele de ajudante no inverno.

– Eu não sabia – disse Emily, surpresa. – Vai mesmo?

– Vou. Também não sabia até agora há pouco. Ele perguntou por mim para a tia Tom semana passada, mas eu não queria trabalhar para fora. Agora acho que quero. Quer saber meu nome?

– Claro.

– Perry Miller. Vivo com a besta velha da tia Tom, lá em Stovepipe Town. Meu pai era capitão do mar, e eu costumava velejar com ele quando era vivo. A gente velejava para tudo quanto é canto. Você vai para a escola?

– Sim.

– Eu não. Nunca fui. A tia Tom mora muito longe. De qualquer jeito, acho que não iria gostar. Talvez agora eu vá.

– Você sabe ler? – perguntou Emily, curiosa.

– Um pouco, e calcular. Meu pai me ensinou alguma coisa quando era vivo. Depois, não liguei muito para isso... Prefiro ficar no porto. É muito legal lá. Mas, se eu resolver ir para a escola, vou aprender rapidão. Você deve ser inteligente pra danar.

– Não... não muito. Meu pai falava que eu era um gênio, mas a tia Elizabeth falou que só sou estranha.

– Que que é gênio?

– Não tenho certeza. Às vezes, é alguém que escreve poesias. *Eu* escrevo poesias.

Perry a fitou.

– Eita! Então acho que também vou escrever.

– Não acho que *você* consiga escrever poesias – disse Emily, um tanto desdenhosa, para falar a verdade. – O Teddy não consegue, e ele é *muito* inteligente.

– Quem é Teddy?

– Um amigo meu.

Um leve traço de rispidez soou na voz de Emily.

– Pois então – disse Perry, cruzando os braços e fazendo cara feia –, vou dar um cascudo nesse tal amigo seu.

– Não vai, não! – exclamou Emily. Estava bastante indignada e esqueceu-se completamente de que Perry a salvara do touro. Com uma jogada de cabelo, tomou o caminho de casa. Perry também se virou.

– Também vou; quero falar com Jimmy Murray sobre o trabalho antes de voltar para casa – disse. – Fica brava, não. Se você não quiser, não vou dar cascudo em ninguém. Mas você precisa gostar de mim também.

– Mas é claro que gosto – disse Emily, como se não devesse haver dúvida quanto a isso. Então sorriu seu sorriso lento e luminoso para Perry, reduzindo-o, assim, a uma servidão irreversível.

Dois dias depois, Perry Miller instalou-se em Lua Nova como ajudante e, após duas semanas, Emily sentia como se sempre tivesse estado lá.

"A tia Elizabeth não queria que o primo Jimmy o contratasse" – escreveu ela para o pai – "porque ele estava entre os rapazes que fizeram uma coisa horrível, certa noite, no último outono. Eles trocaram todos os cavalos que estavam amarrados à cerca em uma noite de domingo, durante uma reunião de oração, e, quando as pessoas saíram, a confuzão foi terrível. A tia Elizabeth disse que não seria seguro tê-lo por aqui. Mas o primo Jimmy disse que era muito difícil conseguir um ajudante e que estávamos em dívida com o Perry por

ele ter salvado minha vida. Com isso, a tia Elizabeth cedeu e deixou-o se sentar à mesa conosco, mas, à noite, ele deve ficar na cozinha, enquanto ficamos na sala de estar, mas tenho permissão para ajudar o Perry com as lições. Ele fica só com uma vela, e a luz é muito fraca. A gente tem que cortar o pavio o tempo todo. É muito divertido cortar o pavio das velas. O Perry já é líder de turma na classe dele. Ainda está no terceiro livro, em bora *já tenha quase 12 anos. A professora Brownell foi sarcástica com ele no primeiro dia de aula, e ele só jogou a cabeça para trás e soltou uma longa gargalhada. A professora Brownell bateu nele por isso, mas nunca mais foi irônica com ele. Percebi que ela não gosta que riam dela. O Perry não tem medo de nada. Achei que ele não fosse mais querer ir à escola depois que ela bateu nele, mas ele diz que uma coisa boba dessa não o impediria de correr atrás de sua* educassão, *pois ele estava decidido a consegui-la. Ele é muito determinado.*

A tia Elizabeth também é determinada. Mas ela diz que o Perry é teimoso. Estou ensinando gramática ao Perry. Ele diz que quer aprender a falar direito. Eu lhe disse que ele não deveria chamar a tia Tom de besta velha, mas ele disse que deveria, sim, pois ela não é uma besta jovem. Ele diz que o lugar onde mora se chama Stovepipe Town[32], pois nenhuma das casas tem chaminé, só uns canos que saem por cima dos telhados, mas que vai morar em uma manção *algum dia. A tia Elizabeth diz que eu não deveria ficar de amizade com um ajudante. Mas ele é um bom rapaz, apesar de ter modos* brutus. *A tia Laura é quem diz que os modos dele são* brutus. *Não sei bem o que significa, mas acho que é porque ele sempre diz o que pensa, sem fazer rodeios, e come feijão com a faca. Gosto do Perry de um jeito diferente que do Teddy. Não é engraçado, papai querido, como tem várias maneiras diferentes de gostar? Não acho que a Ilse goste dele. Ela faz piada da* iguinorância *dele e empina o nariz para ele*

---

[32] Vilarejo dos canos de fogão a lenha. (N.T.)

porque as rôpas *dele são remendadas, apesar de as dela serem bastante estranhas. O Teddy também não gosta muito dele; ele fez um desenho tão engraçado do Perry pendurado pelas pernas em uma forca. O rosto parecia o do Perry e, ao mesmo tempo, não parecia. O primo Jimmy disse que isso se chama* carecatura *e riu bastante dela, mas não tive coragem de mostrá-la ao Perry, por medo de que ele desse um cascudo no Teddy. Mostrei-a à Ilse, mas ela ficou brava e* rasgou. Sei lá por quê.

O Perry diz que sabe recitar tão bem quanto a Ilse e desenhar também, se se empenhar. Percebi que ele não gosta de pensar que alguém sabe fazer algo que ele não saiba. Mas ele não consegue ver, como eu, o papel de parede no céu, em bora *tente tanto que me dá medo de ele* maxucar *os olhos. Ele sabe* discursar *melhor que qualquer um de nós. Diz que, antes, queria ser marinheiro que nem o pai, mas que, agora, acha que vai ser advogado quando crescer e virar membro do Parlamento. O Teddy vai ser artista, se a mãe dele deixar; a Ilse vai ser recitadora de concertos (isso tem outro nome, mas não sei como escrever); e vou ser poetisa. Acho que formamos um grupo bastante* talentozo. *Talvez eu seja meio* vaidoza *por dizer isso, papai querido.*

Uma coisa muito horrível aconteceu anteontem. Na manhã de sábado, estávamos fazendo as orações familiares, todos ajoelhados de modo muito solene na cozinha. Olhei para o Perry só uma vez, e ele fez uma careta tão engraçada que soltei uma gargalhada antes de conseguir segurar. (Não foi essa a coisa horrível.) A tia Elizabeth ficou muito brava. *Não quis contar que foi o Perry quem fez careta, porque tive medo de que ele fosse dispensado se eu contasse. Daí a tia Elizabeth disse que, como castigo, eu não poderia ir à festa da Jennie Strang à tarde. (Fiquei bastante desapontada com isso, mas ainda não é essa a coisa horrível.) O Perry ficou fora com o primo Jimmy o dia todo e, quando voltou, à noite, me perguntou, muito sério: 'Quem foi que te fez chorar?'. Expliquei que havia chorado um pouco, mas não muito, porque não me deixaram ir à festa por conta da gargalhada que dei durante a oração. Então, o Perry foi direto falar com a tia Elizabeth que tinha sido por culpa dele que eu tinha rido. A tia Elizabeth disse que eu não deveria ter rido mesmo assim, mas a tia Laura ficou* prufundamente *chateada e disse que o meu castigo tinha sido duro demais e que me emprestaria seu anel de pérola para ir à escola na segunda-feira, para compensar. Fiquei animadíssima, pois é um anel muito bonito, e nenhuma das meninas tem um igual. Assim que a chamada terminou segunda de manhã, levantei a mão para fazer uma pergunta à professora Brownell, mas, na verdade, era só para exibir o meu anel. Foi muita vaidade da minha parte, e acabei sendo punida. No intervalo, a Cora Lee, uma das meninas maiores da sexta série, veio pedir para eu emprestar um pouco o meu anel para ela. Eu não queria, mas ela disse que, se eu não emprestasse, diria às meninas da minha classe para darem um gelo em mim (o que é algo muito horrível, querido pai, pois a gente se sente um excomungado). Assim, deixei que ela ficasse com ele até o recreio da tarde, então ela veio e me disse que o havia perdido no riacho. (Esta, sim, foi a coisa horrível.) Ah, papai querido, quase fiquei louca. Fiquei com medo de voltar para casa e encarar a tia Laura. Eu tinha prometido a ela que cuidaria do anel. Imaginei que pudesse conseguir dinheiro para comprar outro anel para ela, mas, quando fiz as contas na minha lousa, cheguei à conclusão de que precisaria lavar a louça durante vinte e quatro anos para conseguir. Xorei, dezesperada. O Perry me viu e, depois da aula, foi até a Cora Lee e disse: 'Ou você devolve esse anel, ou conto tudo para a professora Brownell'. Então a Cora Lee devolveu, toda dócil, e disse: 'Eu já ia devolver para ela. Só estava pregando uma peça', e o Perry respondeu: 'Pois torne a pregar uma peça na Emily que prego uma em você também'. É muito bom saber que a gente tem um* defençor! *Tremo só de pensar em como teria sido ter que voltar para casa e contar para a tia Laura que eu tinha perdido o anel dela. Mas foi muita* crueudade *da Cora Lee dizer que* o tinha perdido quando não tinha, me atormentando dessa forma. Eu jamais seria cruéu dessa maneira com uma órfã.

Quando cheguei em casa, olhei no espelho para ver se os meus cabelos tinham ficado brancos. Me disseram que isso, às vezes, acontece. Mas não aconteceu.

O Perry sabe mais de geografia que qualquer um de nós, porque já esteve em quase todos os lugares do mundo com o pai dele. Ele me conta muitas histórias fassinantes depois de terminarmos as lições dele. Vai falando até a vela chegar quase ao fim, e aí ele a usa para ir para a cama, que fica no buraco negro no sótão da cozinha, porque a tia Elizabeth não admite que ele use mais de uma vela por noite.

Eu e a Ilse tivemos uma briga sobre quem preferiríamos ser: Joana D'Arc[33] ou Frances Willard[34]. Não começou como briga, mas como discução, e aí terminou como terminou. Prefiro ser Frances Willard, porque ela ainda está viva.

Ontem, nevou pela primeira vez no ano. Escrevi um poema sobre isso. Aqui está:

> Os raios de sol escorregam sobre a neve,
> A Terra é uma noiva brilhante e bela,
> Coberta de diamantes, vestida de branco,
> Nenhuma outra se compara a ela.

Eu o li para o Perry, e ele disse que conseguia fazer poesias tão boas quanto, acrescentando em seguida:

> Com suas patinhas, Mike descreve
> Uma longa fileira de pegadas na neve

---

[33] Joana D'Arc (c. 1412-1431), famosa heroína francesa celebrada por seus feitos na Guerra dos Cem Anos, queimada viva pela Igreja Católica. (N.T.)
[34] Frances Willard (1839-1898), sufragista e educadora estadunidense. (N.T.)

'Então, não é tão boa quanto a sua?', ele perguntou. Não achei que fosse, porque é possível dizer a mesma coisa na forma de prosa. Mas, quando se fala de noivas brilhantes e belas em uma prosa, soa cômico. O Mike havia, de fato, feito uma fileira de pegadas ao atravessar o campo em frente ao celeiro, e eram tão fofas, mas não tanto quanto as pegadas de camundongo que apareceram sobre uma farinha que o primo Jimmy havia derramado no chão do celeiro. São as coisinhas mais lindas. Se parecem com poesia.

Fico triste que o inverno tenha chegado, porque eu e a Ilse não podemos mais brincar na nossa casinha no bosque de John Altivo até que chegue a primavera, nem ao ar livre no Sítio dos Tanacetos. Às vezes, brincamos dentro de casa nos Tanacetos, mas a senhora Kent nos deixa desconfortáveis. Ela se senta e fica nos observando o tempo inteiro. Então, evitamos ir lá; só vamos quando o Teddy insiste muito. E os porcos foram abatidos, coitadinhos, então o primo Jimmy não precisa mais cozinhar batata para eles. Mas tem uma coisa boa: já não preciso mais usar chapéu para ir à escola. A tia Laura fez para mim um capuz vermelho maravilhoso, com laços para os quais a tia Elizabeth olhou com cara de desdém dizendo que eram extravagantes. Gosto cada dia mais da escola, mas não consigo gostar da professora Brownell. Ela não é justa. Disse que daria à aluna que escrevesse a melhor redassão um laço rosa, para usar de sexta até segunda-feira. Escrevi "O conto do riacho", sobre o riacho no bosque de John Altivo, com todas as suas aventuras e pensamentos, e a professora Brownell disse que eu devia ter copiado de algum lugar, e a Rhoda Stuart ficou com o laço. A tia Elizabeth disse: 'Você gasta tanto tempo escrevendo besteira; acho que era sua obrigação ter ganhado o laço'. Ela se sentiu muito aviltada (eu acho) porque envergonhei Lua Nova ao não ganhar o laço, mas eu não disse a ela o que havia acontecido. O Teddy disse que um bom competidor jamais chora a derrota. Quero ser uma boa competidora. A Rhoda me odeia muito agora. Diz que *ficou surpresa que uma garota de Lua Nova tenha precisado contratar um namorado. Isso é uma bobagem, porque o Perry não é meu namorado. O Perry disse que ela tem a língua maior que a boca. Não é bonito dizer isso, mas é verdade. Um dia, na aula, ela disse que a lua ficava a leste do Canadá. O Perry riu bem na cara dela, e a professora Brownell mandou ele ficar dentro da sala no intervalo, mas ela não chegou a corrigir a Rhoda por dizer algo tão abissurdo. Mas a pior coisa que a Rhoda já disse foi que me perdoava por tê-la usado. Isso fez meu sangue ferver, pois eu não tinha feito nada para precisar ser perdoada. Que ideia!*

Começamos a comer o presuntão que ficava pendurado no canto sudoeste da cozinha.

Na noite da última quarta, eu e o Perry ajudamos o primo Jimmy a escolher um caminho em meio aos nabos na primeira despensa. Precisamos passar por ele para chegar à segunda despensa, porque o alçapão que dá para o lado de fora está coberto de neve agora. Foi bastante divertido. Espetamos uma vela em um buraco na parede, e ela projetou sombras tão divertidas, e a gente pôde comer todas as maçãs que quiséssemos entre as que estavam em um grande barril no canto da despensa, e aí o espírito motivou o primo Jimmy a recitar algumas de suas poesias enquanto empurrava os nabos.

Estou lendo O Alhambra[35]. Pertence à nossa biblioteca. A tia Elizabeth não disse que é inapropriado para mim, porque era um dos livros do pai dela, mas não acho que ela goste, porque tricota com muita raiva e me joga uns olhares atravessados por cima dos óculos. O Teddy me emprestou algumas histórias de Hans Andersen[36]. Adorei, a não ser pelo fato de que imaginei um final diferente para a Rainha da Neve e poupei Rudy.

Dizem que a esposa de John Killegrew engoliu o anel de casamento. Queria saber por que ela fez isso.

---

[35] Referência ao livro *Contos do Alhambra* (1832), do estadunidense Washington Irving (1783--1859). (N.T.)

[36] Hans Christian Andersen (1805-1875), escritor e poeta dinamarquês. (N.T.)

O primo Jimmy disse que vai haver um eclípisse solar em dezembro. Espero que não interfira no Natal.

Minhas mãos estão rachadas. A tia Laura passa banha de carneiro nelas todas as noites, antes de eu ir dormir. É difícil escrever poesias com as mãos rachadas. Será que a senhora Hemans já teve as mãos rachadas? Não mencionam nada a respeito na biografia dela.

Jimmy Ball precisa virar pastor quando crescer. A mãe dele disse à tia Laura que havia feito uma promeça quando ele era bebê. Fico pensando como ela fez isso.

Tomamos café da manhã à luz de velas agora; eu gosto.

A Ilse esteve aqui domingo à tarde; fomos ao sótão e conversamos sobre Deus, porque é o que se deve fazer aos domingos. Precisamos ser muito cuidadosos com o que fazemos aos domingos. É tradissão em Lua Nova guardar os domingos em santidade. O avô Murray era muito ríjido. O primo Jimmy me contou uma história sobre ele. Eles sempre cortavam a lenha do domingo no sábado à noite, mas, uma vez, se esqueceram, e não havia lenha no domingo para fazer o jantar, então o avô Murray disse: 'Não podemos cortar lenha no domingo, pessoal; podemos só quebrá-la um pouco com as costas do machado'. A Ilse tem muita curiosidade sobre Deus, embora não acredite Nele na maior parte do tempo. Ela diz achar que talvez gostasse Dele se O conhecesse. Escreve o nome Dele com letra maiúscula agora, porque é melhor prevenir. Acho que Deus é como o meu lampejo, salvo pelo fato de que o lampejo dura pouco, e Ele dura para sempre. Conversamos tanto que ficamos com fome, então descemos para a sala de estar e pegamos duas rosquinhas no armário. Me esqueci de que a tia Elizabeth havia dito que eu não poderia comer rosquinha entre as refeições. Não foi roubo; foi só esquecimento. Mas a Ilse ficou zangada e disse que eu era uma jacobina (sei lá o que é isso) e uma ladra, e que nenhum cristão deveria roubar rosquinhas da própria tia, a coitada. Assim, fui até a tia Elizabeth e confessei, e ela disse que eu não poderia comer rosquinha depois do jantar. Foi muito difícil ver todo mundo comendo. Achei que o Perry havia comido a dele muito rápido, mas, depois do jantar, ele me chamou lá fora e me deu metade da rosquinha dele, que ele havia guardado para mim. Ele a havia embrulhado em um lenço que não estava lá muito limpo, mas comi assim mesmo, porque não queria magoá-lo.

A tia Laura diz que a Ilse tem um sorriso bonito. Será que tenho um sorriso bonito? Me olhei no espelho do quarto da Ilse e sorri, mas não me pareceu muito bonito.

As noites esfriaram bastante ultimamente, e a tia Elizabeth passou a pôr uma garrafa de gim cheia de água quente na cama. Gosto de encostar os dedos dos pés nela. É só para isso que usamos a garrafa de gim hoje. Mas o avô Murray costumava guardar gim de verdade nela.

Agora que a neve chegou, o primo Jimmy não pode mais trabalhar no jardim, e ele anda bastante solitário. O jardim me parece tão bonito no inverno quanto no verão. Onde a neve cobriu os canteiros, formaram-se umas covinhas e uns montículos que lembram bebês; são muito lindinhos. E, ao entardecer, tudo fica em tons de rosa, e, à luz do luar, aqui parece uma terra encantada. Gosto de olhar pela janela da sala de estar e observar os vaga-lumes flutuando acima dela, e me pergunto o que estarão pensando as pequenas raízes e sementes sob a neve. E me dá calafrios observá-la através dos vidros vermelhos da porta da frente.

Uma linda franja de estalaquitites se formou ao longo do telhado da cozinha externa. Mas vai haver muito mais coisas lindas no céu. Estava lendo sobre Anzonetta hoje, e isso me deixou bastante relijioza. Boa noite, meu papai mais querido.

Emily

P.S. Isso não significa que eu tenha outro pai. É apenas uma forma de dizer muito, muito querido.

E. B. S."

O xeque-mate da professora Brownell

Emily e Ilse estavam sentadas no banco da escola de Blair Water escrevendo poesias – pelo menos era o que Emily fazia, enquanto Ilse lia o que ela escrevia e, ocasionalmente, sugeria uma rima –, quando Emily momentaneamente empacou. É preciso admitir que elas não tinham nada que estar fazendo isso. Deviam estar "fazendo cálculos", como a professora Brownell acreditava que estavam. Mas Emily jamais fazia contas quando metia na cabeça que queria escrever poesias, e Ilse, como regra geral, odiava Aritmética. A professora Brownell prestava atenção na aula de Geografia no outro lado da sala enquanto um agradável raio de sol penetrava pela enorme janela e banhava as duas meninas. Tudo parecia propício para um voo em companhia das musas. Emily começou a escrever um poema sobre a vista daquele belo cenário.

Fazia bastante tempo desde a última vez que recebera permissão para se sentar naquele banco. Aquela era uma dádiva reservada aos pupilos que caíam nas graças da gélida professora Brownell, e Emily jamais fora uma delas. Contudo, naquela tarde, Ilse pedira que ela e Emily se sentassem lá, e a professora Brownell autorizou as duas, não sendo capaz de pensar em nenhum motivo para autorizar somente Ilse, como teria preferido fazer, pois era conhecido que a professora era de uma natureza mesquinha que jamais esquecia nem perdoava uma ofensa. No primeiro dia de aula, Emily havia (ou pelo menos era assim que pensava a professora Brownell) sido impertinente e insolente – uma insolência muito bem-sucedida, por sinal. A professora Brownell ainda guardava rancor disso, e Emily sentia seu veneno de diversas maneiras. Jamais recebia nenhum gesto de reconhecimento, era constantemente vítima de seu sarcasmo, e os pequenos favores que eram concedidos às outras meninas jamais eram oferecidos a ela. Portanto, essa oportunidade de sentar-se em um banco lateral era uma agradável novidade.

Havia vantagens nisso. Podia-se ver toda a escola sem virar a cabeça, e a professora Brownell não tinha como chegar sorrateiramente por trás e espiar por cima dos ombros dos alunos para ver o que estavam fazendo. Todavia, aos olhos de Emily, a coisa mais bonita nisso era poder admirar o "bosque da escola"; observar os antigos abetos em meio aos quais a Mulher de Vento brincava, os longos fios de musgo cinza-esverdeados que pendiam dos galhos como bandeiras da Terra dos Elfos, os pequenos esquilos vermelhos que corriam perto da cerca e as maravilhosas fileiras de neve sobre as quais jatos de luz caíam feito piscinas de vinho dourado. Além disso, havia uma pequena abertura entre as árvores através da qual podia-se ver todo o vale de Blair Water, até as dunas e o golfo mais além.

Naquele dia, as dunas estavam suavemente arredondadas e reluziam de brancura sob a neve, mas o golfo mais ao longe era de um azul-escuro profundo, com hipnotizantes massas de gelo flutuando sobre a superfície, feito pequenos *icebergs*. Só de observar tudo isso, Emily se maravilhava, experimentando um deleite indescritível, mas que, ainda assim, ela precisava descrever. Começou seu poema. As frações foram peremptoriamente esquecidas – os numeradores e os denominadores não tinham nada que ver com aquelas curvas de neve branca, com aquele azul celestial, com as copas escuras dos abetos contra o céu perolado, com aquelas etéreas fileiras de árvores douradas e prateadas. Perdida no próprio universo, Emily não notou que a aula de Geografia acabara, que os alunos haviam retornado aos respectivos lugares e que a professora Brownell, notando o olhar nefelibata de Emily voltado para o céu, em busca de uma rima, caminhava calmamente em direção a ela. Ilse desenhava em sua lousa e não a notou; do contrário, teria avisado Emily. Esta, por sua vez, viu a lousa ser repentinamente subtraída de suas mãos e ouviu a professora Brownell inquirir:

– Suponho que já tenha terminado os cálculos, certo, Emily?

Emily não terminara nenhum deles; apenas cobrira a lousa de versos e mais versos que a professora Brownell não deveria ver de forma alguma! De pé em um salto, Emily tentou loucamente resgatar a lousa. Todavia, a professora Brownell, com um sorriso malicioso de satisfação nos finos lábios, segurou-a a uma altura que Emily não conseguia alcançar.

– Mas o que é isto? Não se parece exatamente com frações. "Versos sobre o horisonte" (com esse!) "Visto da janela da escola de Blair Water". Vejam só, crianças, parece que temos uma nova poeta entre nós.

Essas palavras pareciam inofensivas, mas – oh! – o desprezo que perpassava o tom, o desdém e a zombaria que havia nelas! Elas arderam na alma de Emily feito uma chicotada. Nada era mais terrível que a ideia de seus amados "poemas" serem lidos por olhos estranhos; olhos frios, antipáticos, zombeteiros e estranhos.

– Por favor! Por favor, professora Brownell – gaguejou ela, miseravelmente –, não leia! Vou apagar e fazer minhas contas agora mesmo. Mas, por favor, não leia! Não é nada de mais.

A professora Brownell sorriu com crueldade.

– Você é muito modesta, Emily. A lousa está repleta de… *poesia*. Escutem esta, crianças: *poesia*! Temos uma aluna na escola que sabe escrever… *poesia*, e ela não quer que leiamos a… *poesia* que escreve. Acho que Emily está sendo egoísta. Tenho certeza de que vamos adorar a… *poesia* dela.

Emily sentia um arrepio todas as vezes que a professora Brownell dizia *poesia*, com aquela ênfase cheia de escárnio e aquela pausa detestável antes da palavra. Muitas crianças riram, em parte porque lhes apetecia ver uma "Murray de Lua Nova" sendo motivo de chacota, em parte porque perceberam que a professora Brownell queria que rissem. Rhoda Stuart riu mais alto que todas as outras; mas Jennie Strang, que atormentara Emily no primeiro dia de aula, recusou-se a rir e, em vez disso, fez cara feia para a professora Brownell.

A professora Brownell ergueu a lousa e leu o poema de Emily em voz alta, em tom cantado e nasalizado, com entonações e gestos absurdos que o fizeram parecer uma coisa absurdamente ridícula. Os versos que Emily considerava os melhores pareciam ser os mais ridículos. As demais alunas riam-se cada vez mais, e Emily sentiu que a amargura daquele momento jamais abandonaria seu coração. Aquelas fantasias que lhe pareceram tão bonitas quando as pensou enquanto escrevia estavam despedaçadas e feridas agora, como borboletas destroçadas e mutiladas.

– "... paisagens de algum sonho encantado" – cantarolou a professora Brownell, fechando os olhos e meneando a cabeça. Os risos se tornaram altas gargalhadas.

"Ah...", pensou Emily, cerrando os punhos – "quem me dera... quem me dera que as ursas que comeram as crianças malvadas na Bíblia[37] viessem e comessem *vocês*."

Contudo, não havia ursas gentis e justiceiras no bosque da escola, e a professora Brownell leu todo o "poema", de cabo a rabo. Estava se divertindo horrores. Ridicularizar as alunas sempre lhe dava prazer, e, quando a aluna era Emily de Lua Nova, em cuja essência ela sempre notara algo diferente de si, o prazer era algo simplesmente maravilhoso.

Quando chegou ao fim, entregou a lousa a Emily, cujas bochechas estavam vermelhas.

– Tome aqui sua... *poesia*, Emily.

Emily tomou a lousa. Não havia nenhum apagador à mão, então deu uma lambida furiosa na palma da mão e apagou um dos lados. Outra

---

[37] Referência à passagem em II Reis, capítulo 2, versículos 23 e 24, na qual Deus envia duas ursas para destroçar quarenta e duas crianças que haviam zombado da calvície do profeta Eliseu. (N.T.)

lambida, e o restante do poema foi-se embora. O poema fora desgraçado, degradado; sua existência precisava ser apagada. Pelo resto da vida, Emily lembrou-se da dor e da humilhação daquele acontecimento.

A professora Brownell sorriu novamente.

– Que pena obliterar tamanha... *poesia*, Emily – disse. – Imagino que vá fazer suas contas agora. Não são... *poesia*, mas estou nesta escola para ensinar Aritmética, e não a arte da escrita de... *poesia*. Volte para seu lugar. Pois não, Rhoda?

Rhoda tinha a mão erguida e estalava os dedos.

– Por favor, professora Brownell – disse, o triunfo nítido no tom –, Emily Starr tem um maço inteiro de poesia na carteira. Estava lendo para Ilse Burnley hoje de manhã, enquanto a senhora ensinava História.

Perry Miller se virou, e um míssil delicioso, composto de papel mastigado e conhecido como "pílula de cuspe", atravessou a sala voando e acertou Rhoda bem na testa. Contudo, a professora Brownell já estava junto à carteira de Emily, tendo chegado lá uma fração de segundo antes da própria Emily.

– Não toque neles! Você não tem *nenhum* direito! – arquejou Emily, frenética.

Mas a professora Brownell já tomara o "maço de poesia" nas mãos. Virou-se e caminhou rumo ao tablado. Emily a seguiu. Aqueles poemas eram muito preciosos para ela. Havia-os composto ao longo de vários intervalos chuvosos, quando era impossível sair para brincar ao ar livre, e os escrevera em pedaços de papel ganhados dos colegas. Pretendia levá-los para casa naquela mesma tarde e copiá-los nas folhas de correspondência. Agora, aquela mulher horrível os leria para toda aquela escola zombeteira e debochada.

Todavia, a professora Brownell concluiu que o tempo era curto demais para isso. Contentou-se em ler os títulos, tecendo alguns comentários apropriados.

Nesse ínterim, Perry Miller aliviava seus sentimentos bombardeando Rhoda Stuart com bolas de cuspe, cujos disparos eram tão magistralmente oportunos que Rhoda não fazia ideia de onde vinham e, portanto, não podia "delatar" ninguém. As bolinhas atrapalharam bastante sua chance de desfrutar do apuro pelo qual passava Emily. Por sua vez, Teddy Kent, que não empreendia guerras com pílulas de cuspe, mas preferia métodos de vingança mais sutis, estava ocupado desenhando algo em uma folha de papel. Rhoda encontrou a folha em sua carteira na manhã seguinte; desenhado nela, havia um pequeno macaco magricela pendurado pela cauda em um tronco; o rosto do macaco era o de Rhoda Stuart. Ao ver isso, Rhoda ficou possessa de raiva, mas, pelo bem de seu brio, rasgou o desenho em pedacinhos e guardou total silêncio sobre ele. Não sabia que Teddy fizera um desenho semelhante, com a professora Brownell figurando como um morcego vampiresco, o qual entregou na mão de Emily quando saíram da escola.

– "O diamante perdido: um conto romântico" – leu a professora Brownell. – "Versos sobre uma bétula"... Mais parecem versos sobre um pedaço muito sujo de papel, Emily. "Versos sobre o relógio de sol em nosso jardim"... Idem. "Versos para meu gato predileto"... Mais um ron-rom romântico, imagino. "Ode a Ilse"... "Teu maravilhoso pescoço é alvo como uma pérola"... Longe disso, devo dizer. O pescoço de Ilse é bastante bronzeado. "Uma discrissão de nossa sala de visitas". "A espantoza beleza das violetas"... Nada me espanta mais que sua ortografia, Emily. "A casa desolada"... "Lírios erguidos, alvas taças/ Nas quais ssuuuuuuuugam as abelhas"...

– Não escrevi assim! – exclamou Emily, torturada.

– "Versos para uma peça de brocado na gaveta da tia Laura". "Adeus à casa de que parti". "Versos para um abeto"... "Afasta o calor, o sol e a luz;/ É a mais bondosa árvore que conjeturo"... Tem certeza de que sabe o que significa "conjeturar", Emily? "Poema sobre o campo de Tom Benner". "Poema sobre o horisonte visto da janela da tia Elizabeth... Você e seus belos "horisontes", Emily. "Epitáfio de um gatinho afogado". "Meditassões junto à tumba de minha tataravó"... Coitada dessa senhora. "Para meus pássaros do Norte". "Versos compostos juntos à orla de Blair Water",

"Olhando as estrelas"... Hum... hum... "Incrustradas de incontáveis gemas,/ Essas distantes estrelas, frias e verdadeiras". Não me diga que esses versos são seus, Emily. Você não tem como tê-los escrito.

– Fui eu! Fui eu, sim! – Emily empalideceu diante do ultraje. – E já escrevi outros muito melhores.

De súbito, a professora Brownell embolou as maltratadas folhas na mão.

– Já perdemos bastante tempo com este lixo – disse. – Vá para seu lugar, Emily.

Dirigiu-se ao fogão a lenha[38]. Por um momento, Emily não percebeu sua intenção. Então, quando a professora Brownell abriu a porta do fogão, Emily compreendeu tudo e disparou em direção a ela. Agarrou as folhas e as tomou de suas mãos antes que a professora tivesse chance de segurá-las mais forte.

– Você *não vai* queimar estas folhas; você não vai ficar com elas – disse Emily, ofegante. Então meteu as folhas no bolso do "avental de bebê" e encarou a professora Brownell em uma espécie de fúria mansa. O olhar dos Murray estava em seu rosto e, embora a professora Brownell não se sentisse tão violentamente afetada por ele quanto tia Elizabeth, ele lhe despertou uma sensação desagradável, como se tivesse incitado forças contra as quais não se atrevia a seguir brincando. Aquela menina parecia plenamente capaz de atacá-la com unhas e dentes.

– Me dê esses papéis, Emily – ordenou, vacilante.

– Não dou – respondeu Emily, tempestuosa. – Eles são meus. Você não tem direito nenhum sobre eles. Eu os escrevi durante o intervalo; não quebrei nenhuma regra. Você... – Desafiadora, Emily encarou os olhos gélidos da professora Brownell. – Você é uma mulher injusta e tirana.

A professora Brownell voltou para a mesa.

– Hoje à noite, vou a Lua Nova ter uma conversa com sua tia Elizabeth a respeito disso – disse ela.

---

[38] Antigamente, nas escolas canadenses (e de outros países de clima frio), era comum haver um fogão a lenha nas salas de aula para aquecê-las. (N.T.)

Inicialmente, Emily estava demasiado excitada defendendo seus preciosos poemas para prestar muita atenção à ameaça. Mas, quando a excitação perdeu o vigor, o pavor floresceu. Sabia que passaria por maus bocados mais adiante. No entanto, independentemente do que acontecesse, ninguém ficaria com seus poemas; com nenhum deles, não importava o que fizessem com ela. Tão logo chegou em casa, voou para o sótão e escondeu-os na prateleira do velho sofá.

Quis muito chorar, mas não chorou. A professora Brownell estava a caminho e *não* deveria vê-la de olhos vermelhos. Todavia, o coração queimava-lhe o peito. Algum templo sagrado de sua existência fora profanado e aviltado. E mais estava por vir, previa ela, desolada. Tia Elizabeth, com certeza, ficaria do lado da professora Brownell. Emily se encolheu diante do suplício iminente, tomada pelo pavor que alguém de natureza frágil e sensível sente ao encarar a humilhação. Não teria tido medo da justiça, mas sabia que, no tribunal de tia Elizabeth e da professora Brownell, justiça era o que não haveria.

"E nem posso escrever sobre isso para o papai", pensou, com o coraçãozinho disparando. Aquele vexame era demasiado profundo e íntimo para pôr no papel, de modo que não encontrava alívio para sua dor.

No inverno em Lua Nova, não se jantava até que o primo Jimmy tivesse terminado suas tarefas e estivesse pronto para entrar e passar a noite. Desse modo, Emily não foi incomodada no sótão. Da janela de água-furtada, ela observou uma cena encantada que, em um dia normal, a teria fascinado. O sol se punha, avermelhado, para além das distantes montanhas brancas, brilhante através das árvores escuras feito um grande incêndio; os galhos desfolhados teciam com suas sombras delicados arabescos azuis por todo o jardim coberto de neve; a sudoeste, a luz do sol poente se refletia pálida e etérea nas montanhas; e, naquele momento, uma linda e pequenina lua nova se erguia como um arco prateado acima do bosque de John Altivo. Mas Emily não encontrou prazer em nenhuma dessas coisas.

Por fim, viu a professora Brownell subindo o caminho que conduzia à casa sob os ramos brancos das bétulas, com seus passos largos e masculinos.

– Se meu pai estivesse vivo – disse Emily, olhando para ela lá de cima –, você iria embora deste lugar com uma pulga atrás da orelha.

Os minutos passaram, cada um parecendo uma eternidade para Emily. Por fim, tia Laura subiu.

– Sua tia Elizabeth está chamando você lá embaixo na cozinha, Emily.

A voz de tia Laura era doce e triste. Emily lutou contra um soluço. Detestava que tia Laura pensasse que ela se comportara mal, mas não confiava em si o suficiente para se explicar. Tia Laura se compadeceria dela, e a compaixão faria com que ela cedesse ao choro. Desceu em silêncio os longos lances de escada à frente de tia Laura e entrou na cozinha.

A mesa do jantar estava posta, as velas, acesas. A grande cozinha de vigas negras parecia estranha e fantasmagórica, como sempre era à luz de velas. Tia Elizabeth estava sentada rigidamente à mesa, com o rosto muito sério. A professora Brownell estava sentada na cadeira de balanço, os olhos pálidos brilhando com uma malícia triunfante, de um jeito funesto e pernicioso. Além disso, seu nariz estava muito vermelho, o que não acrescentava nada ao seu charme.

Com seu macacão cinza, primo Jimmy estava sentado na beirada de uma caixa de madeira e assobiava para o teto; jamais se parecera tanto com um gnomo. Perry não se encontrava em lugar nenhum. Emily lamentou isso. A presença dele, que estivera a seu lado, teria sido um grande apoio.

– Lamento dizer, Emily, que acabo de ouvir coisas muito ruins a respeito de seu comportamento hoje na escola – disse tia Elizabeth.

– Não; não acho que lamente – respondeu Emily, séria.

Agora que a crise chegara, Emily viu-se capaz de confrontá-la friamente – não, mais que isso, de observá-la com interesse e curiosidade sob todo o medo e a vergonha que escondia, como se parte dela houvesse se separado do restante e estivesse investida em absorver impressões, analisar motivações e descrever cenários. Pensou que, quando escrevesse sobre aquela cena mais tarde, não deveria se esquecer de descrever as estranhas sombras que a vela sob o nariz de tia Elizabeth projetava em seu rosto, produzindo um efeito bastante cadavérico. Quanto à professora Brownell, seria possível que ela já tivesse sido um bebê? Um bebê risonho, gordinho, com covinhas? Isso era inconcebível.

– Não seja atrevida comigo – disse tia Elizabeth.

– Viu só? – disse a professora Brownell, sugestiva.

– Não é minha intenção ser atrevida, mas você *não* lamenta – insistiu Emily. – Está brava porque acha que envergonhei Lua Nova, mas também está um pouco feliz, porque achou alguém que concorde com você que sou malcriada.

– Que menina mais *grata* – observou a professora Brownell, lançando um olhar para o teto, onde encontrou uma visão surpreendente. A cabeça de Perry Miller (e mais nenhuma parte dele) espiava para fora do "buraco negro" e, em seu rosto invertido, via-se uma careta assaz desrespeitosa e travessa. A cabeça e a careta desapareceram em um piscar de olhos, deixando a professora Brownell olhando para o teto feito uma tapada.

– Você tem se comportado de maneira lastimável na escola – disse tia Elizabeth, que não vira essa cena paralela. – Você me envergonha.

– Não foi bem assim, tia Elizabeth – disse Emily, com firmeza. – Ouça, o que aconteceu foi que...

– Não quero ouvir mais nada a respeito disso – disse tia Elizabeth.

– Mas deve! – exclamou Emily. – Não é justo que ouça apenas o lado *dela*. Eu me comportei um pouco mal, mas não tão mal quanto ela diz...

– Nem mais uma palavra! Já ouvi toda a história – disse tia Elizabeth.

– Você só ouviu mentiras – interferiu Perry, subitamente metendo a cabeça de novo pelo buraco.

Todos saltaram de susto, até tia Elizabeth, que, agora, estava ainda mais irritada porque *havia* se assustado.

– Perry Miller, desça já daí! – ordenou ela.

– Não posso – respondeu Perry, lacônico.

– Eu disse *já*!

– Não posso – repetiu Perry, piscando audaciosamente para a professora Brownell.

– Perry Miller, desça! Exijo que me obedeça! Ainda mando nesta casa.

– Então está certo – disse Perry, jovial. – Já que insiste.

Dependurou-se buraco abaixo até os dedos do pé alcançarem a escada. Tia Laura soltou um grito. Subitamente, todos pareciam ter ficado mudos.

– Acabei de tirar as roupas molhadas – disse Perry, brejeiro, balançando as pernas para tentar se firmar nos degraus enquanto se apoiava com os cotovelos nas laterais do buraco negro. – Caí no riacho enquanto dava água às vacas. Estava indo vestir roupas secas, mas aí a senhora...

– Jimmy! – implorou a pobre Elizabeth Murray, rendendo-se incondicionalmente. Nem *ela* conseguia lidar com aquela situação.

– Perry, volte para o sótão e vista-se agora mesmo! – ordenou o primo Jimmy.

As pernas nuas foram engolidas pelo buraco no teto e desapareceram. Lá dentro, ouviu-se uma risadinha alegre e sapeca, como de uma coruja. Tia Elizabeth soltou um suspiro de alívio e voltou-se para Emily. Estava determinada a reconquistar sua superioridade, e Emily precisava ser definitivamente repreendida.

– Emily, ajoelhe-se diante da professora Brownell e peça perdão por sua conduta hoje – ordenou.

Um protesto escarlate surgiu nas pálidas bochechas de Emily. Não poderia fazer aquilo... Pediria perdão à professora Brownell, mas não de joelhos. Ajoelhar-se diante daquela mulher cruel que a humilhara tanto... não poderia... não faria isso. Toda a sua natureza se ergueu em protesto contra essa humilhação.

– Ajoelhe-se – repetiu tia Elizabeth.

A professora Brownell parecia contente e cheia de expectativa. Seria satisfatório ver aquela criança que a desafiara se ajoelhando diante dela como uma penitente. Nunca mais, sentiu a professora, Emily seria capaz de encará-la de igual para igual com aqueles olhos intrépidos que acusavam uma alma livre e indomável, qualquer que fosse o castigo infligido sobre o corpo e a mente. A lembrança desse momento permaneceria para sempre em Emily; jamais seria capaz de esquecer que se ajoelhara, em completa humilhação. Emily percebia isso tanto quanto a professora Brownell e permaneceu obstinadamente de pé.

– Tia Elizabeth, *por favor*, deixe-me contar o meu lado da história – suplicou ela.

– Já ouvi tudo que queria ouvir sobre o assunto. Faça o que mandei, Emily, ou você será uma pária nesta casa até que me obedeça. Ninguém falará com você, brincará com você, comerá com você ou fará o que quer que seja com você até que me obedeça.

Emily estremeceu. Aquele era um castigo que ela não poderia suportar. Ser isolada de seu mundo... Sabia que isso logo a faria ceder. Talvez fosse melhor aquiescer logo... Ah, mas a dor! A vergonha!

– Um ser humano não deve se ajoelhar diante de ninguém, senão de Deus – disse o primo Jimmy, inesperadamente, ainda olhando para o teto.

Uma estranha mudança repentinamente sobreveio ao rosto orgulhoso e furioso de Elizabeth Murray. Quedou-se muito quieta, olhando para o primo Jimmy; tão quieta que a professora Brownell fez um petulante movimento de impaciência.

– Emily – disse tia Elizabeth, em tom diferente –, eu errei; não vou pedir que se ajoelhe. Mas deve se desculpar com sua professora e mais tarde pensarei em um castigo para você.

Emily pôs as mãos para trás e tornou a olhar fundo nos olhos da professora Brownell.

– Lamento por qualquer coisa que tenha feito de errado hoje – disse – e peço seu perdão.

A professora Brownell se levantou, sentindo-se subtraída de um triunfo legítimo. Qualquer que fosse o castigo de Emily, ela não teria a satisfação de vê-lo. Queria chacoalhar o "Jimmy Murray zureta" com toda a força, mas não valeria a pena revelar como se sentia. Elizabeth Murray não era membro do Conselho Escolar, mas tinha grande influência sobre ele, além de contribuir generosamente.

– Vou desculpar sua conduta se você se comportar no futuro, Emily – disse ela, com frieza. – Sinto que não fiz nada além do meu dever ao relatar a questão à sua tia. Obrigada, senhorita Murray, mas não posso ficar para o jantar... Quero chegar em casa antes que escureça demais.

– Deus guarde os viajantes – disse Perry, irreverente, descendo as escadas, agora vestido.

Tia Elizabeth o ignorou; não ia fazer cena com um ajudante na frente da professora Brownell. Esta, por sua vez, foi-se embora, e tia Elizabeth voltou-se para Emily.

– Você vai jantar sozinha hoje, Emily, na despensa, e comer só pão com leite. E não vai falar com ninguém até amanhã de manhã.

– Não vai me proibir de pensar também, vai? – perguntou Emily, aflita.

Tia Elizabeth não respondeu, apenas se sentou, altiva, à mesa de jantar. Emily dirigiu-se à despensa e comeu seu pão com leite, sentindo o delicioso perfume das salsichas que os demais estavam comendo.

Emily gostava de salsichas, e as de Lua Nova eram as melhores. Elizabeth Burnley trouxera a receita do Velho Mundo, a qual era cuidadosamente guardada. E Emily estava faminta. Mas escapara de algo insuportável, e as coisas poderiam ter sido muito piores. De repente, ocorreu-lhe de escrever uma epopeia, imitando a *Canção do Último Menestrel*[39]. Primo Jimmy lera esse poema para ela no sábado anterior. Começaria seu primeiro canto imediatamente. Quando Laura Murray entrou na despensa, Emily, cujo pão com leite fora abandonado pela metade, estava com os cotovelos apoiados em uma cômoda, olhando para o nada, com os lábios se movendo levemente e uma luz nos olhos que nunca se vira nem em terra nem no mar. Até o perfume das salsichas fora esquecido. Por acaso, estava bebendo da fonte de Castália[40]?

– Emily – disse tia Laura, fechando a porta e olhando carinhosamente para a sobrinha com seus doces olhos azuis –, pode conversar comigo quanto quiser. Não gosto da professora Brownell e não acho que você estivesse de todo errada, embora, claro, não devesse estar escrevendo poesias quando tinha contas para fazer. Ah, tem uns biscoitos de gengibre nessa caixa aí.

---

[39] Originalmente, *The Lay Of The Last Minstrel*, poema de Walter Scott (1771-1832), escritor escocês. (N.T.)

[40] Na mitologia grega, fonte de águas alucinógenas que permitiam ao oráculo de Delfos prever o futuro. (N.T.)

– Não quero conversar com ninguém, tia Laura, querida; estou feliz demais – disse Emily, nefelibata. – Estou compondo uma epopeia; vai se chamar "A dama branca". Já compus vinte versos, dois dos quais são fantásticos. A heroína quer ir para um convento, e seu pai a adverte que, se ela for, jamais poderá "Regressar à vida que deixaste/ Plena de delícias, desde que nasceste". Oh, tia Laura, quando compus esses versos, o lampejo veio até mim. E biscoitos de gengibre não são nada para mim agora.

Tia Laura tornou a sorrir.

– Talvez não agora, mas, quando o momento de inspiração passar, não fará mal se lembrar de que os biscoitos na caixa não estão contados e de que são tão meus quanto de Elizabeth.

Epístolas vivas

"QUERIDO PAI,

Ah, tenho tantas coisas excitantes para lhe contar. Fui a heroína de uma aventura. Em um dia da semana passada, a Ilse me pediu para ir passar a noite com ela, porque o pai dela estava fora e chegaria muito tarde. Ela disse que não estava com medo, mas muito sozinha. Então, perguntei a tia Elizabeth se poderia. Nem criei muita esperança, querido pai, de que ela fosse permitir, pois ela não acha certo que mocinhas fiquem fora de casa à noite, mas, para minha surpresa, ela disse, muito gentilmente, que eu poderia ir. Então a ouvi dizer na despensa a tia Laura: 'É uma vergonha a forma como o doutor deixa aquela pobre criança tão sozinha à noite. É uma maudade da parte dele'. E a tia Laura disse: 'O pobre homem está desvirtuado. Você sabe que ele era muito diferente antes de a esposa...'. E aí, bem quando estava ficando interessante, a tia Elizabeth deu um cutucão na tia Laura e disse: 'Pssssiu, as paredes têm orelhas grandes'. Sei que estava falando de mim, mas não tenho orelhas grandes, só pontudas. Queria descobrir o que a mãe da Ilse fez. Sempre fico intrigada com isso antes de dormir. Fico acordada um tempão pensando nisso. A Ilse *não faz ideia. Uma vez, ela perguntou ao pai, e ele respondeu (com voz de trovão) para ela nunca mais tornar a falar daquela mulher com ele. E tem mais uma coisa com a qual fico intrigada. Não paro de pensar em Silas Lee, que matou o irmão no velho poço. Como deve ter se sentido mal esse pobre homem. E o que será que significa estar desvirtuado?*

Fui à casa da Ilse e brincamos no sótão. Gosto de brincar lá, porque não temos que ser cuidadosas e organizadas como no sótão daqui. O sótão da Ilse é muito desorganizado e não tiram o pó há anos. O quartinho da bagunça é a pior parte dele. Fica fechado com tábuas de madeira em uma das extremidades e é atafulhado de rô-pas velhas, sacos cheios de trapos e móveis quebrados. Não gosto do cheiro dele. A chaminé da cozinha passa por ele, e há várias coisas penduradas em volta dela. Ou havia, pois tudo isso está no passado agora, querido pai.

Quando cansamos de brincar, nos sentamos em um baú velho e conversamos. 'Este lugar é esplêndido à luz do dia', eu disse, 'mas deve ser muito medonho à noite'. 'Tem camundongos', a Ilse disse, 'e aranhas e fantasmas'. 'Não acredito em fantasmas', respondi, com desdém. Isso não existe. (Mas talvez existam, sim, papai querido.) 'Acho que este sótão é assombrado', a Ilse disse. Dizem que os sótãos sempre são. 'Bobagem', respondi. Você bem sabe, papai querido, que não caberia a alguém de Lua Nova acreditar em fantasmas. Mas me senti muito estranha. 'É fácil falar', a Ilse disse, começando a se irritar (embora eu não estivesse tentando menosprezar o sótão dela), 'mas você não ficaria aqui sozinha à noite'. 'Não me importaria nem um pouco', respondi. 'Pois então, eu a desafio a fazer isso', a Ilse disse. 'Eu a desafio a subir aqui na hora de ir para a cama e a dormir aqui a noite inteira'. Foi então que percebi a enrascada em que estava me metendo, papai querido. É uma burrice ficar se gabando. Eu não sa-bia o que fazer. Era horrível me imaginar dormindo sozinha naquele sótão, mas, se não o fizesse, a Ilse iria jogar isso na minha cara para sempre quando brigássemos e, pior ainda, contaria ao Teddy, e ele acharia que sou covarde. Então eu disse, cheia de orgulho: 'Desafio aceito, Ilse Burnley, e não estou com medo nenhum'. (Mas, nossa, por dentro, estava, sim.) 'Os camundongos vão passar em cima de você', disse a Ilse. 'Nossa, não queria ser você de jeito nenhum'. Foi maudade da Ilse tornar as coisas piores do que já eram. Mas também pude notar que ela estava admirada com minha coragem, e isso me incentivou bastante. Arrastamos um colchão velho de penas para fora do quartinho da bagunça, e a Ilse me deu um travesseiro e algumas rôpas dela. A essa altura, já estava escuro, e a Ilse não quis mais entrar no sótão. Então, fiz minhas orações com bastante fervor, peguei uma lamparina e comecei a subir. Estou tão acostumada a velas agora que a lamparina me deixou nervoza. A Ilse disse que eu parecia morta de medo. Meus joelhos tremiam, papai querido, mas, pela honrra dos Starr (e dos Murray também), segui em frente. Já havia me despido no quarto da Ilse, então me meti logo na cama e assoprei a lamparina. Mas demorei muito para dormir. O luar tornava o sótão medonho. Não sei direito o que significa medonho, mas acho que descreve bem como estava o sótão. Os sacos e as rôpas velhas penduradas nas vigas pareciam criaturas. Pensei: 'Não preciso ter medo. Os anjos estão aqui'. Mas aí pensei que teria tanto medo de um anjo quanto de qualquer outra coisa. E conseguia ouvir os ratos correndo por cima das coisas. Pensei: 'E se um rato passar em cima de mim... e aí decidi que, no dia seguinte, escreveria uma discrissão do sótão à luz da lua e de como me senti. Por fim, ouvi o doutor entrando e mexendo na cozinha, e me senti muito melhor. Depois de um longo tempo, dormi e tive um pesadelo horrível. Sonhei que a porta do quartinho da bagunça se abria, e um enorme jornal saía de lá e me perseguia por todo o sótão. Então, ele pegava fogo, e eu conseguia sentir o cheiro da fumaça como se fosse real. E ele estava quase me pegando, quando gritei e acordei. Estava sentada na cama, e o jornal havia desaparecido, mas ainda sentia cheiro de fumaça.

Olhei para o quartinho da bagunça, e havia fumaça saindo por baixo da porta. Também vi fogo entre as frestas que havia nela. Gritei o mais alto que pude e disparei para o quarto da Ilse, que atravessou o salão correndo e acordou o pai. Ele gritou 'Inferno!', mas se levantou rapidamente, e nós três corremos para o sótão com baldes de água. Foi uma senhora bagunça, mas conseguimos apagar o fogo. Eram só os sacos de lã pendurados perto da chaminé e haviam pegado fogo. Quando tudo terminou, o doutor secou o suor da testa e disse 'Essa foi por pouco! Mais uns minutos e seria tarde demais. Acendi o fogo quando cheguei, para fazer um chá, e acho que alguma labareda deve ter caído nos sacos. Estou vendo que tem um buraco aqui, onde o gesso caiu. Preciso dar um jeito nesse buraco. Como foi que você descobriu o fogo, Emily?'. 'Estava dormindo no sótão', respondi. 'Dormindo no sótão...', disse o doutor, 'Mas que... que... O que você estava fazendo lá?'. 'A Ilse me desafiou', respondi. 'Ela disse que eu ficaria assustada demais para dormir lá, e eu disse que não ficaria. Caí no sono e acordei com o cheiro de fumaça'. 'Sua capetinha', disse o doutor. Me pareceu horrível ser chamada de capetinha, mas o doutor me olhou tão admirado que senti que ele estava me elojiando. Ele tem um jeito estranho de falar. A Ilse disse que a única vez em que ele disse algo gentil para ela foi quando ela ficou com a garganta inflamada, e ele a chamou de pobre bichinha, parecendo estar muito triste por ela. Tenho certeza de que a Ilse se sente muito mal porque o pai não gosta dela, apesar de ela fingir que não liga. Mas, ah, querido pai, tenho mais a dizer. Ontem, o jornal Weekly Times, *de Shrewsbury, chegou e, nas notas sobre Blair Water, contava tudo sobre o incêndio na casa do doutor e dizia que, felizmente, ele havia sido descoberto pela senhorita Emily Starr. Nem sei dizer como me senti ao ver meu nome no papel. Me senti* famoza. *E nunca havia sido chamada de senhorita a sério antes.*

Sábado passado, a tia Elizabeth e a tia Laura foram a Shrewsbury passar o dia e deixaram o primo Jimmy e eu cuidando da casa. Nós

nos divertimos bastante, e o primo me deixou desnatar todas as va-
silhas de leite. Mas, depois do jantar, uma visita inesperada chegou e
não havia bolo em casa. Isso era horrível. Nunca aconteceu antes nos
anais de Lua Nova. A tia Elizabeth passou o dia com dor de dente
ontem, e a tia Laura estava fora, em Priest Pond, visitando a tia-avó
Nancy, então ninguém fez bolo. Rezei, aí botei a mão na massa e
fiz um bolo seguindo a resseita secreta da tia Laura, e ficou muito
bom. O primo Jimmy me ajudou a botar a mesa e a servir a comida,
e servi chá e não deixei cair em nenhum dos pires. Você teria tido
orgulho de mim, pai. O senhor Lewis comeu dois pedaços de bolo e
disse: 'Reconheceria o bolo de Elizabeth Murray se o encontrasse no
meio da África'. Eu não disse nem uma palavra, para preservar a
honrra da família. Mas me senti muito orgulhosa. Havia salvado os
Murray da vergonha. Quando a tia Elizabeth chegou e ouviu a histó-
ria, fez cara feia e provou um pedaço de bolo que havia sobrado. Por
fim, disse: 'Olha, não é que você tem algo de Murray, afinal?'. Foi a
primeira vez que a tia Elizabeth me elogiou. Arrancaram três dentes
dela, então ela não vai ter dor de dente de novo. Fico feliz por ela.
Antes de ir para a cama, peguei o livro de receitas e escolhi todas as
coisas que queria fazer. Pudim inglês, Cobertura de suspiro, Biscoitos
com gotas de chocolate, Enroladinhos de salsicha. Parecem deliciosos.

Estou vendo lindas nuvens brancas e fofas sobre o bosque de John
Altivo. Queria poder subir e pular bem em cima delas. Não acho que
sejam úmidas e incertas, como diz o Teddy. O Teddy talhou minhas
iniciais e as dele juntas na Monarca da Floresta, mas alguém as
cortou. Não sei se foi o Perry ou a Ilse.

A professora Brownell dificilmente me dá boas notas de compor-
tamento agora, e a tia Elizabeth fica muito insatisfeita às sextas, mas
a tia Laura entende. Escrevi um relato da tarde em que a professora
Brownell fez piada dos meus poemas, botei em um envelope velho,
escrevi o nome da tia Elizabeth nele e o enfiei entre os meus papéis.

Se eu morrer de tuberculose, a tia Elizabeth vai encontrar e saber eza-tamente como foi, então ela vai se arrepender de ter sido tão injusta comigo. Mas não acho que vou morrer, porque estou engordando, e a Ilse me disse que ouviu o pai dizer a tia Laura que eu seria muito vistosa se fosse mais corada. Será que é errado querer ser vistosa, papai querido? A tia Elizabeth disse que é, e, quando perguntei a ela: 'Você não gostaria de ser vistosa, tia Elizabeth?', pareceu que ela ficou xatiada com alguma coisa.

A professora Brownell ficou com raiva do Perry desde aquela tarde e o trata muito mal, mas ele é obstinado e diz que não vai causar confusão na escola, pois quer aprender e progredir. Ele insiste que suas rimas são tão boas quanto as minhas, mas sei que não são, e isso me ezaspera. Se não presto atenção o tempo todo na escola, a professora Brownell diz: 'Imagino que esteja compondo... poesias, Emily', e aí todo mundo ri. Não, nem todo mundo. Não devo ezagerar. O Teddy, o Perry, a Ilse e a Jennie nunca riem. É engraçado que eu goste tanto da Jennie agora, quando a odiei tanto no primeiro dia de aula. No fim das contas, os olhos dela não são como os de uma leitoa. São pequenos, mas bonitos e brilhantes. Ela é muito popular na escola. Mas Frank Barker, esse eu odeio. Ele tomou meu livro novo e escreveu bem na primeira página, com uns garranchos enormes:

> *Não roubes este livro, para não seres envergonhado*
> *Pois o nome da dona na capa está gravado*
> *E, quando morreres, o Senhor dirá*
> *E o livro que roubaste, onde está?*
> *E quando disseres: Quisera eu saber*
> *O Senhor responderá: Pois ao inferno vais descer*

Esse não é um poema refinado, e não é certo falar de Deus dessa forma. Rasguei a folha e queimei, e a tia Elizabeth ficou brava, e, mesmo quando expliquei o porquê, a raiva dela não diminuiu. A Ilse diz que vai passar a chamar Deus de Alá depois disso. Particularmente, acho que é um nome melhor. É tão suave e não soa austero. Mas temo não ser relijiozo o bastante.

20 DE MAIO

Ontem foi meu aniversário, querido pai. Logo vai fazer um ano que vim para Lua Nova. Sinto que sempre vivi aqui. O primo Jimmy me mediu e fez uma marca na porta da leiteria. Meu aniversário foi muito bom. A tia Laura fez um bonito bolo e me deu uma linda anágua branca com babado bordado. Ela havia botado um laço azul em torno dela, mas a tia Elizabeth mandou tirar. A tia Laura também me deu a peça de brocado de cetim rosa que havia em sua gaveta. Eu o desejava desde que o vi pela primeira vez, mas jamais ousei pensar que um dia iria possuí-lo. A Ilse me perguntou o que eu pretendia fazer com ele, mas não pretendo fazer nada. Só guardá-lo aqui no sótão com meus tesouros e admirá-lo, porque é bonito. A tia Elizabeth me deu um dissionário. Um presente muito útil. Sinto que devo gostar dele. Logo você vai notar uma meliora na minha ortografia, espero. O único problema é que, quando estou escrevendo algo interessante, fico tão animada que é horrível ter de parar para ver como se escreve uma palavra. Busquei a palavra conjeturo, e a professora Brownell estava certa. Não sabia o que de fato significava. Rimava tão bem com futuro, e achei que significava ver ou observar, mas significa pensar. O primo Jimmy me deu um grosso caderno em branco. Fiquei tão orgulhosa. Vai ser muito gostoso escrever minhas obras nele. Mas vou usar as folhas do correio para escrever para você, querido papai, pois consigo dobrar cada uma delas individualmente e endereçá-las, como em uma carta de verdade. O Teddy me deu um retrato meu. Ele o pintou com aquarela e deu o nome de A Garota Sorridente. Nele, pareço ouvir algo que me deixa muito feliz. A Ilse diz que o retrato me favorece. De fato, me faz parecer mais bonita do que sou, mas não mais do que eu seria se tivesse franja. O Teddy diz que vai pintar um retrato bem grande meu quando crescer. O Perry foi a pé até Shrewsbury para comprar um colar de pérolas para mim, mas o perdeu. Ele já não tinha mais dinheiro, então foi para casa, em Stovepipe Town, pegou uma das galinhas mais jovens de sua tia Tom e deu-a para mim. Ele é muito persistente. Tenho autorização para ficar com todos os ovos que a galinha botar, vendê-los ao mascate e ficar com o dinheiro. A Ilse me deu uma caixa de doces. Vou comer apenas um por dia, para durar bastante. Quis que a Ilse comesse um, mas ela disse que não iria, porque é errado ajudar a comer um presente que a gente mesmo deu. Insisti, e acabamos brigando; a Ilse disse que sou uma quadrúpede ululante (o que é ridículo) e que não sei nem quando estou com fome. Respondi que pelo menos sei como tratar os outros. A Ilse ficou tão furiosa que foi embora para casa, mas logo se acalmou e voltou para o jantar.

Está chovendo esta noite, e o barulho é como se houvesse pequenas fadas dançando sobre o telhado do sótão. Se não tivesse chovido, o Teddy viria aqui me ajudar a procurar pelo Diamante Perdido. Seria esplêndido se o encontrássemos...

O primo Jimmy está cuidando do jardim. Ele me deixa ajudá-lo, e tenho um canteiro de flores só meu. A primeira coisa que faço de manhã é ir correndo ver quanto as plantas cresceram desde o dia anterior. A primavera é uma estação tão alegre, não é, papai? As Pessoinhas Azuis estão todas em torno do gazebo. É assim que o primo Jimmy chama as violetas, e acho isso adorável. Ele tem nome para todas as flores. As rosas são as Rainhas; os lírios, as Damas da Neve; as tulipas, o Povo Alegre; os narcisos, os Dourados; e os ásteres-da--china, Meus Amigos Cor-de-Rosa.

O Mike II está aqui comigo, sentado no parapeito da janela. O Mike é um gatinho esminho. Esminho não está no dicionário. É uma palavra que eu mesma inventei. Não consegui pensar em nenhuma palavra da língua para descrever o Mike II com exatidão, então criei essa. Significa macio, brilhante e felpudo ao mesmo tempo, além de algo mais que não sei explicar.

A tia Laura está me ensinando a costurar. Preciso aprender a fazer bainha em musselina de modo que não fique à vista (tradissão). Espero que ela me ensine a fazer renda de agulha algum dia. Todos os Murray de Lua Nova são reconhecidos por fazer renda (digo, todas as mulheres da família Murray). Nenhuma das meninas da escola sabe fazer renda de agulha. A tia Laura disse que vai fazer um lenso rendado para mim quando eu me casar. Todas as noivas de Lua Nova ganharam um lenso rendado, salvo a mamãe, que fugiu. Mas você não se importava que ela não tivesse um, não é, papai? A tia Laura fala bastante da minha mãe, mas não quando a tia Elizabeth está perto. A tia Elizabeth nunca menciona o nome dela. A tia Laura quer me mostrar o quarto da minha mãe, mas ainda não conseguiu encontrar a chave para abri-lo, porque a tia Elizabeth a mantém escondida. A tia Laura diz que a tia Elizabeth amava muito minha mãe. Era de esperar que ela amasse um pouco a filha, não era? Mas não ama. Só está me criando por obrigação.

1º DE JUNHO

QUERIDO PAI,

Hoje foi um dia muito importante. Escrevi minha primeira carta, digo, minha primeira carta que foi de fato enviada pelo correio. Foi para a tia-avó Nancy, que mora em Priest Pond e é muito velha. Ela escreveu para a tia Elizabeth dizendo que eu deveria escrever imediatamente para ela, que era uma pobre e velha dama. E a tia Elizabeth me disse: 'Certifique-se de escrever uma boa carta, que vou ler quando estiver pronta. Se causar boa impressão na tia Nancy, pode ser que ela faça algo para você'. Escrevi a carta com bastante cuidado e, quando terminei, não se parecia em nada com algo que eu havia escrito. Não fui capaz de escrever uma boa carta sabendo que a tia Elizabeth a leria. Fiquei paralisada.

7 DE JUNHO

Querido pai, minha carta não causou boa impressão na tia-avó Nancy. Ela não respondeu, mas escreveu para a tia Elizabeth dizendo que eu deveria ser uma criança muito estúpida para escrever uma carta estúpida como aquela. Sinto-me insultada, porque não sou estúpida. O Perry disse que queria ir a Priest Pond e dar na tia-avó Nancy um safanão ao pé do ouvido. Disse a ele que ele não deveria falar assim da minha família e que, de qualquer maneira, não acho que dar na tia-avó Nancy um safanão ao pé do ouvido a faria mudar de opinião quanto à minha estupidez. (Gostaria de saber o que é um safanão e como se faz para dar um ao pé do ouvido de alguém.)

Já terminei três cantos do poema A Dama Branca. Estou com a heroína metida em um convento e não sei como tirá-la de lá, porque não sou católica. Imagino que talvez fosse melhor que minha heroína fosse protestante, mas não havia protestantes na época das cavalarias[41]. No ano passado, teria perguntado ao John Altivo, mas, este ano, não posso, pois não falo com ele desde que me pregou aquela peça horrível com a história da maçã. Quando o vejo na rua, olho só para a frente, com uma cara tão metida quanto a dele. Dei ao meu leitão o nome dele, para ficarmos quites. O primo Jimmy me deu um leitão. Quando for vendido, vou poder ficar com o dinheiro. Pretendo dar um pouco para os missionários e botar o restante no cofre, para pagar a minha educassão. *E eu que achava que, se algum dia tivesse um porco, o chamaria de tio Wallace. Mas, hoje, não me*

---

[41] Refere-se aqui ao que o *Dicionário Caldas Aulete* define como "Instituição medieval de nobres cavaleiros", e não a uma tropa formada por cavalos. (N.T.)

parece apropriado dar o nome de um tio a um porco, mesmo que eu não goste dele.

Eu, o Teddy, o Perry e a Ilse gostamos de brincar que vivemos no tempo das cavalarias; eu e a Ilse somos damas em perigo resgatadas por valentes cavaleiros. O Teddy fez uma armadura esplêndida usando as tábuas de um barril velho, então o Perry fez uma ainda melhor com pedaços de caldeiras de latão achatados a marteladas, com uma caçarola furada no lugar do elmo. Às vezes, brincamos no Sítio dos Tanacetos. Neste verão, tenho a estranha sensação de que a mãe do Teddy me odeia. No verão passado, ela só não gostava de mim. Fumaça e Botão de Ouro já não estão mais lá. Desapareceram misteriosamente no inverno. O Teddy falou que tem certeza de que a mãe dele os envenenou porque achava que ele estava gostando demais deles. O Teddy está me ensinando a assobiar, mas a tia Laura diz que isso não é coisa de damas. Parece que muitas coisas divertidas não são para damas. Às vezes, queria que minhas tias fossem ateias como o doutor Burnley. Ele nunca se importa se o que a Ilse faz é ou não coisa de dama. Mas não, não seria certo ser ateia. Não seria uma tradissão *de Lua Nova.*

Hoje, ensinei ao Perry que ele não deve usar a faca para comer. Ele quer aprender todas as regras de etiqueta. E eu o estou ajudando a recitar, para o dia da avaliação na escola. Queria que a Ilse fizesse isso, mas ela ficou chateada porque ele pediu primeiro para mim e, por causa disso, ela não quis. Mas deveria, porque ela recita muito melhor que eu. Fico muito nervoza.

14 DE JUNHO

Querido pai, temos aula de redação na escola agora, e aprendi hoje que a gente deve usar " " quando escreve algo que alguém disse. Não sabia disso antes. Preciso revisar todas as minhas cartas e corrigir isso. E, depois de uma pergunta, a gente põe um ponto como este: ?;

e, quando uma letra é omitida, um apóstrofo, que é uma vírgula no alto. A professora Brownell é sarcástica, mas ensina de verdade. Estou afirmando isso porque quero ser justa, mesmo que a odeie. E ela é interessante, apesar de não ser simpática. Escrevi uma discrissão *dela em uma das folhas de correspondência. Gosto mais de escrever sobre pessoas de quem não gosto do que sobre as de que gosto. É mais gostoso conviver com a tia Laura que com a tia Elizabeth, mas é mais gostoso escrever sobre a tia Elizabeth. Os defeitos dela consigo descrever, mas, se disser qualquer coisa que não seja elogiosa sobre a tia Laura, sinto que estou sendo* maudosa e ingrata. *A tia Elizabeth trancafiou seus livros e disse que não posso tê-los até que tenha crescido. Como se eu não fosse ser cuidadosa com eles, querido pai. Ela diz que não, porque descobriu que, quando leio, faço pequenos pontinhos a lápis abaixo de cada palavra bonita. Isso não estraga os livros, querido pai. Algumas dessas palavras bonitas são desfiladeiro, perolado, fragrância, sarapintado, ínterim, entremontes, arborizado, tubulação, resplendor, crepitar, faia, marfim. Acho que todas essas palavras são lindas, pai.*

A tia Laura me deixa ler sua edição de O peregrino *aos domingos. Dei à colina grande que há no caminho para White Cross o nome de Montanha Deleitável, porque ela é tão linda.*

O Teddy me emprestou três livros de poesia. Um era de Tennyson, e aprendi a 'Canção do clarim' de cor, então agora a terei sempre comigo. Outro, da senhorita Browning[42]. Ela é maravilhosa. Queria conhecê-la. Imagino que isso vá acontecer quando eu morrer, mas ainda deve demorar muito. O terceiro continha apenas um poema chamado Sohrab and Rustum[43]. *Quando fui dormir, chorei lembrando dele. A tia Elizabeth perguntou: 'Que fungação é essa?'. Eu não estava fungando; estava aos prantos. Ela me fez falar o motivo e em*

---

[42] Elizabeth Barrett Browning (1806-1861), poeta inglesa da era vitoriana. (N.T.)

[43] *Sohrab and Rustum: An Episode* (1853), poema épico escrito pelo poeta inglês Matthew Arnold (1822-1888).

seguida disse: 'Você deve ser doida'. Mas só consegui dormir depois de ter pensado em um final diferente para ele; um final feliz.

25 DE JUNHO

QUERIDO PAI,

Há uma sombra sobre este dia. Deixei cair uma moeda na igreja. Ela fez um barulho descomunal. Senti como se todos me olhassem. A tia Elizabeth ficou bastante irritada. O Perry também deixou uma cair logo depois. Ele me disse mais tarde que fez isso de propósito, porque achou que fosse fazer com que eu me sentisse melhor, mas não fez, porque tive medo de que as pessoas achassem que havia sido eu de novo. Meninos fazem coisas tão estranhas. Espero que o ministro não tenha ouvido, porque estou começando a gostar dele. Não gostava dele antes da última terça-feira. A família dele só tem rapazes, então acho que ele não é muito bom em entender garotinhas. Mas aí ele veio visitar Lua Nova. A tia Laura e a tia Elizabeth estavam ambas fora, e eu estava só na cozinha. O senhor Dare entrou e se sentou sobre Sal Sapeca, que estava dormindo na cadeira de balanço. Ele estava confortável, mas Sal Sapeca, não. Ele não se sentou sobre a barriga dela. Se tivesse, suponho que a teria matado. Foi só nas patas e na cauda. Sal soltou um berro, mas o senhor Dare é meio surdo e não a escutou, e fiquei com vergonha de avisar. Mas o primo Jimmy entrou bem quando ele me perguntava se eu havia aprendido o catecismo e disse: 'Catecismo, é? Misericórdia, homem, ouça esse pobre animal. Levante daí, pelo amor de Deus'. Então, o senhor Dare levantou-se e disse: 'Nossa, que coisa! Bem que pensei ter sentido algo se mexendo'.

Quis escrever sobre isso para você, pai, porque me pareceu muito de vertido.

Quando o senhor Dare terminou de me fazer perguntas, pensei que fosse minha vez e quis perguntar a ele sobre algumas coisas que queria saber há anos. Perguntei se ele achava que Deus era muito minucioso com cada coisinha que eu fazia e se ele achava que meus

gatos iriam para o céu. Ele disse que esperava que eu só fizesse o que
é certo e que animais não têm alma. Também lhe perguntei por que
não deveríamos botar vinho novo em odres velhos. Que a tia Elizabeth
guardava vinho de dente-de-leão em vasos velhos, e eles faziam o
serviço tão bem quanto os novos. Ele explicou muito gentilmente que
os odres da Bíblia eram recipientes feitos de couro, que se apodreciam
quando envelheciam. Isso esclareceu tudo para mim. Então eu disse
a ele que estava preocupada, porque sabia que devia amar a Deus
acima de todas as coisas, mas havia coisas que eu amava mais que
a Deus. Ele disse: 'Que coisas?', e citei as flores, as estrelas, a Mulher
de Vento, as Três Princesas e outras coisas como essas. E ele sorriu
e disse: 'Mas essas coisas são parte de Deus, Emily; tudo que é belo
é'. E assim, de repente, passei a amá-lo tanto que já não me sentia
tímida perto dele. Ele fez uma pregação sobre o paraíso no último
domingo. Pareceu ser um lugar sem graça. Imagino que seja mais
essitante que aquilo. Não sei o que farei quando for para o céu, já
que não sei cantar. Será que vão me deixar escrever poesias? Mas
acho a igreja interessante. A tia Elizabeth e a tia Laura sempre leem
a Bíblia antes de o culto começar, mas prefiro ficar olhando ao redor,
observando as pessoas e imaginando em que elas estão pensando. É
tão agradável ouvir os vestidos de seda farfalhando entre as fileiras.
As crinolinas estão muito na moda ultimamente, mas a tia Elizabeth
não as usa. Acho que ela ficaria engraçada de crinolina. A tia Laura
usa uma bem pequena.

De sua filha que tanto o ama,

Emily B. Starr

P.S. Querido pai, é sempre tão bom escrever para você, mas, ah,
nunca recebo resposta.

E. B. S."

O padre Cassidy

A tristeza reinava em Lua Nova. Todos estavam desesperadamente infelizes. Tia Laura chorava. Tia Elizabeth estava tão irritadiça que se tornou impossível conviver com ela. Primo Jimmy andava distraído, e, ao ir se deitar, Emily deixou de se preocupar com a mãe de Ilse e com o fantasma cheio de remorso de Silas Lee e passou a se preocupar com esse novo problema. Pois ele havia se originado em virtude de sua inobservância das tradições de Lua Nova ao fazer visitas a John Altivo, e tia Elizabeth não mediu as palavras ao dizer isso a ela. Se ela, Emily Byrd Starr, jamais tivesse ido à casa de John Altivo, ela jamais teria comido a Grande Maçã Doce; e, se jamais tivesse comido a Grande Maçã Doce, John Altivo não teria pregado uma peça nela; e, se ele não tivesse pregado uma peça nela, tia Elizabeth jamais teria dito a ele as coisas duras e típicas dos Murray que dissera; e, se tia Elizabeth jamais tivesse dito as coisas duras e típicas dos Murray que dissera, John Altivo jamais teria se ofendido e desejado se vingar; e, se John Altivo jamais tivesse se ofendido e desejado se vingar, ele jamais teria botado naquela cabeça de gente metida a ideia de derrubar o lindo bosque que havia a norte de Lua Nova.

Pois foi exatamente nessa progressão da velha a fiar[44] que todos se viram metidos. John Altivo anunciou publicamente, na ferraria de Blair Water, que iria derrubar o bosque tão logo terminasse a colheita; cada uma das árvores, grandes ou pequenas, seriam postas abaixo. A notícia chegou rapidamente em Lua Nova, arrasando seus moradores de maneira que não se via havia anos. Para eles, aquilo era como uma catástrofe.

Elizabeth e Laura mal podiam acreditar. A coisa toda era inconcebível. Aquele vasto e farto arvoredo protetor formado de abetos e madeiras de lei *sempre* estivera lá; moralmente, *pertencia* a Lua Nova; nem mesmo John Altivo Sullivan *ousaria* botá-lo abaixo. Mas John Altivo tinha a angustiante reputação de cumprir o que prometia. Parte de sua presunção advinha disso. E se ele realmente fizesse isso... se realmente o fizesse...

– Lua Nova será arruinada – lamentou-se a pobre tia Laura – e se tornará um lugar *horroroso... Toda* a sua beleza deixará de existir... E ficaremos expostos aos ventos do norte e às tempestades que vêm do mar... Sempre estivemos tão confortáveis e protegidos aqui. Sem falar no jardim do Jimmy, que também será devastado!

– É nisso que dá trazer Emily para cá – disse tia Elizabeth.

Foi uma coisa cruel de dizer, mesmo com todas as ressalvas; cruel e injusta, já que sua própria língua ferina e seu sarcasmo, típicos de um Murray, haviam desempenhado papel tão importante quanto o de Emily. Mas ela o dissera, e isso lacerou o coração de Emily, deixando nele uma cicatriz durante anos. A pobre Emily já estava suficientemente angustiada. Já se sentia tão arrasada que não conseguia comer nem dormir. Por mais furiosa e infeliz que estivesse, Elizabeth Murray dormia profundamente à noite; mas, a seu lado, na escuridão, com medo de mover um músculo, jazia uma criatura magra e miúda cujas lágrimas, que corriam silenciosamente pelas faces, não lhe aliviavam o coração partido. Pois Emily achava

---

[44] No original, *house-that-Jack-built progression*, cantiga semelhante à da *Velha a Fiar*, em que os versos vão se acumulando. (N.T.)

que, seu coração *estava* de fato se partindo, não seria capaz de seguir vivendo em tamanho sofrimento. Ninguém seria.

Emily vivera por tempo suficiente em Lua Nova para que aquele lugar se embrenhasse em seu sangue. A impressão que tinha era de que nascera mesmo naquela fazenda. De qualquer maneira, quando chegou ali, conformou-se àquele ambiente como uma luva se conforma aos dedos de uma mão. Amava aquele lugar como se tivesse vivido ali por toda a curta vida; amava cada graveto e cada pedra, cada árvore e cada folha de grama ao redor; cada prego no chão da velha cozinha; cada almofada de musgo verde sobre o teto da leiteria; cada aquilégia rosa e branca que crescia no jardim; cada "tradição" de sua história. Pensar que sua beleza lhe seria, em grande parte, subtraída era uma agonia para ela. E pensar no jardim do primo Jimmy sendo arruinado! Emily amava aquele jardim quase tanto quanto ele; ora, o orgulho da vida do primo Jimmy era conseguir plantar ali o que não crescia em nenhum outro lugar da Ilha do Príncipe Edward; se aquela proteção que havia ao norte fosse removida, o jardim pereceria. E pensar naquele lindo bosque sendo derrubado – o Caminho de Hoje, o Caminho de Ontem e o Caminho do Amanhã sendo apagados da existência; na imponente Monarca da Floresta perdendo a coroa; na casinha de brinquedo onde ela e Ilse haviam tido momentos tão gloriosos sendo destruída; em todo aquele lugar adorável, íntimo, cheio de samambaias sendo arrancado de sua vida com um só golpe.

Ah! John Altivo escolhera e premeditara muito bem sua vingança!

Quando o infortúnio se abateria sobre eles? A cada manhã, Emily tentava ouvir, desconsoladamente, de pé sobre o degrau de pedra da porta da cozinha, se chegava o som das machadadas pelo ar limpo de setembro. Cada vez que voltava da escola à tarde, temia descobrir que o trabalho de destruição começara. Sofria e se angustiava. Todo dia, tia Elizabeth dizia algo que imputava toda culpa a ela, e a criança se tornava cada dia mais sensível a isso. Quase chegava a desejar que John Altivo terminasse logo aquilo. Se alguma vez Emily tivesse ouvido a clássica história de Dâmocles[45], teria se solidarizado com ele de todo coração. Se soubesse que faria alguma diferença, teria engolido o orgulho dos Murray, dos Starr e de quem quer que fosse e imploraria de joelhos a John Altivo que abrisse mão de sua vingança. Mas ela não acreditava que isso bastaria. John Altivo não deixara dúvida quanto à amarga determinação em seguir com aquilo. Falava-se muito sobre a questão em Blair Water, e alguns se mostraram bastante satisfeitos com esse golpe no orgulho e no prestígio de Lua Nova; outros consideravam o comportamento de John Altivo vil e mesquinho; todos concordavam que aquilo era o que se profetizara que aconteceria quando a rixa de três gerações entre Murray e Sullivan alcançasse o inevitável apogeu. A única surpresa era que John Altivo não o tivesse feito muito tempo antes. Sempre odiara Elizabeth Murray desde os tempos escolares, quando a língua afiada da garota não o poupara.

Um dia, às margens do lago de Blair Water, Emily sentou-se para chorar. Fora mandada ali para podar as flores murchas nas roseiras junto ao túmulo da avó Murray. Ao terminar a tarefa, não teve forças no coração para retornar à casa, onde tia Elizabeth tornara a vida de todos uma desgraça, porque ela própria estava perdidamente infeliz. Perry relatara que John Altivo declarara no dia anterior, na ferraria, que começaria a cortar o grande bosque na segunda-feira pela manhã.

– Não *posso* suportar isso – soluçou Emily para as roseiras.

Umas poucas rosas anuíram para ela. A Mulher de Vento assoprava e ondulava a longa grama sobre os túmulos onde descansavam em paz muitos da família Murray, homens e mulheres, indiferentes às paixões de velhas rixas. Mais além, o sol de setembro brilhava gentil e sereno sobre os velhos campos semeados, e as águas azuis do lago ronronavam e lambiscavam muito suavemente suas orlas verdes, cercadas de arbustos.

---

[45] Personagem de uma anedota moral, caracterizado como um grande bajulador dos poderosos. Certa vez, Dionísio, tirano de Siracusa, cansado de ser bajulado, convidou Dâmocles para se sentar em seu lugar por um dia, podendo gozar de todos os prazeres de que dispunha. Contudo, Dâmocles ficaria sentado exatamente embaixo de uma espada pendurada apenas por um fio de cauda de cavalo. Diante dessa condição, Dâmocles recusou a proposta. (N.T.)

– Não sei por que Deus não *impede* John Altivo – disse Emily, tomada pelos sentimentos. Certamente os Murray de Lua Nova tinham direito a esperar tal coisa da Divina Providência.

Assobiando pelo pasto, Teddy se aproximou, as notas soprando através do lago feito gotas élficas sonoras. Saltou a cerca do cemitério e recostou irreverentemente o corpo delgado e gracioso sobre o "Daqui não saio" da lápide da bisavó Murray.

– Qual é o problema? – perguntou ele.

– Tudo – respondeu Emily, um tanto exasperada. Teddy não tinha nada que estar tão alegre, e o fato de ele não ter percebido isso irritou Emily profundamente. – Não está sabendo que John Altivo vai derrubar o bosque na segunda-feira?

Teddy assentiu.

– Estou. A Ilse me disse. Mas pensei em algo, Emily. O John Altivo não ousaria derrubar o bosque se o padre dele dissesse para não derrubar, não é?

– Por quê?

– Porque os católicos precisam fazer exatamente o que os padres mandam, certo?

– Não sei… Não sei nada sobre eles. Somos presbiterianos aqui.

Emily balançou levemente a cabeça. A senhora Kent era sabidamente anglicana, e, embora Teddy fosse à Escola Dominical da Igreja Presbiteriana, aquele fato o deixava em posição muito pouco favorável entre os círculos de presbiterianos natos.

– Se sua tia Elizabeth for até White Cross e pedir ao padre Cassidy que impeça John Altivo, talvez ele obedeça – insistiu Teddy.

– A tia Elizabeth jamais faria isso – afirmou Emily, categórica. – Tenho certeza. É muito orgulhosa.

– Nem para salvar o bosque?

– Nem para isso.

– Então acho que não há o que fazer – disse Teddy, um tanto frustrado. – Veja; olhe o que desenhei. É John Altivo no purgatório, com três capetinhas enfiando os tridentes quentes nele. Parte, copiei de um dos livros da minha mãe; acho que se chamava *Inferno de Dante*. Mas botei John Altivo no lugar do homem do livro. Pode ficar.

– Não quero. – Emily espichou as pernas e se levantou. Passara do ponto em que infligir torturas imaginárias em John Altivo poderia reconfortá-la. Já o massacrara de diversas e agonizantes maneiras durante suas vigílias. Mas uma ideia lhe ocorrera; uma ideia ousada e de tirar o fôlego. – Preciso ir agora, Teddy; está na hora do jantar.

Teddy meteu no bolso o desenho rejeitado, que era uma obra verdadeiramente maravilhosa, se algum dos dois tivesse a sensatez de perceber; a expressão de angústia no rosto de John Altivo ao ser torturado pelo pequeno demônio seria motivo de desespero para muitos artistas veteranos. Voltou para casa desejando poder ajudar Emily; era algo muito errado que uma pessoa como ela, com doces olhos cinza-violeta e sorriso que emanava coisas belas demais para serem descritas com palavras, fosse infeliz. Teddy sentiu-se tão consternado que decidiu acrescentar mais alguns diabinhos a seu desenho de John Altivo no purgatório e também a aumentar consideravelmente as pontas dos tridentes.

Emily foi para casa com ar determinado no rosto. Comeu tanto quanto pôde no jantar (o que não era muito, pois a expressão de tia Elizabeth teria tirado seu apetite, se tivesse algum) e então escapuliu pela porta da frente. Primo Jimmy estava trabalhando no jardim, mas não a chamou. Estava sempre cabisbaixo agora. Emily deteve-se por um momento no alpendre de estilo grego e observou o bosque de John Altivo, que acenava para ela, lindo e esverdeado. Estaria tudo aquilo transformado em um campo conspurcado de tocos sem vida na segunda-feira à noite? Instigada pela ideia, Emily lançou para o ar seu medo e sua hesitação e disparou pelo caminho que conduzia à casa. Quando chegou à porteira, tomou a esquerda na longa e misteriosa estrada vermelha que levava à Montanha Deleitável. Jamais tomara aquela estrada, que conduzia diretamente ao vilarejo de White Cross. Dirigiu-se à casa paroquial para ter uma conversa com o padre Cassidy. White Cross ficava a mais de três quilômetros dali, os quais foram percorridos rapidamente, não pelo fato de aquele ser um lindo caminho, repleto de brisa, samambaias selvagens e pequenos coelhinhos, mas porque temia o que a aguardava ao final dele. Tentou imaginar o que deveria dizer, mas a imaginação falhou.

Não sabia nada sobre padres católicos e não era capaz de saber como se devia falar com eles. Eram mais misteriosos e insondáveis que os ministros. E se o padre Cassidy ficasse extremamente furioso com o fato de ela ter ousado ir até lá lhe pedir um favor? Talvez fosse *mesmo* uma coisa horrível de fazer, qualquer que fosse o ponto de vista. Muito provavelmente, o padre Cassidy se recusaria a inferir nos assuntos de John Altivo, que era um bom católico, enquanto ela, na opinião dele, era uma herege. Mas por menor que fosse qualquer chance de impedir aquela calamidade que sobrevinha a Lua Nova encorajava Emily a enfrentar todo um Colégio de Cardeais. Por mais absurdamente assustada e desoladamente nervosa que estivesse, a ideia de retroceder jamais lhe ocorrera. Seu único arrependimento era não ter colocado o colar de contas venezianas. Poderia ter impressionado o padre Cassidy.

Embora nunca tivesse estado em White Cross, Emily reconheceu a casa paroquial tão logo a viu. Era uma bela residência escondida em meio às árvores, próximo à capela branca, com sua cruz resplandecente ao alto e seus quatro anjos dourados, cada um sobre um dos pináculos menores posicionados em cada extremidade da edificação. Emily os achou muito bonitos, brilhando à luz do sol poente, e desejou que pudessem ter algo assim na branca e singela igreja de Blair Water. Não podia entender por que os católicos podiam ficar com todos os anjos. Mas não era hora de refletir sobre isso, pois a porta se abria, e uma pequena e elegante empregada a olhava com olhos indagadores.

– O... padre Cassidy... está em casa? – perguntou Emily, hesitante.

– Sim.

– Posso... falar... com ele?

– Entre – disse a pequena empregada.

Evidentemente, não havia nenhuma dificuldade em falar com o padre Cassidy; nenhuma cerimônia misteriosa, como Emily esperava encontrar

EMILY DE LUA NOVA

– isso se chegasse a receber autorização para falar com ele. Foi levada a uma sala repleta de livros enquanto a empregada foi chamar o padre Cassidy, que, segundo ela, estava cuidando do jardim. Aquilo soou muito natural e alentador. Se o padre Cassidy cuidava de um jardim, não podia ser tão terrível.

Olhou em volta com curiosidade. O cômodo era muito bonito, com poltronas confortáveis, flores e quadros. Não havia nada de alarmante ou medonho naquele lugar, salvo um enorme gato preto sentado no alto de uma das estantes de livros. Era realmente imenso. Emily adorava gatos e sempre se sentia bem perto deles. Mas jamais havia visto nenhum como aquele. Com aquele tamanhão e aqueles olhos insolentes e dourados, cravados feito joias vivas no rosto de veludo preto, definitivamente ele não parecia pertencer à mesma espécie que outros gatinhos gentis, felpudos e respeitáveis. O senhor Dare jamais abrigaria um animal como esse em seu presbitério. Todo o pavor de Emily em relação ao padre Cassidy retornou.

E então o pároco entrou no aposento, com o sorriso mais amigável do mundo. Emily o recebeu com seu olhar de igual para igual, como era seu costume (ou sua dádiva). Daquele momento em diante, nunca mais o temeu. Ele era grande, de ombros largos, com olhos e cabelos castanhos; o rosto era tão bronzeado, em razão do antigo hábito de andar sem chapéu sob o sol inclemente, que se confundia com a cor dos olhos e cabelos. Emily achou que ele se parecia com uma enorme castanha; uma enorme castanha marrom e sadia.

Padre Cassidy a admirou enquanto apertavam-se as mãos; Emily teve um de seus acessos de beleza. O entusiasmo deixara seu rosto com um tom de rosa silvestre; a luz do sol ressaltava o brilho sedoso de seus cabelos pretos; seus olhos estavam levemente escuros e límpidos; mas foram suas orelhas que o padre Cassidy subitamente se inclinou para observar. Emily ficou angustiada, perguntando-se se estavam limpas.

– Você tem orelhas pontudas – disse ele, em um sussurro entusiasmado. – Orelhas pontudas! Eu *sabia* que tinha vindo da terra das fadas assim que a vi. Sente-se, senhorita Elfo, se é que elfos se sentam; sente-se e me conte as novidades da corte de Titânia.

Emily sentiu-se na terra natal. Padre Cassidy falava sua língua, e falava em voz tão macia, tão rouca, com aquele doce sotaque típico dos irlandeses. Mas ela balançou a cabeça um tanto tristonha. Com o peso do dever sobre a alma, não podia desempenhar seu papel de embaixadora da Terra dos Elfos.

– Sou apenas Emily Starr, de Lua Nova – disse ela, e em seguida acrescentou, esbaforida (pois não deveria haver nenhuma enganação; nenhum navio com bandeiras falsas) –, e sou protestante.

– E uma protestante muito linda – disse o padre Cassidy. – Mas confesso que estou um tanto desapontado. Estou acostumado com protestantes; eles existem aos montes aqui nas redondezas. Mas faz um século que não recebo a visita de um elfo.

Emily quedou-se a olhá-lo. Certamente o padre Cassidy não tinha um século de idade. Não parecia ter mais de 50 anos. Contudo, talvez os padres católicos vivessem mais que as outras pessoas. Ela não sabia bem o que dizer, então disse, sem graça:

– Vejo que tem um gato.

– Isso não é verdade. – Padre Cassidy meneou a cabeça e grunhiu, desolado: – O gato é que me tem.

Emily desistiu de entendê-lo. Ele era gentil, mas incompreensível. Abandonou aí o assunto. Precisava seguir em frente com seu dever.

– O senhor é como um ministro, certo? – indagou, tímida, sem saber se ele gostaria de ser chamado de "ministro".

– Mais ou menos – concordou ele, amigável. – Você sabia que padres e ministros não podem xingar? Por isso temos gatos: para fazer isso por nós. E nunca conheci nenhum gato que soubesse xingar de um jeito tão gentil e efetivo quanto o Menino.

– Esse é o nome que o senhor deu a ele? – perguntou Emily, olhando assombrada para o gato negro. Não parecia nada seguro falar dele bem debaixo de seu nariz.

– Esse é o nome que ele deu a si mesmo. Minha mãe não gosta dele, porque ele rouba o creme de leite. *Eu* não me importo que ele faça isso;

não, o que não suporto é o jeito como ele lambe a boca depois. Menino, uma fada está nos visitando. Anime-se, por favor, pelo menos uma vez. Gatinho lindo!

O Menino recusou-se a se animar. Em vez disso, piscou de um jeito insolente para Emily.

– Você faz alguma ideia do que se passa na cabeça de um gato, senhorita Elfo?

Que perguntas mais estranhas o padre Cassidy fazia. Ainda assim, Emily achou que teria gostado das perguntas se não estivesse tão preocupada. Subitamente, o padre se inclinou sobre a mesa e perguntou:

– Então, o que a incomoda?

– Estou tão triste – disse Emily, desconsolada.

– Você e meio mundo. Todo mundo fica triste de vez em quando. Mas criaturas que têm orelhas pontudas não deveriam ser infelizes. Isso é coisa de mortais.

– Ah, por favor… por favor… – Emily não sabia como chamá-lo. Seria ofensivo se uma protestante o chamasse de "padre"? Mas precisava arriscar… – por favor, padre Cassidy, estou muito aflita e vim lhe pedir um *enorme* favor.

Emily lhe contou toda a história, do início ao fim: a antiga rixa entre Murray e Sullivan; sua malfadada amizade com John Altivo; a Grande Maçã Doce; a infeliz consequência; e a ameaça de vingança de John Altivo. O Menino e o padre Cassidy ouviram, ambos muito atentos, até que ela terminasse. Então, o Menino piscou para ela, e o padre cruzou os longos dedos bronzeados.

– Uf! – disse ele.

("Esta é a primeira vez", refletiu Emily, "que ouço alguém dizer 'uf' fora de um livro.")

– Uf! – repetiu o padre Cassidy. – E você quer que eu impeça esse acontecimento nefasto?

– Se puder – disse Emily. – Ah, seria maravilhoso se pudesse. O senhor fará isso? Fará?

Padre Cassidy juntou os dedos ainda mais.

– Temo não poder invocar o Poder das Chaves para impedir John Altivo de usufruir como lhe convém de uma propriedade que pertence legalmente a ele, entendeu, pequena elfo?

Emily não entendeu a alusão às chaves, mas entendeu que padre Cassidy estava se recusando a lançar mão da influência da Igreja para deter John Altivo. Não havia esperança, então. Grossas lágrimas de frustração correram-lhe pelas faces.

– Oh, vamos lá, querida, não chore – implorou ele. – Elfos nunca choram; não podem. Partiria meu coração descobrir que você não pertence ao Povo Verde. Você pode dizer que é de Lua Nova e de qualquer religião que quiser, mas a verdade é que pertence à Era Dourada e aos antigos deuses. Por isso, devo salvar esse precioso bosque para você.

Emily o fitou.

– Acho que é possível – continuou o padre. – Acho que, se eu for falar com John Altivo e tiver uma conversa franca com ele, consigo convencê--lo a ceder à razão. John Altivo e eu somos muito amigos. Ele é razoável quando a gente sabe lidar com ele. Vou falar com ele não de padre para fiel, mas de homem para homem, e explicar que nenhum irlandês que se preze trava rixa com mulheres e que nenhuma pessoa sensata poria abaixo, por uma reles contenda, aquelas belas e antigas árvores que levaram meio século para crescer e que jamais poderão ser substituídas. Ora, um homem que derruba tais árvores senão quando estritamente necessário deveria ser enforcado tão alto quanto Hamã[46], em uma forca feita com a madeira que derrubou.

(Emily pensou que, quando chegasse em casa, deveria escrever esta última frase do padre Cassidy no caderno que o primo Jimmy lhe dera.)

– Mas não direi *isso* a John Altivo – concluiu o padre Cassidy. – Sim, Emily de Lua Nova, acho que podemos afirmar que seu bosque não será derrubado.

---

[46] Personagem bíblico referenciado no livro de Ester, que, tendo mandado construir uma forca altíssima para matar Mardoqueu, terminou morto nela, junto dos filhos. (N.T.)

Emily sentiu-se subitamente muito feliz. De alguma forma, tinha plena confiança no padre Cassidy. Tinha certeza de que ele dobraria John Altivo.

– Ah, jamais poderei lhe agradecer! – disse ela, com sinceridade.

– Verdade, então nem gaste seu latim tentando. Agora me conte coisas. Há outros de você? E há quanto tempo você é você?

– Tenho 12 anos. Não tenho irmãos nem irmãs. E *acho* que é melhor eu ir para casa.

– Não antes de fazer um lanchinho.

– Ah, obrigada, mas já jantei.

– Duas horas e três quilômetros atrás. Não me diga nada. Lamento não ter néctar nem ambrosia à mão, pois é essa a comida dos elfos, e nem um pratinho de luz do luar, mas minha mãe faz o melhor bolo de ameixas de toda a Ilha do Príncipe Edward. E temos uma vaca leiteira. Espere aqui um pouco. Não tenha medo do Menino. Às vezes, ele come uns protestantes novinhos, mas nunca se mete com duendes.

Quando padre Cassidy voltou, a mãe vinha com ele trazendo uma bandeja. Emily esperava que ela fosse grande e bronzeada também, mas era a mulher mais pequenina que se pode imaginar, com sedosos cabelos brancos, bondosos olhos azuis e bochechas rosadas.

– Ela não é a mãe mais linda do mundo? – perguntou o padre Cassidy. – Eu a mantenho aqui para observá-la. Evidentemente... – baixou a voz até se tornar um sussurro – ... tem alguma coisa estranha nela. Já vi essa mulher parar bem no meio da faxina, sair e passar a tarde inteira no mato. Acho que, como você, ela é mancomunada com as fadas.

A senhora Cassidy sorriu, beijou Emily, disse que precisava terminar as conservas e foi-se embora.

– Agora, sente-se aqui, pequena elfo, e seja humana por dez minutinhos, pois vamos fazer um lanchinho amigo.

Emily de fato estava com fome – uma sensação gostosa e confortável que não sentia havia duas semanas. O bolo de ameixas da senhora Cassidy era tudo que o filho dela dizia que era, e a vaca leiteira parecia que era de verdade.

– Que acha de mim agora? – perguntou subitamente o padre Cassidy, percebendo os olhos de Emily fixos nele, perscrutando-o.

Emily corou. Ponderava se ousaria lhe pedir outro favor.

– Acho que o senhor é muito bondoso – respondeu.

– E sou mesmo – concordou ele. – Sou tão bondoso que vou fazer o que você quiser que eu faça; porque noto que quer que eu faça mais alguma coisa.

– Estou com uma dificuldade que já dura o verão inteiro. É que... – Emily estava muito circunspecta. – ... sou poetisa.

– Caramba! Isso é muito grave. Não acho que posso fazer muita coisa por você. Há quanto tempo é assim?

– Está caçoando de mim? – perguntou Emily, séria.

Padre Cassidy engoliu algo mais que bolo.

– De jeito nenhum! É só que estou muito intimidado. Ter de entreter uma dama de Lua Nova, uma elfo e uma poetisa de uma só vez é uma tarefa e tanto para um humilde padre como eu. Tome mais um pedaço de bolo e me conte tudo.

– É assim: estou escrevendo uma epopeia...

Padre Cassidy se inclinou de repente e beliscou de leve o pulso de Emily.

– Só queria ver se você era real – explicou-se. – Sim, sim, você está escrevendo uma epopeia... Continue. Acho que já me recuperei.

– Comecei na primavera. Dei o nome de "A dama branca", mas agora mudei para "A filha do mar". Não acha este título melhor?

– Muito.

– Já finalizei três cantos, mas não consigo seguir em frente, porque tem algo que não sei e não consigo descobrir. Tenho estado muito encafifada com isso.

– O que é?

– Minha epopeia – disse Emily, devorando diligentemente um pedaço de bolo de ameixa – é sobre uma nobre moça muito linda que é roubada dos verdadeiros pais assim que nasce e criada na cabana de um lenhador.

– Uma das sete tramas originais que existem no mundo – murmurou o padre Cassidy.

– Como é?

– Nada. Só um péssimo hábito de pensar em voz alta. Continue.

– Ela tinha um amante de sangue nobre, mas a família dele não queria que ele se casasse com ela, pois ela era apenas a filha de um lenhador...

– Mais uma das sete tramas... me desculpe.

– ... então eles o enviam à Terra Santa em uma cruzada e chega a notícia de que ele foi morto. Daí Editha (o nome dela é Editha) vai para um convento...

Emily pausou para comer um pedaço de bolo, e o padre Cassidy continuou:

– E agora o amante dela retorna vivinho da silva, mas coberto de cicatrizes das batalhas com os pagãos, e o segredo do nascimento dela é revelado por meio da confissão de uma velha enfermeira moribunda e da marca de nascença em seu braço.

– Como sabia?! – exclamou Emily, assombrada.

– Ah, eu adivinhei. Sou bom com adivinhações. Mas o que a incomoda nisso tudo?

– Não sei como faço para tirá-la do convento – confessou Emily. – Achei que talvez o senhor soubesse como posso fazer isso.

Mais uma vez, padre Cassidy cruzou os dedos.

– Pois então vejamos. Não é fácil essa tarefa que você empreendeu, mocinha. Como estão as coisas? *Editha* tomou o hábito não por vocação religiosa, mas porque achou que estava com o coração partido. A Igreja Católica não dispensa as freiras dos votos só porque elas acham que cometeram um errinho bobo como esse. Não, não... Precisamos de um motivo melhor. Editha é filha única dos pais verdadeiros?

– Sim.

– Ah, pois isso resolve tudo. Se ela tivesse irmãos ou irmãs, você teria que matá-los, o que não é ideal. Bom, nesse caso, ela é filha única e herdeira de uma nobre família que há anos tem uma desavença mortal com outra nobre família: a do amante. Sabe o que é uma desavença?

– Claro – respondeu Emily, desdenhosa. – Já coloquei tudo isso na epopeia.

– Então, melhor ainda. Essa desavença dividiu o reino em dois, o que só pode ser resolvido com uma aliança entre Capuletos e Montéquios.

– Os nomes não são esses.

– Não importa. Esse assunto, portanto, é de interesse nacional, com profundas ramificações. Tendo isso em vista, um apelo ao Sumo Pontífice é mais que válido. O que você precisa... – o padre Cassidy assentiu solenemente – ... é de uma dispensa vinda de Roma.

– Dispensa é uma palavra difícil de encaixar em um poema – disse Emily.

– Sem dúvida. Mas jovens moças que *querem* escrever uma epopeia, cujas cenas *querem* que se passem em uma época e em uma cultura de centenas de anos atrás, e que *querem* uma heroína pertencente a uma religião completamente desconhecida para elas, *devem* estar prontas para encontrar alguns percalços.

– Ah, acho que consigo encaixá-la – disse Emily, alegre. – Muito, muito obrigada. O senhor não sabe como aliviou minha mente. Agora, vou conseguir terminar o poema logo, logo, em umas poucas semanas. Não trabalhei nada nele durante o verão inteiro. Mas, claro, estive ocupada. Ilse Burnley e eu estamos inventando uma língua nova.

– Criando uma... Como é? Você disse... *língua*?

– Sim.

– E qual é o problema com a nossa? Não basta para você, sua criaturinha incompreensível?

– Basta, sim. Não é por *isso* que estamos criando uma nova. É que, na primavera, o primo Jimmy chama vários meninos franceses[47] para ajudar a plantar batatas. Tive de ajudar também, e a Ilse foi me fazer companhia. E foi tão chato ficar ouvindo aqueles meninos conversando em francês sem conseguir entender uma palavra sequer. Eles nos deixaram muito irritadas com aquele falatório todo. Então, eu e a Ilse decidimos inventar

---

[47] Refere-se aqui a canadenses francófonos, não a nativos da França. (N.T.)

uma língua nova que *eles* não entenderiam. Estamos indo bem e, quando chegar a época de colher as batatas, vamos poder falar uma com a outra sem que eles entendam uma palavra sequer do que dissermos. Nossa, vai ser tão engraçado!

– Não tenho dúvida. Mas que duas garotas decidam se dar o árduo trabalho de criar uma língua nova só para ficarem quites com uns pobres meninos franceses… isso está além da minha compreensão – disse o padre Cassidy, desolado. – Sabe-se lá o que vocês vão aprontar quando crescerem. Vão ser Revolucionárias Vermelhas. Temo pelo futuro do Canadá.

– Ah, não é árduo… É divertido. E todas as meninas da escola ficam inconformadas de nos ouvirem falar sem poderem entender. Podemos conversar sobre segredos bem na frente delas.

– Sendo a natureza humana como é, consigo entender de onde vem a graça. Quero ouvir algo nessa sua língua.

– *Nat millan O ste dolman bote ta Shrewsbury fernas ta poo litanos* – disse Emily, eloquente. – Isso significa "No próximo verão, vou aos bosques de Shrewsbury colher morangos". Outro dia, no intervalo, gritei isso para a Ilse, que estava do outro lado do pátio, e, nossa, todo mundo ficou olhando.

– Ficaram, foi? Posso imaginar! Meus pobres olhos também estão quase saltando para fora. Deixe-me ouvir um pouco mais.

– *Mo tral li* morto *seb ad li mo trene. Mo bertral seb mo bertrene das sten* mortos *e ting setra*. Isso significa "Meu pai está morto e minha mãe também. Meu avô e minha avó estão mortos há muito tempo". Ainda não inventamos uma palavra para dizer "morto". Acho que logo vou ser capaz de escrever meus poemas em nossa língua, então a tia Elizabeth não vai poder lê-los se os encontrar.

– Você escreveu outros poemas além de sua epopeia?

– Ah, sim. Só que menores. Dezenas.

– Hum. Faria a gentileza de me deixar ouvir algum deles?

Emily ficou muito lisonjeada. E não se importava em permitir que o padre Cassidy ouvisse suas preciosas produções.

– Vou recitar meu último poema – disse ela, limpando a garganta com ar de importância. – Chama-se "Sonhos vespertinos".

Padre Cassidy ouviu com atenção. Depois do primeiro verso, uma mudança sobreveio a seu rosto bronzeado, e ele começou a bater as pontas dos dedos umas nas outras. Quando Emily terminou, baixou os olhos e aguardou, trêmula. E se ele dissesse que aquilo não era nada bom? Não, ele não seria tão rude... Mas, se brincasse com ela como fizera com sua epopeia, ela saberia o que isso significava.

A princípio, ele não disse nada. O longo suspense era mortificante para Emily, que temia que ele não pudesse elogiar o poema, mas que também não quisesse ferir seus sentimentos, depreciando-o. De repente, seus "Sonhos vespertinos" pareceram um lixo, e ela se perguntou como pôde ter sido tão tola para recitá-los diante do padre Cassidy.

De fato, *eram* um lixo. Padre Cassidy sabia muito bem disso. Mas, ao mesmo tempo, para uma criança tão pequena, o ritmo e as rimas eram perfeitos, e havia um verso, um em particular: "a débil luz de estrelas fulvas"... Por conta desse verso, o padre Cassidy disse, em um rompante:

– Continue... Continue escrevendo poesias.

– Que quer dizer? – Emily estava sem fôlego.

– Quero dizer que, aos poucos, você vai conseguir fazer algo. Algo... Não sei quando... Mas continue... Continue.

Emily estava tão feliz que desejou chorar. Era a primeira palavra de incentivo que recebia, fora as do pai – e um pai é alguém suspeito para falar. Mas isto era diferente. Até o fim de sua luta para ser reconhecida, Emily jamais se esqueceu do "Continue" do padre Cassidy, nem do tom no qual ele o dissera.

– A tia Elizabeth me repreende por eu escrever poesias – disse ela, pensativa. – Ela diz que as pessoas vão achar que sou tão zureta quanto o primo Jimmy.

– O caminho da genialidade nunca foi fácil. Mas coma mais um pedaço de bolo... Coma, só para mostrar que há algo de humano em você.

– *Ve, merry ti. O del re dolman cosey aman ri sen ritter.* Isso significa "Não, obrigada. Preciso ir para casa antes que escureça".

– Eu a levo.

– Ah, não, não. É muita gentileza sua – sua língua materna era boa o suficiente agora –, mas prefiro ir andando. É... é... um ótimo exercício.

– O que significa – disse o padre Cassidy, com um brilho nos olhos – que precisamos guardar segredo da velha senhora. Adeus, e que você sempre veja um rosto feliz no espelho!

Emily estava demasiado feliz para se cansar no caminho de volta. Parecia haver uma bolha de alegria em seu coração, uma bolha brilhante e colorida. Quando chegou no alto da grande colina, avistou Lua Nova com olhos satisfeitos e amorosos. Que bela era, envolta no crepúsculo das velhas árvores; as pontas dos abetos mais altos se destacavam em silhuetas púrpura contra o rosa e o âmbar do céu noroeste; mais abaixo, o lago de Blair Water era um sonho prateado; a Mulher de Vento dobrara suas brumosas asas de morcego, formando um vale crepuscular, e a calma espalhava-se pelo mundo como uma bênção. Emily teve certeza de que tudo ficaria bem. De alguma forma, o padre Cassidy garantiria isso.

E ele lhe dissera para continuar.

Novamente amigos

Na manhã de segunda, Emily, ansiosa, prestou bastante atenção, mas "nem martelo nem machado se ouviu[48]" no bosque de John Altivo. Na tarde daquele dia, enquanto voltava para casa da escola, o próprio John Altivo a alcançou em sua carroça e, pela primeira vez desde a noite da maçã, parou e a abordou.

– Quer uma carona, senhorita Emily de Lua Nova? – disse, afável.

Emily trepou na carroça, sentindo-se um tanto tola. Mas John Altivo pareceu muito amigável ao fazer barulhinhos, instigando o cavalo.

– Quer dizer que você roubou o coração do padre Cassidy? – disse ele. – "É a menina mais doce que já vi", ele comentou. Você bem que podia deixar o pobre do padre em paz.

Emily olhou John Altivo com o canto dos olhos. Ele não parecia irritado.

– Você me botou em uma baita enrascada – continuou. – Tenho tanto orgulho quanto qualquer Murray de Lua Nova, e sua tia Elizabeth disse várias coisas que me afetaram bastante. Tenho muitas mágoas antigas

---

[48] Alusão a I Reis 6:7. (N.T.)

para acertar com ela. Por isso decidi ficar quite derrubando o bosque. Mas você foi e me colocou em uma sinuca de bico com o padre por conta disso, e agora não deixo dúvida de que não ouso cortar nem um graveto daquele bosque para aquecer esta minha carcaça no frio sem antes pedir autorização do papa.

– Oh, senhor Sullivan, o senhor vai deixar o bosque em paz? – perguntou Emily, sôfrega.

– Tudo depende de você, senhorita Emily de Lua Nova. Você não pode simplesmente esperar que John Altivo seja humilde. Não ganhei esse nome sendo submisso.

– O que quer que eu faça?

– Primeiro, quero que deixe o passado para trás, no que diz respeito a essa questão da maçã. E, para mostrar que deixou, venha me visitar de vez em quando, como fazia no verão. Não minto quando digo que sinto sua falta; sua e daquela braba da Ilse, que nunca mais foi me ver porque acha que destratei você.

– Vou, sim – disse Emily, incerta –, se a tia Elizabeth permitir.

– Diga a ela que, se não permitir, boto abaixo o bosque; cada arvorezinha dele. Isso vai convencê-la. E tem mais uma coisinha. Você precisa pedir a mim, com bastante educação, para não derrubar o bosque. Se fizer direitinho, garanto que nunca encosto em nenhuma árvore sequer. Do contrário, boto abaixo, com ou sem padre – concluiu John Altivo.

Emily invocou todas suas artimanhas em seu auxílio. Juntou as mãos, pestanejou para John Altivo e sorriu tão vagarosa e sedutoramente quanto sabia fazer (e Emily já nascera sabendo fazer isso).

– Por favor, senhor John Altivo – persuadiu ela –, não acabe com meu querido bosque.

John Altivo retirou o velho chapéu de feltro amassado.

– Claro que não. Um irlandês de respeito sempre faz o que lhe pede uma dama. E a verdade é que isso nos tem levado à ruína. Estamos à mercê das anáguas. Se tivesse vindo falar comigo primeiro, não teria tido que caminhar até White Cross. Mas certifique-se de cumprir o restante do acordo. As maçãs vermelhas estão maduras, e as sarnentas logo vão estar também... E os ratos já partiram todos para a eternidade.

Emily entrou voando pela cozinha de Lua Nova, feito um pequeno redemoinho.

– Tia Elizabeth, John Altivo não vai derrubar o bosque... Ele me disse que não vai... Mas preciso ir visitá-lo de vez em quando, se você não tiver nenhuma objeção.

– Não acho que faria diferença para você se eu tivesse – disse tia Elizabeth, com tom não tão ácido quanto de costume. Jamais confessaria como o anúncio de Emily a aliviara, mas sua atitude amainou-se consideravelmente. – Tem uma carta aqui para você. Quero saber do que se trata.

Emily tomou a carta. Era a primeira vez que recebia uma correspondência de verdade pelo correio e formigava de entusiasmo. Estava endereçada em letras bem pretas à "Senhorita Emily Starr, Lua Nova, Blair Water". Mas...

– Você a abriu! – exclamou ela, indignada.

– Claro que a abri. Você não vai receber cartas que eu não possa ver, mocinha. O que quero saber é: que história é essa de o padre Cassidy estar escrevendo para você? Ainda mais uma baboseira dessas?

– Fui vê-lo no sábado – confessou Emily, percebendo que a verdade viera à tona. – Pedi a ele que impedisse John Altivo de derrubar o bosque.

– Emily... Byrd... Starr!

– Mas *disse* a ele que sou protestante! – exclamou Emily. – Ele sabe tudo a respeito disso. E ele é exatamente igual a qualquer outra pessoa. Gosto mais dele que do senhor Dare.

Tia Elizabeth não disse mais nada. Não parecia haver muita coisa que *pudesse* dizer. Além disso, o bosque não seria derrubado. A portadora das boas-novas fora perdoada. Elizabeth contentou-se em fulminar Emily, que estava demasiado feliz e entusiasmada para se importar em ser fulminada. Levou a carta para o sótão e admirou o selo e o sobrescrito por um tempo antes de retirar de dentro o conteúdo.

"Querida Pérola das Emilys" – escreveu o padre Cassidy. –
*"Encontrei-me com nosso altivo amigo e estou certo de que teu
verdejante condado da terra das fadas será preservado, para o bem
de teus passeios ao luar. Sei bem que danças por lá à luz da lua,
quando os mortais dormem. Creio que terás de cumprir a forma-
lidade de pedir ao senhor Sullivan que poupe aquelas árvores, mas
descobrirás que ele é muito razoável. O segredo está no jeito e na fase
da lua. Em que pé estão a epopeia e o idioma? Espero que não tenhas
problema em libertar 'A filha do mar' de seus votos. Continua a ser
amiga dos elfos e de teu*

Amigo admirador,
James Cassidy

*P.S.: O Menino manda um abraço. Como é que se diz 'gato' em tua
língua? Difícil achar algo mais felino que 'gato', não é?"*

* * * * *

John Altivo espalhou a história do apelo de Emily ao padre Cassidy
por todos os cantos, divertindo-se com aquela boa peça que fora pregada nele. Rhoda Stuart disse que sempre soubera que Emily Starr era
ousada; a professora Brownell disse que não se surpreenderia com *nada*
que Emily Starr fizesse; o doutor Burnley chamou-a novamente de "capetinha", mais admirado que nunca; Perry disse que ela arrasara; Teddy
levou o crédito por ter sugerido a ideia; tia Elizabeth suportou tudo isso;
e tia Laura disse que poderia ter sido pior. Mas primo Jimmy deixou
Emily muito feliz.

– O jardim teria sido arruinado e meu coração teria ficado arrasado,
Emily – disse-lhe ele. – Você é uma menininha muito querida por ter
impedido isso.

Um mês depois, quando tia Elizabeth levara Emily a Shrewsbury para
tirar as medidas para um casaco de inverno, encontraram-se com o padre

227

Cassidy em uma loja. Tia Elizabeth curvou-se com reverência, mas Emily estendeu a mãozinha magra.

– Em que pé está a dispensa vinda de Roma? – sussurrou o padre.

Por um lado, Emily quedou-se petrificada de medo de que tia Elizabeth ouvisse aquilo e pensasse que ela estava de tramoia com o papa, algo que uma boa meia-Murray presbiteriana de Lua Nova jamais deveria fazer. Por outro, ficou arrepiada até a ponta dos pés com o prazer dramático de fazer parte de um acordo dramático de mistérios e intrigas. Assentiu com seriedade, e seus olhos eloquentes brilharam de satisfação.

– Eu o recebi sem maiores problemas – sussurrou de volta.

– Que bom – disse o padre Cassidy. – Desejo-lhe boa sorte, de verdade. Tchau.

– Adeus – disse Emily, julgando esta uma palavra mais adequada que "tchau" para quem guarda segredos obscuros. Saboreando o prazer daquela conversa furtiva durante todo o caminho de volta, sentiu-se como se ela mesma vivesse em uma epopeia. Demorou anos para que visse o padre Cassidy novamente (ele foi transferido para outra paróquia logo depois), mas a lembrança que ficara dentro dela sempre fora de alguém extremamente agradável e compreensivo.

POR CORREIO AÉREO

"QUERIDÍSSIMO PAI,

Hoje à noite, meu coração está muito triste. O Mike morreu hoje pela manhã. O primo Jimmy disse que ele deve ter sido envenenado. Ah, papai querido, me senti tão mal. Ele era um gato tão amado. Chorei, chorei e chorei. A tia Elizabeth se irritou. Ela disse: 'Você não fez nem metade desse escândalo quando seu pai morreu'. Que coisa cruéu de dizer. A tia Laura foi mais gentil, mas disse: 'Não chore, querida. Vou lhe dar outro gatinho'. Percebi, então, que ela também não entende. Não quero outro gatinho. Poderia ter um milhão de gatinhos, mas nenhum deles substituiria o Mike.

Eu e a Ilse o enterramos no bosque de John Altivo. Fiquei grata pelo fato de a terra ainda não estar congelada. A tia Laura me deu uma caixa de sapato para servir de caixão e um pouco de lenço de papel rosa para embrulhar o corpinho do pobrezinho. Pusemos uma pedra sobre o túmulo, e eu disse: 'Bem-aventurados são os que morrem no Senhor'. Quando contei isso a tia Laura, ela ficou escandalizada e disse: 'Ah, Emily, que coisa errada de dizer. Você não deveria ter dito isso a um gato'. E o primo Jimmy disse: 'Você não acha, Laura, que uma criaturinha inocente seja parte de Deus? Emily o amava, e todo amor é parte de Deus'. E a tia Laura disse: 'Talvez você tenha razão, Jimmy. Mas fico feliz que Elizabeth não a tenha escutado'.

O primo Jimmy pode ter um parafuso a menos, mas os que ele tem são muito gentis.

Mas, ah, pai, sinto tanta falta do Mike neste momento. Ontem à noite, ele estava aqui, brincando comigo, tão esperto, bonito e esminho. E hoje está frio e morto no bosque de John Altivo."

18 DE DEZEMBRO

"QUERIDO PAI,

Estou aqui no sótão. A Mulher de Vento está bem chateada com algo esta noite. Está suspirando muito triste pela janela. E, ainda assim, na primeira vez que a ouvi esta noite, o lampejo apareceu. Senti como se tivesse acabado de ver algo que aconteceu há muito, muito tempo... Algo tão lindo que chegou a doer.

O primo Jimmy disse que vai cair uma tempestade de neve hoje à noite. Isso me agrada. Gosto de ouvir uma tempestade à noite. É tão gostoso se aconchegar nos cobertores e pensar que ela não tem como chegar em você. O único problema é que, quando me aconchego, a tia Elizabeth diz que me remecho demais. E pensar que tem gente que não sabe a diferença entre se aconchegar e se remecher...

229

Fiquei feliz que vai ter neve no Natal. A ceia dos Murray vai ser em Lua Nova este ano. É nossa vez. Ano passado, foi na casa do tio Oliver, mas o primo Jimmy ficou gripado e não pôde ir, então fiquei em casa com ele. Este ano, vou estar bem no olho do furacão, e estou empougada. Vou escrever sobre tudo quando acabar, meu querido.

Quero lhe contar algo, pai. Tenho vergonha, mas acho que vou me sentir melhor se contar a você. No último sábado, a Ella Lee deu uma festa de aniversário, e fui convidada. A tia Elizabeth me deixou vestir meu vestido novo de caxemira. É um vestido muito bonito. A tia Elizabeth queria que fosse marrom-escuro, mas a tia Laura insistiu que fosse azul. Eu me olhei no espelho e me lembrei de que a Ilse tinha me dito que o pai dela lhe disse que eu seria mais vistosa se fosse mais corada. Então belisquei minhas bochechas para elas ficarem vermelhas. Fiquei muito mais bonita, mas não durou. Daí, peguei uma flor de crista-de-galo que a tia Laura havia usado para enfeitar uma touca, molhei e esfreguei o vermelho dela nas faces. Fui à festa, e todas as meninas ficaram olhando para mim, mas nenhuma disse nada; a Rhoda Stuart só ria. Minha intenção era limpar o vermelho antes que a tia Elizabeth me visse. Mas ela deu a veneta de me buscar quando estivesse voltando para casa depois de ir à loja. Ela não disse nada lá, mas, quando chegamos em casa, ela perguntou: 'O que andou botando no rosto, Emily?'. Respondi e esperei receber uma baita bronca, mas tudo que ela disse foi: 'Você não percebe que ficou vulgar?'. Eu percebia. Tive essa sensação o tempo todo, mas não conseguia pensar em uma palavra exata para descrevê-la. 'Nunca mais farei isso, tia Elizabeth', eu disse. 'É melhor mesmo', ela respondeu. 'Vá lavar o rosto neste instante'. Lavei e fiquei bem menos bonita, mas me senti muito melhor. O que é estranho, querido pai, é que ouvi a tia Elizabeth rindo ao contar isso à tia Laura na despensa mais tarde. A gente nunca sabe o que vai fazer a tia Elizabeth rir. Tenho certeza de que foi muito mais engraçado quando a Sal Sapeca me seguiu para a reunião de oração na última quarta à noite, mas a tia Elizabeth não riu nem um pouco quando isso aconteceu. Eu nem sempre vou ao encontro de oração, mas a tia Laura não pôde ir nessa noite, então a tia Elizabeth me levou, porque ela não gosta de ir sozinha. Eu não sabia que a Sal estava nos seguindo, até que, bem quando chegávamos na igreja, eu a vi. Eu a espantei, mas, depois que entramos, imagino que ela tenha entrado escondido quando alguém abriu a porta e subido para a galeria. E, bem quando o senhor Dare começou a rezar, ela se pôs a miar. O barulho era horrível naquela galeria vazia. Eu me senti muito culpada e desolada. Não precisei pintar o rosto. Ele estava vermelho de vergonha, e os olhos da tia Elizabeth brilhavam de ira. O senhor Dare fez uma longa oração. Ele é surdo e não ouviu a Sal, do mesmo jeito que não havia ouvido quando se sentou em cima dela. Mas todas as outras pessoas ouviram, e os meninos riram. Depois da oração, o senhor Morris subiu à galeria e correu atrás da Sal. Podíamos ouvi-la pulando em cima dos bancos, com o senhor Morris atrás. Fiquei desesperada de medo que ele a machucasse. Eu mesma iria dar umas varadas nela no dia seguinte, mas não queria que a chutassem. Depois de um bom tempo, ele conseguiu espantá-la para fora da galeria, e ela então correu escada abaixo e igreja adentro, subiu uma fileira e desceu a outra, e assim fez duas ou três vezes, tão rápido quanto podia, sendo perseguida pelo senhor Morris com uma vassoura. É muito engraçado pensar nisso agora, mas não achei nada engraçado na hora. Fiquei com tanta vergonha e com tanto medo de a Sal se machucar.

Por fim, o senhor Morris a espantou para fora. Quando ele se sentou, fiz careta para ele por trás do hinário. Quando voltávamos para casa, a tia Elizabeth disse: 'Espero que tenha nos envergonhado o suficiente esta noite, Emily Starr. Nunca mais a trago para o encontro'. Sinto muito ter envergonhado os Murray, mas não entendo por que sou culpada; além disso, não gosto dos encontros de oração, porque são chatos.

Mas nessa noite não foi chato, querido pai.

Percebeu que minha ortografia melhorou? Pensei em um plano muito bom. Escrevo minha carta primeiro e, aí, consulto todas as palavras que não tenho certeza de que escrevi corretamente, então as corrijo. Mas, às vezes, acho que uma palavra está certa, e não está.

Eu e a Ilse desistimos do nosso idioma. Brigamos por conta dos verbos. A Ilse não queria que tivéssemos nenhum tempo verbal. Queria que tivéssemos uma palavra completamente diferente para cada tempo. Eu respondi que, se fosse criar uma língua, seria uma língua adequada. A Ilse se irritou e disse que já se aborrecia o suficiente com a gramática inglesa e que, se quisesse, eu que criasse minha língua sozinha. Mas isso não tem graça, então desisti. Fiquei triste, porque estava muito interessante e era tão divertido deixar as meninas da escola perplexas. Pudemos ficar quites com os meninos franceses, no fim das contas, porque a Ilse teve dor de garganta durante toda a colheita de batatas e não pôde vir. A vida, às vezes, me parece cheia de frustrações.

Tivemos prova na escola esta semana. Fui muito bem, salvo em Aritmética. A professora Brownell explicou alguma coisa sobre as questões, mas eu estava ocupada compondo uma história na mente e não a ouvi, daí tirei uma nota ruim. A história se chama O segredo de Madge MacPherson. *Vou comprar quatro maços de papel pautado com o dinheiro dos meus ovos, costurá-los na forma de caderno e escrever a história neles. Posso fazer o que quiser com o dinheiro dos ovos. Acho que, quando crescer, vou escrever romances, além de poesias. Mas a tia Elizabeth não me deixa ler nenhum romance, então como posso saber como escrevê-los? Outra coisa que me preocupa é que, quando eu crescer e escrever um lindo poema, as pessoas não percebam quão lindo ele é.*

O primo disse que um homem em Priest Pond anda dizendo que o fim do mundo está próximo. Espero que ele não chegue ainda até eu ver tudo que existe no mundo.

O pobre Elder MacKay está com caxumba.

Fui dormir na casa da Ilse outro dia porque o pai dela estava fora. A Ilse agora reza e disse que apostava qualquer coisa que conseguia rezar por mais tempo que eu. Eu disse que ela não conseguiria e fiz uma longa oração sobre tudo que consegui pensar e, quando não consegui pensar em mais nada, pensei primeiro em começar de novo. Mas aí pensei: 'Não, isso não seria honesto. Uma Starr deve ser sempre honesta'. Então me levantei e disse: 'Você ganhou', mas a Ilse não respondeu. Dei a volta na cama e lá estava ela, dormindo de joelhos. Quando a acordei, ela disse que teríamos que cancelar a aposta, porque ela poderia ter continuado rezando por muito e muito tempo se não tivesse dormido.

Depois de termos nos deitado, contei a ela várias coisas que depois desejei não ter contado. Segredos.

Outro dia, na aula de História, a professora Brownell leu que Sir Walter Raleigh[49] ficou preso na Torre de Londres por catorze dias. O Perry perguntou: 'Ninguém o ajudou a se levantar depois da queda?'. A professora Brownell o castigou pela impertinência, mas ele falava sério. A Ilse ficou furiosa com a professora Brownell por açoitar o Perry, e com o Perry, por fazer uma pergunta tão besta, como se fosse burro. Mas o Perry disse que vai escrever um livro de História algum dia sem esses trocadilhos.

Estou terminando a Casa Desolada em minha cabeça. Estou mobiliando os cômodos de acordo com flores. Vou ter o cômodo das rosas, todo cor-de-rosa, e o dos lírios, todo branco e prateado, e o dos amores-perfeitos, azul e dourado. Queria que a Casa Desolada tivesse um Natal. Ela jamais teve nenhum Natal.

Ah, pai, acabo de pensar algo muito bom. Quando eu crescer e escrever um grande romance e ganhar muito dinheiro, vou comprar a Casa Desolada e terminá-la. Daí ela não vai mais ficar desolada.

---

[49] Walter Raleigh (c. 1552-1618), colonizador inglês que fundou o primeiro (e malfadado) núcleo de colonização britânica nas Américas, na ilha de Roanoke. Foi decapitado por ordem do rei Jaime I. (N.T.)

A professora Willeson, da Escola Dominical da Ilse, deu a ela uma Bíblia por aprender duzentos versículos. Mas, quando ela chegou em casa com o presente, o pai dela a jogou no chão e a chutou para o jardim. A senhora Simms disse que ele vai ser castigado por isso, mas nada aconteceu ainda. O pobre homem está desvirtuado. É por isso que fez essa coisa feia.

A tia Laura me levou ao funeral da velha dona Mason quarta-feira passada. Gosto de funerais. São tão dramáticos.

Meu porco morreu semana passada. Foi uma grande perda financeira para mim. A tia Elizabeth disse que o primo Jimmy o alimentou bem demais. Acho que não devia ter dado a ele o nome de John Altivo.

Temos que desenhar mapas na escola agora. A Rhoda Stuart sempre recebe as notas mais altas. A professora Brownell não sabe que a Rhoda só coloca o mapa sobre o vidro da janela e uma folha sobre ele e então copia. Gosto de desenhar mapas. A Noruega e a Suécia parecem um tigre, com montanhas no lugar de listras; e a Irlanda parece um cachorrinho de costas para a Inglaterra, com as patinhas erguidas; e a África parece um enorme pernil. A Austrália é ótima de desenhar.

A Ilse está indo muito bem na escola agora. Ela diz que não quer que eu ganhe dela. Quando quer, consegue aprender em um santiamém, como diz o Perry, e ganhou a medalha de prata do Condado de Queens. A W.C.T.U.[50] de Charlottetown concedeu a medalha à melhor recitadora. Houve um concurso em Shrewsbury, e a tia Laura levou a Ilse, porque o doutor Burnley não queria levar, e a Ilse ganhou. A tia Laura disse ao doutor Burnley, quando ele veio aqui outro dia, que ele deveria dar a Ilse uma boa educação. Ele disse: 'Não vou gastar dinheiro educando uma fêmea'. E ele parecia bravo feito uma nuvem de tempestade. Oh, queria que o doutor Burnley amasse a Ilse. Fico tão feliz que você tenha me amado, papai."

---

[50] Women's Christian Temperance Union (N.T.)

22 DE DEZEMBRO

"Querido pai, hoje tivemos exame na escola. Foi uma ocasião muito especial. Quase todos estavam lá, exceto o doutor Burnley e a tia Elizabeth. Todas as meninas usaram seus melhores vestidos, salvo eu. Eu sabia que a Ilse não tinha nada para vestir além do velho vestido xadrez do inverno passado, que já está curto demais para ela. Assim, para evitar que ela se sentisse mal, vesti meu vestido marrom velho também. A tia Elizabeth não queria deixar, porque os Murray de Lua Nova devem estar sempre bem-vestidos, mas, quando expliquei a situação da Ilse, ela olhou para a tia Laura e disse que eu podia.

Rhoda Stuart caçoou de mim e da Ilse, mas joguei brasas acesas na cabeça dela. (Isso é o que se chama figura de linguagem.) Ela travou durante a recitação. Havia deixado o livro em casa, e mais ninguém sabia aquele texto, só eu. No início, eu a olhei com expressão de triunfo. Mas depois me senti estranha e pensei: 'Como me sentiria se travasse diante de uma quantidade tão grande de gente, como ela? Além disso, estava em jogo a honra da nossa escola'. Assim, como estava perto dela, sussurrei-lhe as palavras. Depois, pude seguir com o restante. O estranho, papai querido, é que já não sinto que a odeio. Sinto-me muito bem em relação a ela, e isso é muito melhor. É incômodo odiar as pessoas."

28 DE DEZEMBRO

"QUERIDO PAI,

O Natal acabou. Foi muito bonito. Nunca vi tantas coisas boas sendo preparadas ao mesmo tempo. O tio Wallace, a tia Eva, o tio Oliver, a tia Addie e a tia Ruth estiveram aqui. O tio Oliver não trouxe nenhum dos filhos, o que, para mim, foi uma decepção. O doutor Burnley e a Ilse também vieram. Todos trajavam roupas de gala. A tia Elizabeth usava um vestido preto de cetim com gola rendada e uma touca. Estava bonita, e senti orgulho dela. É agradável ver que os parentes estão bonitos, ainda que não se goste muito deles. A tia Laura usou um vestido de seda marrom, e a tia Ruth, um vestido cinza. A tia Eva estava muito elegante. Seu vestido tinha uma cauda. Mas cheirava a naftalina.

Usei meu vestido de caxemira azul e prendi os cabelos com fitas azuis, e a tia Laura deixou que eu usasse a faixa de seda azul com margaridas rosadas da mamãe, que ela tinha quando era pequena e morava em Lua Nova. A tia Ruth fungou ao me ver. Disse: ' Você cresceu muito, Emily. Espero que tenha melhorado'.

Mas, na verdade, não esperava. Vi isso muito claramente. Depois, me disse que minha bota estava desamarrada.

'Parece que melhorou', disse o tio Oliver. 'Não me surpreenderia que, no fim das contas, cresça e se torne uma moça muito forte e saudável.'

A tia Eva suspirou e sacudiu a cabeça. O tio Wallace não disse nada, mas apertou minha mão. A mão dele estava fria como um peixe. Quando saímos da sala de visitas para comer, pisei na cauda do vestido da tia Eva e ouvi que alguma costura se rompia em algum lugar. A tia Eva me empurrou para longe, e a tia Ruth disse: 'Que menina estranha você é, Emily'. Fiquei atrás da tia Ruth e mostrei a língua para ela. O tio Oliver faz barulho ao tomar a sopa. Estávamos usando toda a prataria boa. O primo Jimmy cortou os perus e me deu duas fatias do peito, porque sabe que gosto mais da parte branca. A tia Ruth disse: 'Quando eu era criança, me conformava com a asa', e o primo Jimmy pôs outra fatia em meu prato. A tia Ruth não disse mais nada até que o primo Jimmy tivesse terminado de cortar, então falou: 'Encontrei sua professora sábado passado em Shrewsbury, Emily, e ela não me deu notícias muito boas a seu respeito. Se você fosse minha filha, exigiria um relatório diferente'.

'Fico muito feliz por não ser sua filha', eu disse mentalmente. Não disse isso em voz alta, claro, mas a tia Ruth disse: 'Por favor, não

faça essa cara tão impertinente quando falo com você, Emily'. E o tio Wallace disse: 'É uma pena que tenha uma expressão tão pouco atrativa'.

'E você é convencido, autoritário e tacanho', eu disse, também mentalmente. 'Ouvi o doutor Burnley dizer isso.'

'Tem uma mancha de tinta no dedo', disse a tia Ruth. (Eu estivera escrevendo um poema antes do jantar.)

E então aconteceu uma coisa assombrosa. Os parentes sempre nos surpreendem. A tia Elizabeth disse: 'Ruth, eu gostaria que você e Wallace deixassem a criança em paz'. Eu não podia crer no que ouvia. A tia Ruth pareceu ofendida, mas, depois, me deixou em paz e só fungou quando o primo Jimmy tornou a me servir mais carne branca.

Depois disso, o jantar foi muito bom. E, quando chegou a sobremesa, todos começaram a falar, e era maravilhoso escutá-los. Contaram histórias e piadas dos Murray. Até o tio Wallace riu, e a tia Ruth contou algumas coisas da tia-avó Nancy. Eram sarcásticos, mas interessantes. A tia Elizabeth abriu a escrivaninha do avô Murray e tirou um velho poema que um amante havia escrito para a tia-avó Nancy quando ela era jovem, e o tio Oliver o leu. A tia-avó Nancy deve ter sido muito formosa. Será que algum dia alguém vai escrever um poema como aquele para mim? Se me deixassem fazer uma franja, talvez. Perguntei: 'A tia-avó Nancy era mesmo bonita assim?', e o tio Oliver me disse: 'Dizem que era, setenta anos atrás', e o primo Wallace acrescentou: 'Está bem conservada; ainda vai chegar aos 100', e o primo Oliver disse: 'Ah, ela já está tão acostumada a viver que não vai morrer nunca'.

O doutor Burnley contou uma história que não entendi. O tio Wallace gargalhou, e o tio Oliver levou o guardanapo à boca. A tia Addie e a tia Eva se entreolharam, depois olharam para o prato e então sorriram, tímidas. A tia Ruth pareceu ofendida, e a tia Elizabeth olhou para o doutor com frieza e disse: 'Creio que se esqueceu de que temos uma criança à mesa'. O doutor Burnley disse muito educadamente: 'Peço perdão, Elizabeth'. Ele sabe falar de um jeito muito pomposo quando quer. Fica muito bonito quando se veste bem e se barbeia. A Ilse diz que está orgulhosa dele, mesmo que ele a odeie.

Após o jantar, os presentes foram distribuídos. É uma tradissão dos Murray. Não botamos meias nas lareiras nem enfeitamos uma árvore, mas uma enorme torta de aveia é passada com os presentes enterrados dentro e os nomes escritos em fitas presas a eles. Foi divertido. Todos os meus parentes me deram presentes úteis, menos a tia Laura. Ela me deu um frasco de perfume. Eu adorei. Adoro perfumes gostosos. A tia Elizabeth não gosta de perfumes. Ela me deu um avental novo, mas me alegro em dizer que não é de bebê. A tia Ruth me deu um Novo Testamento e me disse: 'Emily, espero que você leia um fragmento dele todos os dias, até que o termine', e eu disse: 'Mas, tia Ruth, já li o Novo Testamento uma dúzia de vezes (e é verdade)'. Adoro o Apocalipse. (E adoro mesmo. Quando li o versículo 'e as doze portas eram doze pérolas', cheguei a vê-las, e o lampejo apareceu.) 'Não se lê a Bíblia como se fosse um livro de histórias', disse a tia Ruth, fria. O tio Wallace e a tia Eva me deram um par de luvas pretas, e o tio Oliver e a tia Addie me deram um dólar inteirinho em moedas novas de prata, e o primo Jimmy me deu um laço de cabelo. O Perry havia deixado um marcador de livros de seda para mim. Havia ido passar o Natal com a tia Tom em Stovepipe Town, mas guardei um montão de nozes e passas para ele. Dei lenços para ele e para o Teddy (o do Teddy era um pouco mais bonito) e à Ilse uma fita de cabelo. Comprei tudo isso com o dinheiro dos ovos. (Durante um tempo, não vou mais ter dinheiro, porque minha galinha parou de botar.) Todos estavam muito contentes, e houve um momento em que o tio Wallace sorriu para mim. Quando sorria, não me parecia tão feio.

Depois do jantar, eu e a Ilse fomos brincar na cozinha, e o primo Jimmy nos ajudou a fazer caramelo. A ceia foi abundante, mas ninguém comeu muito, porque o jantar havia sido muito farto. A cabeça da tia Eva doía, e a tia Ruth disse que não entendia por que

Elizabeth fazia as salsichas tão gordurosas. Mas os demais estavam de bom humor, e a tia Laura conseguiu manter as coisas bastante agradáveis. Ela é boa em manter as coisas agradáveis. E, quando tudo havia acabado, o tio Wallace disse (outra tradissão dos Murray): 'Pensemos um momento naqueles que se foram'. Gostei da maneira solene e doce como ele disse aquilo. Foi um daqueles momentos em que me alegro de que o sangue Murray corra em minhas veias. E pensei em você, papai querido, e no pobre Mike, e na tatara-tataravó Murray, e no meu caderno de relatos que a tia Elizabeth queimou, porque, para mim, ele era como uma pessoa. Então, todos demos as mãos e cantamos For Auld Lang Syne[51] *antes que eles fossem embora. Já não me sentia uma estranha entre os Murray. Eu e a tia Laura ficamos no alpendre observando-os enquanto partiam. A tia Laura botou o braço em meus ombros e me disse: 'Eu e sua mãe sempre ficávamos aqui, Emily, muito tempo atrás, para ver os convidados indo embora depois de terem passado o Natal aqui'. A neve chiou, os sinos ecoaram entre as árvores e o telhado congelado do chiqueiro brilhou à luz do luar. E era tudo tão bonito (os sinos, o gelo, a grande noite branca e reluzente) que o lampejo de inspiração surgiu, e isso foi o melhor de tudo."*

---

[51] Tradicional canção natalina em língua anglo-escocesa. (N.T.)

"Romântico, mas nada agradável"

Algo sucedeu em Lua Nova porque Teddy Kent fez um elogio a Ilse Burnley um dia, e Emily Starr não gostou nada disso. Impérios caíram pela mesma razão.

Teddy patinava no gelo do lago de Blair Water e levava Ilse e Emily, alternadamente, para dar "voltinhas". Nem Ilse nem Emily tinham patins. Ninguém tinha muito interesse em Ilse para comprar patins para ela, e, quanto a Emily, tia Elizabeth não gostava que meninas patinassem. Tia Laura tinha a revolucionária ideia de que patinar seria um exercício saudável para Emily e, além disso, impediria que gastasse as solas das botas deslizando pelo gelo. Mas nenhum desses argumentos bastou para convencer tia Elizabeth, apesar da frugalidade que adquiria dos Burnley. Este último argumento, contudo, levou-a a decretar que Emily não "deslizasse" sobre o gelo. Emily recebeu isso muito mal. Andava cabisbaixa e escreveu ao pai: "Odeio a tia Elizabeth. É tão injusta. Nunca joga limpo". Todavia, um dia o doutor Burnley assomou a cabeça na porta da cozinha de Lua Nova e disse, áspero:

– Que história é essa de que você não deixa a Emily "deslizar", Elizabeth?

– Isso desgasta as solas das botas – respondeu ela.

– As botas que vão à... – o doutor se lembrou de que estava na presença de damas bem a tempo. – Deixe a criatura deslizar quanto quiser. Ela deveria estar ao ar livre o tempo todo. Ela deveria... – encarou Elizabeth com ar feroz – ... deveria dormir ao ar livre.

Elizabeth tremeu de medo diante da ideia de que o doutor persistisse naquele insólito procedimento. Sabia que ele tinha ideias absurdas quanto ao tratamento de tuberculosos e daqueles que poderiam vir a sê-lo. Alegrou-se em acalmá-lo dizendo que Emily poderia ficar ao ar livre o dia todo e fazer o que lhe aprouvesse, contanto que ele não dissesse nada sobre ficar fora a noite inteira também.

– Ele se preocupa muito mais com a Emily que com a própria filha – disse ela a Laura, amarga.

– A Ilse é muito saudável – respondeu tia Laura, com um sorriso. – Se fosse frágil, o Allan talvez até a perdoasse por... por ser filha da mãe dela.

– Pssssssiuuuu! – exclamou tia Elizabeth. Contudo, a reprimenda chegou tarde demais. Emily, que entrava na cozinha, ouvira o que tia Laura dissera e passou o dia na escola intrigada com aquilo. Por que Ilse precisaria ser perdoada por ser filha de sua mãe? Todo mundo é filho de alguma mãe, certo? Em que consistia o crime? Emily matutou tanto sobre o assunto que não conseguiu prestar atenção na aula, e a professora Brownell despejou sobre ela seu sarcasmo.

De volta ao lago de Blair Water, Teddy acabava de chegar com Emily de um passeio maravilhoso pelo imenso círculo de gelo. Ilse esperava sua vez na orla. A nuvem dourada de seus cabelos formava uma auréola ao redor do rosto e caía-lhe como uma onda resplandecente sobre a testa, sob a pequena e desbotada boina vermelha que usava. As roupas de Ilse eram sempre desbotadas. O beijo cortante do vento ruborizara suas bochechas, e seus olhos reluziam como lagos de âmbar incendiados. A sensibilidade artística de Teddy percebeu sua beleza e se regozijou nela.

– A Ilse é linda, não é? – disse ele.

Emily não era invejosa. Nunca ficara chateada quando ouvia Ilse ser elogiada. Mas, de alguma maneira, não gostou daquilo. Teddy olhava para Ilse com demasiada admiração. Na opinião de Emily, tudo se devia àquela iluminada franja sobre a alva testa de Ilse.

"Se *eu* tivesse franja, o Teddy talvez também me achasse bonita", pensou, ressentida. "Mas, claro, cabelos pretos não são tão bonitos quanto os loiros. Mas minha testa é muito grande; todos dizem que é. E realmente fiquei mais bonita no retrato do Teddy porque ele a cobriu com alguns cachos."

O sentimento não a abandonou nem enquanto voltava para casa caminhando sobre a terra cintilante coberta de neve, à luz do entardecer de inverno. Não conseguiu jantar, porque não tinha franja. Seu desejo de ter franja, por muito tempo escondido, parecia alcançar um pico agora. Ela sabia que não adiantaria implorar por uma a tia Elizabeth. Contudo, naquela noite, quando se preparava para dormir, subiu em uma cadeira para poder ver a pequena Emily-no-espelho. Levantou as pontas encaracoladas das tranças e colocou-as sobre a testa. Pelo menos aos olhos dela, o efeito era muito atraente. Subitamente, pensou em cortar ela mesma a franja. Não levaria mais que um minuto. E, uma vez cortada, o que tia Elizabeth poderia fazer? Ficaria muito irritada e com certeza a castigaria de alguma maneira. Mas a franja estaria ali, a menos que voltasse a crescer.

Com os lábios apertados, Emily procurou a tesoura. Destrançou os cabelos e separou os cachos na parte da frente. *Rip, rip*, fez a tesoura. Brilhantes mechas caíram a seus pés. Em um minuto, Emily tinha sua tão desejada franja. Sobre a testa agora caía-lhe uma lustrosa e levemente curvada franja. O corte alterou completamente as características de seu rosto. Tornava-a travessa, provocativa, interessante. Por uma fração de segundo, Emily observou seu reflexo com ar de triunfo.

Mas então... um completo terror se apossou dela. Ah, o que fizera? Tia Elizabeth ficaria furiosa! A consciência despertou subitamente, acrescentando sua parcela de tormento. Agira muito mal. Tia Elizabeth lhe dera um lar em Lua Nova; por acaso Rhoda Stuart não caçoara dela aquele dia na escola dizendo que ela "vivia de caridade"? E era assim que ela retribuía o gesto? Com desobediência e ingratidão? Uma Starr não deveria ter feito aquilo. Em meio ao pânico causado pelo medo e pelo remorso, Emily agarrou a tesoura e cortou a franja, bem rente ao couro cabeludo. Pior e pior! Emily contemplou o resultado, assombrada. Qualquer um seria capaz de perceber que uma franja fora cortada, portanto a ira de tia Elizabeth ainda haveria de ser enfrentada. E ela fizera uma verdadeira aberração! Nesse momento desatou a chorar, agarrou as mechas do chão e as jogou no lixo; apagou a vela e se enfiou na cama, bem na hora em que tia Elizabeth entrava.

Afundando o rosto nos travesseiros, Emily fingiu que estava dormindo. Tinha medo de que a tia lhe perguntasse algo e insistisse que ela a olhasse enquanto respondia. Aquela era uma tradição dos Murray: deviam-se olhar as pessoas nos olhos ao se falar com elas. Mas tia Elizabeth se despiu em silêncio e foi para a cama. O quarto estava totalmente escuro. Emily suspirou e se virou. Sabia que havia uma garrafa de gim cheia de água quente na cama, e seus pés estavam gelados. Contudo, não se achava digna do privilégio de aquecer os pés na garrafa. Era muito má; muito ingrata.

– Pare de se remexer – disse tia Elizabeth.

Emily não se remexeu mais – pelo menos não fisicamente. Quanto à mente, ela continuava a se contorcer. Sem conseguir dormir, seus pés ou sua consciência – talvez ambos – a mantinham acordada. Sem falar do medo que sentia. Temia a chegada da manhã, pois tia Elizabeth veria o que acontecera. Quem dera tudo aquilo já tivesse acabado! Emily se esqueceu de ficar quieta e se moveu.

– Por que está tão inquieta esta noite? – inquiriu tia Elizabeth, muito incomodada. – Está apanhando um resfriado?

– Não, senhora.

– Pois então volte a dormir! Não suporto essa mexeção. Parece que tem um peixe na cam... A-A-A-I-I!

Movendo-se um pouco, tia Elizabeth encostara os pés nos de Emily, que estavam gélidos.

– Misericórdia, menina, seus pés estão que nem gelo! Aqui, encoste-os na garrafa de gim.

Tia Elizabeth empurrou a garrafa para junto dos pés de Emily. Que gostoso, quentinho e aconchegante era!

Emily achegou os dedos contra ela feito um gato. Mas, subitamente, decidiu que não seria capaz de esperar até a manhã.

– Tia Elizabeth, preciso confessar algo.

Cansada e sonolenta, tia Elizabeth não queria saber de confissões àquela hora. Em tom nada gracioso, disse:

– O que você fez?

– Eu... eu cortei uma franja, tia Elizabeth.

– Uma franja?! – tia Elizabeth sentou-se na cama.

– Mas já cortei ela também – disse Emily, apressada. – Cortei tudinho, bem rente à cabeça.

Tia Elizabeth se levantou, acendeu a vela e examinou Emily.

– Olha só isso... Você fez *mesmo* um belo serviço – disse, severa. – Nunca vi uma menina tão feia quanto você está agora. E, além de tudo, agiu na surdina.

Aquele foi um dos momentos em que Emily se sentiu obrigada a concordar com tia Elizabeth.

– Sinto muito – disse ela, erguendo os olhos suplicantes.

– Esta semana você vai jantar na despensa – repreendeu tia Elizabeth. – E não vai à casa do tio Oliver na semana que vem, quando eu for. Eu havia prometido levá-la, mas não quero uma companhia com essa aparência para levar a lugar nenhum.

Aquilo foi duro. Emily estava ansiosa para visitar tio Oliver. Mas, de resto, estava aliviada. A pior parte passara, e seus pés estavam se aquecendo. Mas havia mais uma coisa. Já que o momento era oportuno, deveria aproveitar e tirar logo todo o peso do coração.

– Tem mais uma coisa que sinto que devo lhe contar.

Tia Elizabeth meteu-se na cama com um resmungo. Emily tomou aquilo como permissão.

– Tia Elizabeth, você se lembra daquele livro que encontrei na biblioteca do doutor Burnley e trouxe para casa e lhe perguntei se poderia ler? Chamava-se *The history of Henry Esmond*. Você olhou e disse que eu podia ler. Então eu li. Mas, tia Elizabeth, não era um livro histórico... Era um romance. E eu *sabia* disso quando o trouxe para casa.

– Você sabe muito bem que está proibida de ler romances, Emily Starr. São livros maléficos que já arruinaram muitas almas.

– O livro era bobo – retorquiu Emily, como se bobo e maligno fossem coisas completamente incompatíveis. – Além disso, ele me deixou muito triste. Todo mundo parece se apaixonar pela pessoa errada. Tia Elizabeth, tomei a decisão de nunca me apaixonar. Dá muito trabalho.

– Não fale de coisas que não entende e sobre as quais não cabe às crianças ficar pensando. É nisso que dá ficar lendo romances. Vou dizer ao doutor Burnley para trancar a biblioteca.

– Ah, não faça isso, tia Elizabeth! – exclamou Emily. – Não tem nenhum outro romance lá. Mas estou lendo um livro muito interessante. Fala sobre tudo que tem dentro da gente. Já cheguei na parte do fígado e de suas doenças. As imagens são tão atraentes. Por favor, me deixe terminá-lo.

Aquilo era pior que um romance. Tia Elizabeth estava verdadeiramente horrorizada. Não era adequado ler sobre as coisas de que somos constituídos.

– Não tem vergonha, Emily Starr? Se não tiver, eu tenho de você. Mocinhas não devem ler livros como esse.

– Mas, tia Elizabeth, por que não? Eu *tenho* fígado, não tenho? E coração, e pulmões, e estômago, e...

– Basta, Emily. Nem mais uma palavra.

Emily foi dormir infeliz. Desejou jamais ter dito uma palavra sobre *Esmond*. E sabia que jamais teria a chance de terminar aquele outro livro fascinante. E de fato não teve. A biblioteca do doutor Burnley foi trancada depois disso, e ele determinou rispidamente que Ilse e Emily ficassem longe de seu escritório. Estava de muito mau humor, pois conversara com Elizabeth Murray sobre o assunto.

Emily também não conseguiu se esquecer da franja, pois zombaram e riram dela na escola por causa disso, e, toda vez que olhava para Emily, os olhos de tia Elizabeth se voltavam para a franja, e o desdém que se revelava neles fazia Emily arder feito fogo. Contudo, à medida que o cabelo maltratado começou a crescer e a se encaracolar, Emily encontrou alento. A franja foi tacitamente permitida, e ela estava segura de estar muito mais bonita por isso. Evidentemente, tão logo ela crescesse o suficiente, sabia que tia Elizabeth ordenaria que ela a penteasse para trás. Mas, por ora, encontrava consolo em sua nova beleza.

A franja estava na medida perfeita quando chegou uma carta da tia-avó Nancy. Estava endereçada a tia Laura (a tia-avó Nancy e a tia Elizabeth não eram grandes fãs uma da outra). Na carta, ela dizia: "Se tiver uma foto daquela menina, Emily, envie-a para mim. Não quero vê-la: é estúpida; sei que é. Mas quero ver qual é a aparência da filha de Juliet. De Juliet e daquele jovem fascinante que era Douglas Starr. Porque ele, sim, era fascinante. Que idiotas todos vocês por terem feito tanta algazarra quando ela fugiu com ele. Se você e Elizabeth tivessem fugido com alguém nos seus dias de fugir com os outros, teria sido muito melhor para as duas".

Emily não viu essa carta. Tia Elizabeth e tia Laura tiveram uma longa e secreta conversa, então Emily foi informada de que seria levada a Shrewsbury para tirar uma foto, que seria enviada a tia Nancy. Emily ficou muito empolgada com isso. Vestiu seu vestido de caxemira azul, e tia Laura pôs uma gola de renda sobre ele, e o colar de contas venezianas sobre ela. Um novo par de botas de abotoar também foi comprado para a ocasião.

"Fico tão feliz que isso tenha acontecido enquanto ainda tenho franja", pensou Emily, alegre.

Mas, no camarim do fotógrafo, tia Elizabeth penteou a franja para trás e prendeu-a com grampos.

– Ah, por favor, tia Elizabeth, me deixe ficar com a franja solta – implorou Emily. – Só para a foto. Depois prendo de novo.

No entanto, tia Elizabeth estava irredutível. A franja foi penteada para trás, e a foto, tirada. Quando viu o resultado, tia Elizabeth ficou satisfeita.

– Está com cara de rabugenta, mas bem-arrumada. E tem certa semelhança com os Murray que nunca notei antes – disse ela a tia Laura. – Isso vai agradar tia Nancy. Apesar de estranha, ela é muito orgulhosa da família.

Emily desejou queimar todas as fotos. Odiou-as. Faziam com que parecesse horrenda. Seu rosto era só testa. Se enviassem aquilo a tia Nancy, ela pensaria que Emily era mais estúpida ainda. Quando tia Elizabeth colocou a foto em um envelope e pediu a Emily que a levasse ao correio, Emily já sabia o que fazer. Dirigiu-se rapidamente ao sótão e tirou de sua caixa a aquarela que Teddy fizera. Era exatamente do mesmo tamanho que a fotografia. Emily retirou a foto do envelope e a chutou longe.

– Essa não sou eu – disse. – Estou com cara de rabugenta porque estava rabugenta, por causa da franja. Mas raramente fico rabugenta assim, então não é justo.

Em seguida colocou o retrato feito por Teddy dentro do envelope, sentou-se e escreveu uma carta:

"QUERIDA TIA-AVÓ NANCY:

A tia Elizabeth mandou tirar uma foto minha para enviar a você, mas não gostei dela, porque saí feia. Estou enviando outro retrato em vez disso. Um artista amigo meu que fez. É exatamente como sou quando sorrio e quando minha franja está solta. Estou apenas emprestando-o à senhora, e não dando, pois o apressio muito.

De sua obediente sobrinha,
EMILY BYRD STARR.

P. S.: Não sou tão estúpida quanto a senhora pensa.
E. B. S.
P. S.: Nº 2. Não sou nada estúpida."

Emily juntou a carta ao retrato (burlando assim, inconscientemente, o correio) e escapuliu de casa para postá-la. Uma vez que a carta estava segura no correio, soltou um suspiro de alívio. A caminhada de volta para casa foi muito agradável. Era um dia suave de início de abril, e a primavera espiava por todos os cantos. A Mulher de Vento ria e assobiava pelos doces campos; os corvos conduziam conferências na copa das árvores; os raios de sol se refletiam sobre o musgo; o mar reluzia como uma safira além das dunas douradas; os bordos do bosque de John Altivo conversavam sobre botões vermelhos. Tudo que Emily jamais lera sobre sonhos, mitos e lendas parecia fazer parte do encanto daquele bosque. Sentiu-se plena de satisfação até a ponta dos dedos.

– Ah, sinto o cheiro da primavera! – exclamou ela, dançando ao longo do riacho.

Então começou a compor um poema sobre tudo aquilo. Qualquer pessoa que tenha vivido no mundo e sido capaz de rimar duas palavras já escreveu um poema sobre a primavera. É o tema mais rimado do mundo, e sempre será, pois é a própria poesia encarnada. Quem jamais escreveu pelo menos um poema sobre a primavera não pode se considerar um poeta de verdade.

Emily estava em dúvida se, em seu poema, deveria incluir elfos dançando ao lado do bosque à luz do luar ou fadas dormindo em uma cama de samambaias, quando algo a confrontou em uma curva; algo que não era nem elfo nem fada, mas que, de tão estranho, poderia muito bem pertencer a alguma tribo dos Pequenos Povos. Seria uma bruxa? Ou uma fada anciã com más intenções, isto é, a fada má de todos os contos encantados?

– Sou a tia Tom, do menino – disse a aparição, notando que Emily estava demasiado assombrada para fazer qualquer coisa além de ficar parada, olhando-a.

– Ah! – Emily soltou um suspiro aliviado. Já não estava mais com medo. Mas que senhora de aparência peculiar era tia Tom. Velha, mas tão velha que parecia impossível que ela jamais tivesse sido jovem; um capuz vermelho sobre os cabelos brancos; um rosto pequeno e cortado por milhares de rugas; um longo nariz com uma verruga na ponta; olhos acinzentados, brilhantes e ávidos sob um par de sobrancelhas espetadas; um casaco velho masculino que a cobria do pescoço aos pés; uma cesta em uma mão e um cajado nodoso na outra.

– Ficar olhando era considerado falta de educação na minha época – disse tia Tom.

– Ah! – disse Emily. – Desculpa... Como vai? – acrescentou, com um aperto de mão.

– Educada... E não muito orgulhosa – disse tia Tom, encarando-a com curiosidade. – Fui até a casa grande com um par de meias para o menino, mas era você que eu queria ver.

– Eu? – disse Emily, surpresa.

– Isso. O menino tem falado bastante de você e meteu uma ideia na cabeça. Eu, particularmente, não achei nada má. Mas quero garantir antes de gastar meu dinheiro. Seu nome é Emily Byrd Starr, mas sua natureza é de um Murray. Responda: se eu pagar a educação do menino, você se casa com ele quando crescerem?

– Eu?! – repetiu Emily, parecendo ser tudo que era capaz de dizer. Estaria sonhando? *Só* podia.

– Sim, você. Você é metade Murray, e isso vai ser uma grande vantagem para o menino. Ele é inteligente e vai ser rico algum dia e mandar no país. Mas não gasto um centavo com ele, a não ser que você prometa.

– A tia Elizabeth não deixaria – choramingou Emily, temendo demais aquele estranho e velho corpo que tinha diante de si para negar por conta própria.

– Se você for mesmo uma Murray, vai fazer a própria escolha – disse tia Tom, trazendo o rosto tão perto de Emily que os fios da farta sobrancelha fizeram cócegas no nariz dela. – Diga que se casa com ele, e ele poderá ir à universidade.

Emily parecia ter perdido a fala. Não conseguia pensar em nada para dizer. Se pudesse apenas acordar! Não era capaz nem de correr.

– Diga! – insistiu tia Tom, batendo o cajado com violência em uma pedra que havia no caminho.

Emily estava tão horrorizada que teria dito qualquer coisa para escapar. Mas, nesse momento, Perry pulou do arvoredo de abetos, o rosto lívido de raiva, e agarrou tia Tom pelo ombro de um jeito bastante mal-educado.

– Vá para casa – disse ele, furioso.

– Veja, menino, meu querido – gaguejou tia Tom, fazendo-se de coitada. – Estava apenas tentando conseguir algo bom para você. Estava pedindo a ela que se casasse com você quando vocês cres...

– Eu mesmo peço! – Perry estava ainda mais irritado. – Você deve ter estragado tudo. Vá para casa... Vá para casa, já disse!

Tia Tom foi-se embora, resmungando:

– Então eu é que não sou boba de gastar meu dinheiro. Nada de Murray, nada de dinheiro, meu filho.

Quando ela desapareceu mais à frente no caminho, Perry voltou-se para Emily. Se antes estava pálido, agora estava completamente vermelho.

– Não dê atenção a ela; é doida – disse. – Claro que, quando crescesse, ia lhe pedir em casamento, mas...

– Eu não poderia... a tia Elizabeth...

– Ah, mas no futuro ela vai deixar. Vou ser premiê do Canadá algum dia.

– Mas eu não iria querer... Tenho certeza de que não...

– Mas vai querer, quando crescer. A Ilse é mais bonita, claro, e eu não sei por que gosto mais de você, mas o fato é que gosto.

– Nunca mais fale comigo assim – ordenou Emily, recobrando a dignidade.

– Ah, mas eu não vou... só quando crescer. Estou com tanta vergonha quanto você – disse Perry, com um sorriso tímido no rosto. – Só precisava me explicar depois que a tia Tom se meteu no assunto desse jeito. E não é culpa minha, então não fique brava comigo. Mas saiba que vou pedi-la em casamento algum dia. E acho que o Teddy também vai.

Com ar altivo, Emily já estava se afastando, mas se virou e respondeu friamente, olhando por cima do ombro:

– Se ele pedir, eu caso.

– Se fizer isso, arrebento a cabeça dele com um soco – berrou Perry, em um surto de raiva.

Mas Emily seguiu em frente, chegou em casa e subiu para o sótão, para pensar no assunto.

"Foi tudo muito romântico, mas nada agradável", concluiu. E aquele poema sobre a primavera jamais foi terminado.

A granja Wyther

Nenhuma resposta chegou da tia-avó Nancy Priest em relação ao retrato de Emily. Conhecendo bastante o jeito da tia-avó Nancy, tia Elizabeth e tia Laura não se surpreenderam em nada, mas Emily estava bastante preocupada. Talvez a tia-avó Nancy não tivesse gostado do que ela fizera; ou talvez ainda considerasse Emily estúpida demais para perder tempo com ela.

Emily não gostava que a achassem uma garota idiota. Escreveu uma carta bastante azeda à tia-avó Nancy em um de seus papéis de carta, na qual não mediu palavras para expressar sua opinião em relação ao conhecimento daquela velha dama sobre as regras de etiqueta epistolares. A carta foi dobrada e guardada na prateleira sob o sofá, mas serviu ao propósito de dar vazão à raiva. Emily parara de pensar sobre o assunto quando uma nova carta da tia-avó Nancy chegou em julho.

Elizabeth e Laura conversaram sobre ela na cozinha externa, esquecendo-se ou ignorando o fato de que Emily estava sentada no degrau da porta. Emily imaginava-se comparecendo a uma recepção da rainha Vitória. Trajada de branco, com penas de avestruz, véu e cauda, acabara de se curvar para beijar a mão da rainha quando a voz de tia Elizabeth estilhaçou seu sonho tal qual uma pedra lançada em um lago despedaça o reflexo das fadas.

– Qual é a sua opinião, Laura – perguntou tia Elizabeth –, sobre deixar que Emily visite tia Nancy?

Emily apurou os ouvidos. Que conversa era aquela?

– Nas cartas, ela parece bastante ansiosa para conhecer a menina – disse Laura.

Elizabeth fungou.

– Isso é capricho. Você sabe como ela é de veneta. É bem provável que, quando a Emily chegar lá, ela já tenha mudado de ideia e não queira mais saber dela.

– Sim, mas, por outro lado, se não a deixarmos ir, tia Nancy ficará muito ofendida e jamais nos perdoará; ou a Emily. Ela jamais terá sua chance.

– Não sei se a chance dela vale muito. Se tia Nancy realmente tiver algum dinheiro além da pensão (e isso é algo que nem você, nem eu, nem nenhuma vivalma sabe, exceto a Caroline), o mais provável é que o deixe para os Priest. Pelo que sei, Leslie Priest é o favorito dela. Tia Nancy sempre gostou mais da família do marido que da nossa, mesmo que esteja sempre falando mal deles. Ainda assim, ela *talvez* se afeiçoe a Emily... As duas são tão estranhas que talvez deem certo... Mas você conhece o jeito dela de falar. Dela e daquela velha detestável da Caroline.

– A Emily é jovem demais para entender – disse tia Laura.

– Entendo mais do que você imagina! – exclamou Emily, ofendida.

Tia Elizabeth abriu a porta da cozinha externa em um só golpe.

– Emily Starr, ainda não aprendeu a não escutar a conversa dos outros?

– Não fiz de propósito. Achei que soubesse que estava sentada aqui... Não tenho como evitar que meus ouvidos ouçam. Por que vocês não sussurraram? Quando sussurram, sei que o que estão falando é segredo e não fico tentando ouvir. Vou visitar a tia-avó Nancy?

– Ainda não decidimos – respondeu tia Elizabeth com frieza, e Emily não recebeu mais nenhuma satisfação pelo restante da semana. Ela mesma não sabia se queria ir ou não. Tia Elizabeth começara a fazer queijo (Lua Nova era conhecida por seus queijos), e Emily achava todo o processo fascinante, desde o momento em que se punha o coalho no leite novo e morno até que a coalhada branquinha fosse colocada nos arcos e prensada com uma enorme pedra redonda que havia no velho jardim, usada para prensar os queijos de Lua Nova havia mais de cem anos. Além disso, ela, Ilse, Teddy e Perry estavam dedicados de corpo e alma a "interpretar" o *Sonho de uma noite de verão* no bosque de John Altivo, e isso era muito maravilhoso. Quando entravam no bosque, saíam do reino da luz do dia e das coisas conhecidas e entravam no da penumbra, do mistério e do encantamento. Teddy pintara um belíssimo cenário em algumas tábuas velhas e alguns pedaços de vela que Perry conseguira no porto; Ilse criara lindas asas de fada com lenços de papel e ouropel; e Perry fez uma cabeça de burro muito realista para "Novelo" usando uma velha pele de carneiro. Emily trabalhara alegremente durante várias semanas copiando os diferentes papéis e adaptando-os às circunstâncias. Havia "cortado" a obra de maneira que teria atormentado a alma de Shakespeare, mas, no fim das contas, o resultado foi muito bonito e coerente. Não os preocupava o fato de que quatro pequenos atores tivessem de interpretar seis personagens cada. Emily era Titânia, Hérmia e várias outras fadas; Ilse era Hipólita e Helena, mais algumas outras fadas; e os meninos eram o que quer que o diálogo demandasse. Tia Elizabeth não ficou sabendo de nada; teria posto um fim na coisa toda, pois achava que teatro era algo muito maligno; mas tia Laura estava a par da trama, e primo Jimmy e John Altivo já haviam assistido a um ensaio à luz do luar.

Ter de ir e deixar tudo isso, mesmo que apenas por um tempo, seria bem triste, mas, por outro lado, Emily ardia de curiosidade de conhecer a tia-avó Nancy e a Granja Wyther, sua excêntrica e antiga casa em Priest Pond, com seus famosos cachorros de pedra sobre as colunas do portão. De forma geral, pensava que gostaria de ir; e, quando viu tia Laura remendando suas anáguas brancas engomadas, e tia Elizabeth limpando um baú no sótão, soube, antes que lhe contassem, que iria visitar Priest

Pond. Assim, acrescentou um pedido de desculpas à carta que escrevera para tia Nancy.

Ilse se entristeceu com o fato de Emily ir visitar a tia. Na realidade, ela se sentia arrasada com a ideia de passar um mês ou mais sem a inseparável amiga. Sem mais tardes alegres de encenação no bosque de John Altivo; sem mais discussões acaloradas. Além do mais, Ilse jamais havia ido a lugar algum visitar alguém e se ressentia disso.

– Se fosse eu, não iria de jeito nenhum à Granja Wyther – disse Ilse. – É mal-assombrada.

– É nada.

– É, sim! É assombrada por um fantasma que dá para sentir e ouvir, mas nunca ver. Ah, não queria ser você por nada neste mundo! Sua tia-avó Nancy é uma rabugenta, e a velha que mora com ela é bruxa. Ela vai jogar um feitiço em você. Você vai definhar e morrer.

– Não vou! Ela não é isso!

– Ah, e ela faz os cachorros de pedra no portão uivarem toda noite se alguém chega perto do lugar. Eles fazem "Ahuuuu".

Não era à toa que Ilse era uma recitadora nata. Aquele "ahuuuu" era extremamente macabro. Mas, à luz do dia, Emily era tão valente quanto uma leoa.

– Você está com inveja – disse ela, e foi-se embora.

– Não estou, não, sua centopeia verborrágica – gritou Ilse atrás dela. – Está se achando porque sua tia tem cachorros de pedra nos portões! Ora essa, conheço uma mulher em Shrewsbury que tem cachorros dez vezes mais *pedrosos* que os da sua tia!

Mas, na manhã seguinte, Ilse foi despedir-se de Emily e pedir-lhe que escrevesse toda semana. Emily iria de carona com o Velho Kelly a Priest Pond. Tia Elizabeth ia levá-la, mas acordou se sentindo mal no dia, e tia Laura não podia ir. Primo Jimmy tinha que trabalhar no pasto de feno. Parecia que ela não poderia ir, e isso era muito sério, pois tia Nancy fora avisada para esperá-la naquele dia e não gostava de se frustrar. Se Emily não aparecesse em Priest Pond no dia combinado, tia-avó Nancy era bem capaz de bater a porta na cara dela quando ela finalmente desse por lá e de mandá-la de volta para casa. Nada além dessa convicção teria induzido tia Elizabeth a aceitar a sugestão do Velho Kelly de que Emily fosse com ele para Priest Pond. A casa dele ficava depois do vilarejo, e ele estava indo direto para lá.

Emily ficou muito satisfeita. Gostava do Velho Kelly e achou que uma viagem em sua bela carroça vermelha seria uma aventura e tanto. Seu pequeno baú foi amarrado no teto da carroça, e eles partiram de Lua Nova em grande estilo, com panelas e tigelas tremendo como em um terremoto.

– Eia, pangaré, eia! – incitou o Velho Kelly. – Sempre gosto de dar carona às moças bonitas. E quando vai ser o casamento?

– Casamento de quem?

– Quanto fingimento! O seu, ora essa!

– Não tenho a menor intenção de me casar... por agora – disse Emily, em perfeita imitação do tom e do jeito de tia Elizabeth.

– Claro, e você tem mesmo a quem puxar. A dona Elizabeth não teria dito isso melhor. Eia, pangaré, eia!

– O que quis dizer – disse Emily, temendo que tivesse ofendido o Velho Kelly – é que sou jovem demais para me casar.

– Quanto mais jovem, melhor; assim você causa menos dano com esses seus olhos de "vem cá". Eia, pangaré, eia! O bicho está cansado. Vamos deixá-lo ir no ritmo dele. Tome um pacote de doces. O Velho Kelly sempre trata bem as moças. Agora me conte sobre ele.

– Ele quem? – perguntou Emily, fazendo-se de desentendida.

– Seu namorado, óbvio.

– Não tenho namorado *nenhum*. Senhor Kelly, gostaria que o senhor não falasse dessas coisas comigo.

– Pois então não falo, se o assunto a incomoda. Não se sinta mal se não tiver um; vai ter vários daqui a pouco. E, se seu escolhido não souber o que é bom para ele, procure o Velho Kelly, que tenho um unguento de sapo.

Unguento de sapo! Aquilo soava horrível. Emily estremeceu. Mas preferia falar de unguento de sapo que de namorado.

– Para que ele serve?

– É uma poção do amor – respondeu o Velho Kelly, misterioso. – Pingue uma gotinha nos olhos dele e ele vai ficar apaixonado por você pelo resto da vida e nunca mais vai olhar para nenhuma outra garota.

– Não parece uma coisa muito boa – disse Emily. – Como se faz essa poção?

– É preciso ferver quatro sapos vivos até eles ficarem bem macios, daí você espreme...

– Oh, pare, pare! – implorou Emily, tapando os ouvidos. – Não quero ouvir mais nada! Como pode ser tão cruel?!

– Cruel, é? Você queria comer lagostas outro dia, e elas são fervidas vivas...

– Não acredito! Não acredito! Se isso for verdade, nunca mais vou comer. Oh, senhor Kelly, achei que o senhor fosse gentil e bondoso... Mas esses pobres sapos!

– Menina, é só uma piada. E você não vai precisar de unguento de sapo para ganhar o coração de seu amado. Agora espere... Tenho algo na gaveta atrás de mim que quero lhe dar de presente.

O Velho Kelly retirou uma caixa da gaveta e a pousou no colo de Emily. Dentro dela havia uma delicada escovinha de cabelo.

– Olhe a parte de trás – disse ele. – Você vai ver algo lindo... A única poção do amor de que jamais vai precisar.

Emily virou a escova e seu rosto a fitou de volta em um pequeno espelho embutido, adornado com pinturas de rosas.

– Oh, senhor Kelly! Que coisa linda! Digo, as rosas e o espelho – exclamou ela. – É para mim, de verdade? Oh, obrigada! Obrigada! Agora posso ver a Emily-no-espelho sempre que quiser. Posso carregá-la comigo. E você está só brincando sobre os sapos, não é?

– Claro que sim. Eia, pangaré, eia! Quer dizer que você está indo visitar a velha senhora em Priest Pond? Já foi lá?

– Não.

– A família Priest impera naquele lugar. É impossível andar por lá sem tropeçar em um. E tropeçar em um é tropeçar em todos. São tão orgulhosos e altivos quanto os Murray. O único homem que conheço é Adam Priest. Os outros se consideram importantes demais. Ele é uma ovelha negra e muito sociável. Mas, se você quiser saber como era o mundo na manhã depois do dilúvio, é só entrar no celeiro dele em dia de chuva. Escute bem, menina – o Velho Kelly baixou a voz misteriosamente –, nunca se case com um Priest.

– Por que não? – perguntou Emily, que jamais pensara em se casar com um Priest, mas ficou imediatamente curiosa para saber por que não deveria fazê-lo.

– Eles são péssimos para casar e conviver. As esposas morrem jovens. A velha senhora da Granja levou a melhor sobre o marido e conseguiu enterrá-lo, mas tinha a sorte dos Murray. Eu não arriscaria. O único Priest decente entre eles é o que chamam de Corcunda Priest, mas ele é velho demais para você.

– Por que o chamam de Corcunda?

– Um dos ombros dele é um tanto mais alto que o outro. Ele tem dinheiro e não trabalha. É amante dos livros, pelo que sei. Você carrega algo feito de ferro consigo?

– Não. Por quê?

– Deveria. Se as bruxas existem, a velha Caroline Priest, que mora na Granja, é uma delas.

– Nossa, bem que a Ilse disse. Mas, na verdade, não existe essa coisa de bruxa, senhor Kelly.

– Talvez seja verdade, mas é melhor prevenir. Tome, bote este prego de ferradura no bolso e não a irrite, se conseguir. Se importa se eu fumar?

Emily não se importava. Isso a deixaria livre para se ocupar dos próprios pensamentos, que eram mais agradáveis que a conversa de bruxas e sapos do Velho Kelly. A estrada de Blair Water a Priest Pond era magnífica, serpenteando ao longo da costa do golfo, atravessando rios e enseadas bordeados de pinheiros e dando, de quando em quando, em um dos lagos pelos quais aquela parte da costa norte era famosa: Blair Water, Derry Pond, Long Pond, Three Ponds (onde três lagunas azuis se uniam umas às outras feito três grandes safiras atadas a um fio de prata) e, finalmente, Priest Pond, o maior de todos, quase tão redondo quanto Blair Water. Enquanto viajavam, Emily sorvia a paisagem com olhos ávidos – tão logo quanto possível, precisava descrevê-la; guardara o caderno de Jimmy no baú para isso.

O ar que pairava sobre o grande lago e sobre as casas em volta dele parecia repleto de um pó cor de opala. A oeste, o céu avermelhado e um pouco nublado estendia-se sobre a Baía de Malvern mais além. Pequenas velas acinzentadas deslizavam próximo à orla, ladeada de pinheiros. Uma estrada lateral, pontilhada por densos arvoredos de abetos e bordos jovens, conduzia à Granja Wyther, mais abaixo. Que frio e úmido era o ar nos vales! E como cheiravam as samambaias! Emily sentiu-se triste quando chegaram à Granja Wyther e entraram pelo portão, acima dos quais os grandes cachorros de pedra se assentavam, pétreos e severos à luz do entardecer.

A grande porta do salão se abriu, e uma enxurrada de luz escorreu pelo gramado. Uma velhinha estava de pé lá dentro. O Velho Kelly pareceu subitamente apressado. Desceu Emily e o baú, deu um rápido aperto de mãos e sussurrou:

– Não se esqueça do prego. Adeus. Desejo-lhe cabeça fria e coração quente – e então partiu antes que a velhinha pudesse alcançá-los.

– Então essa é Emily de Lua Nova! – Emily ouviu uma voz estridente e falha dizer. Sentiu uma mão magra agarrar a sua e puxá-la em direção à porta. Sabia que não existiam bruxas, mas mesmo assim meteu a outra mão no bolso e tocou o pequeno prego.

Tratos com fantasmas

– Sua tia está na sala de visitas dos fundos – disse Caroline Priest. – Venha por aqui. Está cansada?

– Não – disse Emily, seguindo Caroline e analisando-a completamente. Se Caroline fosse bruxa, era uma bruxa muito miúda. Não chegava a ser mais alta que a própria Emily. Trajava um vestido preto de seda e uma pequena touca preta de redinha sobre os cabelos brancos amarelados. Seu rosto era mais enrugado do que Emily jamais suporia que um rosto pudesse ser, e ela tinha os peculiares olhos verde-acinzentados, como Emily descobriria mais tarde, característicos do clã Priest.

"Você pode ser bruxa", pensou Emily, "mas acho que posso com você."

Atravessaram o espaçoso saguão, vislumbrando, em ambos os lados, amplas, escuras e esplêndidas salas; então passaram pela cozinha e entraram em uma estranha salinha de fundos. Era longa, estreita e escura. Em um dos lados, havia uma fileira de quatro janelas pequenas; no outro, cristaleiras que iam do chão ao teto, com portas de madeira escura e brilhante. Emily sentiu-se uma das heroínas de um romance gótico, vagando à meia-noite por uma masmorra subterrânea, guiada por uma ímpia. Havia lido *Os mistérios de Udolfo*[52] e *O romance da floresta*[53] antes que a biblioteca do doutor Burnley se tornasse um local proibido. Tremeu. Aquilo era terrível, mas interessante.

Ao final do saguão, um lance de quatro degraus conduzia a uma porta. Ao lado dos degraus, um imenso relógio de coluna preto tomava quase toda a altura da parede.

– Trancamos as menininhas que se comportam mal dentro desse relógio aí – sussurrou Caroline, fazendo um aceno de cabeça para Emily enquanto abria a porta que levava à sala de visitas dos fundos.

"Vou tomar cuidado para você não me trancar aí dentro", pensou Emily.

A sala de visitas dos fundos era um cômodo bonito e excêntrico, onde a mesa do jantar estava posta. Caroline conduziu Emily através dela e bateu em outra porta, usando uma curiosa aldraba de latão que tinha a forma de um gato de Cheshire, com um sorrisinho tão irresistível que nos fazia querer sorrir também. Alguém disse: "Pode entrar", e elas desceram mais quatro degraus (haveria uma casa mais estranha que aquela?) que davam em um quarto. E lá estava a tia-avó Nancy, sentada em sua poltrona, com sua bengala preta recostada no joelho e suas pequeninas mãos brancas, ainda belas e reluzindo de anéis preciosos, descansando sobre o avental púrpura de seda.

Emily sentiu-se visivelmente desapontada. Depois de ouvir aquele poema no qual os belos cabelos cor de noz, os olhos castanhos luminosos e as bochechas de cetim rosadas de Nancy Murray eram louvados, esperava que, de alguma maneira, a tia-avó Nancy ainda fosse bela, apesar de seus 90 anos. Mas tia Nancy tinha cabelos brancos e pele amarelada cheia de rugas, além de postura encurvada, mas os olhos ainda eram brilhantes e sagazes. De alguma maneira, ela parecia uma fada anciã; uma fada sapeca, tolerante e anciã, mas que poderia facilmente se tornar má se alguém lhe

---

[52] Romance de Ann Radcliffe (1764-1823), publicado em 1794. (N.T.)
[53] Romance da mesma autora, publicado em 1791. (N.T.)

pisasse o calo. A única diferença era que fadas não usavam brincos com longas borlas douradas quase tocando os ombros, nem toucas brancas enfeitadas com amores-perfeitos.

– Então esta é a filha de Juliet! – exclamou ela, estendendo a mão brilhante para Emily. – Não fique tão assustada, menina. Não vou beijá-la. Nunca fui de forçar beijos em crianças indefesas pelo simples motivo de elas terem a má sorte de serem minhas parentes. Agora, me diga, Caroline, com quem ela se parece?

Emily fez uma careta mental. Começaria mais um suplício de comparações, em que narizes, olhos e testas de defuntos seriam ressuscitados e comparados aos seus. E estava exausta de ver sua aparência sendo alvo de discussões em todas as reuniões de família.

– Não se parece muito com os Murray – disse Caroline, examinando seu rosto tão de perto que Emily deu um passo involuntário para trás. – Não é tão bonita quanto eles.

– Nem quanto os Starr. O pai dela era um homem lindo... Tão lindo que eu mesma teria fugido com ele se tivesse uns cinquenta anos a menos na época. Não tem nada de Juliet nela que eu consiga ver. Juliet era bonita. Você não é tão bonita quanto parecia ser naquele seu retrato, mas não esperava mesmo que fosse. Retratos e epitáfios não são confiáveis. Onde está sua franja, Emily?

– Tia Elizabeth a penteou para trás.

– Pois pode deixá-la solta enquanto estiver em minha casa. Tem algo de seu avô Murray em suas sobrancelhas. Seu avô era um homem bonito, mas mal-humorado para danar! Quase tão mal-humorado quanto os Priest. Não acha, Caroline?

– Por favor, tia-avó Nancy – disse Emily, com convicção –, não gosto que me digam que me pareço com outras pessoas. Gosto de me parecer comigo mesma.

Tia Nancy riu.

– Vejo que é corajosa. Isso é bom. Nunca gostei de crianças submissas. E quer dizer que não é estúpida?

– Não sou, não.

Desta vez, tia Nancy sorriu. Os dentes postiços eram estranhamente jovens e brancos no rosto velho e manchado.

– Ótimo. É melhor ser inteligente que bonita. A inteligência permanece; a beleza, não. Sou exemplo disso. Já a Caroline nunca teve nem beleza nem inteligência, não é, Caroline? Venha, vamos jantar. Graças aos céus, meu apetite continua vivo, ainda que a beleza, não.

Tia-avó Nancy subiu os dégraus e, coxeando com a ajuda da bengala, dirigiu-se à mesa. Sentou-se em uma das extremidades, e Caroline, em outra. Emily ficou no meio, sentindo-se um tanto desconfortável. Mas sua paixão predominante seguia sendo forte, e já compunha uma descrição de ambas as mulheres para seu caderno.

"Será que alguém ficará triste quando você morrer?", pensou ela, olhando atentamente para o rosto murcho e envelhecido de Caroline.

– Agora, me conte – disse tia Nancy. – Se você não é estúpida, por que é que me escreveu aquela primeira carta tão estúpida? Meu Deus, como era estúpida! Quando quero castigar Caroline por ter agido mal, leio a carta para ela.

– Eu não poderia ter escrito uma carta diferente, porque tia Elizabeth disse que a leria.

– Bem a cara de Elizabeth. Bom, aqui você pode escrever o que quiser… e dizer o que quiser… e fazer o que quiser. Ninguém vai se intrometer ou tentar educá-la. Eu a convidei para uma visita, não para lhe dar aulas de disciplina. Acho que isso você já tem o bastante em Lua Nova. Aqui, a casa inteira está à sua disposição, e você pode escolher um rapaz que lhe agrade entre os Priest para ser seu namorado. Não que os jovens de hoje sejam o que costumavam ser na minha época.

– Não quero nenhum namorado – retorquiu Emily, sentindo-se verdadeiramente incomodada. Já não bastasse a cantilena do Velho Kelly sobre namorados durante a viagem inteira, agora lá estava tia Nancy começando o mesmo assunto desnecessário.

– Não me diga! – exclamou tia Nancy, gargalhando tanto que os brincos se balançaram. – Nunca houve uma Murray em Lua Nova que não quisesse um namorado. Na sua idade, eu tinha bem uma meia dúzia. Todos os rapazinhos de Blair Water brigavam para ver quem ficaria comigo. Já a Caroline nunca teve namorado na vida, não é, Caroline?

– Eu nunca quis – respondeu Caroline, abrupta.

– A de 80 e a de 12 dizendo a mesma coisa, e ambas mentindo – disse tia Nancy. – De que adianta sermos hipócritas entre nós? Já não adianta muita coisa quando estamos entre homens... Caroline, notou como a mão de Emily é bonita? Tão bonita quanto as minhas quando eu era jovem. E ela tem um cotovelo de gata. A prima Susan Murray tinha um cotovelo assim. É estranho... ela tem mais traços de Murray que de Starr e, ainda assim, se parece com os Starr, e não com os Murray. Somos todos uns problemas estranhos de adição: o resultado nunca é o que se espera. Caroline, que pena que o Corcunda não esteja em casa. Ele iria gostar da Emily... Sinto que iria. O Corcunda é o único Priest que vai para o céu, Emily. Deixe-me ver seu tornozelo, bichana.

Muito a contragosto, Emily estendeu o pé. Tia Nancy assentiu com satisfação.

– É o tornozelo de Mary Shipley. Somente uma pessoa a cada geração sai com ele. Eu saí. O tornozelo dos Murray é grosso. Mesmo sua mãe tinha tornozelos grossos. Olhe o arco do pé, Caroline. Emily, você não é bela, mas, se souber usar seus olhos, suas mãos e seus pés adequadamente, vai conseguir se passar por bela. Os homens são fáceis de enganar, e, se alguma mulher disser que você não é, vai parecer que é inveja.

Emily decidiu que aquela era uma boa oportunidade para descobrir algo que a intrigara.

– O velho senhor Kelly disse que tenho olhos de "vem cá". Tenho, tia Nancy? E o que quer dizer isso?

– Kelly é um velho burro. Você não tem olhos de "vem cá"... Isso não é coisa de um Murray – tia Nancy riu. – Os Murray têm olhos de "sai para lá", e você também tem. Apesar de seus cílios contradizerem isso um pouco. Mas, às vezes, olhos como os seus, combinados com alguns outros atributos, são tão efetivos quanto olhos de "vem cá". Na maioria das vezes, os homens são do contra: se dizemos a eles para irem embora, eles se aproximam. Meu próprio Nathaniel era assim: a única forma de conseguir que ele fizesse algo era implorando que ele fizesse o contrário. Lembra-se, Caroline? Pegue outro biscoito, Emily.

– Ainda não peguei nenhum – disse Emily, um tanto ressentida.

Os biscoitos pareciam muito tentadores, e ela estivera esperando, desejosa, que eles lhe fossem oferecidos. Não entendeu por que tia Nancy e Caroline riram. A risada de Caroline era desagradável: uma risada seca e enferrujada; "sem suco", decidira Emily. Decidiu que escreveria em sua descrição que Caroline tinha uma "risada magra e estridente".

– O que você acha de nós? – inquiriu tia Nancy. – Ora, vamos lá. O que você realmente acha de nós?

Emily sentiu-se terrivelmente constrangida. Estava justamente pensando em escrever que tia Nancy era "murcha e ressequida", mas não poderia dizer isso; simplesmente não poderia.

– Diga a verdade e envergonhe o capeta – disse tia Nancy.

– Não é justo perguntar uma coisa dessas – choramingou Emily.

– Você acha – disse tia Nancy, com sorriso maroto – que sou uma velha horrorosa e que Caroline não é humana. E não é mesmo. Nunca foi. Mas você devia ter me visto setenta anos atrás. Eu era a mais linda dos lindos Murray. Os homens eram loucos por mim. Quando me casei com Nat Priest, os três irmãos dele quiseram cortar-lhe a garganta. Um realmente cortou a própria. Ah, eu causava um estrago na minha época! Meu único arrependimento é não poder viver tudo de novo. Foi uma vida boa enquanto durou. Eu era a rainha deles. As mulheres me odiavam, claro; todas, menos Caroline. Você sempre me adorou, não é, Caroline? E ainda me adora, não é, Caroline? Caroline, queria que você não tivesse essa verruga no nariz.

– E eu queria que você tivesse uma na língua – retorquiu Caroline, ferina.

Emily começava a se cansar e a ficar atordoada. Aquilo era interessante, e tia Nancy era bastante gentil, naquele seu jeito estranho. Mas, em casa,

Ilse, Perry e Teddy estariam se reunindo no bosque de John Altivo para seu passeio da tarde, e Sal Sapeca estaria sentada nos degraus da leiteria esperando que primo Jimmy lhe desse um pouco de nata. Subitamente, Emily percebeu que estava com saudade de Lua Nova da mesma forma que ficara de Maywood em sua primeira noite naquele lugar.

– A menina está cansada – observou tia Nancy. – Leve-a para o quarto, Caroline. Acomode-a no Quarto Rosa.

Emily seguiu Caroline através do salão escuro, da cozinha, do salão da frente, escadas acima, através de um longo corredor e depois de mais um longo corredor lateral. Mas para onde no mundo estaria sendo levada? Por fim, chegaram a um amplo quarto. Caroline acendeu a lamparina e perguntou a Emily se ela trouxera camisola.

– Claro que sim. Acha que tia Elizabeth me deixaria vir sem trazer uma?

Emily estava bastante indignada.

– Nancy disse que você pode dormir até a hora que quiser – disse Caroline. – Boa noite. Eu e a Nancy dormimos na ala antiga, obviamente, e os demais descansam em paz em seus túmulos.

Com esse comentário fúnebre, Caroline saiu e fechou a porta.

Emily se sentou em uma otomana bordada e olhou ao redor. As cortinas eram de um brocado rosa desbotado, e as paredes estavam cobertas de papel da mesma cor, decorado com diamantes formados por elos de rosas. Emily achou lindo aquele papel. No chão, estendia-se um tapete verde ostentosamente ornado com enormes rosas cor-de-rosa. Emily quase teve medo de pisar nele. Decidiu que aquele quarto era esplêndido.

"Mas tenho que dormir aqui sozinha, então preciso fazer minhas orações com bastante cuidado", refletiu ela.

Despiu-se às pressas, apagou a luz e meteu-se na cama. Cobriu-se até o queixo e ficou ali, olhando para o altíssimo teto branco. Estava tão acostumada à cama com dossel de tia Elizabeth que se sentia quase desprotegida naquela, mais baixa e mais moderna. Mas, pelo menos, a janela estava aberta de par a par – evidentemente, tia Nancy não compartilhava do horror de tia Elizabeth ao ar da noite. Através dela, Emily pôde ver os campos sob a lua amarela. Mas o quarto era grande e fantasmagórico. Sentia-se terrivelmente afastada de todos. Estava solitária e com saudade de casa. Pensou no Velho Kelly e em seu unguento. Talvez ele tivesse, sim, fervido os sapos vivos, afinal. Esse pensamento horrível a atormentou. Era terrível pensar em sapos, ou no que quer que fosse, sendo fervidos vivos. Jamais dormira sozinha antes. Repentinamente, ficou com medo. Como fazia barulho aquela janela! O barulho era horroroso; parecia que alguém, ou algo, estava tentando entrar. Pensou no fantasma de Ilse: um fantasma que não se podia ver, mas que se podia ouvir e sentir, era algo particularmente assustador. Pensou nos cachorros de pedra que faziam "Ahuuuu" à meia-noite. Um cachorro *de fato* começou a uivar em algum lugar. O que Caroline queria dizer com aquilo de que os demais descansam em paz em seus túmulos? O chão rangeu. Haveria alguém, ou algo, se esgueirando atrás da porta? Não havia algo se mexendo ali no canto? Sons misteriosos vinham do longo corredor.

– Não vou ter medo – disse Emily. – Não vou pensar nessas coisas e, amanhã, vou escrever sobre como me sinto agora.

Então ela realmente ouviu algo, bem atrás da parede, próximo à cabeceira da cama. Não havia dúvida quanto a isso. Não era imaginação. Ela ouviu distintamente uns ruídos estranhos e macabros, como se vestidos de seda se esfregassem um no outro; como se asas batessem no ar; então ouviu sons baixinhos e abafados, como se houvesse um bebezinho chorando e gemendo. Vez por outra, os sons diminuíam e em seguida recomeçavam.

Emily se encolheu sob os lençóis, gélida de pavor. Antes, seu medo era superficial; ela sabia que não havia nada a temer, mesmo que temesse. Algo nela a ajudava a suportar. Mas isto não era um equívoco; não era fruto da imaginação. Os ruídos, as asas batendo, os chorinhos e gemidos eram verdadeiramente reais. A Granja Wyther subitamente parecia um lugar horrível e macabro. Ilse estava certa: era, de fato, mal-assombrado. E ela estava completamente só ali, com quilômetros de quartos e salões entre ela e qualquer outro ser humano. Foi cruel da parte de tia Nancy colocá--la naquele quarto mal-assombrado. Ela deveria saber disso, aquela velha cruel, com seu orgulho macabro dos homens que se mataram por ela. Ah, queria estar de volta em Lua Nova, com tia Elizabeth a seu lado. Ela não era a companheira de cama ideal, mas era de carne e osso. E, se as janelas estivessem hermeticamente fechadas, manteriam fora os assombros tão bem quanto o ar da noite.

"Talvez ajude se eu rezar de novo", pensou Emily.

Mas nem isso ajudou.

Pelo resto da vida, Emily jamais se esqueceu daquela horrível primeira noite na Granja Wyther. Às vezes, sentia-se tão cansada que pestanejava, então acordava em poucos minutos, completamente apavorada, com o ruído e os gemidos atrás da cama. Todos os fantasmas, as almas penadas e as freiras ensanguentadas dos livros que lera vieram-lhe à mente.

"Tia Elizabeth tinha razão: romances não são uma leitura adequada", pensou. "Oh, vou morrer aqui... de pavor... Sei que vou. Sei que sou covarde... Não consigo ser corajosa."

Quando amanheceu, o quarto estava iluminado pela luz do sol e livre de sons misteriosos. Emily se levantou, vestiu-se e achou o caminho para a ala antiga. Estava pálida, com olheiras, mas determinada.

– Ora, ora. Como dormiu? – perguntou tia Nancy, graciosa.

Emily ignorou a pergunta.

– Quero voltar para casa hoje – disse, e tia Nancy a olhou.

– Para casa? Bobagem! Você é uma bebezinha chorona, com saudade de casa?

– Não estou com saudade de casa... não muita. Mas preciso ir para casa.

– Impossível. Não há quem a leve. Você não espera que Caroline a leve a Blair Water, espera?

– Então vou a pé.

Tia Nancy bateu a bengala no chão, irritada.

– Você fica aqui até que eu decida que pode ir, mocinha. Não tolero nenhum capricho senão os meus. Caroline sabe disso, não sabe, Caroline? Sente-se e tome seu café da manhã. Vamos!

Tia Nancy a encarou novamente.

– Não fico mais aqui – disse Emily. – Não passo nem mais uma noite naquele quarto horrível e mal-assombrado. Foi crueldade sua me botar lá. Se eu… – Emily encarou tia Nancy da mesma forma que era encarada. – Se eu fosse Salomé, pediria a *sua* cabeça.

– Por favor! Que baboseira é essa de quarto mal-assombrado? Não temos fantasmas na Granja Wyther. Temos, Caroline? Não achamos higiênico.

– Tem algo *horrível* naquele quarto… Fez ruído, gemeu e chorou a noite inteira na parede atrás da cama. Não vou ficar lá! Não…

As lágrimas de Emily começaram a descer apesar de seu esforço para contê-las. Estava tão nervosa que não podia evitar o choro. Já beirava a histeria. Tia Nancy olhou para Caroline, que lhe retribuiu o olhar.

– Devíamos ter avisado a ela. É tudo culpa nossa. Esqueci-me completamente… Faz tanto tempo que ninguém dorme no Quarto Rosa. Não é de admirar que ela tenha ficado com medo. Emily, minha pobre criança, estou envergonhada. Eu bem mereço ter minha cabeça servida em uma bandeja, sua coisinha vingativa. Deveríamos ter lhe avisado.

– Me avisado sobre… o quê?

– Sobre as andorinhas na chaminé. Foi isso que você ouviu. A chaminé central passa bem atrás da parede do seu quarto. Não a usamos mais, desde que mandamos construir as lareiras aqui dentro. Então as andorinhas construíram ninhos dentro dela… Centenas! Elas realmente fazem barulhos bem estranhos, brigando e batendo as asas.

Emily se sentiu muito boba e envergonhada, pois sua experiência fora realmente bastante penosa, assim como a de outros visitantes que com certeza haviam padecido terrivelmente ao passar a noite no Quarto Rosa da Granja Wyther. Nancy Priest, de fato, *havia* acomodado alguns hóspedes naquele quarto propositalmente, para assustá-los. Mas, em sua defesa, ela realmente se esquecera desse fato no caso de Emily e estava arrependida.

Emily não tocou mais no assunto sobre voltar para casa; Caroline e tia Nancy foram muito gentis com ela naquele dia; ela tirou uma boa soneca à tarde; e, chegada a segunda noite, foi direto para o Quarto Rosa e dormiu profundamente a noite inteira. Os ruídos eram tão audíveis quanto antes, mas andorinhas e fantasmas são duas coisas completamente diferentes.

– Acho que vou gostar daqui, afinal – admitiu Emily.

Um tipo diferente de felicidade

20 DE JULHO

"QUERIDO PAI:

Faz duas semanas que estou na Granja Wyther e não lhe escrevi nem uma vez. Mas tenho pensado em você todos os dias. Tive que escrever para tia Laura, Ilse, Teddy, primo Jimmy e Perry e, nesse meio-tempo, tenho me divertido muito. Na primeira noite que passei aqui, não achei que fosse ficar feliz. Mas estou... só que é um tipo diferente de felicidade da que encontro em Lua Nova.

A tia Nancy e a Caroline são muito boas comigo e me deixam fazer tudo que quero. Isso é muito agradável. Elas são muito sarcásticas uma com a outra. Mas acho que se parecem muito comigo e com a Ilse: brigam com frequência, mas se amam muito entre as brigas. Estou certa de que a Caroline não é bruxa, mas gostaria de saber em que ela pensa quando está sozinha. A tia Nancy já não é bonita, mas tem um ar muito aristocrático. Não caminha muito por conta do rumatismo, *então passa a maior parte do tempo sentada na sala de visitas dos fundos, lendo, tricotando rendas ou jogando cartas com a Caroline. Gosto bastante de conversar com ela, porque ela diz que isso a diverte, e eu já contei a ela várias coisas, mas nunca contei que escrevo poesias. Se contasse, sei que ela faria eu recitar uma para ela, e ela não me parece o tipo de pessoa para quem se deva recitar poesias. E não falo sobre você ou sobre a mamãe com ela, embora ela tente me fazer falar. Contei a ela toda a história do John Altivo e do bosque e de como fui falar com o padre Cassidy. Ela riu bastante e disse que sempre gostou de conversar com os padres católicos, porque eles eram os únicos homens no mundo com os quais uma mulher poderia conversar por mais de dez minutos sem que as outras dissessem que ela estava se atirando em cima deles.*

A tia Nancy diz muitas coisas desse tipo. Ela e a Caroline conversam bastante sobre as coisas que aconteceram nas famílias Priest e Murray. Gosto de sentar e ouvir. Elas não param bem quando está ficando interessante, como a tia Elizabeth e a tia Laura fazem. Não entendo boa parte das coisas, mas sei que vou me lembrar delas e entender no futuro. Escrevi sobre a tia Nancy e a Caroline no meu caderno Jimmy. Guardo o caderno atrás do guarda-roupa do meu quarto, porque peguei a Caroline vasculhando meu baú outro dia. Não devo chamar a tia Nancy de tia-avó. Ela diz que isso faz com que ela se sinta o próprio Matusalém. Ela me conta tudo sobre os homens que se apaixonaram por ela. Para mim, todos eles se comportaram da mesma forma. Não acho que tenha sido muito divertido, mas ela diz que foi. Ela me conta sobre as festas e os bailes que costumavam ter aqui muito tempo atrás. A Granja Wyther é maior que Lua Nova, e a mobília é muito mais bonita, mas é mais difícil de se acostumar com ela.

Há muitas coisas interessantes nesta casa. Adoro admirá-las. Tem uma taça jacobina[54] em um pedestal na sala de visitas. É uma

---

[54] As "taças jacobinas" (em inglês, *jacobite glass*) são antiguidades do século XVIII, quando eram usadas para saudar o pretendente ao trono inglês, Carlos Eduardo Stuart, apoiado pelos jacobinos. Tornou-se um item muito apreciado por colecionadores. (N.T.)

taça que um antigo ansestral *dos Priest possuía há muito tempo na Escócia. Ela é decorada com um cardo e uma rosa, e eles a usavam para brindar à saúde do príncipe Charlie, e para nada mais. É uma* eransa *muito* valioza *que a tia Nancy aprecia bastante. E ela tem uma cobra em conserva em uma grande jarra de vidro na cristaleira. É horrenda, mas fascinante. Chego a tremer quando a olho, mas, mesmo assim, eu a olho todos os dias. Algo estranho me força a olhar. A tia Nancy tem uma escrivaninha no quarto com puxadores de vidro, e um vaso com o formato de um peixe verde sentado sobre a própria cauda, e um dragão chinês com a cauda contorcida, e uma caixinha com lindos e pequeninos beija-flores empalhados, e uma ampulheta para cozinhar ovos, e uma guirlanda emoldurada com o cabelo de todos os Priest que já morreram, e um montão de daguerreótipos antigos. Mas a coisa de que mais gosto é a enorme bola brilhante prateada que fica pendurada na lamparina da sala de visitas. Ela reflete tudo, feito um pequeno mundo encantado. A tia Nancy a chama de bola observadora e diz que, quando ela morrer, posso ficar com a bola. Queria que ela não tivesse dito isso, porque quero tanto a bola que não consigo evitar ficar pensando em quando será que ela vai morrer, aí me sinto mal. Também vou ficar com a aldraba com o formato do gato de Cheshire e com os brincos de ouro dela. Essas são as* eransas *dos Murray. A tia Nancy diz que as* eransas *dos Priest devem ir para os Priest. Vou gostar do gato de Cheshire, mas não quero os brincos. Prefiro que as pessoas não notem minhas orelhas.*

Tenho que dormir sozinha. Fico com medo, mas acho que, se conseguir superá-lo, vou gostar. Não ligo para as andorinhas agora. É só o fato de estar sozinha, tão longe de todo mundo. Mas é ótimo poder esticar as pernas tanto quanto a gente quiser, sem que alguém nos dê bronca por remecher *demais. E, quando acordo no meio da noite e penso em um verso esplêndido de poesia (porque as coisas que pensamos assim são sempre as melhores), posso saltar da cama na hora e anotar no meu caderno Jimmy. Não poderia fazer isso em* casa e, pela manhã, eu provavelmente já teria esquecido. Pensei em um verso tão bonito ontem à noite: 'Os lírios erguem seus cálisses perolados (um cálisse é uma espécie de taça, só que mais poético), nos quais as abelhas se afogam em doçura', e me senti muito feliz, porque tive certeza de que foram os dois melhores versos que jamais compus.

Tenho autorização para ajudar a Caroline na cozinha. Ela é boa cozinheira, mas, às vezes, erra a mão, e isso irrita a tia Nancy, que gosta de comer do bom e do melhor. Outro dia, a Caroline deixou a sopa de cevada grossa demais, e, quando a tia Nancy olhou para o prato, disse: 'Senhor da glória, isto é o jantar ou um cataplasma?'. A Caroline respondeu 'Está bom o suficiente para uma Priest, e o que é bom o suficiente para uma Priest é bom o suficiente para uma Murray', e a tia Nancy disse 'Mulher, os Priest comem as migalhas que caem da mesa dos Murray', e a Caroline ficou tão ofendida que chorou. E a tia Nancy me disse 'Emily, nunca se case com um Priest', exatamente como o Velho Kelly, mesmo que eu não tenha nenhuma intenção de me casar com nenhum deles. Não gosto muito de nenhum Priest que tenha visto até agora, mas não me parecem muito diferentes das outras pessoas. O Jim é o melhor deles, mas é inçolente.

Gosto dos cafés da manhã da Granja Wyther mais que dos de Lua Nova. Comemos torrada, e bacon, e marmelada. Isso é muito melhor que mingau de aveia.

O domingo é mais divertido aqui que em Lua Nova, mas não tão sagrado. Isso é bom, para variar. A tia Nancy não pode ir à igreja nem tricotar renda, daí ela e a Caroline jogam cartas o dia inteiro, mas ela disse que não posso fazer isso nunca; que ela é um mau exemplo. Adoro ficar olhando a Bíblia que tem na sala de visitas maior porque tem tantas coisas interessantes nela: pedaços de vestidos, cabelos, poesias, ferrotipias antigas e notas de nascimentos, falecimentos e casamentos. Achei uma sobre meu próprio nascimento, e isso me fez sentir meio estranha.

À tarde, alguns membros da família Priest vieram visitar a tia Nancy e ficaram para o jantar. Leslie Priest sempre vem. Ele é o sobrinho favorito da tia Nancy, segundo o Jim. Acho que é porque ele a elogia. Mas eu o vi piscar para Isaac Priest uma vez, depois de a elogiar. Não gosto dele. Ele me trata como se eu fosse uma criancinha. A tia Nancy diz coisas horríveis a eles todos, mas eles só riem. Quando vão embora, a tia Nancy caçoa deles para a Caroline. A Caroline não gosta nada disso, porque é uma Priest, então ela e a tia Nancy sempre brigam aos domingos à noite e não se falam até a segunda pela manhã.

Posso ler todos os livros na estante da tia Nancy, salvo os que estão na prateleira mais no alto. Queria saber por que não posso lê-los. A tia Nancy disse que são romances franceses, mas dei uma espiada neles e estão todos em inglês. Será que a tia Nancy fala mentiras?

O lugar de que mais gosto é a costa da baía. Algumas partes dela são bem íngremes, e há tantos lugares bonitos, verdes e inesperados. Fico andando por lá, compondo poesias. Sinto muita falta da Ilse, do Teddy, do Perry e da Sal Sapeca. Recebi uma carta da Ilse hoje. Ela escreveu que eles não poderiam fazer nada no Sonho de uma noite de verão antes que eu voltasse. É bom me sentir tão necessária.

A tia Nancy não gosta da tia Elizabeth. Ela a chamou de tirana um dia, então disse 'Jimmy Murray era um rapaz muito esperto. Elizabeth Murray matou a inteligência dele com seu temperamento; e ninguém fez nada com ela por isso. Se tivesse matado o corpo dele, teria sido uma assassina. Mas o que ela fez foi pior, a meu ver'. Às vezes, também não gosto da tia Elizabeth, papai querido, mas senti que deveria defender minha família, então disse 'Não quero ouvir coisas assim a respeito da minha tia Elizabeth'.

Daí dei uma olhada para a tia Nancy. Ela disse 'Ora, ora, dona Esquentadinha; meu irmão Archibald nunca morrerá enquanto você estiver viva. Se não quiser ouvir essas coisas, não fique por perto *enquanto eu e a Caroline estivermos conversando. Percebi que tem muita coisa que você gosta de ouvir'.*

Isso foi sarcástico, querido pai, mas, ainda assim, sinto que a tia Nancy gosta de mim, mas talvez não continue gostando por muito tempo. Jim Priest diz que ela é de veneta e nunca gostou de alguém por muito tempo, nem do marido. Mas, depois de ser sarcástica comigo, ela sempre manda a Caroline me dar um pedaço de torta, para eu não me importar. Ela me deixa tomar chá de verdade, também. Eu gosto. Em Lua Nova, a tia Elizabeth só me dá chá com muito leite, porque é mais saudável. A tia Nancy diz que saudável é comer o que a gente quer sem ficar pensando na barriga. Mas ela nunca correu o risco de pegar tuberculose. Ela diz que não preciso ficar com medo de morrer de tuberculose, porque tenho muita fibra. Esse pensamento é reconfortante. O único momento em que não gosto da tia Nancy é quando ela começa a falar sobre várias partes do meu corpo e o efeito que elas vão ter nos homens. Isso faz eu me sentir boba.

Vou lhe escrever com mais frequência a partir de agora, papai querido. Sinto que o tenho negligenciado.

P.S.: Temo que haja alguns erros de ortografia nesta carta. Esqueci de trazer meu dicionário."

22 DE JULHO

"Ah, papai querido, estou em uma baita enrascada. Não sei o que fazer. Quebrei a taça jacobina da tia Nancy. Parece que estou vivendo um terrível pesadelo.

Fui à sala de visitas hoje para admirar a cobra em conserva e, bem quando estava me virando, minha manga ficou presa na taça, que caiu e se estilhaçou em mil pedaços. Primeiro, saí correndo e deixei tudo lá, mas, depois, voltei, juntei os caquinhos, botei em uma caixinha e escondi atrás do sofá. A tia Nancy nunca vai à sala de visitas agora, e a Caroline vai muito pouco, então talvez não deem falta da taça até eu voltar para casa. Mas isso me assombra. Não paro de pensar nisso e não consigo aproveitar nada. Sei que a tia Nancy ficará furiosa e nunca me perdoará, se descobrir. Não consegui dormir a noite inteira de tanta preocupação. Jim Priest veio brincar comigo hoje, mas disse que eu não estava nada divertida e foi embora. Os Priest costumam dizer o que pensam. Claro que eu não estava nada divertida. Como poderia estar? Será que ajudaria se eu fizesse uma oração sobre essa questão? Não acho que seria certo rezar, porque estou enganando a tia Nancy."

24 DE JULHO

"Querido pai, este mundo é mesmo muito estranho. Nada nunca acontece exatamente como esperamos. Ontem à noite, novamente, não consegui dormir. Estava tão preocupada me achando uma covarde que age às escondidas, alguém que não está à altura das minhas tradições. Por fim, a coisa ficou insuportável. Consigo suportar que outras pessoas tenham opinião ruim a meu respeito, mas dói demais quando eu mesma a tenho. Por isso, levantei da cama e fui direto à sala de estar dos fundos, atravessando todos aqueles salões. A tia Nancy ainda estava lá, sozinha, jogando Paciência. Ela perguntou que diabos eu fazia fora da cama àquela hora. Eu só disse, sem rodeios, para acabar logo com aquilo: 'Quebrei sua taça jacobina ontem e escondi os pedaços atrás do sofá'. E então esperei o vendaval. A tia Nancy disse 'Que bênção! Faz tempo que quero quebrá-la, mas nunca tive coragem. Os Priest todos estão esperando que eu morra para botar as mãos nela e brigam para ver quem vai herdá-la. Fico felicíssima de saber que nenhum deles vai ficar com ela, e que, ainda assim, ninguém vai poder comprar briga comigo por tê-la quebrado. Volte para a cama e vá tirar seu sono da beleza'. Eu disse 'Não está nem um pouco chateada, tia Nancy?'. 'Se tivesse sido uma eransa dos Murray, eu estaria arrancando os cabelos', disse a tia Nancy. 'Mas não dou a mínima para as coisas dos Priest.'

Então voltei para a cama, querido pai, e me senti bastante aliviada, mas não muito heroica.

Recebi uma carta da Ilse hoje. Ela diz que a Sal Sapeca finalmente teve filhotinhos. Sinto que deveria estar em casa para cuidar deles. Provavelmente a tia Elizabeth vai mandar afogá-los todos antes que eu volte. Recebi uma carta do Teddy também; não era tanto uma carta, mas vários desenhos lindos da Ilse, do Perry, do Sítio dos Tanacetos e do bosque do John Altivo. Isso me deixou com muita saudade."

28 DE JULHO

"Ah, papai querido, descobri tudo sobre o mistério da mãe da Ilse. É tão terrível que não consigo escrever sobre isso, nem para você. Não consigo acreditar, mas a tia Nancy diz que é verdade. Não imaginava que havia tanta coisa horrível no mundo. Não, não posso acreditar e não vou acreditar, não importa quem diga que é verdade. Sei que a mãe da Ilse não poderia ter feito algo assim. Deve ter havido um equívoco terrível. Estou tão infeliz que acho que jamais serei capaz de ser feliz de novo. Ontem à noite, chorei no travesseiro, como fazem as heroínas nos livros da tia Nancy."

"Ela não pode ter feito isso"

Tia-avó Nancy e Caroline Priest tinham o hábito de dar cor aos seus dias com o vermelho das lembranças de antigos deleites e diversões, mas iam além disso e conversavam sobre inúmeras histórias de família bem na frente de Emily, completamente alheias a sua juventude. Amores, nascimentos, mortes, escândalos e tragédias – tudo que desse nas velhas cabeças. E não poupavam nenhum detalhe. Tia Nancy se regozijava nos detalhes. Não se esquecia de nada, e os pecados e as fraquezas que a morte enterrara e com os quais o tempo tivera piedade eram cruelmente trazidos de volta e dissecados pela macabra senhora.

Emily não tinha certeza se gostava ou não disso. Era *de fato* fascinante e saciava uma sede dramática que havia nela. Mas, de alguma maneira, também fazia com que se sentisse triste, como se algo muito feio que antes estava escondido na escuridão de um abismo fosse revelado diante de seus olhos inocentes. Como tia Laura dissera, sua juventude a protegia até certo ponto, mas não foi capaz de poupá-la da aterradora história da mãe de Ilse, em certa tarde em que tia Nancy teve por bem ressuscitar esse acontecimento angustiante e vergonhoso.

Emily estava encolhida no sofá da sala de visitas dos fundos, lendo *Os chefes escoceses*, porque fazia um calor sufocante naquele mês de julho – calor demais para assombrar a costa da baía. Sentia-se muito feliz. A Mulher de Vento soprava entre o grande arvoredo de bordos atrás da Granja, revirando as folhas até que todas as árvores parecessem cobertas de flores estranhas, pálidas e prateadas; perfumes emanavam do jardim; o mundo estava lindo; recebera uma carta de tia Laura dizendo que um dos filhotinhos de Sal Sapeca fora salvo para ela. Quando Mike II morrera, Emily achou que jamais fosse querer outro gato, mas agora queria. Tudo a agradava muito; estava tão feliz que deveria ter sacrificado sua posse mais valiosa para os deuses da inveja se soubesse algo sobre as antigas crenças pagãs.

Cansada de jogar paciência, tia Nancy empurrou as cartas para longe e pôs-se a tricotar.

– Emily – disse –, sua tia Laura tem alguma intenção de se casar com o doutor Burnley?

Arrancada de forma brusca da leitura dos campos de Bannockburn, Emily pareceu entediada. Os fofoqueiros de Blair Water lhe faziam essa pergunta com frequência, aberta ou veladamente, e agora esse mesmo questionamento a encontrara em Priest Pond.

– Não, estou segura de que não – respondeu. – Ora, tia Nancy, o doutor Burnley *odeia* as mulheres.

Tia Nancy riu-se.

– Achei que talvez ele tivesse superado isso. Já faz onze anos desde que a esposa fugiu. Poucos homens se apegam a uma ideia por tanto tempo. Mas Allan Burnley sempre foi teimoso para tudo; tanto para o amor quanto para o ódio. Ainda ama a esposa, e é por isso que odeia a lembrança dela e todas as outras mulheres.

– Nunca soube muito bem como foi essa história – disse Caroline. – Quem era a esposa dele?

– Beatrice Mitchell; da família Mitchell, de Shrewsbury. Tinha apenas 18 anos quando Allan se casou com ela. Ele tinha 35. Emily, nunca seja tonta o suficiente para se casar com um homem tão mais velho que você.

Emily não disse nada. *Os chefes escoceses* foram completamente esquecidos. As pontas de seus dedos começavam a se esfriar de empolgação, os olhos tornando-se negros. Sentia-se a ponto de resolver um mistério que havia muito a afligia e intrigava. Temia desesperadamente que tia Nancy desviasse o assunto para outra questão.

– Ouvi dizer que era muito bonita – disse Caroline, e tia Nancy fungou.

– Depende do gosto. Ah, era bonita... uma dessas bonequinhas de cabelo loiro. Tinha uma pequena marca de nascença sobre a sobrancelha esquerda; parecia um coraçãozinho vermelho. Não conseguia ver nada além daquela marca quando olhava para ela. Mas seus admiradores diziam que era uma marca de beleza... "Ás de Copas", chamavam-na. Allan era louco por ela. Ela adorava flertar antes do casamento. Mas tenho que admitir, porque a justiça é algo raro entre as mulheres (você, por exemplo, Caroline, é uma velha injusta), que ela jamais flertou depois do casamento; pelo menos não abertamente. Era uma bichana dissimulada, sempre rindo, sempre cantando, sempre dançando... Não era esposa para Allan Burnley, a meu ver. E ele poderia ter escolhido Laura Murray. Mas, entre uma mulher tola e uma sensata, já houve algum homem que tenha hesitado? A tola sempre vence, Caroline. É por isso que você nunca se casou. Você sempre foi sensata demais. Consegui meu marido fingindo ser tola. Lembre-se disso, Emily. Você é inteligente, mas não demonstre. Seus tornozelos vão lhe valer mais que seu cérebro.

– Esqueça os tornozelos de Emily – disse Caroline, ávida por um escândalo. – Conte mais sobre os Burnley.

– Bem, havia um primo dela, Leo Mitchell, de Shrewsbury. Você se lembra dos Mitchell, não é, Caroline? Esse Leo era lindo... era capitão do mar. Era apaixonado por Beatrice, dizem as más línguas. Alguns dizem que Beatrice o amava, mas que sua família a obrigou a se casar com Allan Burnley porque ele era um partido melhor. Como saber? É mais comum que uma fofoca seja falsa que verdadeira. De qualquer maneira, ela fingia estar apaixonada por Allan, e ele acreditava. Quando Leo voltou para casa de uma viagem e encontrou Beatrice casada, aceitou bem. Mas estava sempre em Blair Water. Beatrice tinha muitas desculpas: Leo era seu primo... haviam crescido juntos... eram como irmãos... ela se sentia só em Blair Water depois de ter morado na cidade... ele não tinha um lar dele, só o do irmão. Allan aceitava tudo; estava tão apaixonado por ela que ela seria capaz de fazê-lo acreditar em qualquer coisa. Ela e Leo estavam sempre juntos lá quando Allan saía para atender os pacientes. E então chegou a noite em que o barco de Leo, *A Dama dos Ventos*, deveria zarpar do Porto de Blair rumo à América do Sul. Ele se foi, e dona Beatrice foi-se com ele.

Um estranho ruído abafado veio do canto em que estava Emily. Se tia Nancy ou Caroline tivessem olhado para ela, teriam visto que a menina estava mortalmente pálida, com os olhos arregalados, cheios de pavor. Mas elas não olharam. Continuaram tricotando e fofocando, aproveitando bastante o momento.

– Como o doutor lidou com isso? – perguntou Caroline.

– Ninguém sabe ao certo. O que se sabe é que tipo de homem ele se tornou depois disso. Voltou para casa naquela noite, depois de escurecer. A bebê estava acordada no berço, e a empregada cuidava dela. Ela contou a Allan que a senhora Burnley havia ido ao porto com o primo para despedir-se e que voltaria às dez. Allan esperou por ela tranquilamente; jamais duvidara dela. Mas ela não retornou, nunca pretendera retornar. Pela manhã, *A Dama dos Ventos* havia partido; zarpara do porto na escuridão da noite. Beatrice partira com ele no navio; isso é tudo que se sabia. Allan Burnley não disse nada; apenas proibiu categoricamente que o nome dela tornasse a ser pronunciado em sua presença. Contudo, a embarcação se perdeu com tudo e todos a bordo, próximo ao Cabo de Hatteras, e esse foi o fim de Beatrice, com sua beleza, suas risadas e seu Ás de Copas.

– Mas não da vergonha e da desgraça que ela trouxe à família – disse Caroline, pungente. – Uma mulher dessas devia ser coberta de piche e penas.

– Besteira! Se um homem não consegue cuidar da própria esposa, se cega os próprios olhos... Misericórdia, menina, que é que você tem?

Emily levantara-se e estendia as mãos, como se empurrasse para longe algo odiável.

– Não acredito nisso! – exclamou, com voz aguda e estranha. – Não acredito que a mãe da Ilse tenha feito isso! Não fez... Ela não pode ter feito isso... Não a mãe da Ilse.

– Segure-a, Caroline! – esbravejou tia Nancy.

No entanto, embora o cômodo tenha girado em volta dela por um segundo, Emily já se recuperara.

– Não me toque! – vociferou Emily. – Não me toque! Você... você *gostou* de ter ouvido essa história!

E disparou para o corredor. Tia Nancy pareceu envergonhada por um segundo. Pela primeira vez, ocorreu-lhe que sua velha língua amante dos escândalos talvez tivesse feito algo mau. Então, deu de ombros.

– Ela não pode viver a vida inteira em uma redoma de vidro. Em algum momento, precisa aprender que as coisas são como são. Achei que já tivesse ouvido essa história há muito tempo em Blair Water, considerando como as fofocas costumavam correr por lá. Se ela voltar para casa e falar sobre isso, as virgens indignadas de Lua Nova vão baixar por aqui me acusando de ser uma corruptora de jovens inocentes. Caroline, nunca mais me peça para falar de nenhum caso de família na frente da minha sobrinha, sua mulher escandalosa! Na sua idade! Você me surpreende!

Tia Nancy e Caroline retomaram o tricô e as reminiscências apimentadas, e, no piso superior, no Quarto Rosa, Emily chorou por horas com o rosto enterrado no travesseiro. Aquilo era horrível: a mãe de Ilse fugira e abandonara a própria filha. Para Emily, aquela era a pior parte: a coisa estranha, cruel e desalmada que a mãe de Ilse fizera. Não conseguia se forçar a acreditar naquilo; devia haver algum equívoco; *certamente* havia.

– Talvez ela tenha sido sequestrada – disse Emily, tentando desesperadamente explicar a situação. – Talvez tenha subido a bordo só para ver como eram as coisas, e ele levantou âncora e a levou embora. Ela não *pode* ter ido embora por livre e espontânea vontade e deixado filhinha querida para trás.

A história a atormentou profundamente. Não conseguiu pensar em mais nada por dias a fio. A aflição se apossou dela, corroendo-a com uma dor quase física. Apavorava-se ao pensar em retornar a Lua Nova e encontrar-se com Ilse, ciente desse sombrio segredo que precisaria esconder dela. Ilse não sabia de nada. Emily já lhe perguntara onde estava enterrada sua mãe, ao que Ilse respondera: "Ah, não sei. Acho que em Shrewsbury... É lá que estão enterrados todos os Mitchell".

Emily apertou as mãos. Era tão sensível à feiura e à dor quanto à beleza e ao prazer, e aquilo era horrível e doloroso. Ainda assim, não conseguia parar de pensar no assunto, dia e noite. A vida na Granja Wyther de repente perdeu a graça. Tia Nancy e Caroline deixaram subitamente de contar histórias familiares em sua presença, incluindo as inofensivas. E, como para elas, essa era uma repressão dolorosa, não a encorajavam a estar por perto. Emily começou a sentir que se alegravam quando estava longe, de modo que se mantinha afastada e passava a maior parte do tempo caminhando pela baía. Não conseguia compor poesias; não conseguia escrever no caderno Jimmy; nem sequer conseguia escrever para o pai. Algo parecia se pôr entre ela e os antigos prazeres. Havia uma gota de veneno em cada taça. Nem as delicadas sombras da grande baía, o charme de seus desfiladeiros cobertos de pinheiros e de suas ilhotas arroxeadas que mais pareciam condados da terra das fadas eram capazes de resgatar seu antigo, "belo e descuidado êxtase"[55]. Temia jamais voltar a ser feliz, tão intensa era sua reação àquela primeira revelação do pecado e das tristezas do mundo. Sob esse véu de decepção, persistia a mesma incredulidade – a mãe de Ilse *não pode* ter feito isso – e a mesma ânsia impotente por provar quão absurdo era tudo aquilo. Mas como provar? Não havia como. Havia

---

[55] Citação do poema *Home-Thoughts, from Abroad*, de Robert Browning. (N.T.)

resolvido um "mistério", mas dado com outro ainda mais sombrio: a razão pela qual Beatrice Burnley não voltara para casa naquela tarde de verão de muitos anos atrás. Pois, apesar de todas as evidências apontando o contrário, Emily persistia na crença secreta de que, fosse qual fosse a razão, certamente *não* era porque Beatrice fugira n'*A Dama dos Ventos* quando esse malfadado navio zarpou rumo ao desconhecido estrelado que havia além do Porto de Blair.

Na costa da baía

"Quanto tempo de vida será que ainda tenho?", perguntava-se Emily.

Naquela tarde, havia se aventurado mais longe que de costume pela costa da baía. Era uma ventosa tarde quente, o ar estava doce e cheirava a resina, e a baía era de um turquesa brumoso. Aquela parte da costa onde se encontrava parecia solitária e virgem, como se nenhum humano jamais tivesse pisado ali, salvo por um estreito caminhozinho bordeado de musgo que serpenteava entre os densos arvoredos de abetos e pinheiros. A orla ficava mais íngreme e rochosa à medida que ela avançava, e, ao final, o pequeno caminho desaparecia completamente em um arbusto de samambaias. Emily se virava para retornar, quando viu um esplendoroso ramo de dálias crescendo à beira da encosta. Precisava apanhá-lo; jamais vira dálias de um roxo tão escuro e exuberante. Caminhou em direção a ele, mas o chão traiçoeiro e coberto de musgos cedeu sob seus pés, e ela deslizou encosta abaixo. Fez um esforço frenético para recuar; no entanto, quanto mais tentava, mais rápido a terra deslizava. Mais um minuto, e o deslizamento passaria por cima das rochas que havia no fim da encosta e despencaria por mais de dez metros sobre as pedras da praia. Emily viveu um espantoso momento de terror e desespero, mas então viu que o pedaço de musgo que se soltara e ao qual ela se agarrara estava preso a uma estreita saliência de pedra. Parecia-lhe que o menor movimento o desprenderia rumo às perigosas rochas que jaziam lá embaixo.

Permaneceu imóvel, tentando pensar e não ter medo. Estava muito longe de qualquer casa; ninguém a ouviria se gritasse. E ela nem ousaria gritar, para que o movimento do corpo não deslocasse o fragmento sobre o qual se encontrava. Quanto tempo poderia ficar ali, imóvel? A noite estava caindo. Tia Nancy ficaria ansiosa quando escurecesse e mandaria Caroline atrás dela. Mas Caroline jamais a encontraria ali. Ninguém jamais pensaria em procurá-la tão longe da Granja, nos campos de abetos da Baía Inferior. Passar a noite ali, sozinha... Imaginar a terra cedendo... Esperar uma ajuda que nunca chegaria... Emily mal podia conter um calafrio que poderia levá-la à destruição.

Já havia enfrentado a morte uma vez, ou achava que havia, na noite em que John Altivo lhe dissera que ela comera uma maçã envenenada. Mas isto era pior. Morrer ali, completamente só, distante de casa! Talvez jamais descobrissem o que lhe aconteceu, jamais a encontrassem. Os corvos ou as gaivotas arrancariam-lhe os olhos. Ela dramatizou a coisa toda tão vividamente que quase gritou de pavor. Simplesmente desapareceria do mundo, tal como a mãe de Ilse.

Que fim levara a mãe de Ilse? Mesmo em seu próprio momento de desespero, Emily fazia-se essa pergunta. E não tornaria a ver a amada Lua Nova, nem Teddy, nem a leiteria, nem os tanacetos, nem o bosque de John Altivo, nem o velho relógio de sol coberto de musgos, nem seu precioso calhamaço de manuscritos sob o sofá do sótão.

"Devo ser valente e paciente", pensou. "Minha única chance é ficar parada aqui. E posso rezar mentalmente; tenho certeza de que Deus ouve meus pensamentos tão bem quanto minhas palavras. É reconfortante pensar que Ele pode me ouvir, ainda que ninguém mais possa. Oh, Deus, Deus Pai, por favor, opera um milagre e salva minha vida, porque não creio que já seja minha hora de morrer. Perdoa-me por não estar de joelhos; como podes ver, não posso me mover. E, se eu morrer, jamais permitas que a tia Elizabeth leia minhas cartas. Por favor, faz com que a tia Laura as encontre. E, por favor, não deixes que a Caroline arraste o guarda-roupa quando estiver fazendo faxina, porque senão ela vai encontrar o meu caderno Jimmy e ler o que escrevi sobre ela. Por favor, perdoa meus pecados; perdoa-me especialmente por não ser grata o suficiente e por cortar uma franja; e, por favor, que o papai não esteja muito longe. Amém."

Então, como de costume, ela pensou em um pós-escrito: "Ah, e, por favor, permite que alguém descubra que a mãe da Ilse *não* fez aquilo".

Permaneceu muito quieta. A luz da água começou a adquirir um tom dourado e róseo. Um grande pinheiro sobre uma ribanceira em frente a ela se derramava em uma crista de galhos negros contra o esplendor âmbar do céu – parte da beleza do magnífico mundo que deslizava para longe dela. O frio da brisa vespertina do golfo começava a rodeá-la. Houve um momento em que um pedaço de terra a seu lado se separou e despencou; Emily ouviu o barulho seco que fez ao se chocar contra as rochas. A porção sobre a qual uma de suas pernas estava também parecia estar bem frouxa, a ponto de se desprender. Ela sabia que isso podia acontecer a qualquer momento. Seria terrível estar ali quando escurecesse. Conseguia ver o ramo de dálias que a seduzira para a ruína insinuando-se para ela, maravilhosamente roxo e vibrante.

Então, ao lado do ramo, viu o rosto de um homem olhando para ela!

Ouviu-o soltar um "Deus do céu!" baixinho. Percebeu que ele era magro e que um dos ombros era levemente mais alto que o outro. Aquele devia ser Dean Priest – o Corcunda Priest. Emily não ousou chamá-lo. Permaneceu imóvel, e seus grandes olhos violeta disseram "Socorro!".

– Como posso ajudá-la? – disse Dan Priest em voz rouca, como se falasse consigo mesmo. – Não consigo alcançá-la e parece que o menor movimento faria com que esse pedaço de terra despencasse encosta abaixo. Preciso buscar uma corda... E deixá-la aqui, sozinha, dessa maneira. Consegue esperar, criança?

– Sim – disse ela, em um suspiro. Então sorriu para ele, para encorajá-lo; aquele sorriso vagaroso que começava nos cantos da boca e se espalhava por todo o rosto. Dean Priest jamais se esqueceu daquele sorriso, nem dos olhos resolutos que o olhavam naquele pequeno rosto tão perigosamente próximo do desfiladeiro.

– Vou o mais rápido que puder – disse. – Não sou muito rápido; sou meio coxo, sabe? Mas não tenha medo; vou salvá-la. Vou deixar meu cachorro aqui, para lhe fazer companhia. Venha cá, Tweed.

Ele assobiou, e um enorme cachorro cor de caramelo surgiu em seu campo de visão.

– Sente-se aqui, Tweed, e fique até eu voltar. Não mova uma pata; não balance a cauda; converse com ela apenas com os olhos.

Tweed sentou-se, obediente, e Dean Priest desapareceu.

Emily ficou ali e dramatizou todo o incidente para escrever no caderno Jimmy. Ainda estava um tanto assustada, mas não a ponto de não pensar em descrever tudo aquilo no dia seguinte. Seria um relato bastante eletrizante.

Ficava satisfeita em saber que o cachorro estava ali. Não era tão instruída na ciência dos cães como era na dos gatos, mas ele parecia muito humano e confiável, guardando-a com grandes olhos gentis. Um gatinho cinza era uma coisa adorável, mas um gatinho cinza jamais teria ficado sentado ali, encorajando-a. "Acho que um cachorro é melhor que um gato quando se está em perigo", pensou.

Meia hora se passou antes que Dean Priest retornasse.

– Graças a Deus você não despencou – murmurou ele. – Não tive que ir tão longe quanto achei que teria. Encontrei uma corda em um barco vazio mais acima, na orla, e a peguei. Agora, se eu jogar a corda para você, consegue segurá-la enquanto a puxo, mesmo se a terra ceder?

– Vou tentar – respondeu Emily.

Dean Priest fez um laço em uma das extremidades e deslizou a corda para ela. Em seguida, amarrou-a ao tronco de um grosso pinheiro.

– Agora! – pediu ele.

Mentalmente, Emily implorou: "Meu Deus, por favor..." e agarrou o laço. Logo em seguida, todo o peso de seu corpo ficou pendurado na corda, pois, com o mínimo movimento que fez, o solo cedido se soltou e despencou. Dean Priest estremeceu. Seria ela capaz de permanecer agarrada à corda enquanto ele puxava?

Então, ele percebeu que ela encontrara apoio para os joelhos em uma estreita saliência. Com cuidado, começou a puxar a corda. Cheia de garra, Emily o ajudou, cravando os dedos do pé na terra solta. Em pouco tempo, ela estava ao alcance dele. Ele agarrou seus braços e a puxou para junto de si, em segurança. Ao passar pelo ramo de dálias, Emily o arrancou.

– De um jeito ou de outro, consegui – disse ela, jubilosa.

Nesse instante, lembrou-se de suas boas maneiras.

– Serei eternamente grata. Você salvou minha vida. E... e... acho que preciso me sentar um pouco. Minhas pernas estão estranhas e trêmulas.

Emily sentou-se, repentinamente mais trêmula do que estivera durante todo o apuro. Dean Priest recostou-se no velho pinheiro nodoso. Parecia "trêmulo" também. Limpou a testa com o lenço. Emily observou-o curiosamente. Descobrira muita coisa sobre ele através dos comentários casuais de tia Nancy – comentários nem sempre bem-intencionados, pois, aparentemente, ela não gostava muito dele. Sempre se referia a ele como "Corcunda", de um jeito um tanto desdenhoso, enquanto Caroline o chamava escrupulosamente de Dean. Emily sabia que ele frequentara a universidade, que tinha 36 anos (que, para Emily, parecia uma idade digna de ser respeitada) e que era bem de vida; que tinha um ombro deformado e coxeava levemente; que não se importava nem nunca se importou com nada além de livros; que vivia com um irmão mais velho e viajava bastante; e que todo o clã dos Priest se assombrava diante de sua língua afiada. Tia Nancy o chamava de "cínico". Emily não sabia o que era cínico, mas parecia interessante. Ela o examinou com cuidado e viu que ele tinha traços pálidos e delicados, e cabelos castanho-escuros. Os lábios eram finos e frágeis, graciosamente curvados. Ela gostou de sua boca. Se fosse mais velha, saberia por que: era uma boca que sugeria força, ternura e humor.

Apesar do ombro defeituoso, havia nele um ar de dignidade, algo característico de muitos da família Priest, frequentemente confundido com orgulho. Os olhos verdes da linhagem Priest, medonhos no rosto de Caroline e impudentes nos de Jim Priest, no dele, eram sonhadores e atraentes.

– Então, me achou bonito? – perguntou ele, sentando-se em outra pedra e sorrindo para ela. Sua voz era bonita, musical e reconfortante.

Emily enrubesceu. Sabia que não era educado ficar olhando, e não o achava de todo belo, então ficou feliz que ele não insistisse naquela pergunta, mas que fizesse outra:

– Sabe quem é seu cavaleiro salvador?

– Acredito que seja o Cor... o senhor Dean Priest. – Emily enrubesceu novamente de vergonha. Chegara muito perto de causar mais um dano às suas boas maneiras.

– Isso mesmo, o Corcunda Priest. Não se acanhe de me chamar pelo apelido. Já o ouvi várias vezes. Isso é o que os Priest consideram humor. – Ele riu, um tanto descontente. – A razão do apelido é bastante óbvia, não acha? Só ouvia falar nisso na escola. Como foi que você escorregou nesse desfiladeiro?

– Queria pegar isto – disse Emily, exibindo o ramo de dálias.

– E conseguiu! Você sempre consegue o que quer, mesmo quando a morte se põe no caminho? Acho que nasceu com sorte. Vejo os sinais. Se esse enorme áster a atraiu para o perigo, também a salvou, pois foi ao chegar perto dele para examiná-lo que eu a vi. O tamanho e a cor dele me atraíram. Não fosse por isso, teria seguido em frente, e você... O que teria sido de você? Quem é seu responsável, para deixar que você saia arriscando a vida nessas encostas perigosas? Qual é seu nome, se tiver um? Começo a duvidar de você... Vejo que tem as orelhas pontudas. Será que fui enganado e me meti em um engodo de fadas? Será que acabarei descobrindo que vinte anos se passaram e agora sou um homem velho, há muito tempo separado do mundo dos viventes, sem nenhuma companhia além do esqueleto do meu cachorro?

– Sou Emily Byrd Starr, de Lua Nova – respondeu Emily, um tanto fria. Começava a sentir-se desconfortável aos comentários sobre suas orelhas.

O padre Cassidy reparara nelas, e, agora, o Corcunda Priest. Haveria mesmo algo anormal nelas?

Ainda assim, havia um quê no dito Corcunda do qual Emily havia definitivamente gostado. Emily nunca passava muito tempo em dúvida acerca das pessoas que conhecia. Em poucos minutos, sempre sabia se gostava, desgostava ou era indiferente a elas. Tinha a estranha sensação de que conhecia o Corcunda Priest havia anos; talvez isso se devesse ao tempo que passara esperando por ele naquela encosta, que parecera tão longo. Ele não era belo, mas ela gostou de seu rosto magro e esperto, que exibia aqueles magnéticos olhos verdes.

– Então você é a jovem dama que está visitando a Granja! – exclamou Dean Priest, pasmo. – Pois minha querida tia Nancy deveria cuidar melhor de você; minha tia Nancy, *tão* queridinha.

– Percebo que não gosta da tia Nancy – disse Emily, tranquila.

– De que vale gostar de uma senhora que não gosta de mim? A essa altura, acho que você já descobriu que a senhora minha tia me detesta.

– Ah, não creio que seja para tanto – emendou Emily. – Ela deve ter uma boa opinião a seu respeito; ela diz que você é o único Priest que vai para o céu.

– Ela não diz isso como o elogio que você, em sua enorme inocência, acredita ser. E você é filha de Douglas Starr? Conheci seu pai. Estudamos na Queen's Academy quando éramos jovens. Acabamos perdendo contato quando saímos de lá. Ele dedicou-se ao jornalismo, e eu fui para a Universidade de McGill. Mas ele foi o único amigo que tive na escola; o único rapaz que se prestava a perder tempo com o Corcunda Priest, que era manco, giboso e não sabia jogar nem futebol nem hóquei. Emily Byrd Starr... Starr deveria ser seu primeiro nome. Você parece uma estrela[56]... Tem uma personalidade radiante. Sua morada deveria ser o céu da tarde, depois do crepúsculo, ou o céu da manhã, antes do alvorecer. Sim. Você estaria mais em casa no céu da manhã. Acho que vou chamá-la de "Estrela".

---

[56] Em inglês, *star*, com apenas um erre, semelhante ao sobrenome da personagem. (N.T.)

– Quer dizer que me acha bonita? – perguntou Emily, sem rodeios.

– Bem, nunca me ocorreu pensar se você é ou não bonita. Você acha que estrelas precisam ser bonitas?

Emily refletiu.

– Não – respondeu, por fim –, essa palavra não combina com uma estrela.

– Vejo que você é uma artista das palavras. Claro que não combina. Estrelas são prismáticas, palpitantes, elusivas. É raro encontrar uma de carne e osso. Acho que vou esperar por você.

– Ah, já estou pronta para ir agora – disse Emily, levantando-se.

– Hum, não foi isso que eu quis dizer. Mas esqueça. Vamos indo, Estrela… Se não se importar em caminhar um pouco devagar. Pelo menos vou acompanhá-la até um lugar mais seguro… Não acho que vou me aventurar a ir à Granja Wyther esta noite. Não quero que a tia Nancy a repreenda. Então, quer dizer que não me acha bonito?

– Eu não disse isso! – exclamou Emily.

– Não com palavras. Mas posso ler seus pensamentos, Estrela; não vá achando que pode pensar algo sem que eu fique sabendo. Os deuses me deram essa dádiva, quando se recusaram a me dar tudo mais que eu queria. Você não me acha bonito, mas me acha simpático. Você *se* acha bonita?

– Um pouco… já que a tia Nancy me deixa usar minha franja – respondeu Emily, franca.

– Não use essa palavra. É pior que crinolina. Franja e crinolina… Meus ouvidos chegam a doer. Gosto dessa onda negra que quebra em sua fronte alva… Mas não a chame de franja, nunca mais.

– É uma palavra bem feia mesmo. Nunca a uso em meus poemas, obviamente.

E, assim, Dean Priest descobriu que Emily escrevia poemas. Também descobriu quase tudo a respeito dela naquele agradável passeio de volta a Priest Pond, sob aquele entardecer com perfume de pinheiro. Tweed os acompanhava, tocando a mão do dono com o focinho vez por outra, enquanto os tordos cantavam alegremente nas árvores.

Com nove de cada dez pessoas, Emily era contida e reservada, mas Dean Priest era de sua tribo, e ela percebeu isso instantaneamente. Ele tinha direito de acesso a seu santuário interior, e ela o concedeu sem nenhum questionamento. Conversava com ele sem nenhuma reserva.

Além disso, sentia-se *viva* novamente, após aquele terrível espaço de tempo em que parecera no limite entre a vida e a morte. Como mais tarde escreveria para o pai, sentia "como se um passarinho cantasse em seu coração". Ah, e era maravilhoso pisar a terra verde sob seus pés!

Contou a ele sobre si, sobre o que fazia e sobre quem era. Só uma coisa deixou de lhe contar: sua preocupação pela mãe de Ilse. *Aquilo* era algo sobre o qual não era capaz de falar com ninguém. Tia Nancy não precisava temer que ela comentasse sobre o assunto em Lua Nova.

– Escrevi um poema ontem enquanto chovia e eu não podia sair – disse. – Começa assim:

> *Sentada junto à janela oeste*
> *Que dá para a Baía de Malvern...*

– Não vou poder ouvir o poema todo? – perguntou Dean, sabendo perfeitamente bem que Emily desejava que ele pedisse isso.

Encantada, Emily repetiu todo o poema, quando chegou aos dois versos de que mais gostava:

> *Talvez nessas ilhas verdejantes*
> *Que adornam o seio dessa altiva baía...*

Olhou de esguelha para ele, para ver se estava admirado. Mas ele caminhava cabisbaixo, com expressão ausente no rosto. Emily se sentiu frustrada.

– Hum – disse ele quando ela terminou. – Você tem 12 anos, certo? Quando for dez anos mais velha, não me admiraria que... mas não pensemos nisso.

– O padre Cassidy me disse para continuar – declarou Emily.

– Isso não era necessário. Com certeza você continuaria, de qualquer maneira. Tem uma comichão pela escrita, que nasceu com você. É incurável. Que vai fazer com ela?

– Acho que vou ser ou uma grande poetisa ou uma romancista famosa – respondeu Emily, reflexiva.

– Resta apenas escolher – acrescentou Dean, seco. – É melhor ser romancista; parece-me que dá mais dinheiro.

– O que me preocupa sobre escrever romances – confessou Emily – é toda essa coisa de amor que tem neles. Nunca vou conseguir escrever sobre isso. Já tentei – concluiu, com franqueza – e não consigo pensar em *nada* para dizer.

– Não se preocupe com isso. Algum dia eu lhe ensino – disse Dean.

– Verdade? Verdade mesmo? – Emily estava empolgada. – Vou ficar muito grata se for verdade. Acho que, com o resto, consigo me virar muito bem.

– Temos um trato, então; não se esqueça. E não vá procurar outro professor, está bem? Que mais tem feito na Granja Wyther, além de escrever poesias? Não se sente solitária só com aquelas duas velhas sobreviventes?

– Não. Gosto muito da minha própria companhia – respondeu Emily, séria.

– Eu acredito. As estrelas são conhecidas por viverem afastadas umas das outras, por serem autossuficientes, envoltas na própria luz. Você gosta mesmo da tia Nancy?

– Sim, claro. Ela é muito gentil comigo. Não me obriga a usar chapéu e me deixa andar descalça pela manhã. Mas preciso usar as botas de abotoar à tarde; odeio as botas de abotoar.

– Naturalmente. Você deveria calçar sandálias feitas com a luz do luar e usar um cachecol de bruma do mar, com uns poucos vaga-lumes presos nos cabelos. Estrela, você não se parece com seu pai, mas remete a ele de várias maneiras. Parece-se com sua mãe? Nunca a conheci.

Subitamente, Emily sorriu, modesta. Uma alegria genuína nasceu dentro dela naquele momento. Nunca mais na vida seria tomada por um sentimento exclusivamente trágico em relação a nada.

– Não – disse ela. – Só meus cílios e meu sorriso são como os da mamãe. Mas tenho a testa do meu pai, os cabelos e os olhos da minha avó Starr, o nariz do meu tio-avô George, as mãos da tia Nancy, os cotovelos da prima Susan, os calcanhares da minha avó Murray e as sobrancelhas do meu avô Murray.

Dean Priest gargalhou.

– Uma boneca de retalhos, como todos somos – disse. – Mas sua alma é só sua, e é novinha em folha, isso eu garanto.

– Ah, fico tão feliz por gostar de você – disse Emily em um impulso. – Seria horrível pensar que minha vida foi salva por alguém de quem não gosto. Não me importo nem um pouco que *você* tenha me salvado.

– Que bom. Porque, de agora em diante, sua vida pertence a mim, sabia? Já que a salvei, ela é minha. Nunca se esqueça disso.

Emily foi tomada por uma estranha revolta. Não gostava da ideia de sua vida pertencendo a alguém além de si mesma. Nem mesmo a alguém de quem gostava tanto quanto Dean Priest. Observando-a, Dean percebeu isso e sorriu seu sorriso gracioso, que parecia querer dizer tanta coisa.

– Isso não a agrada, verdade? Ah, quando alguém quer algo fora do comum, tem que pagar. E o pagamento vem na forma de servitude, seja qual for o tipo. Leve seu lindo áster para casa e guarde-o pelo tempo que puder. Ele custou sua liberdade.

Ele estava rindo. Estava só brincando, é claro. Ainda assim, Emily sentiu como se uma teia de aranha se formasse em torno dela. Cedendo a um impulso repentino, jogou o enorme áster no chão e o pisoteou.

Dean Priest a observou, divertido. Os estranhos olhos pareciam muito gentis quando se encontraram com os dela.

– Você é uma coisa rara, vívida, estrelada! Seremos bons amigos; já *somos* bons amigos. Virei à Granja Wyther para ler o que você escreveu da Caroline e da minha venerável tia no caderno Jimmy. Tenho certeza de que serão descrições deliciosas. Agora pegue seu caminho; não vá vagar de novo tão longe da civilização. Boa noite, Estrela da Manhã.

Ele se deteve na encruzilhada e a observou até que saísse de seu campo de visão.

– Que criança! – resmungou. – Nunca me esquecerei de seus olhos enquanto estava à beira da morte. Que pequena alma destemida! Nunca encontrei uma criatura tão cheia da alegria de viver. Só podia mesmo ser filha de Douglas Starr. Ele *nunca* me chamou de Corcunda.

Então parou e pegou o áster pisoteado. O calcanhar de Emily o acertara em cheio, e o estrago fora grande. Mas ele o guardou naquela noite entre as páginas de uma antiga edição de *Jane Eyre*[57], onde marcara uma estrofe:

> *Gloriosa, ergueu-se à minha visão*
> *Aquela criança de chuva e luz.*

---

[57] Conhecido romance de Charlotte Brontë (1816-1855), publicado em 1847. (N.T.)

A promessa de Emily

Em Dean Priest, Emily encontrou, pela primeira vez desde a morte do pai, um companheiro que a compreendia completamente. Amar é fácil e, portanto, comum; mas compreender... Que raro é! Os dois vagavam juntos pelas maravilhosas terras da imaginação nos mágicos dias de agosto que sucederam a aventura de Emily na costa da baía. Conversavam sobre coisas lindas e imortais e sentiam-se à vontade com as "antigas dádivas da natureza" de que Wordsworth tão alegremente tratava.

Emily lhe mostrava todas as poesias e "descrições" no "caderno Jimmy"; ele as lia com seriedade e, exatamente como fazia o pai, tecia pequenas críticas que não a feriam, porque sabia que eram justas. Quanto a Dean Priest, certa fonte de imaginação que havia muito parecia ter secado brotou novamente dentro dele.

– Você me faz acreditar em fadas, quer eu queira ou não – ele lhe disse –, e isso significa juventude. Se acreditamos em fadas, não envelhecemos.

– Mas eu mesma não acredito em fadas – protestou Emily, lamentando-se. – Queria poder acreditar.

– Mas você *é* uma fada; do contrário, não encontraria o caminho para a terra das fadas. Não se pode comprar um bilhete para lá, entende? Ou as próprias fadas lhe dão o passaporte quando você nasce, ou não. E isso é tudo.

– "Terra das Fadas" não é uma expressão maravilhosa? – perguntou Emily, sonhadora.

– É porque descreve tudo que o coração humano deseja – disse Dean.

Quando ele falava, Emily sentia como se observasse um espelho encantado, no qual seus próprios sonhos e desejos secretos eram refletidos de volta para ela, com um charme a mais. Se Dean Priest era cínico, na companhia de Emily não o demonstrava; era como se perdesse alguns anos e voltasse a ser um menino, a ter a visão imaculada de um menino. Ela o amava pelo mundo que ele abria diante de seus olhos.

Era também tão divertido, de um jeito brejeiro e surpreendente. Contava-lhe piadas; fazia-a rir. Contava-lhe histórias estranhas de belíssimos deuses esquecidos, de festivais da nobreza e de casamentos reais. Parecia dispor da história do mundo inteiro na ponta dos dedos. Descrevia as coisas para ela com frases inesquecíveis enquanto caminhavam ao longo da orla da baía em meio ao velho, sombrio e descuidado jardim da Granja Wyther. Quando se referia a Atenas como "a Cidade da Coroa Violeta", Emily percebia novamente como era possível fazer mágica quando se empregavam as palavras corretas; e ela amava pensar em Roma como "a Cidade das Sete Colinas". Dean estivera em Roma e em Atenas e em quase todos os outros lugares.

– Nunca conheci alguém que falasse como você, exceto nos livros – disse-lhe ela.

Dean riu, com leve nota de amargor que, vez por outra, surgia em seu riso, embora menos frequentemente com Emily que com outras pessoas. Na verdade, era por sua risada que ganhara a alcunha de cínico. As pessoas, muitas vezes, achavam que ele ria *delas*, não *com* elas.

– Os livros foram meus únicos companheiros praticamente minha vida inteira – disse ele. – É de admirar que eu fale como eles?

– Tenho certeza de que vou gostar de estudar História depois disso – disse Emily. – Menos a história canadense. Nunca gostei dela. É tão monótona. Não era no início, quando pertencíamos à França e havia muitas guerras. Mas, depois, é só política.

– Os países mais felizes, tal como as mulheres mais felizes, não têm história – disse Dean.

– Espero que *eu* tenha história! – exclamou Emily. – Quero ter uma carreira empolgante.

– Todos queremos, tolinha. Você sabe do que a história é feita? De dor, vergonha, revoltas, carnificinas e tristeza. Estrela, pergunte-se quantos corações foram despedaçados para que houvesse essas púrpuras e rubras páginas da história que você considera tão envolventes. Outro dia, eu lhe contei a história de Leônidas e seus espartanos. Eles tinham mães, irmãs, amores. Se pudessem ter lutado uma batalha sem sangue, usando as urnas, não teria sido melhor, ainda que menos dramático?

– Não... *sinto*... que seja assim – disse Emily, confusa. Ainda não tinha idade para pensar ou dizer, como faria dez anos mais tarde, que "os heróis de Termópilas são uma inspiração para a humanidade há séculos. Que bate-boca em volta de uma urna poderá algum dia ser visto dessa forma?".

– E, como todas as criaturas do sexo feminino, você forma suas opiniões com base em seus sentimentos. Bom, deseje quanto quiser sua carreira empolgante, mas lembre-se de que, se quiser que haja drama em sua vida, *alguém* terá que arcar com o sofrimento. Se não for você, será outra pessoa.

– Ah, não, eu não quero isso.

– Então contente-se com algo menos empolgante. Que tal sua queda naquela encosta ali? Isso foi quase uma tragédia. E se eu não a tivesse encontrado?

– Mas encontrou! – exclamou Emily. – Gosto de tragédias que não acontecem por pouco; quando elas acabam – acrescentou. – Se todos fossem felizes, não haveria nada para ler.

Tweed os acompanhava em seus passeios, e Emily se afeiçoou bastante a ele, sem jamais deixar de ser leal aos gatos.

– Gosto de gatos com uma parte da minha mente e de cachorros com a outra – disse.

– Gosto de gatos, mas nunca adotarei um – disse Dean. – São muito exigentes; pedem demais. Os cachorros só querem amor, mas os gatos exigem adoração. Nunca superaram o caráter de divindade de que dispunham em Bubástis.

Esse ponto, Emily compreendeu: ele lhe contara sobre o Antigo Egito e sobre a deusa Bastet. Contudo, não concordava com ele.

– Os gatinhos não querem ser adorados – disse. – Só querem ganhar abraços.

– De suas sacerdotisas, sim. Se você tivesse nascido às margens do Nilo cinco mil anos atrás, Emily, teria sido uma sacerdotisa de Bastet. Seria uma adorável criaturinha magra e morena, com um filete de ouro nos cabelos negros e correntinhas de prata em volta desses seus tornozelos que a tia Nancy tanto admira, além de uma dúzia de pequenos deuses sagrados saltitando ao seu redor sob as palmeiras dos pátios do templo.

– Ah! – disse Emily, extasiada. – Isso me trouxe *inspiração*. E... – acrescentou, pensativa – ... por um breve momento, me deixou nostálgica, também. Por quê?

– Por quê? Porque não tenho dúvida de que você realmente foi essa sacerdotisa em uma encarnação passada, e minhas palavras apenas relembraram sua alma disso. Você acredita na doutrina da transmigração das almas, Estrela? É claro que não... Foi criada por verdadeiros calvinistas de Lua Nova.

– Que quer dizer isso? – perguntou Emily.

Quando Dean explicou, pareceu-lhe que aquela era uma crença muito agradável, mas teve certeza de que tia Elizabeth não a aprovaria.

– Se é assim, não vou acreditar nisso... por enquanto – disse ela, séria.

Então, tudo acabou repentinamente. Todos tomavam por certo que Emily permaneceria na Granja Wyther até o fim de agosto. Mas, chegado um certo dia em meados desse mês, tia Nancy subitamente lhe disse:

– Vá para casa, Emily. Cansei-me de você. Gosto muito de você; você não é estúpida, é passavelmente bonita e se comportou excepcionalmente bem. Diga a Elizabeth que você faz justiça aos Murray. Mas me cansei de você. Vá para casa.

Emily foi invadida por sentimentos contraditórios. Doeu-lhe ouvir que tia Nancy estava cansada dela; doeria a qualquer pessoa. Ressentiu-se disso por vários dias, até que pensou em uma resposta ferina que poderia ter dado à tia e a escreveu no caderno Jimmy. Ficou tão aliviada como se de fato tivesse lhe respondido à altura.

No entanto, lamentava ter de deixar a Granja Wyther; aprendera a amar aquela antiga e bela casa, com gostinho de segredos ocultos – um gostinho que se devia inteiramente a um truque de sua arquitetura, pois jamais houve nada ali além da simples sequência de nascimentos, mortes, casamentos e outras coisas mundanas que acontecem em todas as outras casas. Lamentava ter de deixar a orla da baía, o requintado jardim, a bola observadora, o gato de Cheshire, o leito da liberdade no Quarto Rosa; e, acima de tudo, lamentava ter de deixar Dean Priest. Mas, por outro lado, alegrava-se em pensar que regressaria a Lua Nova e reencontraria todos os seus amados que estavam por lá: Teddy, com seu querido assobio; Ilse, com sua amizade estimulante; Perry, com sua determinação em voar mais alto; Sal Sapeca e seu novo filhotinho, que, àquela altura, deveria estar carente de uma boa educação; e ao mundo encantado do *Sonho de uma noite de verão*. O jardim do primo Jimmy estaria no auge do esplendor; as maçãs de agosto estariam maduras. Subitamente, Emily sentiu-se pronta para partir. Guardou as coisas no baú preto, jubilosa, e encontrou uma chance perfeita de usar certo verso de um poema que Dean recentemente lera para ela e lhe chamara muito a atenção:

– "Adeus, mundo orgulhoso, estou indo para casa" – declamou, cheia de sentimento, do alto da longa, escura e reluzente escadaria, dirigindo--se à fileira dos soturnos retratos dos antepassados da família Priest que adornavam a parede.

Mas algo a perturbava. Tia Nancy recusava-se a devolver seu retrato pintado por Teddy.

– Ficarei com ele – disse tia Nancy, rindo e balançando as borlas dou-radas. – Algum dia, esse retrato valerá algo, como os primeiros esforços de um famoso artista.

– Eu apenas o emprestei a você... Eu disse que era apenas emprestado – retorquiu Emily, indignada.

– Sou uma diaba velha e sem escrúpulos – disse tia Nancy, sem se alterar. – É disso que os Priest me chamam pelas costas. Não chamam, Caroline? Pois, então, farei jus ao apelido. É que gostei do retrato; só isso. Vou mandar emoldurá-lo e pendurar aqui na minha sala. Mas vou deixá-lo para você em testamento, com o gato de Cheshire, a bola observadora e os brincos dourados. Isso e mais nada; não vou lhe deixar nem um tostão do meu dinheiro. Não conte com isso.

– Eu não quero – retrucou Emily, altiva. – Vou ganhar um montão de dinheiro sozinha. Mas não é justo da sua parte ficar com o meu retrato. Ele foi dado a mim.

– Nunca fui justa – disse tia Nancy. – Já fui, Caroline?

– Não – disse Caroline, rabugenta.

– Viu? Agora deixe de pirraça, Emily. Você se comportou bem, mas sinto que já cumpri meu dever com você este ano. Volte para Lua Nova e, quando Elizabeth não deixar que faça algo, diga a ela que eu deixava. Não sei se vai servir de algo, mas tente. Elizabeth, como todos os meus outros parentes, está sempre se perguntando o que vou fazer com meu dinheiro.

Primo Jimmy foi buscar Emily. Que feliz Emily ficou em rever aquele rosto gentil, com seus olhos bondosos e élficos e sua barba bifurcada! Mas sentiu-se muito mal quando se virou para Dean.

– Se não se importar, quero lhe dar um beijo de despedida – disse ela, engasgando.

Emily não gostava de beijar as pessoas. Na verdade, não queria beijar Dean, mas gostava tanto dele que julgou por bem conceder-lhe todas as cortesias possíveis.

Dean olhou sorridente para o rosto dela, tão jovem, tão puro, com curvas tão suaves.

– Não, não quero que me beije; ainda não. Nosso primeiro beijo não deve ter o sabor de um adeus. Seria um mau presságio. Estrela da Manhã, lamento que tenha que ir. Mas tornarei a vê-la em breve. Minha irmã mais velha mora em Blair Water e tenho acessos repentinos de carinho fraternal por ela. Consigo me ver visitando-a com bastante frequência no futuro. Nesse meio-tempo, lembre-se de que prometeu me escrever toda semana. E eu, para você.

– Cartas bonitas e pesadas – pediu Emily. – Adoro cartas pesadas.

– Pesadas! Certamente serão corpulentas, Estrela. Agora, nem vou *dizer* adeus. Façamos um pacto. Jamais diremos adeus um para o outro. Apenas sorriremos e partiremos.

Emily fez um esforço admirável: sorriu e partiu. Tia Nancy e Caroline retornaram para a sala de visitas dos fundos e para o baralho. Dean Priest assobiou para Tweed e rumou para a baía. Estava tão solitário que riu de si mesmo.

Emily e primo Jimmy tinham tanto para conversar que aquela viagem de volta para casa pareceu curta demais.

Lua Nova estava clara sob a luz vespertina, que caía com uma suavidade excepcional sobre os velhos celeiros cinzentos. As Três Princesas, disparando rumo ao céu prateado, estavam tão remotas e principescas quanto sempre estiveram. O velho golfo cantava ao longe, além dos campos.

Tia Laura saiu correndo ao encontro deles, com os bondosos olhos azuis brilhando de alegria. Tia Elizabeth estava na cozinha externa preparando o jantar e apenas apertou a mão de Emily, mas estava um pouco menos taciturna e empertigada que de costume, além de ter feito os profiteroles de creme favoritos de Emily para a refeição. Perry estava por ali, descalço e queimado de sol, aguardando para contar a ela todas as novidades sobre os gatinhos, os bezerros, os leitões e o potrinho novo. Ilse veio voando, e Emily percebeu que se esquecera de quão cheia de vida ela era: como brilhavam seus olhos cor de âmbar e como era dourada sua cabeleira sedosa e encaracolada, que parecia mais dourada que nunca sob a boina escocesa azul que a senhora Simms comprara para ela em Shrewsbury. Como peça de vestuário, aquela boina espalhafatosa escandalizou os olhos e a sensibilidade de Laura Murray, mas a cor realmente destacava os maravilhosos cabelos de Ilse. Ilse envolveu Emily em um abraço afoito e, dez minutos depois, discutiu amargamente com ela, porque Emily não quis lhe dar o único filhote sobrevivente de Sal Sapeca.

– Eu deveria ficar com ele, sua hiena coxa – vociferou Ilse. – É tão meu quanto seu, sua porca! O gato do nosso celeiro é que é o pai.

– Que conversa indecente! – disse tia Elizabeth, pálida de horror. – Se vocês duas começarem a brigar por causa desse gatinho, mando afogá-lo, entenderam? Lembrem-se disso.

Por fim, Ilse se acalmou quando Emily permitiu que ela escolhesse o nome do filhote e que tivesse uma cota de cinquenta por cento sobre ele. Ilse lhe deu o nome de Narciso. Emily não achou apropriado, pois, como primo Jimmy se referira a ele como "o Bichano", ela julgou que ele deveria ter um nome mais forte. Contudo, para não provocar novamente a ira de tia Elizabeth discutindo assuntos proibidos, Emily concordou.

"Posso chamá-lo de Ciso", pensou. "Soa mais masculino."

O filhotinho era um bichinho delicado de listras cinza que lembrava Emily de seus queridos gatinhos perdidos. E tinha um cheirinho tão gostoso! Um cheiro de aconchego e pelo limpo, com toques do feno onde Sal Sapeca fizera seu ninho maternal.

Depois do jantar, Emily ouviu Teddy assobiar no velho jardim aquele conhecido chamado encantado e disparou ao encontro dele; afinal de contas, não havia ninguém como Teddy no mundo. Fizeram um passeio extasiante até o Sítio dos Tanacetos, para ver o filhotinho de cachorro que o doutor Burnley dera a Teddy.

A senhora Kent não pareceu nada feliz em ver Emily; estava mais fria e mais distante que nunca. Sentou-se para observá-los brincar com o animalzinho rechonchudo, emanando um fogo dos olhos negros que deixava Emily levemente desconfortável sempre que seus olhares se cruzavam. Nunca sentira a antipatia da senhora Kent em relação a ela de forma tão nítida quanto naquela noite.

– Por que sua mãe não gosta de mim? – perguntou ela a Teddy, sem rodeios, enquanto levavam o pequeno Leo para o celeiro, para passar a noite.

– Porque *eu* gosto – disse ele, breve. – Ela não gosta de *nada* que eu goste. Tenho medo que ela envenene o Leo. Eu queria... queria que ela não gostasse tanto de mim – esbravejou ele, naquilo que era o início de sua revolta contra os ciúmes daquele amor anormal. Ainda que não compreendesse muito bem, já percebia que esse sentimento da mãe era para ele como um laço que começava a se tornar uma forca. – Ela disse que não vou poder ter aulas de Latim e Álgebra este ano (você sabe que a professora Brownell falou que eu poderia), porque não quer que eu vá para a universidade, pois jamais suportaria se separar de mim. Não ligo para estudar Latim nem para essas coisas, mas quero aprender a ser artista. Algum dia, quero ir para alguma escola onde ensinem isso. Ela não quer deixar; odeia minhas pinturas e meus desenhos porque acha que gosto mais deles que dela. Isso não é verdade. Eu *amo* minha mãe; ela é muito doce e bondosa comigo em todas as outras coisas. Mas acha que é verdade e já chegou a queimar alguns desenhos. Sei que queimou. Eles desapareceram da parede do celeiro, e eu não consigo achá-los. E, se ela fizer alguma coisa com o Leo... Eu vou... vou... vou odiá-la.

– Diga isso a ela – sugeriu Emily, equânime, revelando a perspicácia dos Murray que havia nela. – Ela não sabe que você sabe que ela envenenou o Fumaça e o Botão de Ouro. Diga a ela que sabe e que, se fizer alguma coisa com o Leo, você vai deixar de amá-la. Ela vai ficar tão aterrorizada com a ideia de perder seu amor que não vai se meter com o Leo. Eu *sei* que não. Diga isso a ela de forma gentil; não fira os sentimentos dela, mas diga. Vai ser melhor assim para todos os envolvidos – concluiu Emily, em perfeita imitação de como tia Elizabeth dava um ultimato.

– Acredito que vai – disse Teddy, muito impressionado. – Não suportaria que o Leo sumisse como aconteceu com meus gatos. Ele é o único cachorro que tive, e sempre quis ter um. Ah, Emily, estou tão feliz que você voltou!

Era muito bom ouvir aquilo, especialmente vindo de Teddy. Emily retornou para Lua Nova feliz. Na velha cozinha, as velas estavam acesas, com as chamas dançando ao vento noturno de agosto que entrava pela porta e pela janela.

– Imagino que você não vá mais gostar tanto de velas, Emily, depois de ter se acostumado às lamparinas da Granja Wyther – disse tia Laura, com um suspiro. Uma das tristezas da vida de Laura Murray era que a tirania de Elizabeth se estendesse às velas.

Emily olhou em volta, pensativa. Uma das velas crepitou e balançou em direção a ela, como se para cumprimentá-la. Outra, com um longo pavio, brilhava e flamejava feito um capetinha irritado. Outra tinha uma chama diminuta; era astuta e meditativa. Outra dançava com uma graça fogosa à corrente de vento que entrava pela porta. Outra queimava com uma chama constante e ereta, como uma alma fiel.

– Eu... não sei, não, tia Laura... – respondeu ela, devagar. – Com as velas... podemos fazer amizade. Acho que gosto mais das velas, no fim das contas.

Recém-chegada da cozinha externa, tia Elizabeth a ouviu dizer isso, e algo semelhante a prazer brilhou em seus olhos azul-escuros.

– Você tem lá algo de bom senso – disse.

"Esse é o segundo elogio que ela me faz", pensou Emily.

– Acho que Emily cresceu desde que foi para a Granja Wyther – disse tia Laura, examinando a sobrinha.

Apagando as velas, tia Elizabeth lançou um olhar pungente por cima dos óculos.

– Não vejo isso – disse. – O vestido dela continua batendo na mesma altura.

– Tenho certeza de que ela cresceu – persistiu Laura.

Para resolver a questão, primo Jimmy mediu Emily usando a marca na porta da sala de estar. A medida era exatamente a mesma.

– Viu? – disse tia Elizabeth, triunfante, alegrando-se de estar certa até nas pequenas coisas.

– Ela parece... diferente – observou Laura, com um suspiro.

No fim das contas, Laura estava certa. Emily *havia* crescido; se não de corpo, de espírito. Era essa mudança que Laura rapidamente sentiu, com seu carinho e afeto. A Emily que retornava da Granja Wyther não era a Emily que partira para lá. Já não era mais inteiramente uma criança. As histórias de família de tia Nancy, sobre as quais ponderara; a longa angústia em relação ao destino da mãe de Ilse; aquele momento terrível que passara face a face com a morte no desfiladeiro; a amizade com Dean Priest; tudo isso contribuira para o amadurecimento de seu intelecto e de suas emoções. Quando foi ao sótão na manhã seguinte e retirou de debaixo do sofá o precioso calhamaço de manuscritos para relê-los, chocou-se ao notar, com certa tristeza, que não chegavam a ser nem metade do que ela acreditava que eram. Alguns eram simplesmente banais, pensou. Teve vergonha deles; tanta que desceu para a cozinha externa e lançou-os ao fogo, para a insatisfação de tia Elizabeth, que, ao ir preparar o jantar, encontrou a fornalha entupida de papel queimado.

Emily compreendia agora por que a professora Brownell caçoara deles, embora isso não diminuísse em nada sua mágoa em relação a essa lembrança. Os que escaparam, ela guardou de novo na prateleira do sofá, incluindo "A filha do mar", que ainda lhe pareceu muito bom, embora não tão maravilhoso quanto de início. Achava que muitas passagens deveriam ser reescritas, para melhorá-lo. Então, começou imediatamente a escrever um novo poema: "O retorno à casa depois de semanas de ausência". Como tudo e todos que tinham relação com Lua Nova deveriam ser nele mencionados, ele prometia ser bem longo e ocupar seus minutos livres durante várias semanas. Era bom estar de volta.

"Nenhum lugar é como minha querida Lua Nova", pensou Emily.

Uma das coisas que marcaram seu retorno (um desses acontecimentos que causam uma impressão mais forte na memória que o real significado que carregam) foi o fato de que lhe deram um quarto só seu. Tia Elizabeth achara seu sono solitário demasiado agradável para tornar a abrir mão dele. Decidiu que não iria mais aturar aquela companheira de cama inquieta que fazia perguntas absurdas a qualquer hora da noite que lhe desse na cabeça de perguntar.

Assim, após longa conversa com Laura, ficou decidido que Emily ficaria com o quarto de sua mãe, ou "o mirante", como era chamado, embora não fosse exatamente um. Mas ocupava o mesmo lugar em Lua Nova, erguendo-se sobre a porta de entrada e o jardim, que os mirantes de verdade ocupavam em outras casas de Blair Water, de modo que recebeu esse nome. Fora preparado para receber Emily durante sua ausência, e, chegada a hora de dormir na primeira noite após seu regresso, tia Elizabeth informou a Emily, em poucas palavras, que ela ficaria com o quarto da mãe.

– Só para mim?! – perguntou Emily.

– Sim. Esperamos que cuide dele e o mantenha arrumado.

– Ninguém nunca dormiu nele desde a noite em que sua mãe... se foi – disse tia Laura, com um tom na voz que desagradou a tia Elizabeth.

– Sua mãe – disse ela, olhando com frieza para Emily por sobre a chama da vela, o que conferia um aspecto um tanto macabro às suas feições aquilinas – fugiu, abandonou a família e destroçou o coração do próprio pai. Era uma moça tola, ingrata e desobediente. Espero que você jamais envergonhe sua família com conduta semelhante.

– Oh, tia Elizabeth – disse Emily, sem fôlego –, quando você segura a vela abaixo do rosto assim, fica parecendo um cadáver! É tão interessante.

Tia Elizabeth se virou e subiu as escadas à frente de Emily, em silêncio. Não valia de nada desperdiçar seus bons conselhos com uma menina como aquela.

Deixada sozinha em seu mirante, parcamente iluminado pela única vela, Emily olhou em volta com interesse entusiasmado. Não poderia ir para a cama até que tivesse explorado cada canto do cômodo. A decoração era antiga, como a de todos os quartos de Lua Nova. Os papéis de parede eram decorados com losangos que continham estrelas douradas no interior, e, penduradas nas paredes, havia figuras e frases bordadas com lã. Uma delas, posicionada bem acima da cabeceira da cama, representava dois anjos da guarda. Em seus dias de glória, teria sido muito admirada, mas Emily a olhou com desgosto.

– Não gosto de anjos com asas de penas – disse, com determinação. – Os anjos deveriam ter asas de arco-íris.

No chão, estendia-se um lindo tapete tecido à mão e tapetinhos redondos trançados. Ao centro, havia uma cama alta, de madeira escura entalhada, um grosso colchão de plumas e uma colcha irlandesa. Não havia dossel, o que alegrou Emily. Uma pequena mesa, cujos estranhos pés pareciam garras e cujas gavetas contavam com puxadores de latão, ficava junto à janela, coberta com cortinas de musselina frisada. Os vidros da janela distorciam a paisagem de um jeito engraçado, acrescentando colinas onde não havia nenhuma. Emily gostou disso, mas não sabia bem por quê. Na verdade, era porque a visão dava à janela uma individualidade toda dela. Acima da mesa, repousava um espelho oval com moldura dourada; Emily se alegrou ao perceber que conseguia se ver nele sem precisar se esticar nem se inclinar: "Vejo tudo, menos minhas botas; e ele não deforma meu rosto nem deixa minha pele esverdeada", pensou ela, satisfeita. Duas cadeiras de encosto alto e assento de crina de cavalo, um pequeno lavabo com jarro e bacia azuis e um otomano desbotado com rosas em ponto-cruz completavam a mobília. Sobre a lareira, quedavam-se vasos com plantas murchas e coloridas, bem como uma fascinante garrafa redonda repleta de conchas das Índias Ocidentais. Em ambos os lados, erguiam-se adoráveis armários com portas de vidro, semelhantes aos da sala de estar.

"Será que algum dia tia Elizabeth vai deixar eu acender a lareira?", perguntou-se Emily.

O cômodo era permeado de um charme indefinível, do tipo que existe em quartos onde os móveis, velhos ou novos, guardam intimidade entre si, e as paredes e o piso dialogam feito bons amigos. Emily sentia isso em todo o corpo enquanto perambulava examinando tudo. Aquele era seu quarto; já o amava; sentia-se completamente em casa.

– Pertenço a este lugar – suspirou, feliz.

Sentiu-se deliciosamente próxima da mãe, como se Juliet Starr tivesse repentinamente se tornado real para ela. Empolgava-a pensar que provavelmente fora a mãe quem fizera a capa de crochê do agulheiro redondo que jazia sobre a mesa. E aquela grande jarra negra cheia de flores secas sobre a lareira: provavelmente fora a mãe quem a compusera. Quando Emily levantou a tampa, um perfume emanou dela. As almas de todas as rosas que haviam florescido ao longo de muitos verões passados de Lua Nova pareciam estar aprisionadas ali, em uma espécie de purgatório das flores. Algo naquele odo assombroso, místico e elusivo trouxe o *lampejo* a Emily, e seu quarto foi assim consagrado.

Pendurado sobre a lareira, havia um retrato da mãe – um enorme daguerreótipo tirado quando ela ainda era uma garotinha. Emily observou-o com carinho. Ela tinha um retrato da mãe tirado após o casamento, que lhe fora dado pelo pai. Mas, quando tia Elizabeth o trouxe de Maywood para Lua Nova, fora pendurado na sala de visitas, onde Emily raramente o via. Mas agora essa imagem da garota de cabelos dourados e bochechas rosadas era toda dela. Poderia admirá-la e conversar com ela sempre que quisesse.

– Ah, mamãe – disse ela –, em que você pensava quando era uma garotinha como eu? Queria ter podido conhecê-la nessa época. E pensar que ninguém nunca dormiu aqui desde aquela noite em que você fugiu com o papai. Tia Elizabeth disse que você agiu mal ao fazer isso, mas eu não acho. Não é como se você tivesse fugido com um estranho. De qualquer forma, fico feliz que tenha fugido, porque, se não tivesse, eu não existiria.

Feliz por sua existência, abriu a janela do mirante o máximo que pôde, meteu-se na cama e caiu no sono, invadida por uma felicidade tão pungente que chegava a doer enquanto ouvia o sonoro soprar do vento noturno entre as grandes árvores do bosque de John Altivo. Quando escreveu para o pai poucos dias depois, começou a carta com "Queridos pai e mãe".

"E, de agora em diante, sempre vou escrever para você, mamãe, assim como escrevo para o papai. Sinto muito por tê-la deixado de

fora por tanto tempo. Mas você não parecia real *até aquela noite em que voltei para casa. Arrumei a cama caprichosamente na manhã seguinte (a tia Elizabeth não achou nadinha para botar defeito) e tirei a poeira de* tudo. *Quando saí do quarto, me ajoelhei e beijei o degrau da porta. Não achei que a tia Elizabeth estivesse vendo, mas ela estava e perguntou se eu tinha ficado doida. Por que a tia Elizabeth sempre acha que é loucura quando alguém faz algo que ela nunca faria? Respondi 'Não, é só que eu amo tanto o meu quarto', e ela fungou e disse 'É melhor amar a Deus'. Mas eu amo Deus também, papai... e mamãe queridos; amo Deus ainda mais desde que passei a ter meu próprio quarto. Daqui, posso ver todo o jardim até o bosque de John Altivo, e um pedacinho do lago de Blair Water através do espaço entre as árvores onde corre o Caminho de Ontem. Gosto de ir para cama cedo agora. Adoro ficar deitada, sozinha, em meu quarto, compondo poesias e imaginando a descrição das coisas enquanto olho, através da janela aberta, as estrelas e as grandes, gentis e silenciosas árvores do bosque de John Altivo.*

Ah, papai e mamãe queridos, teremos um professor novo agora. A professora Brownell não vai mais voltar. Ela vai se casar, e a Ilse disse que, quando o pai dela ouviu isso, disse 'Pobre homem'. O novo professor é um tal de senhor Carpenter. A Ilse o viu quando ele veio conversar com o pai dela sobre a escola, porque este ano o doutor Burnley passou a ser membro do conselho, e ela disse que ele tem fartos cabelos grisalhos e bigodes. Ele também é casado e vai morar naquela velha casinha no vale, abaixo da escola. Acho engraçado pensar em um professor que tenha esposa e bigodes.

Fico feliz de ter voltado para casa. Mas sinto saudades do Dean e da bola observadora. A tia Elizabeth pareceu ter ficado bem brava quando viu minha franja, mas não disse nada. A tia Laura disse para eu apenas seguir usando a franja e não dizer nada. Mas não me sinto bem agindo contra a vontade da tia Elizabeth, então eu a penteei para trás, deixando só uma mechinha. Ainda assim não me sinto muito confortável quanto a isso, mas preciso me acostumar a estar um pouco desconfortável, pelo bem da minha aparência. A tia Laura disse que as crinolinas estão saindo de moda, então nunca vou chegar a usar uma, mas não ligo, porque as acho feias. Rhoda Stuart não vai gostar, porque ela estava ansiosa para ter idade suficiente para usar crinolina. Espero que eu tenha uma garrafa de gim só minha quando chegar o frio. Tem uma fileira de garrafas de gim na prateleira mais alta da cozinha externa.

Eu e o Teddy vivemos a aventura mais linda ontem à noite. Vamos guardar segredo de todo mundo, em parte porque foi muito linda, em parte porque achamos que levaríamos uma bronca daquelas por conta de algo que fizemos.

Fomos à Casa Desolada e descobrimos que uma das tábuas na janela estava solta. Então arrancamos, entramos e andamos pela casa inteira. Tem todos os tabiques feitos, mas não está rebocada com gesso, e tem serragem espalhada por todo o chão, exatamente como os carpinteiros a deixaram anos atrás. Parecia mais desolada que nunca. Tive vontade de chorar. Havia uma pequena e bonita lareira em um dos cômodos, então botamos a mão na massa e a acendemos usando serragem e pedaços de tábuas (é por isso que levaríamos bronca, prova-velmente) e, então, nos sentamos em frente a ela em um antigo banco de carpinteiro e conversamos. Decidimos que, quando crescêssemos, compraríamos a Casa Desolada e moraríamos nela juntos. O Teddy disse que achava que teríamos que nos casar, mas pensei que talvez conseguíssemos encontrar uma forma de fazer isso sem ter que passar por todo esse trabalho. O Teddy vai pintar quadros, e vou escrever poesias; todo *dia de manhã, vamos ter torrada,* bacon *e marmelada no café da manhã, que nem na Granja Wyther; mas mingau de aveia,* nunca*. E, na nossa despensa, sempre vai ter coisas gostosas para comer, e vou fazer muita geleia, e o Teddy sempre vai me ajudar a lavar a louça, e vamos pendurar a bola observadora no meio do teto na sala da lareira, porque a tia Nancy provavelmente já vai ter morrido.*

Quando o fogo apagou, colocamos a tábua de volta na janela e fomos embora. Vez por outra, o Teddy dizia para mim 'Torradas, bacon e marmelada', em tom supermisterioso, e a Ilse e o Perry ficavam irritadíssimos, porque não conseguiam descobrir o que isso significava.

O primo Jimmy chamou o Jimmy Joe Belle para ajudar com a colheita. O Jimmy Joe Belle mora além da estrada de Derry Pond. Tem vários franceses por lá e, quando uma moça francesa se casa, eles geralmente a chamam pelo primeiro nome do marido, em vez de usar 'senhora', como fazem os ingleses. Se uma moça chamada Mary se casa com um homem chamado Leon, passará a ser chamada sempre de Mary Leon depois do casamento. Mas, no caso do Jimmy Joe Belle, é o contrário: ele é que é chamado pelo nome da esposa. Perguntei ao primo Jimmy por que, e ele disse que é porque o Jimmy Joe era um fracote, e a Belle era quem usava as calças. Mas, ainda assim, não entendi. O Jimmy Joe também usava calças. E por que era chamado de Jimmy Joe Belle em vez de ela ser chamada de Belle Jimmy Joe só porque ela também usava calças?! Não vou descansar até descobrir.

O jardim do primo Jimmy está esplêndido agora. Os lírios-tigres floresceram. Tenho tentado amá-los, porque ninguém parece gostar deles, mas, no fundo do meu coração, sei que gosto mais das rosas. Não dá para evitar gostar mais das rosas.

Hoje, eu e a Ilse vasculhamos o velho jardim inteiro em busca de um trevo-de-quatro-folhas, mas não encontramos. Por fim, encontrei um em um ramo de trevo que havia junto aos degraus da leiteria, quando já estava ocupada coando leite e nem pensava mais em trevos. O primo Jimmy me explicou que é assim que a sorte vem e que não adianta ficar procurando por ela.

É tão bom estar com a Ilse novamente. Só brigamos duas vezes desde que voltei. Vou tentar não brigar mais com a Ilse, porque não acho que seja um comportamento digno, ainda que muito interessante.

Mas é difícil, porque, mesmo quando estou quieta e não digo nada, a Ilse acha que isso é motivo para brigar, fica brava e diz as piores coisas. A tia Elizabeth sempre fala que, quando um não quer, dois não brigam, mas ela não conhece a Ilse como eu conheço. A Ilse me chamou de albatroz sub-reptício hoje. Eu me pergunto quantos nomes de animais ainda existem para ela me insultar com eles. Ela nunca usa o mesmo mais de uma vez. Queria que ela não derriçasse tanto com o Perry. (Derriçar é uma palavra que aprendi com a tia Nancy. Acho bastante impactante.) Parece que ela não o suporta. Ele desafiou o Teddy a saltar do telhado do galinheiro para o do chiqueiro. O Teddy não quis. Disse que o faria se fosse algo que precisasse ser feito ou se fosse contribuir para alguma coisa, mas não só para se exibir. O Perry saltou e conseguiu pousar em segurança. Se não tivesse conseguido, poderia ter quebrado o pescoço. Daí, começou a se gabar e disse que o Teddy estava com medo. A Ilse ficou vermelha feito um tomate e disse a ele que se calasse, senão ela iria arrancar o focinho dele com os dentes. Ela não admite que falem mal do Teddy, mas acho que ele sabe se cuidar.

A Ilse também não vai poder estudar para o exame de admissão. O pai dela não quer deixar. Mas ela diz que não liga. Falou que vai fugir quando for um pouco mais velha e estudar teatro. Isso me parece ruim, mas interessante.

Eu me senti muito estranha e culpada quando vi a Ilse pela primeira vez, porque sabia da mãe dela. Não sei por que me sinto culpada, já que não tive nada a ver com o assunto. Aos poucos, o sentimento está passando, mas, às vezes, ainda me sinto muito mal por isso. Queria poder esquecer esse assunto completamente ou saber direito como foi tudo. Porque sei que ninguém sabe.

Recebi uma carta do Dean hoje. Ele me escreve cartas maravilhosas, como se eu fosse adulta. Ele me enviou um lindo poema, chamado 'A genciana franjada'. Ele disse que os versos o fizeram se

lembrar de mim. O poema é inteiro lindo, mas a última estrofe é a
de que mais gosto. Aqui está:

> Então, sussurra, minha flor, em teu sono
> Como posso escalar
> O Caminho Alpino, tão árduo, tão íngreme,
> Que conduz a sublimes alturas.
> Como posso alcançar esse longínquo objetivo
> De verdadeira e honrosa fama
> E escrever em seus pergaminhos reluzentes
> O humilde nome de uma mulher[58].

Quando o li, o lampejo veio até mim, e tomei uma folha de papel
(esqueci de dizer: o primo Jimmy me deu escondido envelopes e uma
caixinha de folhas de papel de carta) e escrevi:

> 'Eu, Emily Byrd Starr, prometo solenemente que, algum dia,
> escalarei o Caminho Alpino e escreverei meu nome no pergaminho
> da fama'.

Então, botei a folha em um envelope, fechei e escrevi nele: 'A promessa de Emily Byrd Starr, aos 12 anos e 3 meses de idade', e guardei
na prateleira sob o sofá do sótão.

Estou escrevendo uma história policial, tentando imaginar como
se sente um assassino. É assustador, mas empolgante. Quase sinto
como se tivesse de fato assassinado alguém.

Boa noite, queridos papai e mamãe.

De sua filha que os ama,

Emily

---

[58] Citação do poema *The Fringed Gentian*, de William Cullent Bryant (1794-1878): "Then whisper, blossom, in thy sleep/ How I may upward climb/ The Alpine Path, so hard, so steep,/ That leads to heights sublime./ How I may reach that far-off goal/ Of true and honored fame/ And write upon its shining scroll/ A woman's humble name". (N.T.)

P.S.: Tenho me perguntado como será minha assinatura quando eu crescer e publicar minhas obras. Não sei como seria melhor, se Emily Byrd Starr, completo, ou Emily B. Starr; ou mesmo E. B. Starr, ou E. Byrd Starr. Às vezes, acho que terei um nom de plume, que é outro nome que a gente escolhe para ter. Estava no meu dicionário, na parte dos 'galicismos' que tem no final dele. Se fizer isso, vou poder ouvir as pessoas falando das minhas obras bem debaixo do meu nariz, sem suspeitar de que sou eu, e aí saberia exatamente o que elas acham. Isso seria interessante, mas talvez nem sempre agradável. Acho que serei:

E. Byrd Starr"

A tecelã de sonhos

Emily levou várias semanas para decidir se gostava ou não do professor Carpenter. Sabia que não chegava a detestá-lo, mesmo depois de ele tê-la cumprimentado no primeiro dia de aula erguendo as sobrancelhas eriçadas e dizendo:

– Quer dizer que você é a mocinha que escrevia poesias? É melhor se dedicar às agulhas e ao espanador de pó. Muitos tolos já tentaram escrever poesias e fracassaram. Sou um deles. Mas já tomei tento.

"Suas unhas estão sujas", pensou Emily.

Mas ele subverteu todas as tradições escolares tão rápido e tão completamente que Ilse, que se vangloriava em subverter as coisas e odiava a rotina, foi a única aluna que gostou dele desde o início. Alguns nunca chegaram a gostar; os que eram como Rhoda Stuart, por exemplo. Mas a maioria deles se afeiçoou a ele quando se acostumou a não estar acostumado a nada. Por fim, Emily decidiu que gostava dele tremendamente.

O professor Carpenter tinha uns 45 anos; era um homem alto, com cabelos grisalhos e hirsutos, sobrancelhas e bigode eriçados, barba truculenta, olhos brilhantes e azuis – nos quais a vivacidade ainda não morrera – e rosto longo, magro e acinzentado, com feições bem marcadas. Vivia em uma pequena casa de dois cômodos próximo à escola, com a esposa que parecia um ratinho tímido. Jamais falava de seu passado e nunca oferecia nenhuma explicação para o fato de, naquela idade, não ter uma profissão melhor que a de professor de uma escola distrital, percebendo um mísero salário. Mas, depois de um tempo, a verdade veio à tona, pois a Ilha do Príncipe Edward é uma província pequena, e todos que nela vivem sabem algo sobre os demais. Assim, por fim, todos os moradores de Blair Water, incluindo os alunos da escola, souberam que o professor Carpenter fora um aluno brilhante quando jovem e aspirava ser ministro do Parlamento. Mas, na universidade, misturara-se com "más companhias" (a gente de Blair Water meneava e sussurrava essa frase horrível de modo pressagioso), e as más companhias o levaram à ruína. Ele "deu para beber" e foi de mal a pior, em todos os aspectos. A conclusão disso era que Francis Carpenter, que fora o primeiro da turma nos dois primeiros anos de McGill e para quem os professores previam uma carreira magnífica, terminou como professor de uma escola rural aos 45 anos, sem nenhuma previsão de se tornar algo mais que isso. Talvez tivesse se resignado; talvez não. Ninguém jamais soube, nem mesmo a esposa ratinha. Ninguém em Blair Water se importava; era um bom professor, e isso bastava. Mesmo que ainda saísse em seus "passeios" ocasionais, sempre o fazia aos sábados e, na segunda-feira, já estava sóbrio o suficiente. Sóbrio e com aparência muito digna, usando sua sobrecasaca preta desbotada, que nunca vestia nos outros dias da semana. Não suscitava pena e não se fazia de trágico. Mas, às vezes, quando Emily observava seu rosto inclinado sobre os problemas de Aritmética da Escola de Blair Water, sentia muita pena dele, sem nem entender por quê.

Tinha um temperamento explosivo que, geralmente, entrava em combustão pelo menos uma vez por dia, quando então, por alguns minutos, saía enfurecido agarrando a barba, implorando aos céus por paciência e destratando a todos de modo geral e ao objeto de sua ira em particular. Mas esses acessos nunca duravam muito. Em poucos minutos, o professor Carpenter voltava a sorrir, tão graciosamente quanto o sol que surge após uma tempestade, para o mesmo aluno que outrora vituperara. Ninguém parecia guardar mágoa de suas broncas. Ele nunca dizia as coisas amargas que a professora Brownell era dada a dizer, que machucavam e doíam por semanas. O granizo de suas palavras caía de forma igual sobre justos e pecadores e amainava sem causar danos.

Recebia piadas sobre si com muito bom humor.

– Está me ouvindo?! Está me ouvindo, mocinho?! – berrou para Perry Miller certa vez.

– É óbvio que estou – retorquiu Perry, equânime. – Seria possível ouvi-lo em Charlottetown.

O professor Carpenter o encarou por um momento, então soltou uma sonora gargalhada.

Seus métodos de ensino eram tão diferentes dos da professora Brownell que, a princípio, os alunos de Blair Water sentiram como se ele os tivesse virado de cabeça para baixo. A professora Brownell era uma defensora da ordem. O professor Carpenter parecia jamais tentar mantê-la. Contudo, de alguma maneira, mantinha as crianças tão ocupadas que elas não tinham tempo para traquinagens. Ao longo de um mês, ensinou História de maneira tempestuosa, fazendo os alunos interpretarem diferentes personalidades e acontecimentos históricos. Nunca se preocupou com que decorassem datas, mas as datas ficaram na memória da mesma forma. Se você, como Maria da Escócia, fosse decapitada com o machado da escola, vendada e de joelhos no degrau da porta, com Perry Miller fazendo as vezes de carrasco e usando uma máscara feita de um pedaço de cetim preto da tia Laura, perguntando-se o que aconteceria se Perry baixasse o machado com força demais, dificilmente se esqueceria da data em que isso aconteceu. E, se combatesse a Batalha de Waterloo por todo o pátio, ouvindo Teddy Kent gritar "Avante, soldados!" enquanto conduzia seu último e furioso ataque contra você, certamente se lembraria de 1815 sem nenhum esforço.

No mês seguinte, a História era completamente posta de lado, e a Geografia tomava seu posto. O pátio era dividido em mapas de países,

e os alunos se vestiam como os animais que os habitavam ou comerciali-
zavam produtos por seus rios e suas cidades. Então, quando Rhoda Stuart
o enganasse em uma negociação de compra de couro, você se lembraria
que ela comprara a carga da República Argentina. E, quando Perry Miller
deixasse de beber água durante todo um dia quente de verão porque estava atravessando o Deserto da Arábia com uma caravana de camelos e
não conseguia encontrar um oásis, e então bebesse tanta água de uma só
vez que tivesse dor de estômago, obrigando a tia Laura a passar a noite
acordada cuidando dele, você jamais se esqueceria de onde fica esse deserto. Alguns membros do conselho ficaram bastante escandalizados com
algumas atividades, achando que as crianças estavam se divertindo demais
para estarem, de fato, aprendendo alguma coisa.

Se se quisesse aprender Latim ou Francês, era preciso fazer atividades
de fala, e não de escrita, e, às sextas à tarde, todas as lições eram postas de
lado, e o professor Carpenter fazia as crianças recitarem poemas, darem
discursos e declamarem passagens de Shakespeare e da Bíblia. Esse era
o dia que Ilse mais amava. O professor Carpenter se lançava sobre o
dom dela como um cão faminto sobre um osso, exigindo-lhe sem piedade. Os dois tinham brigas intermináveis, e Ilse batia o pé e o xingava,
enquanto os demais alunos se perguntavam por que ela não era punida
por isso. Contudo, finalmente, tinha de ceder e fazer como ele queria.
Ilse frequentava a escola regularmente, algo que nunca fizera antes. O
professor Carpenter lhe dissera que, se ela faltasse sem que houvesse uma
boa justificativa, não poderia participar dos "exercícios" de sexta-feira.
Isso a mataria.

Um dia, o professor Carpenter pegou a lousa de Teddy e encontrou
uma caricatura dele, em uma de suas poses favoritas, ainda que não muito
bonita. Teddy dera a esse desenho o título de *A Peste Negra*; metade dos
alunos da escola morrera naquele mesmo dia na época da Grande Peste
e fora carregada em macas pelos sobreviventes aterrorizados até a vala
comum.

Teddy esperava um rugido de ira, já que, no dia anterior, reduzira
Garrett Marshall a pó ao descobrir na lousa dele o desenho de uma

inofensiva vaquinha – ou, pelo menos, era isso que Garrett dissera ser. Contudo, o assombroso professor Carpenter apenas aproximou as sobrancelhas hirsutas, observou muito sério a lousa de Teddy, botou-a novamente na carteira, olhou para ele e disse:

– Não sei nada de desenho. Não tenho como ajudá-lo. Mas, nossa, acho que daqui em diante você deveria desistir dos exercícios extras de Aritmética e passar a tarde desenhando.

Com isso, Garrett Marshall voltou para casa e contou ao pai que o "velho Carpenter" não era justo e que Teddy Kent era "o favorito dele".

Naquela tarde, o professor Carpenter foi ao Sítio dos Tanacetos e viu os desenhos no sótão do celeiro. Então, entrou na casa e conversou com a senhora Kent. O que disseram um para o outro nunca se soube, mas o professor Carpenter foi embora mal-humorado, como se houvesse topado com um obstáculo inesperado. Depois disso, preocupou-se bastante com as tarefas de Teddy de modo geral e conseguiu, em algum lugar, alguns livros básicos sobre desenho, os quais deu a ele dizendo-lhe para não levá-los para casa, algo que Teddy já sabia. Sabia perfeitamente que, se o fizesse, eles sumiriam misteriosamente, tal como seus gatos. Seguira o conselho de Emily e dissera à mãe que não a amaria se algo acontecesse com Leo, que, então, floresceu e cresceu gordo e alegre. Mas Teddy era demasiado gentil para fazer ameaças como aquela à mãe mais de uma vez. Sabia que ela chorara a noite inteira após a visita do professor Carpenter e passara o dia seguinte rezando de joelhos no quarto ou encarando-o com olhos amargos e assombrados. Queria que ela fosse como as mães das outras pessoas, mas os dois se amavam bastante e passavam lindas horas juntos na casinha daquela colina coberta de tanacetos. Era só quando outras pessoas estavam por perto que a senhora Kent ficava estranha e ciumenta.

– Quando estamos sozinhos, ela é muito carinhosa – disse Teddy, certa vez, a Emily.

Quanto aos demais garotos, Perry Miller era o único com o qual o professor Carpenter se preocupava no que dizia respeito à oratória. Era tão inclemente com ele quanto com Ilse. Perry trabalhava duro para lhe agradar, praticando no celeiro, no campo e até à noite, no sótão da cozinha, até que tia Elizabeth o mandasse parar. Emily não conseguia entender por que o senhor Carpenter sorria com amabilidade e dizia "Muito bem" quando Neddy Gray balbuciava umas poucas frases, sem nenhuma expressividade, e logo se punha furioso com Perry, acusando-o de ser burro e palerma por ter se esquecido de dar a ênfase adequada a certa palavra ou por ter gesticulado fora de hora.

Também não entendia por que ele fazia correções com tinta vermelha em todas as suas redações e a repreendia por conjugar mal os infinitivos ou por usar adjetivos demasiado extravagantes, caminhando para lá e para cá entre as fileiras a derramar objurgações sobre ela porque ela não sabia "quando parar". Mas, ao mesmo tempo, dizia a Rhoda Stuart e a Nan Lee que suas redações estavam muito boas, e não fazia uma correção sequer nelas. Apesar disso tudo, gostava dele mais e mais à medida que o tempo passava, levando embora o outono e trazendo o inverno, com seus belos galhos desfolhados e seu agradável céu perolado, o qual à tarde era atravessado por nuvens douradas e à noite se transformava em um pomposo véu estrelado sobre as colinas e os vales que rodeavam Lua Nova.

Naquele inverno, Emily cresceu tanto que tia Laura teve de ajustar seus vestidos. Tia Ruth, que viera passar uma semana em Lua Nova, disse que ela estava crescendo além das forças; que isso sempre acontecia com crianças tuberculosas.

– Não sou tuberculosa – disse Emily. – E os Starr são altos – acrescentou, com um toque de malícia sutil raramente encontrado em crianças daquela idade.

Tia Ruth, que era bastante sensível a sua baixa estatura, fungou.

– Seria bom se essa fosse a única coisa em que você se parece com eles – disse ela. – Como está indo na escola?

– Muito bem. Sou a melhor aluna da minha turma – respondeu Emily, com compostura.

– Criança convencida! – exclamou tia Ruth.

– Não sou convencida. – Emily encarou-a com desdém. – O senhor Carpenter disse isso, e ele não é de tecer elogios à toa. Além disso, é algo que eu mesma percebo.

– Bom, que ótimo que seja inteligente, porque não é lá muito bonita – continuou tia Ruth. – Sua pele não é lá grande coisa, e esse seu cabelo escuro em volta do rosto pálido é de amargar. Vejo que vai ser uma moça bastante insossa.

– Você não diria isso a um adulto – retorquiu Emily, com seriedade deliberada que sempre exasperava tia Ruth, que não entendia como essa expressão podia caber em uma criança. – Não acho que faria mal se me tratasse com o mesmo respeito que trata outras pessoas.

– Só estou apontando seus defeitos para que os corrija – completou tia Ruth, friamente.

– Não tenho culpa se meu rosto é pálido e meus cabelos são pretos – protestou Emily. – Isso é algo que não posso corrigir.

– Se você fosse diferente – disse tia Ruth –, eu...

– Mas não *quero* ser diferente – concluiu Emily, decidida, sem a menor intenção de baixar a bandeira dos Starr diante de tia Ruth. – Não gostaria de ser nenhuma pessoa além de mim mesma, ainda que eu seja insossa. Além disso – acrescentou, de modo impactante, enquanto se virava para deixar a sala –, embora eu não seja muito bonita agora, quando for para o céu, acredito que vou ser linda.

– Algumas pessoas acham a Emily muito bonita – disse tia Laura, não antes que a sobrinha estivesse longe demais para escutar. Era Murray o suficiente para isso.

– Não vejo que beleza é essa que eles veem – rebateu tia Ruth. – Ela é vaidosa e insolente e diz coisas para parecer esperta. Você a ouviu agora mesmo. Mas o que mais me desagrada é que ela não parece criança; é profunda como o mar. Sim, Laura, é profunda como o mar. Você vai descobrir o preço disso algum dia, se não me ouvir. Ela é capaz de qualquer coisa. Dizer que é astuta é pouco. Você e Elizabeth mantêm as rédeas dela frouxas demais.

– Tenho feito meu melhor – disse Elizabeth, rígida. Ela, de fato, pensava que fora leniente demais com Emily; Laura e Jimmy eram dois contra uma. Contudo, irritou-a ouvir isso de Ruth.

Tio Wallace também tivera um acesso de preocupação por Emily naquele inverno.

Certo dia, durante uma visita a Lua Nova, ele a olhou e observou como ela crescera.

– Quantos anos você tem, Emily? – Fazia essa pergunta sempre que ia a Lua Nova.

– Faço 13 em maio.

– Hum. Que pretende fazer com ela, Elizabeth?

– Não sei o que quer dizer – disse Elizabeth, fria, tão fria quanto se é possível ser quando se está ocupado fazendo velas.

– Bom, ela logo será adulta. Não pode esperar que você a sustente para sempre...

– Não espero – resmungou Emily, ressentida.

– ... Já está chegando a hora de decidirmos o que será melhor para ela.

– As mulheres da família Murray nunca precisaram trabalhar fora para se sustentar – disse tia Elizabeth, como se isso resolvesse a questão.

– Emily é apenas metade Murray – disse Wallace. – Além disso, os tempos estão mudando. Você e Laura não vão viver para sempre, Elizabeth, e, quando tiverem partido, Lua Nova será do filho de Oliver, Andrew.

Emily não gostava do tio Wallace, mas ficou muito grata a ele naquele momento. Quaisquer que fossem suas motivações, o que ele estava sugerindo era exatamente aquilo pelo que ela secretamente ansiava.

– Sugiro – continuou tio Wallace – que ela seja enviada à Queen's Academy, para obter a licenciatura. O magistério é uma profissão digna e feminina. Aceito contribuir com minhas parcelas nos gastos.

Estava óbvio que tio Wallace achava esplêndido aquele seu gesto.

"Se fizer isso, pensou Emily, "pagarei cada centavo tão logo comece a trabalhar."

Mas tia Elizabeth estava resoluta.

– Não concordo que meninas saiam vagando pelo mundo – disse. – Não tenho intenção de permitir que Emily vá para a Queen's. Disse isso ao senhor Carpenter quando ele veio me falar sobre ela começar a se preparar para o exame de admissão. Ele foi bastante mal-educado. Professores conheciam o próprio lugar na época do meu pai. Mas consegui que ele entendesse, acho. Você muito me surpreende, Wallace. Sua filha não trabalha fora.

– Minha filha tem pais para sustentá-la – retorquiu tio Wallace, pomposamente. – A Emily é órfã. Pelo que tenho ouvido falar dela, imaginei que ela preferisse ganhar o próprio sustento a continuar vivendo de caridade.

– E é verdade! – exclamou Emily. – É verdade, tio Wallace. Oh, tia Elizabeth, por favor, deixe-me estudar para o exame. Por favor! Vou pagar cada centavo que você gastar com isso. Vou, sim. Dou minha palavra.

– Não é questão de dinheiro – disse tia Elizabeth, com seu jeito altivo. – Assumi a tarefa de cuidar de você, Emily, e farei isso. Quando for mais velha, pode ser que eu a mande fazer o ensino médio em Shrewsbury, por uns dois anos. Não vou impedir sua educação. Mas você não será escrava de ninguém; nenhuma Murray jamais foi.

Percebendo a inutilidade do apelo, Emily saiu, tomada pela mesma frustração amarga que sentira quando da visita do professor Carpenter. Então tia Elizabeth olhou para Wallace e disse:

– Você se esqueceu do fim que levou Juliet depois de ser mandada para a Queen's? – perguntou, em tom cheio de significados.

Se Emily não recebera autorização para fazer as aulas preparatórias para o exame de admissão, Perry não tinha ninguém que o impedisse, de modo que começou a frequentá-las com a mesma determinação que demonstrava com tudo. A situação de Perry em Lua Nova mudara sutil e paulatinamente. Tia Elizabeth deixara de se referir a ele, desdenhosamente, como "o ajudante". Até ela reconhecia que, embora ele fosse realmente um ajudante, não o seria para sempre, e já não fazia objeção a que tia Laura remendasse suas roupas ou a que Emily o ajudasse com as lições. Também não reclamou quando primo Jimmy passou a lhe dar um pequeno salário, muito embora outros rapazes mais velhos que Perry ainda ficassem felizes em cuidar do trabalho de inverno em troca de comida e moradia em uma casa confortável. Se um futuro primeiro-ministro estava surgindo em Lua Nova, tia Elizabeth queria ter sua parcela de contribuição em sua ascensão. Era digno de crédito e louvor que um rapaz tivesse ambição. Já para as meninas, a coisa era completamente diferente. O lugar de uma menina era em casa.

Emily ajudava Perry a resolver os problemas de Álgebra e tomava as lições dele de Francês e Latim. Com isso, ela mesma aprendia mais do que tia Elizabeth acharia conveniente. Também aprendia quando os alunos das aulas preparatórias falavam essas línguas na escola. Era uma coisa bastante fácil para uma garota que outrora criara a própria língua. Quando, certo dia, George Bates, para se exibir, perguntou a ela em francês (aquele francês que, segundo o professor Carpenter, nem Deus conseguiria entender): "Você está com a tinta da minha avó, a escova de engraxate do meu primo e o guarda-chuva do marido da minha tia na sua carteira?", Emily respondeu tão eloquente e tão "francesamente" quanto ele: "Não, mas estou com a caneta do seu pai, o queijo do estalajadeiro e a toalha da serva do seu tio na minha cesta".

Como consolo para a decepção que sentia em relação a não poder frequentar as aulas preparatórias, Emily escreveu mais poesias do que nunca. Era particularmente agradável escrever nas tardes de inverno, quando os ventos tormentosos rugiam lá fora e se amontoavam no jardim na forma de redemoinhos fantasmagóricos, coroados por vaga-lumes. Também escreveu vários contos: histórias de amor desesperado em que lutava heroicamente contra as dificuldades dos diálogos apaixonados; histórias de bandidos e piratas (Emily gostava destas, pois não havia nenhuma necessidade de bandidos ou piratas conversarem apaixonadamente); tragédias envolvendo condes e condessas, cujos diálogos se sentia tentada a temperar com pitadas de francês; e uma dúzia de outros assuntos sobre os quais não sabia nada. Também contemplou a ideia de começar um romance, mas decidiu que seria muito difícil encontrar papel suficiente para isso. As cédulas de postagem já haviam acabado, e os cadernos Jimmy não seriam suficientes, embora um novo sempre aparecesse misteriosamente em sua pasta escolar quando o antigo já estava quase no fim. Primo Jimmy parecia ter uma estranha mediunidade para escolher o momento certo; era parte de sua essência.

Então, certa noite, enquanto descansava em seu mirante e observava a lua cheia brilhando no céu sem nuvens, Emily teve uma ideia repentina e maravilhosa: enviaria seu último poema ao *Enterprise*, de Charlottetown.

O *Enterprise* tinha uma seção de poesias, na qual versos "originais" eram frequentemente publicados. Secretamente, Emily sempre pensara que os seus eram tão bons quanto – e de fato eram, pois os "poemas" do *Enterprise* eram puro lixo.

Emily se entusiasmou tanto com a ideia que não conseguiu dormir à noite – e tampouco queria. Era maravilhoso estar deitada ali, vibrando na escuridão, e imaginar como seria aquilo. Via seus versos impressos sobre a signa E. Byrd Starr; via os olhos de tia Laura resplandecentes de orgulho; via o professor Carpenter mostrando-os a desconhecidos – "Estes versos são de uma aluna minha"; via os colegas de escola invejando-a ou admirando-a, dependendo de quem eram; via a si mesma com um pé finalmente plantado com firmeza na escada da fama, pelo menos uma colina do Caminho Alpino conquistada, com uma nova e gloriosa perspectiva diante de si.

A manhã chegou. Emily foi para a escola tão absorta por conta de seu segredo que foi mal em tudo e repreendida pelo professor Carpenter. Mas nada disso lhe importava. Seu corpo estava na escola de Blair Water, mas seu espírito estava em reinos celestiais.

Quando acabou a aula, dirigiu-se ao sótão com meia folha de um papel com pautas azuis. Com muito capricho, copiou o poema, tomando cuidado para pingar todos os is e cortar todos os tês. Escreveu em ambos os lados da folha, completamente ignorante das regras de etiqueta que pregavam contra isso. Então leu-o em voz alta, sem omitir o título: "Sonhos vespertinos". Degustou um verso duas ou três vezes:

A persistente música élfica no ar.

– Acho esse verso muito bom – disse Emily. – Agora me pergunto como consegui pensar nele.

Postou o poema no dia seguinte e saboreou um êxtase místico e delicioso até o sábado seguinte. Quando o jornal chegou, ela o abriu com ânsia trêmula e dedos gelados, virando as folhas até alcançar a seção de poesias. Aquele era o grande momento!

Mas não havia nem sinal dos "Sonhos vespertinos".

Emily lançou o jornal longe e disparou para o sótão, onde, cabisbaixa, chorou amargamente, tomada por um sentimento de decepção. Bebeu da taça do fracasso até o final. Aquilo era algo verdadeiramente trágico para ela. Sentia como se tivesse levado um tapa na cara. A humilhação fora tanta que tinha certeza de que jamais se reergueria.

Ficou grata por não ter dito nada a Teddy sobre aquilo; sentira-se muito tentada a fazê-lo e só não o fez porque não queria estragar a surpresa que seria quando lhe mostrasse seus versos impressos, com sua assinatura abaixo deles. Contara a Perry, que ficou furioso ao notá-la chorosa mais tarde na leiteria, quando foram coar leite juntos. Normalmente, Emily adorava aquilo, mas, naquele dia, a alegria desaparecera de seu mundo. Nada era capaz de animá-la.

– Vou a Charlottetown, nem que tenha que ir a pé, e darei um murro na cabeça do editor do *Enterprise* – disse Perry, com expressão que, trinta anos mais tarde, serviria de aviso para os membros de seu partido procurarem abrigo.

– Não adiantaria nada – disse Emily, desconsolada. – Ele não achou que fosse bom o suficiente para imprimir, e isso é o que mais me magoa, Perry. Ele não achou meu poema nada bom. Dar um murro na cabeça dele não muda isso.

Emily levou uma semana para se recuperar do golpe. Então, escreveu um conto no qual o editor do *Enterprise* fazia o papel de um vilão sombrio e desesperado que terminava atrás das grades. Isso tirou o veneno de seu corpo, e ela se esqueceu completamente do editor ao deleitar-se na escrita de um poema dedicado à "Doce Dama de Abril". Mas me pergunto se ela realmente chegou a perdoá-lo, mesmo depois de descobrir, mais tarde, que não se deve escrever em ambos os lados do papel, mesmo depois de reler os "Sonhos vespertinos" anos mais tarde e se perguntar como *ela* achou que aquilo era bom.

Esse tipo de coisa acontecia com frequência agora. Toda vez que relia seus manuscritos, descobria que alguns deles haviam deixado de ser rosas douradas e se transformado em pétalas murchas, apropriados apenas para serem queimados. Emily os queimava, mas isso também a queimava um pouco. Tornar-se maduro demais para as coisas que amamos nunca é um processo agradável.

O sacrilégio

Houve vários embates entre Emily e tia Elizabeth durante o inverno e a primavera daquele ano. Geralmente, tia Elizabeth saía vitoriosa; tinha aquilo de não admitir ser derrotada nem nas coisas mais banais. Mas, vez por outra, dava com aquele curioso traço na personalidade de Emily, o qual era absolutamente inquebrantável. Segundo os relatos da família, Mary Murray, um século atrás, fora uma pessoa gentil e submissa, mas tinha esse mesmo traço, e prova disso era seu famigerado "daqui não saio". Quando tia Elizabeth tentava manejar aquele elemento em Emily, sempre levava a pior. Contudo, não aprendia com isso e perseguia sua política de repressão com ainda mais rigor, pois percebia que Emily estava crescendo e o futuro trazia perigos desconhecidos. Principalmente agora, não deveria perder o controle sobre Emily, do contrário a menina estaria fadada a passar pelo mesmo infortúnio sofrido pela mãe – pelo menos era assim que Elizabeth Murray via o desenrolar dos acontecimentos. Em suma, não deveria haver mais nenhuma fuga em Lua Nova.

Uma das coisas pelas quais brigaram foi o fato de que Emily, como tia Elizabeth descobriu um dia, usava o dinheiro dos ovos para comprar papel em quantidades muito superiores às que tia Elizabeth considerava aceitáveis. O que Emily fazia com tanto papel? As duas tiveram uma discussão por causa disso, e, eventualmente, tia Elizabeth descobriu que Emily andava escrevendo contos. Emily passara o inverno inteiro escrevendo contos bem debaixo do nariz de tia Elizabeth, e esta jamais suspeitou disso. Posava, com muito gosto, que Emily estava se dedicando às redações escolares. Tia Elizabeth sabia, vagamente, que Emily escrevia rimas ridículas, às quais chamava poesia, mas isso não a incomodava tanto. Jimmy também compunha lixos semelhantes. Era algo bobo e inofensivo, que Emily certamente superaria com a idade. Jimmy não superara, era verdade; mas havia aquele acidente... Elizabeth sempre se sentia profundamente mal quando pensava que, por conta daquilo, ele seria mais ou menos como uma criança pelo resto da vida.

Mas escrever contos era uma coisa muito diferente, e tia Elizabeth estava escandalizada. Ficção era uma coisa abominável. Elizabeth Murray aprendera isso desde jovem e não passara a pensar diferente depois de velha. Ela realmente achava que era algo horrível e pecaminoso que as pessoas jogassem cartas, dançassem, fossem ao teatro, lessem ou escrevessem romances; e, no caso de Emily, havia um agravante: aquilo era o sangue Starr se revelando nela, em especial o de Douglas Starr. Nenhum Murray de Lua Nova jamais foi culpado de escrever "contos" ou de querer escrevê-los. Aquilo era como uma erva daninha que precisava ser podada imediatamente. Tia Elizabeth meteu as tesouras de poda, mas não encontrou nenhuma raiz passível de ser cortada, mas, sim, aquele antigo traço oculto de granito. Emily foi respeitosa, razoável e franca. Deixou de comprar papel com o dinheiro dos ovos, mas disse a tia Elizabeth que não poderia deixar de escrever seus contos e seguiu escrevendo-os em pedaços de papel pardo e na parte de trás dos panfletos que as firmas de maquinaria agrícola enviavam ao primo Jimmy.

– Você não percebe que é feio escrever romances? – inquiriu tia Elizabeth.

– Ah, não estou escrevendo romances... ainda – respondeu Emily. – Não tenho papel suficiente. Estes são contos curtos. E não é feio... O papai gostava de romances.

– Seu pai... – começou tia Elizabeth, mas se deteve, lembrando-se de que Emily já "reagira mal" anteriormente, quando alguma crítica era feita ao pai. No entanto, o simples fato de ter se sentido misteriosamente compelida a se interromper a incomodou, posto que, durante toda a vida, sempre dissera o que quisera em Lua Nova, sem se importar com o sentimento das pessoas. – Você não vai mais escrever essas coisas – disse, balançando desdenhosamente *Os Segredos do Castelo* em frente ao rosto de Emily. – Está proibida. Lembre-se: proibida.

– Ah, mas preciso escrever, tia Elizabeth – disse Emily, séria, dobrando as belas mãos sobre a mesa e fitando fixamente o rosto irritado de tia Elizabeth daquele jeito que tia Ruth julgava pouco infantil. – Perceba, é algo que está dentro de mim. Não posso evitar. E o papai disse que eu deveria continuar escrevendo sempre. Disse que eu seria famosa algum dia. Você não gostaria de ter uma sobrinha famosa, tia Elizabeth?

– Esse assunto não está em discussão – respondeu tia Elizabeth.

– Não estou discutindo, apenas explicando – continuou Emily, demonstrando um respeito irritante. – Só quero que entenda como preciso continuar escrevendo minhas histórias, embora lamente muito que a senhora não concorde.

– Se não parar com essa... essa coisa mais que absurda, Emily, vou... vou...

Tia Elizabeth parou, sem saber o que fazer. Emily já estava grande demais para apanhar ou ser calada; e não adiantaria dizer, como se sentia tentada a fazer, "Vou expulsá-la de Lua Nova", porque Elizabeth Murray sabia muito bem que não a expulsaria da fazenda; não seria *capaz* de mandá-la para longe, embora isso fosse algo que estava apenas em seus sentimentos, sem um entendimento racional correspondente. Sentia-se apenas importante, e isso a irritava; mas Emily era dona da situação e, calmamente, seguiu escrevendo seus contos. Se tia Elizabeth tivesse pedido que ela deixasse de fazer crochê, caramelos ou de comer os deliciosos biscoitos com gotas de chocolate de tia Laura, Emily teria obedecido sem questionar, embora amasse todas essas coisas. Mas deixar de escrever suas histórias? Ora, era como se tia Elizabeth lhe pedisse para deixar de respirar. Por que ela não conseguia compreender isso? Parecia tão simples e claro para Emily.

– O Teddy não conseguiria parar de desenhar; a Ilse não conseguiria parar de recitar; e eu não consigo parar de escrever. Percebe, tia Elizabeth?

– O que percebo é que você é uma criança ingrata e desobediente – disse tia Elizabeth.

Isso magoou Emily profundamente. Contudo, ela não cedeu, e, assim, continuou a pairar uma atmosfera de ressentimento e desaprovação entre as duas em todas as pequenas coisas da vida cotidiana, algo que envenenava, em maior ou menor medida, a existência da criança, sensível como era ao entorno e aos sentimentos que os parentes expressavam por ela. Emily sentia isso o tempo todo, exceto quando escrevia. Nesses momentos, esquecia-se de tudo e lançava-se em um país encantado entre o sol e a lua, onde via magníficas criaturas, que tentava descrever, e magníficos acontecimentos, que tentava relatar, regressando finalmente à cozinha à luz de velas com um sentimento um tanto aturdido de ter passado anos em uma Terra de Ninguém.

Nem mesmo tia Laura apoiou Emily nessa questão. Achava que a sobrinha deveria ceder nesse assunto tão trivial e aquiescer à vontade de tia Elizabeth.

– Mas não é trivial – disse Emily, desesperada. – É a coisa mais importante do mundo para mim, tia Laura. Ah, achei que você entenderia.

– Entendo que seja algo de que você gosta, querida, e acho que é um passatempo inofensivo. Mas isso parece incomodar Elizabeth de alguma maneira, e acho que você deveria parar por causa disso. Não parece que seja algo muito importante. Na verdade, é mesmo uma perda de tempo.

– Não… não… – disse Emily, aflita. – Algum dia, tia Laura, vou escrever livros de verdade… e ganhar muito dinheiro – acrescentou, sentindo que a natureza empreendedora dos Murray os levava a ponderar a importância das coisas com base no dinheiro.

Tia Laura sorriu, indulgente.

– Temo que você nunca enriqueça fazendo isso, querida. Seria mais sensato investir seu tempo em se preparar para alguma outra ocupação mais útil.

Era enlouquecedor ser infantilizada daquela maneira; era enlouquecedor que ninguém compreendesse que ela *precisava* escrever; era enlouquecedor ouvir tia Laura tratando o assunto daquela maneira tão doce, carinhosa e burra.

"Ah", pensou Emily, amargurada, "se aquele detestável editor do *Enterprise* tivesse publicado o meu poema, elas acreditariam em mim."

– De qualquer maneira – aconselhou tia Laura –, não deixe que Elizabeth a veja escrevendo.

No entanto, por alguma razão, Emily não podia seguir esse prudente conselho. Em outras ocasiões, conspirara com tia Laura para enganar tia Elizabeth em algum assunto sem importância, mas percebeu que, agora, não poderia fazer isso. Precisava escrever seus contos, e precisava fazê-lo às claras, de forma franca, e tia Elizabeth precisava entender isso. Era assim que tinha que ser. Não poderia mentir para si mesma no que dizia respeito a escrever; não poderia *fingir* ser falsa.

Escreveu ao pai relatando tudo; derramou seu amargor e sua perplexidade para ele naquela que, embora não suspeitasse, seria sua última carta para ele. Havia um calhamaço de cartas agora na prateleira sob o sofá do sótão, pois Emily escrevera muito mais cartas ao pai do que as que foram registradas nestes escritos. Havia muitos parágrafos sobre tia Elizabeth neles, na maioria nada elogiosos, sendo que alguns, como Emily mesma admitiria passada a raiva, eram desmedidos e exagerados. Quando foram escritos, sua alma magoada e furiosa exigia alguma forma de dar vazão às emoções, preenchendo, assim, o papel de veneno. Emily dominava um estilo sutilmente malicioso quando queria. Após escrever aquelas passagens, sua mágoa passava, e ela não pensava mais nas situações que a levavam a se sentir daquela maneira. Mas as cartas permaneciam.

Então, em um dia de primavera, tia Elizabeth, durante uma faxina no sótão, enquanto Emily e Teddy brincavam alegremente no Sítio dos Tanacetos, encontrou o calhamaço de cartas sob o sofá e as leu todas.

Elizabeth Murray jamais teria lido nenhuma carta que pertencesse a um adulto. Mas jamais lhe ocorreu que houvesse qualquer desonra em ler as cartas nas quais Emily, sozinha e, por vezes, incompreendida, havia derramado sua alma ao pai que tanto amara e pelo qual fora tão amada, de maneira tão profunda e compreensiva.

Tia Elizabeth se julgava no direito de saber tudo que aquela prisioneira em seu poder fazia, dizia ou pensava. Leu todas as cartas e descobriu o que Emily pensava dela; dela, Elizabeth Murray, aquela autocrata inconteste, sobre quem ninguém jamais ousara criticar. Uma experiência como essa não é nem um pouco menos dura aos 60 do que seria aos 16. Quando Elizabeth Murray dobrou novamente as cartas, suas mãos tremiam; de raiva e de algo mais, que não era exatamente raiva.

– Emily, sua tia Elizabeth quer vê-la na sala de visitas – disse tia Laura a Emily quando esta retornou do sítio, motivada por uma leve chuva que começara a cair sobre os campos verdes. Seu tom e o semblante triste serviram de aviso para Emily de que uma tempestade se aproximava. Não se lembrava do que teria feito que pudesse trazê-la diante do tribunal que tia Elizabeth ocasionalmente convocava na sala de visitas. A coisa era séria quando chegava àquele cômodo. Por razões desconhecidas por todos além dela, tia Elizabeth era dada a conduzir inquéritos sérios como aqueles exclusivamente naquela sala. Talvez fosse porque sentisse, ainda que obscuramente, que as fotografias dos Murray nas paredes lhe dessem algum apoio ao lidar com aquela ovelha negra; pela mesma razão, Emily detestava os julgamentos na sala de visitas. Nessas ocasiões, sempre se sentia como uma ratinha cercada por gatos sombrios.

Apesar do medo, Emily atravessou devagar o grande salão para admirar o charmoso mundo vermelho através do vidro de mesma cor. Abriu a porta. O cômodo estava na penumbra, pois apenas uma das venezianas estava aberta até a metade. Tia Elizabeth sentava-se muito ereta na poltrona do avô Murray. Primeiro, Emily viu seu rosto, sisudo e mal-humorado; em seguida, pousou os olhos sobre seu colo.

Então tudo se esclareceu.

A primeira coisa que Emily fez foi reaver as preciosas cartas. Com a velocidade de um relâmpago, disparou até tia Elizabeth, agarrou o volume e voltou para junto da porta. Ali, encarou tia Elizabeth, com o rosto ardendo de indignação e ultraje. Um sacrilégio fora cometido; o santuário mais puro de sua alma fora conspurcado.

– Como ousa? – disse ela. – Como ousa tocar minhas cartas particulares, tia Elizabeth?

Tia Elizabeth não esperava aquela reação. Esperava confusão, tristeza, vergonha, medo... Qualquer coisa menos aquela indignação justificada, como se fosse ela a ré. Levantou-se.

– Devolva-me essas cartas, Emily.

– Não devolvo – disse Emily, branca de raiva, agarrando as cartas com ainda mais força. – São minhas e do meu pai; não são suas. Você não tinha, direito de tocá-las. *Jamais* vou perdoá-la!

O jogo virara. Tia Elizabeth estava tão atônita que mal sabia o que dizer ou fazer. O pior de tudo era que uma desagradável dúvida acerca de sua conduta começava a se apossar dela, motivada talvez pela intensidade e seriedade da acusação de Emily. Pela primeira vez na vida, ocorreu a Elizabeth Murray se questionar se fizera a coisa certa. Pela primeira vez na vida, sentiu vergonha; e a vergonha a deixou furiosa. Era intolerável que *ela* fosse levada a se sentir envergonhada.

Por um momento, as duas se encararam, não como tia e sobrinha, não como criança e adulta, mas como dois seres humanos que se odeiam. Elizabeth Murray, alta, austera e impassível; Emily Starr, pálida, com piscinas de chamas negras nos olhos, abraçando as cartas com braços trêmulos.

– Então é assim que demonstra gratidão? – perguntou tia Elizabeth. – Você era uma pobre órfã que não tinha onde cair morta. Eu a trouxe para minha casa; lhe dei abrigo, comida, educação e carinho, e é assim que me agradece?

A tempestade de raiva e ressentimento impediu que Emily sentisse a apunhalada dessas palavras.

– Você não queria me trazer – disse. – Você me sorteou, e só me trouxe porque seu nome saiu no sorteio. Sabia que algum de vocês precisava ficar comigo, porque vocês são os orgulhosos Murray e não poderiam deixar que um parente fosse parar em um orfanato. A tia Laura agora me ama, mas você nunca me amou. Sendo assim, por que eu deveria amá-la?

– Sua menina ingrata e mal-agradecida!

– Não sou mal-agradecida. Tentei ser boa... Tentei lhe obedecer e agradar... Faço todas as tarefas que posso para ajudar a pagar pela minha moradia. E você não tinha *nada* que ler as minhas cartas ao papai.

– Essas cartas são uma vergonha... e devem ser destruídas – disse tia Elizabeth.

– Não! – Emily agarrou-as mais forte. – Prefiro atear fogo em mim mesma. Você não vai pegá-las, tia Elizabeth.

Emily sentiu as sobrancelhas se franzindo. Sentiu o olhar dos Murray no rosto. Sabia que estava vencendo.

Elizabeth ficou ainda mais pálida, se é que isso era possível. Havia momentos em que ela mesma era capaz de lançar aquele olhar tão familiar. Mas não era isso que a apavorava; era algo estranho que parecia espiar por trás desse olhar e que sempre a fazia ceder. Ela tremeu, vacilou e cedeu.

– Fique com suas cartas – disse, amarga – e desdenhe da velha que abriu as portas de casa para você.

Em seguida saiu, deixando Emily sozinha, dona do campo de batalha, a vitória se convertendo em poeira e cinzas em sua boca.

Subiu para o quarto, escondeu as cartas na prateleira sobre a lareira e, por fim, meteu-se na cama, encolhida, com o rosto enterrado no travesseiro. Ainda estava magoada, com uma sensação de ultraje; mas, para além disso, outra dor começava a afligi-la terrivelmente.

Algo nela doía, porque magoara tia Elizabeth e sentia que esta, sob toda aquela raiva, estava triste. Isso surpreendeu Emily. Era de esperar que tia Elizabeth estivesse com raiva, obviamente, mas ela jamais imaginaria que suas cartas a afetariam de qualquer outra maneira. Ainda assim, percebera algo nos olhos de tia Elizabeth quando disparou nela aquela última e cortante frase; algo que emanava mágoa e tristeza.

– Oh! Oh! – gemeu Emily, chorando aos soluços, com o rosto enfiado no travesseiro. Estava tão arrasada que não era capaz de sair de si e contemplar seu sofrimento com uma espécie de fascínio pelo drama e levar a mente a analisar os próprios sentimentos. Quando ficava assim, nada a consolava. Tia Elizabeth não a aceitaria em Lua Nova depois de uma discussão como aquela. Seria enviada para longe, certamente. Emily estava convencida disso, e não havia nada mais horrível no mundo que essa convicção. Como poderia viver longe da querida Lua Nova?

– E provavelmente vou viver uns 80 anos – gemeu Emily. No entanto, pior que isso era a lembrança daquele olhar nos olhos de tia Elizabeth.

O sentimento de ultraje diante daquele sacrilégio diluiu-se com aquela lembrança. Ela pensou em todas as coisas que escrevera ao pai sobre tia Elizabeth. Eram coisas ácidas e amargas; algumas justas, algumas não. Começava a sentir que não deveria tê-las escrito. De fato, era verdade que tia Elizabeth não a amava; que não queria tê-la trazido para Lua Nova. Mas trouxera, e, embora tenha feito isso por obrigação, e não por amor, isso não deixava de ser um fato. Não lhe trazia nenhum alento pensar que as cartas não haviam sido escritas para alguém que estivesse vivo, para serem vistas e lidas por outras pessoas. Enquanto vivesse sob o teto de tia Elizabeth, enquanto estivesse em dívida para com ela pela comida que comia e pela roupa que vestia, não deveria dizer, nem para o pai, as coisas duras que dissera sobre ela. Uma Starr não deveria ter feito isso.

"Preciso pedir perdão a tia Elizabeth", pensou Emily, por fim, quando toda a raiva passou e apenas o arrependimento e o pesar permaneceram. "Imagino que ela nunca vai me perdoar; vai me odiar para sempre agora. Mas preciso fazer isso."

Ela se virou, e, então, a porta se abriu, e tia Elizabeth entrou. Ela atravessou o quarto e parou junto à cama, olhando para o triste rostinho sobre o travesseiro, um rosto que, à luz daquele entardecer chuvoso, com marcas de lágrima sob os olhos, parecia estranhamente maduro e sofrido.

Elizabeth Murray ainda estava sisuda e fria. Sua voz soava austera, mas ela disse algo surpreendente:

– Emily, eu não tinha nenhum direito de ler suas cartas. Admito que errei. Poderia me perdoar?

– Oh! – A palavra era quase um choro. Tia Elizabeth havia finalmente encontrado a maneira de desarmar Emily, que se levantou, jogou os braços em volta da tia e disse, soluçando:

– Oh, tia Elizabeth, sinto muito! Sinto muito! Não deveria ter escrito aquelas coisas. Mas, quando escrevi, estava brava, e não são o que penso de verdade... Não todas. Pode acreditar: as piores coisas que escrevi não são coisas que penso de verdade. Você acredita em mim, não acredita, tia Elizabeth?

– Quero acreditar, Emily. – Um estranho tremor atravessou a figura alta e rígida. – Não... Não gosto de pensar que você... me odeia... você, a filha da minha irmã... a filha da pequena Juliet.

– Não odeio! Oh, não odeio! – soluçou Emily. – E vou amá-la, tia Elizabeth, se me deixar e quiser. Não pensei que se importasse com isso. Tia Elizabeth querida!

Emily deu um abraço apertado na tia e um beijo carinhoso em sua pálida bochecha enrugada. Tia Elizabeth beijou-lhe a testa, grave, então disse, como se para encerrar todo aquele incidente:

– É melhor você lavar esse rosto e descer para jantar.

Mas ainda havia algo a ser esclarecido.

– Tia Elizabeth – sussurrou Emily –, não posso queimar as cartas, entende? Pertencem ao papai. Mas vou lhe contar o que vou fazer. Vou reler todas elas e botar um asterisco perto de qualquer coisa que eu tenha dito sobre você. Daí, vou acrescentar uma nota de rodapé dizendo que eu estava errada.

Durante muitos dias, Emily passou seu tempo livre acrescentando às cartas suas "notas de rodapé", e sua consciência finalmente teve paz. Contudo, quando tentou novamente escrever uma carta para o pai, percebeu que aquilo já não significava nada para ela. A sensação de realidade, de proximidade, de estreita comunhão desaparecera. Talvez estivesse superando aquilo gradualmente, à medida que a infância se convertia em mocidade; talvez aquele amargo acontecimento com tia Elizabeth só tivesse assoprado a poeira de algo cujo espírito desaparecera havia tempos. Mas, fosse qual fosse a explicação, não lhe era mais possível escrever aquelas cartas. Sentia muita falta delas, mas não podia voltar a escrevê-las. Uma porta da vida se fechara atrás dela e não podia ser reaberta.

As cortinas se levantam

Seria agradável poder relatar que, após a reconciliação no mirante, Emily e tia Elizabeth viveram em absoluta amizade e harmonia. Mas a verdade é que as coisas seguiram praticamente como sempre foram. Emily agia com cautela e tentava combinar a astúcia de uma cobra com a inocência de uma pomba, mas seus pontos de vista eram tão diferentes que os embates eram inevitáveis. Não falavam a mesma língua, então era impossível que não houvesse mal-entendidos.

Ainda assim, havia uma diferença; uma diferença vital. Elizabeth Murray aprendera uma importante lição: a justiça dos adultos não era diferente da justiça dos pequenos. Ela seguiu sendo tão autocrática quanto sempre, mas não dizia nem fazia com Emily nada que não diria ou faria com Laura, se a situação requisitasse.

Por sua vez, Emily descobrira que, por baixo daquela fachada de frieza e austeridade, tia Elizabeth nutria sentimentos de afeto por ela, e era maravilhosa a diferença que isso fazia. O "jeito" e as palavras de tia Elizabeth deixaram de ser tão cortantes, e uma antiga ferida que estivera aberta no coração de Emily desde o incidente do sorteio em Maywood se fechou.

"Já não acho que eu seja apenas uma obrigação para tia Elizabeth", pensou, exultante.

Emily cresceu rapidamente no verão daquele ano, em corpo, mente e alma. A vida era deliciosa e se tornava mais plena a cada momento, como uma rosa que se abre. Belas formas preenchiam sua imaginação e eram transferidas para o papel da melhor maneira que podiam, embora nunca fossem tão lindas nele quanto em sua mente, e Emily experimentava esses instantes desoladores em que um verdadeiro artista descobre que:

Nunca na tela de um pintor vive
O charme dos sonhos de sua imaginação.

Queimou muitas de suas "coisas antigas"; até mesmo "A filha do mar" foi reduzida a cinzas. Mas a pequena pilha de manuscritos na prateleira sobre a lareira do mirante crescia continuamente. Emily mantinha seus escritos ali agora; a prateleira do sofá fora profanada; além disso, tinha a sensação de que tia Elizabeth não tornaria a mexer em seus "papéis particulares", independentemente de onde estivessem guardados. Já não subia mais para o sótão para ler, escrever e sonhar; seu querido mirante era agora o melhor lugar para isso. Ela amava intensamente aquele excêntrico e velho quartinho; era quase como se fosse um ser vivo para ela; um companheiro na alegria; um conforto na tristeza.

Ilse também crescia e desabrochava com uma beleza e um brilho estranhos, indiferente a qualquer lei além de seu bel-prazer, insubmissa a qualquer autoridade que não a de seus próprios caprichos. Tia Laura temia por ela.

– Logo será uma mulher... e quem cuidará dela? Allan é que não.

– Não tenho nenhuma paciência com Allan – disse tia Elizabeth, soturna. – Está sempre a postos para repreender e aconselhar os outros. Deveria prestar atenção na própria casa. Vem aqui e me manda fazer ou não fazer isso ou aquilo, para o bem de Emily. Mas, se eu disser uma palavra sequer sobre Ilse, ele explode. A ideia de um homem se voltando contra a própria filha e tratando-a com negligência como ele tem feito com Ilse, pelo simples fato de a mãe dela não ter sido o que deveria ser... Como se a pobre criança tivesse culpa disso.

– Pssssssiu! – alertou tia Laura, quando Emily cruzou a sala de estar rumo ao piso superior.

Emily sorriu triste para si mesma. Tia Laura não precisava pedir silêncio. Não havia mais nada que ela não soubesse a respeito da mãe de Ilse; nada além da coisa mais importante de todas, que era algo que nem ela nem nenhum outro ser vivente sabiam. Emily jamais abandonara sua convicção de que a verdade sobre a história de Beatrice Burnley não era conhecida. Por vezes, refletia sobre isso ao se deitar em sua cama de nogueira negra, ouvindo os gemidos do golfo e os cantos da Mulher de Vento em meio às árvores, e então caía no sono, desejando intensamente que pudesse resolver o antigo mistério e acabar com aquela lenda de vergonha e sofrimento.

Subiu um tanto lentamente para o mirante. Pretendia escrever um pouco mais de seu conto, *O fantasma no poço*, no qual tecia a velha lenda do poço nas terras da família Lee. Mas, por algum motivo, faltava-lhe interesse. Colocou o manuscrito de volta na prateleira da lareira. Releu uma carta de Dean Priest que chegara aquele dia; uma de suas cartas pesadas, alegres, excêntricas e deliciosas, na qual lhe dizia que viria passar um mês na casa da irmã em Blair Water. Perguntava-se por que aquele anúncio não a animava mais. Estava cansada; sua cabeça doía. Emily não se lembrava de ter tido dor de cabeça alguma vez antes. Já que não conseguia escrever, decidiu se deitar e ser Lady Trevanion por um momento. Emily foi Lady Trevanion várias vezes naquele verão, em uma das vidas imaginadas que começara a criar para si. Lady Trevanion era esposa de um conde inglês e, além de ser uma famosa romancista, era também membro da Câmara dos Comuns do Reino Unido, à qual sempre comparecia trajando um vestido de veludo preto e um imponente diadema de pérolas nos cabelos negros. Era a única mulher na Câmara e, como isso era anterior ao tempo das sufragistas, precisava aturar insinuações e insultos dos homens pouco galantes que a cercavam. A cena favorita desse sonho de Emily era quando ela se levantava para dar o primeiro discurso: um evento maravilhoso e eletrizante. Como Emily achava difícil fazer justiça à cena com suas próprias ideias, sempre recorria à *Resposta de Pitt a Walpole*, que encontrara em seu *Royal Reader*, e a declamava, com sutis diferenças. O insolente orador que provocara Lady Trevanion a depreciara por ser mulher, e Lady Trevanion, magnífica criatura com seu veludo preto e suas pérolas, se ergueu e, em meio a um dramático silêncio, disse:

– Não tentarei negar nem amenizar o crime atroz de ser mulher, do qual Sua Excelência, com tanto ânimo e tanta decência, acaba de me acusar. Contudo, me contentarei em desejar ser uma dessas cuja insensatez se limita ao sexo, e não um desses ignorantes, apesar da masculinidade e da experiência.

(Ela sempre pausava nesse momento, para receber sua sonora ovação.)

No entanto, o sabor dessa cena sumira por completo naquele dia, e, quando Emily chegou à frase "Mas ser mulher, meu Senhor, não é meu único crime", desistiu, desanimada, e pôs-se a refletir sobre a mãe de Ilse novamente, em meio a inquietas especulações sobre o clímax de sua história sobre o fantasma do poço e suas desagradáveis sensações físicas.

Os olhos doíam quando ela os movia. Sentia frio, apesar de aquele ser um dia quente de julho. Estava deitada quando tia Elizabeth veio lhe perguntar por que não fora trazer as vacas do pasto.

– Eu... Eu não sabia que estava tão tarde – disse Emily, confusa. – Eu... estou com dor de cabeça, tia Elizabeth.

Tia Elizabeth subiu as persianas de algodão branco e olhou para Emily. Notou seu rosto rubro. Sentiu seu pulso. Então, com poucas palavras, ordenou que ela permanecesse onde estava e mandou Perry ir chamar o doutor Burnley.

– Provavelmente ela está com sarampo – disse o médico, áspero como de costume. Emily ainda não estava mal o suficiente para que a tratasse com delicadezas. – Está tendo um surto em Derry Pond. Alguma chance de ela ter pegado de alguém de lá?

– Os dois filhos de Jimmy Joe Belle vieram aqui outro dia à tarde; faz uns dez dias. Ela brincou com eles, está sempre brincando com quem não deveria. Mas não ouvi falar que estejam ou tenham estado doentes.

Quando perguntado, Jimmy Joe Belle confessou que "seus meninos" haviam começado a ter sintomas de sarampo naquele mesmo dia, depois de voltarem de Lua Nova. Já não havia muita dúvida quanto à doença de Emily.

– Aparentemente, é um tipo forte de sarampo – disse o doutor. – Várias crianças de Derry Pond morreram com a doença. Mas quase todos franceses; são crianças que se levantaram da cama quando deveriam descansar e acabaram pegando friagem. Não acho que tenha que se preocupar com Emily. É bom que ela tenha sarampo e fique logo livre disso. Mantenha-a aquecida, no quarto escuro. Volto amanhã de manhã.

Por três ou quatro dias, ninguém ficou muito alarmado. O sarampo era uma doença que todos pegavam em algum momento. Tia Elizabeth cuidava de Emily com afinco e dormia em um sofá que fora levado para o mirante. Até deixou a janela aberta à noite. Apesar disso (ou por conta disso, como pensou tia Elizabeth), Emily piorava continuamente, e, no quinto dia, a piora foi aguda. A febre subiu rapidamente, e ela começou a delirar; o doutor Burnley foi chamado e, parecendo ansioso e carrancudo, trocou a medicação.

– Preciso ir avaliar um caso sério de pneumonia em White Cross – disse ele – e, amanhã de manhã, vou a Charlottetown para estar presente na cirurgia da senhora Jackwell. Prometi a ela que iria. Voltarei à tarde. Emily está muito inquieta. Está evidente que seu organismo tão irritadiço é muito sensível à febre. Que baboseira é essa de Mulher de Vento?

– Ah, não sei – disse tia Elizabeth, preocupada. – Ela está sempre dizendo besteiras desse tipo, mesmo quando está bem. Allan, me diga com franqueza, ela corre algum perigo?

– O perigo sempre existe nesses casos de sarampo. Não gosto dos sintomas dela; as erupções já deveriam ter terminado a esta altura, mas não

EMILY DE LUA NOVA

vejo nem sinal de acabarem. A febre está muito alta... Mas ainda não acho que precisamos nos alarmar. Se achasse, não iria à cidade. Mantenha-a o mais quieta possível; atenda a seus caprichos, se puder... Não gosto dessa perturbação mental. Ela parece muito angustiada, preocupada com algo... Há alguma coisa que a esteja incomodando ultimamente?

– Não que eu saiba – respondeu tia Elizabeth. Subitamente, percebeu, com aflição, que não sabia muito sobre o que se passava na cabeça da criança. Emily jamais a procuraria para falar sobre suas pequenas atribulações e preocupações.

– Emily, o que a incomoda? – perguntou o doutor Burnley, muito gentilmente. Então tomou sua mãozinha quente e agitada nas dele, muito grandes, com extrema delicadeza.

Emily o olhou com olhos inquietos, brilhantes e febris.

– Ela não pode ter feito isso... não *pode* ter feito isso.

– Claro que não – respondeu o doutor, terno. – Não se preocupe, ela não fez.

Seus olhos telegrafaram "O que ela quer dizer?" para Elizabeth, mas esta meneou a cabeça.

– Em quem está pensando... querida? – perguntou ela a Emily. Era a primeira vez que a chamava de "querida".

Mas os pensamentos de Emily já haviam tomado outro rumo. "O poço nas terras do senhor Lee estava aberto", declarou ela. "Alguém certamente acabaria caindo nele. Por que o senhor Lee não o tampou?" Nesse ponto, o doutor Burnley deixou tia Elizabeth reconfortando Emily e partiu às pressas para White Cross.

Chegando à porta, tropeçou em Perry, que estava encolhido no degrau de pedra, com os braços em volta dos joelhos bronzeados, em uma pose desesperada.

– Como a Emily está? – indagou, agarrando as bordas do casaco do doutor.

– Não me incomode... Estou com pressa – rugiu este.

– Ou me conta como a Emily está ou me penduro em seu casaco até ele rasgar – insistiu Perry, resoluto. – Não consigo arrancar uma palavra sequer dessas velhas. Me diga você.

– Está bem doente, mas ainda não há motivo para pânico. – O doutor deu outro puxão no casaco, mas Perry continuou segurando-o, porque ainda tinha algo a dizer:

– Você *precisa* curá-la – intimou. – Se acontecer alguma coisa com ela, eu me afogo no lago, ouviu?

Então soltou o casaco tão subitamente que o doutor Burnley quase caiu para trás. Em seguida, encolheu-se de novo no degrau da porta. Ficou por ali até que Laura e o primo Jimmy fossem se deitar, quando, na ponta dos pés, entrou na casa e sentou-se na escada, de onde poderia ouvir qualquer som vindo do quarto de Emily. Passou a noite inteira sentado ali, com os punhos cerrados, como se montasse guarda contra um inimigo invisível.

Elizabeth Murray vigiava Emily até as duas da manhã, quando Laura assumia o posto.

– Ela delirou bastante – disse tia Elizabeth. – Queria saber o que a aflige... Sei que há algo. Tenho certeza. Não é só um delírio. Ela repete o tempo todo: "Ela não pode ter feito isso", parecendo desolada. Fico me perguntando, Laura... Oh, lembra-se de quando li as cartas? Será que ela está falando de mim?

Laura meneou a cabeça. Jamais vira Elizabeth tão emocionada.

– Se essa menina... se ela não melhorar... – tia Elizabeth se interrompeu e saiu rapidamente.

Laura sentou-se junto à cama. Estava pálida e esgotada de preocupação e fadiga, pois não conseguira dormir. Amava Emily como se fosse sua própria filha, e o horror que tomara conta dela não cessava nem por um minuto. Sentou-se ali e rezou mentalmente. Emily caiu em um sono pesado e inquieto que durou até quase o amanhecer. Então, abriu os olhos e observou tia Laura; observou através dela; observou além dela.

– Consigo vê-la andando sobre os campos – disse, em voz alta e níti-da. – Ela está vindo, tão feliz... Está cantando... Está pensando em seu bebê... Oh, alguém a afaste! Alguém a afaste! Ela não está vendo o poço! Está tão escuro que não o vê! Ela caiu nele! Caiu nele!

A voz de Emily converteu-se em um grito penetrante que chegou ao quarto de tia Elizabeth e a trouxe voando pelo salão, ainda de camisola.

– Que houve, Laura? – perguntou, esbaforida.

Laura tentava acalmar Emily, que lutava para se sentar na cama. Suas bochechas estavam vermelhas, e seus olhos tinham o mesmo olhar distante e perturbado.

– Emily! Emily, querida, você só teve um pesadelo! O velho poço dos Lee está fechado; ninguém caiu nele.

– Caiu, sim – disse Emily, em um grito estridente. – Caiu! Eu a vi! Eu a vi, com o ás de copas na testa. Você acha que não sei quem ela é?

Caindo de volta no travesseiro, gemeu e agitou as mãos que Laura Murray soltara com o baque da surpresa.

Pasmas e quase aterrorizadas, as duas senhoras de Lua Nova se entreo-lharam sobre a cama.

– Quem foi que você viu, Emily? – perguntou tia Elizabeth.

– A mãe da Ilse, óbvio. Sempre soube que ela não fez aquela coisa horrível. Ela caiu no velho poço... Está lá agora... Vão! Vão tirá-la de lá! Vá, tia Laura, por favor!

– Sim... Sim... Vamos tirá-la, sim, minha querida – disse tia Laura, acalmando-a.

Emily sentou-se na cama e fitou tia Laura novamente. Dessa vez, não olhou através dela; olhou para ela. Laura Murray sentiu aqueles olhos ardentes perscrutando-lhe a alma.

– Está mentindo para mim! – exclamou Emily. – Você não tem inten-ção de tirá-la de lá. Está dizendo isso só para me acalmar. Tia Elizabeth – virou-se de repente e agarrou a mão dela –, você vai fazer isso por mim, não vai? Vai tirá-la do velho poço, não vai?

Elizabeth se lembrou de que o doutor Burnley dissera que os caprichos de Emily deveriam ser atendidos. Estava apavorada com a condição da menina.

– Sim, se ela estiver lá, vou tirá-la – respondeu, e Emily soltou sua mão e se deitou. O olhar perturbado deixou seus olhos, e uma calma repentina caiu sobre seu pequeno rosto angustiado.

– Sei que *você* vai cumprir sua promessa – disse Emily. – Você é muito dura, mas *nunca* mente, tia Elizabeth.

Elizabeth Murray voltou para o quarto e vestiu-se, com as mãos trêmulas. Um pouco mais tarde, quando Emily caíra em um sono mais tranquilo, Laura desceu as escadas e ouviu Elizabeth dando algumas ordens ao primo Jimmy na cozinha.

– Elizabeth, você não está mesmo pensando em ir vasculhar aquele velho poço, está?

– Estou – disse Elizabeth, resoluta. – Sei, tão bem quanto você, que é uma tolice, mas prometi isso a ela, para acalmá-la, e agora preciso cumprir minha promessa. Você ouviu o que ela disse. Ela acreditou que eu não mentiria para ela. E não vou. Jimmy, depois do café, vá até a casa de James Lee e peça que ele venha aqui.

– Como ela ficou sabendo da história? – demandou Laura.

– Não sei... Ah, alguém deve ter contado a ela, claro... Talvez aquela diaba velha da Nancy Priest. Não importa quem. Ela já ouviu, e agora o importante é acalmá-la. Não dá tanto trabalho botar uma escada em um poço e mandar alguém descer. O problema é que é muito absurdo.

– Todos vão rir de nós como se fôssemos duas tontas – protestou Laura, indignada. – Além disso, isso vai trazer todo o escândalo à tona de novo.

– Não importa. Vou cumprir a promessa que fiz à menina – afirmou Elizabeth, determinada.

* * *

Allan Burnley foi a Lua Nova ao entardecer, quando regressava da cidade. Estava cansado após uma semana de noites passadas em claro, mais preocupado com Emily do que admitira. Parecia velho e abatido ao entrar na cozinha de Lua Nova.

Só o primo Jimmy estava lá, não parecendo ter muito o que fazer, embora fosse um bom dia para guardar feno, posto que Jimmy Joe Belle e Perry arrastavam para dentro dos celeiros os enormes rolos perfumados e secos ao sol. Estava sentado junto à janela oeste, com expressão estranha no rosto.

– Olá, Jimmy! Onde estão as meninas? E como está Emily?

– Emily está melhor – respondeu o primo Jimmy. – As erupções pararam e a febre diminuiu. Acho que está dormindo.

– Que bom! Não suportaríamos perder essa menininha, não é, Jimmy?

– É verdade – admitiu Jimmy, sem parecer querer falar no assunto. – Laura e Elizabeth estão na sala de visitas. Querem vê-lo. – Pausou por um instante, então acrescentou, em tom estranho: – Nada que está oculto deixará de ser revelado.

Allan Burnley achou que Jimmy estava agindo de forma um tanto misteriosa. E, se Laura e Elizabeth queriam vê-lo, por que não saíam? Não era do feitio delas fazer aquele tipo de cerimônia. Abriu a porta da sala de estar, impaciente.

Laura Murray estava sentada no sofá, com a cabeça recostada no braço do móvel. Ele não podia ver seu rosto, mas sentiu que estava chorando. Quanto a Elizabeth, estava sentada em uma poltrona, ereta. Usava o segundo melhor vestido de seda preta e a segunda melhor touca de renda. Ela também estivera chorando. O doutor Burnley jamais dera muita importância às lágrimas de Laura, que eram fáceis como as da maioria das mulheres; mas que Elizabeth Murray chorasse... Não se lembrava de jamais tê-la visto chorar.

Seu pensamento subitamente voltou-se para Ilse, a pequena filha negligenciada. Acontecera algo com ela?

Naquele breve momento de desespero, Allan Burnley pagou o preço do tratamento que dispensava à filha.

– O que aconteceu?! – demandou ele, bruscamente.

– Oh, Allan – disse Elizabeth Murray. – Deus nos perdoe! Deus nos perdoe!

– Foi... a Ilse? – perguntou ele, sem reação.

– Não... Não foi a Ilse...

E então ela lhe contou; contou o que fora encontrado no fundo do poço do velho Lee. Contou-lhe qual fora o verdadeiro destino de sua amada e alegre esposa, cujo nome, por doze amargos anos, ele jamais pronunciara.

* * *

Emily não viu o doutor senão na tarde do dia seguinte. Estava deitada na cama, enfraquecida e vermelha feito um tomate em virtude das erupções do sarampo, mas era ela outra vez. Allan pôs-se junto à cama e a olhou.

– Emily, minha querida criancinha... Você sabe o que fez por mim? Sabe Deus como você fez isso.

– Achei que você não acreditasse em Deus – disse Emily, pensativa.

– Você restaurou minha fé Nele, Emily.

– Por quê? O que eu fiz?

O doutor Burnley percebeu que ela não se lembrava de nada do que dissera em seu delírio. Laura contou a ele que ela dormira um sono longo e profundo após Elizabeth lhe prometer que investigaria o caso do poço, e que acordara sem febre, com as manchas começando a desaparecer. Não perguntara nada, e eles também não haviam dito nada.

– Quando você melhorar, vamos lhe contar tudo – disse ele, sorrindo para Emily. Havia algo pesaroso e magnífico em seu sorriso.

"Ele está sorrindo com os olhos e com os lábios agora", pensou Emily.

– Como... como ela soube? – sussurrou Laura Murray para ele, quando desceram as escadas. – Não consigo entender, Allan.

– Nem eu. Essas coisas estão além da nossa compreensão, Laura – respondeu ele, sério. – Só sei que essa criança me trouxe de volta minha Beatrice, pura e adorada. Mas, talvez, tudo tenha uma explicação lógica. Emily evidentemente ouviu a história de Beatrice e encasquetou-se com ela. A forma como repetia "ela não pode ter feito isso" é prova disso. E as histórias do velho poço dos Lee naturalmente deixaram uma impressão forte na mente de uma criança tão sensível aos valores dramáticos. Em seu delírio, ela misturou todas essas coisas com a famigerada história de Jimmy caindo no poço de Lua Nova, e o resto é coincidência. Em outros tempos, eu teria explicado tudo dessa forma, mas agora... agora, Laura, tudo que faço é dizer, com humildade: "Um menino os guiará".

– Nossa madrasta era uma escocesa das Terras Altas. Diziam que ela tinha uma segunda visão – disse Elizabeth. – Nunca acreditei nisso... até agora.

A comoção em Blair Water já havia passado quando Emily foi considerada forte o suficiente para ouvir a história. Aquela que fora encontrada no velho poço dos Lee foi enterrada no cemitério dos Mitchell, em Shrewsbury, e uma lápide branca foi erguida junto ao túmulo, com os dizeres: "À sagrada memória de Beatrice Burnley, amada esposa de Allan Burnley". A sensação causada pela presença do doutor Burnley todos os domingos no antigo banco da família na igreja de Blair Water também já havia passado. Na primeira tarde em que Emily recebeu autorização para se sentar, tia Laura lhe contou toda a história. Sua maneira de contá-la retirou dela toda a mácula e as insinuações deixadas por tia Nancy.

– Eu sabia que a mãe da Ilse não poderia ter feito isso – disse Emily, triunfante.

– Agora, nos culpamos por nossa falta de fé – disse tia Laura. – Deveríamos ter sabido também. Ela era uma criatura brilhante, bonita e alegre; considerávamos sua forte amizade com o primo algo natural e inofensivo. Sabemos agora que de fato era, mas, por todos esses anos que sucederam seu desaparecimento, havíamos pensado diferente. O senhor James Lee se lembra claramente de que o poço estava aberto na noite do desaparecimento de Beatrice. Seu empregado retirara as tábuas velhas e podres que o cobriam naquela tarde, com a intenção de cobri-lo com outras novas imediatamente. Mas então a casa de Robert Greerson pegou fogo, e ele, como todo mundo, foi ajudar. Quando voltou, já estava muito escuro para terminar o trabalho no poço, e o homem não disse nada a respeito até o dia seguinte. O senhor Lee ficou muito bravo com ele; disse que era muito errado deixar um poço descoberto daquele jeito. O próprio senhor Lee foi imediatamente até lá e botou as tábuas novas sobre o poço. Não chegou a espiar dentro dele, mas, mesmo que tivesse feito isso, não teria visto nada, pois as samambaias que crescem nas paredes laterais escondem o fundo. Isso foi logo depois da colheita. Ninguém voltou àquele campo antes da primavera seguinte. Ele nunca ligara o desaparecimento de Beatrice ao poço aberto; agora, fica espantado por não ter atinado uma coisa à outra. Mas, veja, minha querida... havia muita fofoca sobre esse assunto... E, além disso, era sabido que Beatrice subira a bordo d'*A Dama dos Ventos*. Era dado como certo que ela jamais desembarcara. Mas ela desembarcou... E caminhou rumo à morte nas terras do velho Lee. Foi um fim terrível para aquela moça jovem e brilhante, mas não tão terrível, no fim das contas, quanto o que havíamos imaginado. Por doze anos, fomos injustos com os mortos. Mas, Emily, *como* você soube?

– Não... não sei... Quando o doutor veio aquele dia, não me lembrava de nada... Mas agora acho que me lembro de algo... Como se eu tivesse sonhado... Sonhado que *vi* a mãe da Ilse andando naquelas terras, cantando. Estava escuro... ainda assim, eu conseguia ver o ás de copas... Ah, tia, não sei... não quero mais pensar nesse assunto.

– Não vamos falar disso de novo – disse tia Laura, gentilmente. – Essa é uma das coisas sobre as quais é melhor não se falar... um dos segredos de Deus.

– E quanto à Ilse? O pai dela a ama agora? – perguntou Emily, ansiosa.

– Se ele a ama? Não se cansa dela! Parece que agora está derramando nela todo o amor que havia guardado ao longo desses doze anos.

– Provavelmente, vai mimá-la em excesso agora, na mesma medida em que a negligenciava – disse Elizabeth, entrando com a janta de Emily bem a tempo de ouvir a resposta de Laura.

– Vai ser preciso muito amor para mimar Ilse em excesso – riu-se Laura. – Ela está absorvendo tudo como uma esponja ressecada. E retribui todo o amor que ele lhe dá. Não demonstra nenhum traço de mágoa em relação ao longo período de abandono.

– De qualquer forma – disse Elizabeth, soturna, afofando os travesseiros atrás de Emily com uma mão muito gentil que contrastava estranhamente com sua expressão severa –, ele não vai se safar tão facilmente. Ilse correu solta por doze anos. Não vai ser fácil para ele conseguir que ela se comporte adequadamente agora, se é que ele vai tentar.

– O amor faz milagres – disse tia Laura, com doçura. – Claro que Ilse está morrendo de vontade de vir vê-la, Emily. Mas é preciso que ela espere até que não haja perigo de infecção. Disse a ela que ela poderia escrever, mas, quando soube que eu teria que ler a carta para você, por causa dos seus olhos, disse que esperaria até que você pudesse ler sozinha. É claro – Laura riu-se novamente – que ela tem algo muito importante para lhe dizer.

– Jamais imaginei que alguém pudesse ser tão feliz quanto estou agora – disse Emily. – Oh, tia Elizabeth, é *tão* bom ter fome de novo e ter algo para mastigar.

O grande momento de Emily

A convalescência de Emily foi bastante lenta. Fisicamente, ela se recuperou em ritmo normal, mas certo langor espiritual e emocional persistiu por um bom tempo. Não se pode descer os degraus das coisas ocultas e escapar ileso.

Tia Elizabeth disse que ela estava "amuada". Mas Emily se mostrava feliz e satisfeita demais para estar "amuada". É só que a vida parecia ter perdido o sabor por um tempo, como se alguma fonte de energia vital tivesse se secado dentro dela e se enchesse de novo aos poucos.

Naquele momento, não tinha ninguém com quem brincar. Perry, Ilse e Teddy haviam todos ficado de cama com sarampo no mesmo dia. A princípio, a senhora Kent declarou, amargurada, que Teddy fora infectado em Lua Nova, mas todos os três haviam contraído a doença em um piquenique da Escola Dominical, ao qual algumas crianças de Derry Pond também haviam ido. Esse passeio infectou a cidade inteira. Foi um verdadeiro surto. Os sintomas de Teddy e Ilse foram moderados, mas Perry, que insistira em ir para casa ficar com a tia Tom, por pouco não morreu. Emily não foi informada de sua condição de saúde até que o perigo tivesse passado, para que não se preocupasse demais. Até tia Elizabeth estava preocupada. Ficou surpresa ao perceber como sentia falta de Perry em Lua Nova.

Para a sorte de Emily, Dean Priest estava em Blair Water durante esse período lastimável. Sua companhia era exatamente o que ela precisava e contribuiu sobremaneira para sua recuperação. Os dois fizeram longos passeios por toda Blair Water, com Tweed latindo atrás deles, e exploraram lugares e caminhos totalmente desconhecidos para Emily. Assistiram à jovem lua envelhecer, noite após noite; conversaram em recantos escuros e perfumados à luz do crepúsculo, ao longo de misteriosas estradas avermelhadas; deixaram-se levar pela sedução dos ventos montanhosos; viram as estrelas ascenderem, e Dean contou-lhe tudo sobre elas: as grandes constelações de antigos mitos. Foi um mês maravilhoso; mas, no primeiro dia de convalescência de Teddy, Emily foi para o Sítio dos Tanacetos à tarde, e o Corcunda Priest foi caminhar sozinho (se é que se pode chamar aquilo de caminhar).

Tia Elizabeth foi extremamente gentil com ele, embora não gostasse muito dos Priest de Priest Pond e nunca tenha se sentido muito confortável sob o brilho brejeiro dos olhos verdes do "Corcunda" e diante do leve escárnio de seu sorriso, que parecia fazer o orgulho dos Murray e suas tradições de família parecerem muito menos importantes do que de fato eram.

– Ele tem o ar dos Priest – disse ela a Laura –, apesar de não ser tão forte nele quanto é nos outros. E certamente tem ajudado Emily; ela se animou bastante desde a chegada dele.

Emily continuou a "se animar" e, em setembro, quando a epidemia de sarampo já havia passado e Dean Priest já tinha partido em uma de suas viagens repentinas à Europa, para passar o outono, ela estava pronta para voltar à escola; um pouco mais alta, um pouco mais magra e um pouco menos infantil; com grande mancha cinza sob os olhos de quem encarara a morte e lera um enigma secreto e que, portanto, dali em diante, seriam para sempre assombrados com a lembrança elusiva do mundo além do véu. Dean Priest percebera isso; o professor Carpenter também, quando ela sorriu para ele sobre a carteira.

– Ela deixou a infância da alma para trás, embora ainda esteja no corpo de uma criança – murmurou.

Certa tarde, em meio aos dias dourados e à neblina de outubro, ele lhe pediu, asperamente, para ver alguns de seus versos.

– Nunca quis encorajá-la – disse – e não quero encorajá-la agora. Provavelmente, você não é capaz de escrever nem um verso de verdadeira poesia, nem nunca será. Mas deixe-me ver o que escreve. Se for irremediavelmente ruim, vou lhe dizer. Não quero que você passe anos pelejando atrás do inalcançável... Ou, pelo menos, não vou ter esse peso em minha consciência se você escolher fazer isso. Se houver algo promissor neles, vou lhe dizer com a mesma franqueza. E me traga alguns de seus contos também. Ainda devem ser um... lixo, isso é certo, mas quero ver se eles revelam algum motivo justo e suficiente para seguir em frente.

Naquela tarde, Emily passou uma hora de muita solenidade ponderando, escolhendo, rejeitando. Ao pequeno montinho de poemas, acrescentou um dos cadernos Jimmy, o qual continha, a seu ver, seus melhores contos. Foi para a escola no dia seguinte tão secreta e misteriosa que Ilse se ofendeu e pôs-se a xingá-la, mas então parou. Prometera ao pai que tentaria largar o hábito de xingar. Estava fazendo muitos progressos, e suas conversas, ainda que fossem menos cheias de vida, começavam a se aproximar dos padrões de Lua Nova.

Emily teve pífio desempenho nas lições daquele dia. Estava nervosa e com medo. Tinha um respeito enorme pela opinião do professor Carpenter. O padre Cassidy dissera a ela para continuar; Dean Priest dissera que, algum dia, ela viria a escrever de verdade; contudo, talvez, estivessem apenas tentando encorajá-la porque gostavam dela e não queriam ferir seus sentimentos. Emily sabia que o professor Carpenter não faria isso. Não importava se ele gostava dela ou não, ele podaria suas aspirações sem nenhuma misericórdia se pensasse que o dom não crescia dentro dela. Se, por outro lado, ele a encorajasse, isso lhe bastaria para enfrentar o mundo sem jamais perder o ânimo diante de futuras críticas. Não era de admirar que o dia tivesse sido uma grande aflição para Emily.

Quando a aula acabou, o professor Carpenter pediu que ela ficasse. Ela estava tão pálida e tensa que os outros alunos pensaram que o professor Carpenter a flagrara se comportando mal e tiveram certeza de que ela seria punida. Rhoda Stuart lhe lançou do alpendre um olhar malicioso e cheio de significado, o qual Emily nem chegou a ver. Ela estava, de fato, em um tribunal momentoso, e o professor Carpenter era o juiz supremo, de cujo veredito dependia toda a sua carreira (pelo menos era nisso que ela acreditava).

Os alunos desapareceram, e uma quietude branda e iluminada se estabeleceu sobre a antiga sala de aula. O professor Carpenter tomou o pequeno pacote que ela lhe entregara de manhã, veio para o corredor e sentou-se na carteira em frente a ela. Muito deliberadamente, arrumou a posição dos óculos sobre o nariz aquilino, retirou seus manuscritos e se pôs a lê-los – ou, melhor dizendo, a passar os olhos por eles, soltando comentários mesclados com grunhidos, fungadas e assobios enquanto o fazia. Emily revolvia as mãos frias sobre o colo e enrolava os pés em volta das pernas da cadeira, para evitar que os joelhos tremessem. Aquela era uma experiência terrível. Desejou jamais ter entregado seus escritos ao professor Carpenter. Não eram nada bons... Obviamente, não eram nada bons. Lembrou-se do editor do *Enterprise*.

– Uf! – disse o professor Carpenter. – "Pôr do sol"... Nossa, quantos poemas já foram escritos sobre o pôr do sol...

As nuvens se amontoam, numa esplêndida forma
Junto aos portões destrancados do céu
Onde tropas de espíritos de olhos estrelados aguardam...

– Que quer dizer com isto?

– Eu... Eu não sei... – gaguejou Emily, assustada, cujo raciocínio se dispersara diante do súbito olhar pungente do professor.

O professor Carpenter grunhiu.

– Por Deus, minha filha, não escreva algo que nem você entende. E este "À vida": "Vida, não te peço, como presente, a alegria de um arco-íris"... Isso é sincero? É, menina? Pare e pense. É verdade que você não pede à vida "a alegria de um arco-íris"?

Transpassou-a com mais um olhar, mas Emily começava a se recuperar. Ainda assim, sentia-se estranhamente envergonhada dos desejos muito elevados e altruístas expressos naquele soneto.

– Não... – respondeu, relutante. – Quero, sim, a alegria de um arco--íris... de vários.

– Claro que quer. Todos queremos. Nunca chegamos a conseguir. Você também não vai. Mas não seja hipócrita a ponto de fingir que não quer, nem mesmo em um soneto. "Versos para uma cascata na montanha". "Sobre suas escuras rochas, como a brancura de um véu em torno de uma noiva". Onde é que você viu uma cascata em uma montanha na Ilha do Príncipe Edward?

– Em lugar nenhum... havia uma foto em um livro na biblioteca do doutor Burnley.

– "Um riacho no bosque":

> *Os filetes de raio do sol tremulam*
> *Os arbustos encurvados estremecem*
> *Sobre o pequeno rio sombreado*

– Nem lhe conto a rima que me ocorreu para completar isso... Emily se encolheu.

– "Música do vento":

> *Sacudi o orvalho nos prados*
> *De sobre os vestidos cremosos dos trevos*

– Bonito, mas fraco. "Junho"... Junho, pelo amor de Deus, menina, não escreva poemas sobre junho. É o tema mais idiota do mundo. Já escreveram sobre isso à beça.

– Não, junho é imortal – choramingou Emily de repente, em um momento fugaz de rebeldia. Não aceitaria que o professor Carpenter tivesse sempre a razão.

Mas o professor Carpenter já deixara *Junho* de lado sem ler nem um verso.

– "Cansada do mundo faminto". O que é que você sabe sobre o mundo faminto? Você, em seu refúgio em Lua Nova entre velhas árvores e velhas damas? Mas, de fato, o mundo é mesmo faminto. "Ode ao inverno"... As estações são como uma doença que todo jovem poeta precisa ter, me parece... Ha! "A primavera jamais se esquecerá"... Isto é bom! É o único verso bom no poema. Humm... "Divagações":

> *Aprendi o segredo das runas*
> *Que os pinheiros sombrios sussurram*

– E aprendeu mesmo? Aprendeu mesmo esse segredo?

– Acho que sempre o conheci – disse Emily, sonhadora. Aquele lampejo de doçura inimaginável que às vezes a surpreendia acabara de chegar e já partira.

– "Propósito e empreitada". Didático demais... didático demais. Você não tem direito a tentar ensinar até que tenha idade para isso. E aí não vai querer fazê-lo.

> *Seu rosto era como uma estrela pálida e clara*

– Estava se olhando no espelho quando escreveu isso?

– Não – contestou, indignada.

– "Quando a luz da manhã é trêmula como uma bandeira sobre o prado"... Belo verso... belo verso...

> *Ah, numa manhã tão dourada*
> *Estar vivo é um deleite*

– Muito parecido com Wordsworth. "O mar em setembro", "azul e austeramente brilhante". "Austeramente brilhante"... Menina, como conseguiu casar as palavras certas desse jeito? "Manhã". "Todos os medos secretos que assombram a noite." O que você sabe dos medos que assombram a noite?

– Sei algo – respondeu Emily, convicta, lembrando-se de sua primeira noite na Granja Wyther.

– "A um dia morto":

> Com essa calma fria no rosto
> Que só os mortos podem usar

– Você já viu a calma fria no rosto dos mortos, Emily?

– Sim – respondeu Emily, com suavidade, lembrando-se daquela manhã nublada na velha casa do vale.

– Imaginei mesmo, do contrário não teria escrito isso. E, ainda assim, quantos anos você tem, minha preciosidade?

– Fiz 13 em maio.

– Uf! "Versos para o pequeno filho da senhora George Irving". Você precisa estudar a arte dos títulos, Emily. Os títulos seguem uma moda, como tudo na vida. Os seus são tão antiquados quanto as velas de Lua Nova.

> Dorme profundamente com os vermelhos lábios apertados
> Como uma bela flor junto ao seu seio

– O resto nem vale a pena ler. "Setembro"... Tem algum mês que você não tenha usado? "Prados de bom vento dão boa colheita"; bom verso. "Blair Water à luz da lua". Teia de aranha, Emily; nada além de teia de aranha. "Os jardins de Lua Nova":

> Risadas sedutoras e antigas canções
> De homens e damas alegres...

– Bons versos... Imagino que Lua Nova seja cheia de fantasmas. "O lacaio caído da morte cumpriu bem o seu papel." Isso seria bom no tempo de Addison, mas hoje, não... Hoje, não, Emily.

Seus traços fortes são as covas
Em que brincam luzes enterradas

– Que atrocidade, minha filha, que atrocidade. Túmulos não são parques. Quem brinca depois de morto e enterrado?

Emily se encolheu e voltou a ruborizar. Por que não notara aquilo sozinha? Qualquer um teria notado.

Navegai, ó navios, velas brancas, navegai,
Até mais além da linha púrpura do horizonte
Desapareceis da vista. No rubor do amanhecer.
Navegai, sob a estrela vespertina.

– Lixo... lixo... Mas há uma figura aqui:

Lambei com suavidade, ondas púrpuras. Estou a sonhar,
E sonhos são doces. Já não despertarei.

– Ah, mas você vai precisar despertar se quiser conseguir alguma coisa. Menina, você usou "púrpura" duas vezes no mesmo poema.

Botões-de-ouro em dourado frenesi...

– "Dourado frenesi"... Menina, consigo ver o vento balançando os botões-de-ouro.

Dos portões púrpura a oeste eu venho...

– Você gosta bastante de "púrpura", Emily.

– É uma palavra tão bonita – justificou-se Emily.

Sonhos que parecem
Brilhantes demais para morrer...

– Parecem, mas nunca são, Emily...

A voz sedutora do eco, a fama...

– Então você também a ouviu? É mesmo sedutora e, para a maioria, apenas um eco. E esse era o último.

O professor Carpenter botou as folhas de lado, cruzou os braços sobre a carteira e olhou para Emily sobre os óculos.

Emily o olhou de volta, apreensiva. Toda a vida parecia drenada de seu corpo e concentrada nos olhos.

– Dez versos bons em meio a quatrocentos, Emily. Relativamente bons, digo. Todo o resto é palavrório, Emily, palavrório...

– Imagino... que sim – disse Emily, baixinho.

Sem conseguir evitar, os olhos transbordaram de lágrimas e os lábios tremeram. Seu orgulho fora irremediavelmente atingido em uma amarga decepção. Sentiu-se exatamente como uma vela da qual lhe apagaram a luz.

– Por que está chorando? – questionou o professor Carpenter.

Emily piscou para se livrar das lágrimas e tentou esboçar um sorriso.

– Sinto... sinto muito... que você não os ache nada bons – disse ela.

O professor Carpenter deu um murro sonoro na carteira.

– Nada bons?! Não acabei de lhe dizer que havia dez versos bons? Minha joia, com dez homens justos, Sodoma teria sido poupada.

– Quer dizer que... no fim das contas...? – A luz da vela se reacendeu.

– Mas é claro que sim. Se, aos 13 anos, você consegue escrever dez versos bons, aos 20 conseguirá escrever dez vezes mais, se os deuses forem bons. Mas deixe de lado os meses... E também não saia achando que é um gênio, mesmo que tenha escrito dez versos bons. Acho que existe algo tentando falar através de você, mas você precisará se tornar um instrumento adequado para isso. Terá que trabalhar duro e fazer sacrifícios. Você escolheu uma deusa ciumenta, e ela nunca deixa que os devotos a abandonem, nem mesmo quando tapa os próprios ouvidos para seus clamores. O que é isso que você tem aí?

Com o coração batendo forte, Emily lhe entregou o caderno Jimmy. Estava tão feliz que radiava. Era capaz de ver o próprio futuro, maravilhoso, brilhante. Ah, sua deusa a ouviria... "Emily B. Starr, a distinta poetisa"... "E. Byrd Starr, a jovem romancista em ascensão"...

Foi despertada do sonho encantado por uma gargalhada do professor Carpenter. Emily perguntou-se, um tanto desconfortável, de que ele estaria rindo. Não lhe parecia que houvesse algo engraçado naquele caderno. Ele continha apenas três ou quatro de seus últimos contos: *A Borboleta Rainha*, um conto de fadas; *A Casa Desolada*, em que tecia lindos sonhos e esperanças para o futuro; e *O Segredo do Vale*, o qual, apesar do título, era um diálogo fantasioso entre o Espírito da Neve, o Espírito da Chuva Cinzenta, o Espírito da Névoa e o Espírito do Luar.

– Quer dizer que você não me acha bonito quando estou rezando? – perguntou o professor Carpenter.

Emily prendeu a respiração. Percebeu o que acontecera. Tentou freneticamente reaver o caderno Jimmy. Falhou. O professor Carpenter o segurava fora de seu alcance e caçoava dela.

Ela lhe dera o caderno Jimmy errado! E o que havia naquele? Ah, que horror! Melhor dizendo, o que não havia? Esboços de todos os moradores de Blair Water e uma descrição completa do professor Carpenter. Decidida a descrevê-lo com exatidão, fora tão inclemente quanto sempre era, especialmente em relação às caras estranhas que ele fazia pela manhã ao dar início à aula com uma oração. Graças a sua grande habilidade para pintar com as palavras, o professor Carpenter saltava vivo daqueles esboços. Emily não sabia disso, mas ele, sim. Conseguiu ver a si mesmo como em um espelho, e aquilo lhe agradou tanto que não se importou com mais nada. Além disso, ela desenhara seus pontos fortes tão claramente quanto os fracos. E havia umas frases ali: "Ele tem a aparência de quem sabe muita coisa que jamais terá nenhuma utilidade"; "Acho que ele usa o casaco preto às segundas porque isso faz com que ele tenha a sensação de que nem chegou a beber". Quem ou o que havia ensinado essas coisas àquela pequena joia? Oh, a deusa de Emily jamais a ignoraria!

– Sinto muito – disse Emily, vermelha de vergonha.

– Por quê?! Eu não trocaria isto por toda a poesia que você já escreveu ou vai escrever! Isto aqui é literatura! Literatura! E você tem só 13 anos. Mas não sabe o que a espera. Os montes pedregosos... As subidas íngremes... Os embates... Os desalentos... Continue no vale, se for sábia. Emily, por que quer escrever? Conte-me o que a motiva.

– Quero ser rica e famosa – respondeu Emily, equânime.

– Todo mundo quer. Isso é tudo?

– Não. Eu simplesmente adoro escrever.

– Esse é um motivo melhor, mas não o suficiente, não o suficiente... Responda-me uma coisa: se você soubesse que iria passar o resto da vida em uma pobreza franciscana; se soubesse que jamais publicaria um verso sequer, ainda seguiria escrevendo? Seguiria?

– Claro que seguiria – disse Emily, desdenhosa. – Ora, *preciso* escrever. Às vezes não consigo evitar. Simplesmente *preciso*.

– Ah, então seria perda de tempo da minha parte lhe dar conselhos. Se escalar é algo que está *dentro* de você, então você precisa fazê-lo. Tem gente que precisa erguer os olhos acima das montanhas; gente assim não consegue respirar nos vales. Que Deus os ajude se houver alguma dificuldade que impeça a escalada. Você ainda não entende uma palavra do que estou dizendo... Ainda. Mas siga em frente! Escale! Tome, pegue seu caderno e vá para casa. Daqui a trinta anos, poderei me gabar de ter sido professor de Emily Byrd Starr. Vá! Vá! Antes que eu me lembre das coisas desrespeitosas que escreveu a meu respeito e me enfeze de verdade!

Sentindo-se um tanto assustada e estranhamente exultante, Emily tomou o rumo de casa. Estava tão feliz que sua felicidade parecia irradiar para o mundo com um esplendor próprio. Todos os sons da natureza à sua volta pareciam ser as palavras que lhe faltavam para descrever seu próprio deleite. O professor Carpenter a observou sumir de vista desde o velho alpendre.

– Vento... fogo... e mar! – murmurou. – A natureza sempre nos surpreende. Essa menina tem algo que nunca tive e que faria qualquer sacrifício para ter. Mas os "deuses não permitem que estejamos em dívida com eles"... Ela terá que pagar... terá que pagar...

Ao entardecer, Emily sentou-se no mirante, banhado por um magnífico esplendor. Lá fora, o céu e as árvores exibiam delicados matizes e sons. Lá embaixo, no jardim, Ciso perseguia folhas mortas pelos caminhos avermelhados. A visão de seu pelo sedoso e listrado e a graça de seus movimentos a alegraram... Tal como os belos, homogêneos e lustrosos sulcos nos campos arados além do caminho que conduzia à casa... Tal como aquela primeira estrela frágil e pálida que surgia no céu verde-cristal.

O vento da noite outonal soprava as trombetas das terras das fadas nas montanhas, e, no bosque de John Altivo, ecoavam gargalhadas de faunos. Ilse, Perry e Teddy aguardavam-na ali. Haviam marcado um encontro para uma noite de teatro. Ela se juntaria a eles logo, mas estava tão extasiada que precisava escrever tudo antes que abandonasse seu mundo de sonhos e voltasse à realidade. Outrora, ela teria se derramado em uma carta ao pai, mas agora já não podia mais fazer isso. Na mesa à frente, havia um caderno Jimmy novinho em folha. Ela o puxou, tomou a caneta e, na primeira página em branco, escreveu:

LUA NOVA,
BLAIR WATER,
ILHA DO PRÍNCIPE EDWARD.
8 de outubro.

Vou escrever um diário para que seja publicado quando eu morrer.

Fim